Christian Carayon

Christian Carayon, agrégé d'histoire et professeur en lycée, vit dans la Sarthe. Véritable cinéphile, il est également féru d'écriture depuis son enfance. Il signe son premier roman avec *Le Diable sur les épaules* (Les Nouveaux Auteurs, 2012), un thriller historique se déroulant dans le Tarn, finaliste du prix du jury du Polar historique de la revue *Ça m'intéresse-Histoire*.

Son dernier livre, *Un souffle, une ombre*, paraît en 2016 chez Fleuve Éditions. Les droits en langue étrangère ont déjà été cédés dans plusieurs pays.

LE DIABLE
SUR LES ÉPAULES

CHRISTIAN CARAYON

LE DIABLE SUR LES ÉPAULES

éditions Les Nouveaux Auteurs

FSC
www.fsc.org
MIXTE
Papier issu de sources responsables
FSC® C003309

Pocket, une marque d'Univers Poche,
est un éditeur qui s'engage pour la préservation
de son environnement et qui utilise du papier fabriqué
à partir de bois provenant de forêts
gérées de manière responsable.

ISBN : 978-2-266-23364-4

« Surprendre l'ennemi dans sa tranchée, sauter sur lui, jouir de l'effarement de l'homme qui ne croit pas au diable et qui pourtant le voit tout à coup tomber sur ses épaules. »

Discours de Brana, 15 août 1936.

Prologue

— Cocu !

Il se tenait là, debout sur l'estrade couverte de poussière de craie, les bras ballants, les épaules soudain liquéfiées dans sa blouse grise. Son visage était brusquement devenu pâle, tellement pâle que ses traits semblaient s'effacer. Ses yeux trahissaient une certaine panique, sans doute même de la peur. Il n'avait pas vu venir l'attaque. La blessure semblait profonde. La plupart des élèves de sa classe crurent un moment qu'il n'allait pas pouvoir la surmonter. Il y avait soudain un silence de mort. Et cela était tellement inhabituel qu'il n'en avait que plus de poids. Mais le professeur s'en releva. Son visage reprit le masque impassible qu'on lui connaissait, ses yeux retrouvèrent leur immobilité, ses épaules se redressèrent, ses bras n'étaient plus en chiffon. Comme toutes les autres fois, comme durant toutes ces années, il allait faire comme si de rien n'était. C'est ce qu'on pensait. Et on se trompa.

Ses yeux basculèrent vers l'orage, sa bouche se crispa, ses poings se fermèrent. Il sauta de l'estrade avec une vitesse qu'on ne lui soupçonnait guère. Il se

rua sur l'élève qui lui avait décoché la flèche meurtrière. Il le saisit par le col, le soulevant de sa chaise.
— Qu'avez-vous dit ? Qu'avez-vous dit ?

Sa voix était transformée. Elle semblait caverneuse, menaçante, mauvaise. Ce jour-là, les autres élèves crurent vraiment que le professeur allait frapper Martial de la Boissière, ou bien l'étrangler. Martial, lui-même, eut peur. Mais il devina un éclair fugace dans le regard de celui qui se tenait au-dessus de lui, l'éclair de la lucidité qui était en train de reprendre ses droits. Il ne bougea donc pas, pantin immobile au bout des bras de l'enseignant. Il sourit même, pour ponctuer son affront. Le professeur n'alla pas plus loin. Se rendant compte du ridicule de sa situation, il lâcha son élève et leva la tête vers la classe. De la stupeur, on était passé à l'amusement. De l'amusement, on passa à la moquerie. Et on reprit en chœur le vilain mot que Martial avait envoyé à la figure du professeur d'histoire.

On était trois semaines à peine après la rentrée de 1909. De mémoire d'élèves, ce fut la seule fois où l'on vit le professeur Purseau perdre son sang-froid. Cela ne dura qu'une minute ou deux, avant qu'il ne batte en retraite et qu'il regagne son estrade pour commencer sa leçon.

Il s'appelait Charles Purseau. Un nom incontournable pour plusieurs générations d'élèves qui fréquentèrent le lycée national de Toulouse entre 1886 et 1913. Il était professeur d'histoire donc, reçu deuxième à l'agrégation de 1882. Étudiant brillant, promis à un grand avenir au sein de l'université, on le disait austère, entièrement dévoué à sa passion pour les civilisations anciennes, solitaire au milieu de ses livres, poussant l'érudition dans ses derniers retranchements. On voyait en lui une future sommité de la recherche, un nom couru dans toutes les conférences, dans toutes les publications spécialisées. Mais il déçut.

Charles Purseau prit son poste au lycée de Toulouse en 1886. Il n'en sortit que pour prendre une retraite anticipée provoquée par une santé déclinante. Il ne revint jamais vers l'université, bien que celle-ci lui ait tendu les bras à plusieurs reprises. À son ami Maurice Aguessac qui était titulaire d'une chaire en Sorbonne, et qui insista régulièrement pour qu'il le rejoigne, il répondait que le vrai enseignement se faisait à la source, là où les esprits ne sont pas encore formés. « *Quelle belle mission que de contribuer, ne serait-ce que pour une petite part, à construire ces vies naissantes, à tenter d'élever ces esprits, à être à la fois architecte et maçon ! Qu'aurais-je à faire avec des étudiants entièrement dévoués, petits soldats d'une armée stérile, d'une secte dont je serais le maître ? Ma place n'est pas là, mon cher ami. J'ai gaspillé mes plus belles années en aveuglement. Désormais, je veux y voir clair. Je n'aspire qu'à rester le gardien de cette petite flamme qu'est le savoir.* » Hélas ! On n'ignorait pas que si Charles Purseau était devenu un nom incontournable dans son lycée, ce n'était pas en raison de sa science ou de ses talents de pédagogue. Ses leçons étaient certes riches, intellectuellement très ambitieuses, mais arides et trop touffues à la fois. Comme une immense forêt trop dense qui égarait et étouffait les imprudents qui y mettaient un pied.

Charles Purseau faisait cours dans le vide. Même les plus sérieux et les plus sages de ses élèves se décourageaient rapidement, vaincus par l'élitisme du maître, les sources citées dans leurs langues d'origine, des penseurs grecs à Jean-Jacques Rousseau, des juristes romains à Descartes. Personne n'écoutait. Et comme l'homme n'avait guère d'autorité sur les jeunes garçons qu'on lui confiait, les heures d'histoire tournaient à la pagaille générale. On bavardait, on jouait, on faisait n'importe quoi d'autre… Et le professeur Purseau faisait mine de ne s'apercevoir de rien. Il continuait sa classe, inlassablement, faisant les cent pas sur son estrade, la voix monocorde, les mains croisées dans le dos, le regard fixé sur le bout de ses souliers.

Sa réputation avait été vite faite. Même chez les plus jeunes, on la connaissait. Et, le jour de la rentrée, quand on égrainait le nom des professeurs, on ne pouvait s'empêcher de glousser dans tous les rangs alignés dans la cour d'honneur quand le sien arrivait. La direction du lycée s'alerta bien vite de la situation. Moins de deux ans après sa nomination, le proviseur d'alors envoya un courrier à l'Inspection. D'autres suivirent pendant toutes ces années et chacun resta sans réponse. Charles Purseau avait la chance d'avoir des compagnons d'études qui étaient devenus des personnages influents. On racontait même qu'André Claverie, qui devint le directeur de l'École Normale de Toulouse en 1902, était l'un de ses plus fidèles protecteurs.

Charles Purseau passa sa carrière à être un professeur chahuté, raillé, injurié. Il ne se plaignit jamais de l'enfer qu'il vivait au quotidien. Mis à part l'incident du début de l'année scolaire 1909, on ne le vit jamais réagir, se mettre en colère ou s'effondrer. Tout cela semblait glisser sur lui. Comme les critiques de ses collègues, comme les blâmes de la direction. Ce n'était même plus de la lâcheté, c'était de l'indifférence.

Avec les années, un rituel s'était mis en place parmi les élèves et on se le transmettait de promotion en promotion. Dès qu'il entrait dans sa salle de classe, on obéissait au règlement et on se levait. Mais on accompagnait cette marque de déférence par un murmure collectif, une déferlante d'une trentaine de voix étouffées qui n'en faisaient bientôt plus qu'une : « *Puceau ! Puceau ! Puceau !* » Le physique ingrat du professeur, l'ennui qu'il déclenchait dès qu'il ouvrait la bouche, ses manières austères venues d'un autre âge, ses vêtements râpés de vieux garçon… tout concourait à jouer ainsi avec son patronyme et rendre cette légère transformation crédible. Cela n'en était que plus amusant. Et lui ne disait rien. Sans aucune émotion visible, il écrivait le titre de la leçon du jour au tableau. À peine pouvait-on remarquer qu'il serrait les dents à se les briser les unes contre les autres.

Comment put-il tenir dans ces conditions ? Son ami Aguessac avait trouvé l'explication, pensait-il, après s'être longtemps inquiété pour celui qui avait été son grand complice. Charles Purseau avait tout simplement plusieurs vies. Ces vies l'avaient détourné de sa voie et étayaient son quotidien. Son métier d'enseignant n'était qu'une partie, pas la moindre certes, mais la plus obscure. Le reste n'était pour lui que lumière. Et cette lumière le tenait debout, chaque heure, tel le point lumineux qu'on entrevoit lorsqu'on traverse un tunnel. Le lycée, les élèves, c'était le tunnel.

La première des autres vies de Charles Purseau lui était tombée dessus à l'improviste. C'étaient les Pyrénées. Il tomba éperdument amoureux de cette montagne dès qu'il s'en approcha. Il y revenait dès qu'il le pouvait, prenant une chambre dans une pension de famille de la vallée ou bien bivouaquant parfois là-haut, quand la saison le permettait. Il marchait seul des heures durant, gravissant d'un bon pas les pentes escarpées, goûtant cette solitude et ces efforts récompensés quand on débouchait sur un balcon dominant des étendues vertigineusement vastes, quand on tombait sur un petit lac aux eaux parfois encore glacées, une bergerie en pierres sèches, un cirque où venaient s'abattre les eaux surgies des profondeurs, gonflées de la neige encore récente. Il s'arrêtait, contemplait, observait. Il sortait son carnet et dessinait ou écrivait, libre de toutes contraintes. Il n'y avait plus de notes scientifiques, mais des pensées, des sensations, des petites histoires. Il laissait son esprit vagabonder, sans entrave, y compris celle de pouvoir être lu car il brûlait un à un ses carnets sitôt la dernière page noircie. Il devenait léger tout en haut, déjeunait d'une belle tranche de jambon à la couenne épaisse, d'un fromage de brebis acheté avant l'ascension. Il se sentait bien là, tout petit face à la nature colossale, mais tout à fait certain d'avoir une route à tracer, une place, un rôle. Rien à voir avec ce qu'il avait ressenti à Delphes ou à Syracuse : là, il avait été écrasé par le poids du passé, il y était venu comme on entre en religion, l'esprit soumis et la tête courbée. Dans ses Pyrénées chéries, il allait le dos droit, le regard porté vers l'horizon.

C'est pour la deuxième de ses vies qu'il fit quelques infidélités à ses montagnes, qu'il voyait par temps clair des fenêtres de son appartement du quartier Saint-Cyprien. Elle aussi lui tomba dessus à l'improviste, dans le siècle finissant. Elle s'appelait Marie. Elle avait vingt-deux ans. Elle était aussi jolie que Charles était laid, aussi gaie qu'il était sombre, aussi chaleureuse qu'il était maladivement timide. On ne sut jamais comment ils s'étaient rencontrés, ni comment la jeune femme avait pu tomber amoureuse de lui, qui semblait en tout point son contraire et qui la devançait dans l'existence de près de vingt ans. Mais ils s'aimèrent sincèrement et se marièrent aux premiers jours du printemps 1900. Ce fut un mariage modeste et dépeuplé : Charles était seul au monde et la famille de Marie condamnait cette union. Mais ce fut une belle journée. Les quelques amis présents, notamment ceux de l'époux, se félicitaient d'une telle union. Mais, officieusement, on faisait comme les autres, comme ceux qui n'étaient pas venus : on trouvait le couple mal assorti, on promettait sous cape malheur et tristesse à la jeune épousée auprès d'un mari aussi austère et désargenté. Une fois de plus, on se trompa.

Ils furent heureux. Tous les deux. Deux ans plus tard, naissait une petite fille, Camille, dont Charles se félicitait qu'elle soit le portrait craché de sa mère. Peut-être ces heures-là furent les plus heureuses qu'il vécut, ces moments rares, qui donnent tout leur sens à la vie. Hélas, Charles fut fauché en plein envol.

Marie contracta une pneumonie l'hiver qui suivit la naissance de sa fille. Si les médecins parvinrent à la sortir de là, une ombre s'étirait désormais sur leur existence si harmonieuse. Le soleil se cacha derrière les nuages. Marie mourut en janvier 1906. Elle laissa Charles avec sa seule raison de vivre désormais, la petite Camille. Les montagnes même ne purent jamais réussir à le consoler.

C'est en octobre 1907 que Martial de la Boissière était entré au lycée national de Toulouse. Il avait treize ans et arrivait de la région bordelaise. On savait de lui que son père était mort depuis longtemps, que sa mère était remariée avec un riche viticulteur, et qu'il n'était plus vraiment à sa place auprès d'eux. Renvoyé de plusieurs établissements pour des faits qui restèrent ignorés de la plupart, on l'avait envoyé en pension à Toulouse, loin, et il n'en sortait même pas pour les vacances de Noël. Martial se révéla effectivement assez indiscipliné. Il devint rapidement une vedette auprès de ses camarades, n'ayant pas son pareil pour déclencher l'hilarité générale aux dépens d'un professeur ou d'un pion, sachant se défendre, y compris contre les plus grands, et fascinant son auditoire par les histoires lugubres qu'il savait inventer et qui flanquaient la frousse à tout le monde après l'extinction des feux. Mais Martial se révéla également un élève fort brillant, esprit logique et bien formé, vif comme l'éclair et toujours avide de nouveaux savoirs. Plusieurs de ses enseignants ne tarissaient pas d'éloges à son sujet et le surveillant général le prit même en affection, malgré tous les sales tours qu'il était capable de jouer à l'internat ou quand on allait prendre l'air sur les terrains de l'ancienne ferme de Bellevue.

Quand on apprit, le jour de la rentrée 1909, que Martial héritait du père « Puceau » en histoire, on se délecta à l'avance de la confrontation déséquilibrée qui s'annonçait. Au début, Martial fit comme tout le monde, il chahuta, passa les heures de cours à tout autre chose que l'histoire, montrant envers son enseignant autant de mépris que les autres, ni plus, ni moins. Et puis, il y eut ce jeudi de novembre, une journée grise, humide et froide. Martial avait obtenu la liberté de sortir pour quelques heures, le temps pour lui d'aller dépenser le copieux argent de poche qu'on lui envoyait de Bordeaux dans la librairie qui bordait la place du Capitole. Il avait ensuite pris son temps pour revenir, se payant un cornet de marrons grillés, déambulant dans les ruelles animées. C'est là qu'il avait croisé son professeur d'histoire. Ce dernier était engoncé dans un vieux manteau usé, une grosse écharpe de laine lui remontait bien au-dessus du menton et son chapeau tombait bas sur son front. Mais Martial l'avait reconnu de loin. Il aurait parié que l'homme avait blêmi quand il l'avait aperçu sur le trottoir d'en face. En tout cas, il avait vite détourné les yeux. Ce qui stupéfia Martial n'était en rien lié à cette attitude qui asseyait davantage l'humiliation de l'enseignant. Non, il s'agissait de la fillette blonde qui tenait sa main gantée, trottinant sagement à ses côtés. Une petite fille mignonne comme un cœur, au regard pétillant, aux habits si propres et si bien coordonnés. Une petite fille qui, regardant Martial, lui adressa un sourire enchanteur avant de se retourner et de s'éloigner dans les pas de celui qui l'accompagnait. Le soir même, Martial se délesta de quelques billets auprès du concierge du lycée pour obtenir l'information qu'il n'osait lui-même déduire de la scène : Charles Purseau avait effectivement une petite fille qu'il élevait seul.

Le lendemain, le cours d'histoire démarra avec la même litanie : « Puceau ! Puceau ! Puceau ! » Personne ne remarqua que Martial ne disait rien. Il fixait le professeur qui était en train de s'installer, cherchant à percevoir un rictus, une crispation, quelque chose qui aurait trahi un début de révolte, un semblant de colère, un refus. Il ne vit rien. Comment cet homme pouvait subir toutes ces choses sans broncher ? Comment pouvait-on être lâche et soumis à ce point ? Voilà des questions qui taraudaient Martial depuis quelques semaines, le soir, allongé dans son lit trop étroit. Il entrevoyait maintenant une réponse : le professeur Purseau n'était-il pas en fait plus fort que tout le monde, ayant par exemple le pouvoir de faire taire cette méchante rumeur sur son absence de sexualité, mais ne l'utilisant pas ? Sans savoir pourquoi, Martial se sentit offensé par ce genre d'attitude. Il avait envie de le blesser, de l'obliger à montrer tout ce qu'il semblait cacher. Alors que le refrain habituel cessait aux premiers crissements de la craie sur le tableau, il cria d'une voix de stentor :

— Gros puceau !

Le brouhaha habituel qui avait pris sa place cessa immédiatement. Les autres élèves étaient ravis de la provocation, cela faisait longtemps qu'on attendait que de la Boissière lance les hostilités. Le professeur avait sursauté. Il se retourna, abandonnant son titre en plein milieu du mot « *Constitution* ». Il savait qui avait parlé. Il fixa Martial et il y avait toute la haine du monde dans ce regard-là. On sentait qu'il allait enfin exploser. Au lieu de quoi, il s'adressa au jeune homme d'une voix dangereusement calme :

— Monsieur de la Boissière, les talents que l'on vous prête seraient-ils usurpés ? On vous dit pourtant plus éveillé que la moyenne. Vous m'avez croisé, pas plus tard qu'hier, avec ma fille. Auriez-vous besoin de quelques éclairages supplémentaires concernant la reproduction des mammifères ? Auriez-vous besoin qu'on vous rappelle que virginité et paternité ne peuvent aller de pair ? Vous et vos camarades qui fréquentez pourtant assidûment la première êtes mieux placés que quiconque pour comprendre.

Il y eut un murmure collectif dans la classe, un mélange d'indignation et de surprise. Mais comme on ne savait comment répondre, on laissa faire Martial qui, après tout, était le principal visé par la saillie. Décontenancé, ce dernier sentait qu'il perdait la face. Le professeur lui asséna un dernier regard sombre, un petit sourire satisfait fit un passage fugace sur ses lèvres, et il retourna à son tableau. Alors Martial trouva comment répliquer, à haute voix, avant que le bruit ne s'installe à nouveau :

— Cocu !

Ce qui suivit fut donc la seule fois où Charles Purseau montra qu'on pouvait l'atteindre et qu'il pouvait également perdre son sang-froid. Après qu'il eut lâché Martial, après qu'il fut remonté sur son estrade, il entendit le murmure naître, puis la déferlante : « *Cocu ! Cocu ! Cocu !* » L'affaire fit bien sûr le tour du lycée et les « *Cocu !* » se mêlaient au « *Puceau !* » lors de toutes ses entrées en classe.

Le litige n'en resta cependant pas là. Peu de temps avant les fêtes de fin d'année, il y eut une nouvelle confrontation entre Charles et Martial. Ce dernier excellait dans l'art des échecs, jusqu'à être une légende entre les hauts murs du lycée. Même son professeur d'algèbre avait été battu à plates coutures. La mode récente était donc de défier le champion pour le faire chuter de son piédestal. Martial le savait et comme il était hors de question qu'il perde, il s'entraînait. Les heures d'histoire pouvaient facilement s'y prêter. Ce jour-là donc, Martial avait installé son échiquier sur son pupitre sans s'occuper de ce qui pouvait bien se passer autour de lui. Mais Charles Purseau s'intéressa à la scène. Oubliant ses habitudes, il descendit de son estrade et s'approcha.

— Que faites-vous de la Boissière ?

— Vous voyez bien, monsieur, je joue aux échecs.

— Et vous jouez aux échecs pendant mon cours ?

— Tout à fait, monsieur. Je vous aurais volontiers convié à vous joindre à nous mais il me semble que vous êtes occupé ailleurs.

Les autres pouffèrent. Mais Charles ne battit pas en retraite pour une fois.

— Je n'ai plus eu l'occasion de jouer depuis de nombreuses années, je crains que ma pratique ne soit un peu rouillée. Je ne pourrais être qu'un piètre adversaire pour un prodige tel que vous.

— Je veux bien démarrer avec quelques coups de retard si cela vous convient, lança Martial, mi-amusé, mi-intrigué par l'attitude de l'enseignant.

— Cela ne sera pas utile, monsieur de la Boissière. Comme vous le savez, ma leçon ne peut attendre plus longtemps. Je vous accorderai néanmoins quelques minutes, si je peux obtenir la promesse que vous ne traînerez pas.

— Comme il vous plaira, monsieur. Je crains effectivement que cela soit rapide.

— Voilà une belle assurance que d'aucuns jugeraient comme étant de la prétention.

— N'y voyez que de la lucidité, monsieur. Mais, si cela peut vous contenter, je veux bien envisager une éventuelle défaite. Tenez, si vous me battez, je m'engage à être le plus attentif et le plus exemplaire de vos élèves jusqu'à la fin de l'année.

Charles Purseau ne répondit pas et garda son visage impassible. Il refusa la chaise qu'on lui avança, insista pour qu'on tire au sort qui aurait les blancs.

Huit coups. On les compta. On le répéta ensuite dans tout le lycée, l'écho en résonnait encore plusieurs semaines plus tard. En huit coups, le professeur Purseau atomisa Martial de la Boissière qui resta pétrifié de longues minutes. Après quoi, l'homme repartit vers le tableau et se lança dans une leçon sur la pratique de la thésaurisation à l'époque médiévale que personne n'écouta.

Si Martial se sentit humilié, il n'eut pas trop à souffrir de l'attitude de ses camarades, car les traditions sont coriaces et les accidents de parcours ne font que les effleurer avant de disparaître : l'exploit du professeur d'histoire ne le fit pas pour autant remonter dans l'estime de ses élèves. Seul Martial semblait le voir d'un œil différent. Il tint sa promesse et devint un élève exemplaire en classe d'histoire même s'il ne comprenait rien à ce qui s'y disait. Il aurait pu nourrir une nouvelle rancune envers Charles mais il n'en était rien. Il n'y avait désormais que de l'admiration. Et cela n'avait rien à voir avec les échecs, bien que, touché dans son amour-propre, Martial cessa immédiatement d'y jouer. L'homme lui paraissait tellement fort, dans tous les sens du terme. Il fallait du courage pour affronter ainsi les défaites quotidiennes et revenir le lendemain. Il fallait également une immense force morale pour refuser d'utiliser le pouvoir qu'on avait entre les mains : l'homme lui semblait capable désormais de pouvoir écraser n'importe qui et dans n'importe quel domaine. Charles Purseau était un mystère qui obséda Martial. Il essaya de se rapprocher de cet homme mais il ne reçut qu'une complète indifférence en retour. Le soir, il se tenait près du grand portail quand son professeur s'en allait, passant au ras de lui sans vouloir le voir. Il espérait juste un signe, un geste, une main tendue. Il y avait quelque chose qui attirait Martial et qu'il ne parvenait pas à définir, mais il savait que, s'il parvenait à y accéder, il trouverait là un trésor.

Le hasard finit par s'en mêler. Pendant les vacances de Noël, Martial fut, comme d'habitude, le seul interne à rester au lycée. Ses journées n'étaient faites que de lecture et de promenades solitaires dans les couloirs et les cours désertés. De temps en temps, on lui confiait une course à faire. Ce jour-là, il s'agissait d'aller chercher des médicaments pour la femme du concierge qui avait glissé sur une plaque de verglas et qui s'était bien abîmé tout le côté de la jambe droite. En cette veille de nouvel an, il lui fallut passer le pont Saint-Pierre pour trouver une pharmacie ouverte. C'est devant cette officine qu'il croisa Charles Purseau. Ce dernier entrait alors que, déjà servi, Martial sortait. Il lui tint poliment la porte et le salua chaleureusement, du moins espéra-t-il que cela soit chaleureusement. L'enseignant ne lui répondit pas et n'eut même pas le moindre regard pour lui. Martial ne se découragea pas. Il resta sur le trottoir dans le froid mordant. Quand Charles ressortit, d'un pas décidé, il le rattrapa, manquant à son tour de glisser sur le pavé verglacé.

— Monsieur Purseau ! (Bon sang ! Il avait failli dire « Puceau » !) Monsieur le professeur !

L'autre ne ralentit pas, on aurait même juré qu'il avait accéléré. Martial réussit cependant à le rejoindre et se planta hardiment devant lui.

— Monsieur Purseau, c'est moi, de la Boissière !

— Oh, je sais parfaitement qui vous êtes ! Je suis cependant surpris que vous m'appeliez par mon nom, je ne pensais pas que vous le connaissiez étant donné que ce n'est pas celui dont vous usez habituellement.

— Je n'ai pas eu l'occasion de m'excuser, monsieur.

— Vous avez eu l'occasion mais vous ne vous êtes pas rabaissé à cela. Mais que cherchez-vous donc à faire ? Voilà quelque temps que je ne cesse de vous croiser et cela me contrarie, sachez-le ! Eh bien quoi ! Maintenant, vous me poursuivez dans la rue ?

— Je croyais que vous auriez remarqué que j'avais changé d'attitude.

— Je l'ai remarqué en effet, mais cela m'est égal. Et je reste indifférent à vos excuses maladroites. J'ignore si vous savez qui était Abraham Lincoln mais vous feriez mieux de méditer sur sa phrase : « *Mieux vaut rester silencieux et passer pour un imbécile que parler et n'en laisser aucun doute.* »

Martial baissa les yeux, penaud. Le fossé semblait finalement trop large, les barrières trop épaisses entre eux deux. Il ne put empêcher de grosses larmes de dévaler sur ses joues rougies par le froid. C'était idiot mais il se sentait si seul, il y avait une telle accumulation de pleurs contenus avec ces fêtes passées loin de chez lui, si on pouvait dire qu'il avait encore un chez-lui.

— Ne cherchez pas à m'attendrir, grogna Charles.

Martial ravala ses pleurs comme il put.

— Vous pouvez me laisser passer maintenant ? Je ne peux me retarder davantage.

— C'est votre fille ? Elle est malade ?

Pendant une ou deux secondes, Martial crut que l'homme allait lui sauter à la gorge. Quelque chose passa dans son regard, une sorte d'éclair que l'on devait voir dans les yeux d'un fauve avant qu'il n'attaque. Il se dépêcha de désamorcer la situation.

— J'ai aperçu les médicaments dans votre sac. Des médicaments contre le rhume… Et comme vous m'avez l'air en bonne santé… Vous avez chaussé cette sorte de brodequins en cuir que possèdent habituellement les adeptes des courses en montagne. Cela vous permet de ne pas déraper sur les trottoirs glissants, contrairement à moi. Et comme il n'est pas d'usage de les porter en ville, je crois que vous les avez chaussés pour pouvoir aller plus vite entre la pharmacie et chez vous. Je sais que vous êtes veuf et que, certainement, votre fille est seule chez vous, sans doute alitée.

Le professeur s'était calmé. Il paraissait maintenant intrigué.

— Quoi d'autre, jeune homme ?

— Vous n'apportez guère de soin à vos vêtements mais votre moustache est toujours remarquablement taillée, vous êtes toujours rasé de près et vos ongles sont impeccables. Vous ne vous laissez pas autant aller que ce qu'on peut bien croire. Vous ne fumez pas, ne portez aucun signe religieux, vous triturez souvent l'annulaire de votre main gauche, sans doute le doigt auquel vous portiez votre alliance avant de perdre votre épouse. Le mépris qu'on vous envoie au visage au lycée semble vous laisser indifférent, mais votre dos est plus courbé et votre démarche plus lourde quand vous êtes au travail ; vous paraissez dix ans de moins aujourd'hui. Je crois que vous pourriez être un excellent professeur, sans doute le meilleur, si vous acceptiez de baisser un peu les yeux et de voir ceux qui ne parviennent pas à se hisser à votre hauteur. Et vous m'avez paru le plus admirable des pères quand je vous ai vu dans cette rue, avec votre fille, qui semblait si gracieuse et si joyeuse qu'elle ne peut l'obtenir que de vous.

Martial ne pleurait plus. Mais il gardait tout de même les yeux baissés. Il perçut cependant la voix du professeur qui avait changé à nouveau. Il ne pouvait le jurer sur le coup, mais elle portait en elle un peu d'émotion.

— Seriez-vous donc une espèce d'espion, de la Boissière ? Ou bien vous prenez-vous pour un quelconque détective de bazar ?

— Je sais observer les choses. On observe beaucoup quand on est seul, cela rend la vie plus vivante.

— C'est donc une sorte de déformation ? Je vous le redis, je suis pressé et vous me retardez. Je vais cependant vous donner l'occasion de me convaincre. Venez chez moi pour le déjeuner demain. Le premier déjeuner de l'année. Midi précis. Soyez à l'heure ou ne venez pas. Puisque vous êtes si malin, vous n'aurez aucun mal à trouver mon adresse et à vous échapper du lycée.

Il fit quelques pas, laissant Martial planté là. Mais il se retourna bientôt.

— S'il s'avérait que tout ceci était une mise en scène destinée à me ridiculiser une fois de plus, sachez, mon cher enfant, que je vous briserais, et ce définitivement.

Il avait dit cela dans un souffle de colère, avec le même regard de fauve blessé que tout à l'heure.

— Et n'évoquez plus jamais mon épouse. Plus jamais !

Martial regarda son professeur s'éloigner, bien droit, le pas long. Il ne comprenait pas pourquoi il n'était pas capable de faire montre d'une quelconque autorité face à ses élèves parce que, sur ce trottoir, il l'avait presque effrayé. Il était content que sa démarche soit sincère et de n'avoir pas imaginé le moindre mauvais tour.

Martial trouva l'adresse de la petite famille Purseau. Il se rendit dès le lendemain dans leur appartement si clair et si chaleureux. Dès lors, Charles lui accorda une petite place dans sa vie. Il découvrit un homme intelligent et curieux de tout, un père attentif et aimant, un personnage haut en couleur, un grand homme en résumé. Il put piocher dans sa science au gré de leurs conversations où seuls deux sujets étaient bannis : l'épouse de Charles et son travail au lycée. Il eut droit de le suivre jusqu'aux Pyrénées, certains dimanches de printemps, et il tomba à son tour amoureux de la montagne. Il se plut à marcher dans les traces de son mentor, se sentant gravir les marches dans son ombre colossale. Mais il était tout de même content de ne plus l'avoir en cours.

Pour Camille, il devint rapidement une sorte de grand frère affectueux. Dès sa première visite, alors qu'elle était encore malade, le nez tout rouge de son rhume, les yeux un peu fiévreux, elle l'avait choisi pour compagnon. C'était une enfant enjouée et d'une sincérité désarmante dans tout ce qu'elle entreprenait. Elle avait un peu plus de sept ans quand il s'imposa sous leur toit ce premier jour de l'année 1910. Elle en avait presque dix quand elle pleura avec lui sur le quai de la gare alors qu'il quittait la ville pour poursuivre ses études ailleurs. Un an plus tard, elle quittait à son tour Toulouse pour suivre son père à Bagnères-de-Luchon, au pied de sa montagne adorée, libéré de son travail pour raisons de santé.

Bien que mis à la retraite, décision qui avait été applaudie par la nouvelle direction du lycée de Toulouse, Charles continua d'enseigner dans sa nouvelle vie. En effet, durant la guerre, il remplaça pendant plusieurs mois les instituteurs qui faisaient défaut auprès des élèves de l'école communale. Il fut un maître d'école adoré et connut là les plus belles années de sa carrière d'enseignant. Camille en attrapa même à son tour le virus, au grand dam de son père : elle choisit la voie de l'enseignement.

Quand Martial sut qu'il allait partir au front, il se débrouilla pour venir les voir, comme il le faisait dès qu'il en avait l'occasion. Cette guerre lui faisait peur, il avait un mauvais pressentiment. C'est Charles et Camille qu'il avait envie de voir à ce moment, personne d'autre. Charles se contenta de quelques mots de réconfort et, ce fut la seule fois, se fendit d'un geste presque paternel : il posa sa main sur l'épaule de Martial quand celui-ci remonta à bord du wagon. Quant à Camille, elle ne cessa de se morfondre pour lui. Elle lui écrivit beaucoup, continuant à jouer à ce jeu qu'elle aimait tant, celui de sa future épouse. Quand Martial fut méchamment blessé, mais miraculeusement vivant, il réussit à venir passer sa convalescence au Grand Hôtel des Bains de Luchon et elle vint le voir tous les jours, matin et soir. Aux infirmières qui la questionnaient, elle disait qu'elle venait rendre visite à « *son amoureux* ». Mais personne n'osait sourire ou se moquer tant elle paraissait sincère.

À quinze ans, elle intégra l'École Normale des Institutrices de Toulouse et continua de lui envoyer des lettres qui étaient toutes des merveilles de réconfort et d'espoir. « *Reviens entier* », écrivait-elle, « *la vie nous attend.* » Elle avait dix-sept ans quand il la revit, à son retour de Serbie, au cours de l'été 1919. Charles voyait sa santé le quitter lentement, et même les marches en altitude lui étaient désormais pénibles. Il était venu passer quelques jours avec lui, encore étonné d'avoir échappé à la tuerie générale et définitivement changé. Quand Camille l'apprit, elle sauta dans un train du soir et vint les rejoindre. Il vint la chercher sur ce quai de gare presque désert. Elle était d'une beauté étourdissante. Il ne parvint pas à lui avouer qu'il avait réussi à tenir grâce à elle, pour elle. Que la promesse qu'elle s'était faite n'était plus un jeu pour lui. La voir si belle, si gaie, la sentir dans ses bras, son parfum partout autour de lui, il eut du mal à résister à la couvrir de baisers. Il se sentit si vivant alors ! Il comprenait ce qu'elle avait voulu lui dire par « *la vie nous attend* ». Il comprenait mieux maintenant.

En 1920, son diplôme en poche, Camille revint à Bagnères-de-Luchon en tant que stagiaire. Les relations de son père, celles qui avaient fait se damner tous les proviseurs qui s'étaient succédé à la tête du lycée de Toulouse, avaient joué pour qu'elle puisse se retrouver aux côtés de Charles, de plus en plus faible. Peu après l'« *Affaire Duhamel* », qui valut à Martial ses premières heures de gloire comme enquêteur, notamment avec les nombreux articles parus dans les mois qui suivirent, se sentant désormais bien lancé sur les rails auxquels il aspirait, Martial se rendit une dernière fois à Luchon, bien décidé à déclarer sa flamme à

Camille et obtenir sa main de la part de son ancien professeur.

Charles avait sans aucun doute deviné depuis bien longtemps les sentiments qui étreignaient Martial. Il se montra froid envers lui, lui avouant qu'il ne goûtait guère de le voir se compromettre dans cette sorte de club où l'on jouait aux détectives amateurs tout en restant oisif le reste du temps. Il maugréa après sa santé chancelante qui lui barrait la route de sa montagne adorée dont les pentes venaient dégouliner jusqu'au fond de son jardin. Il évita de lui parler de Camille. Cela aurait dû l'alerter.

Camille, de plus en plus belle, mais beaucoup moins gaie, cela aurait dû être la deuxième alerte. Elle le repoussa. Avec douceur. Leurs chemins s'étaient défaits, la vie ne les attendait plus ensemble. Elle en aimait un autre. Il restait toujours son ami, l'autre moitié de sa famille, une part d'elle-même. Elle ne pouvait lui offrir davantage.

Il ne se rappela pas avoir eu jamais aussi mal. Il crut qu'il ne pourrait jamais s'en relever.

Ils gardèrent un contact lointain, par courrier. Camille avait obtenu son premier poste de titulaire dans un village éloigné aux confins du Tarn et de l'Aveyron. Charles l'avait suivie, hélas condamné à perdre ce combat qu'il menait depuis quelques années. Les lettres s'espacèrent ensuite. Martial essaya d'oublier, mais la cicatrice se rouvrait trop facilement. Comme ce jour, le 1er octobre 1923, quand il reçut le télégramme : « *Papa mort ce matin. Viens. Viens vite. Camille.* »

La raison aurait dû lui dicter de ne pas y aller. L'excuse de la longue distance à effectuer aurait suffi, son médecin lui déconseillant les longs périples qui menaçaient de réveiller sa blessure au dos. Il savait que la revoir allait le déchirer, le plonger à nouveau dans des abîmes dont il ne s'extirpait qu'avec peine. Mais la raison n'y pouvait rien. « *Viens. Viens vite* » et son cœur s'était emballé, et il n'eut pas la tête à pleurer Charles.

Le mercredi 3 octobre, il avait rallié Brassac au volant de son Hispano-Suiza toute neuve. La Vitarelle-du-Théron, le village dans lequel était désormais installée Camille depuis un an, n'était plus distant que d'une petite dizaine de kilomètres. Il prit une chambre à l'auberge qui bordait l'Agoût, près du grand pont de pierre, non sans avoir attiré l'attention avec sa voiture pétaradante. Les funérailles de Charles étaient prévues pour le lendemain matin. Martial connaissait suffisamment Camille pour savoir que cette soirée était à elle, et à elle seule aux côtés de son père adoré. Une dernière fois. De toute manière, il se demandait s'il trouverait le courage d'avaler les derniers kilomètres qui le séparaient d'elle. La nuit qu'il passa en cette terre inconnue, cernée par des monts couverts de forêts, lui donna une dernière chance de rebrousser chemin. Il ne put fermer l'œil.

Charles Purseau. Un nom quasi inoubliable pour de nombreux élèves du lycée national de Toulouse, mais beaucoup étaient morts aujourd'hui, happés par cette guerre qui se disait la dernière. Le nom d'un professeur médiocre, une honte pour la « Grande Maison » ; le nom d'un homme qui ne compta que peu d'amis et qui resta un mystère pour la plupart de ceux qui l'avaient croisé un jour ; un homme plein de ressources et de force qui avait choisi le jour de la rentrée des classes pour tirer sa révérence.

***

Jeudi 4 octobre 1923.

Le mince cortège funèbre prit son temps pour traverser le village en direction de l'église. Camille marchait seule en tête de la petite file qui suivait le pas lent des chevaux. Son père était mort dans ce village qui lui restait étranger. Pendant l'année qu'il avait passée ici, ses seules compagnies, en dehors de sa fille et du fiancé de celle-ci, s'étaient résumées à ses livres et aux leçons de Camille qu'il entendait de sa chambre.

Il avait eu le temps de voir sa mort arriver. Il avait voulu recevoir l'extrême-onction et avoir un enterrement en bonne et due forme. Il n'était pas très favorable à la chose religieuse mais trouvait que les traditions avaient du bon, comme autant de points de passage qui jalonnent une vie.

Il s'était marié à l'église, Camille avait été baptisée et Marie avait eu droit à un enterrement des plus chrétiens. Le cimetière de La Vitarelle lui convenait parfaitement. La vue était jolie sur les gorges. Pourquoi serait-il allé jusqu'à Toulouse ou jusqu'à Luchon ?

Ce dont il avait besoin pour son dernier voyage, il en avait la tête pleine. Le lieu importait peu. Et il ne fallait pas venir l'embêter avec ces histoires de deuil à porter. Le noir n'allait pas bien à sa fille.

Camille avait cependant désobéi. Elle portait son unique robe noire. Sa position dans le village, les difficultés pour se faire accepter l'obligeaient à faire attention à ce qu'elle faisait. Ainsi, Édouard ne marchait pas à côté d'elle, leurs fiançailles n'avaient rien d'officiel. La seule entorse qu'elle avait consentie était d'avoir renoncé au chapeau. Elle marchait tête nue, une mèche ne cessant de s'échapper de son chignon pour venir dégouliner sur son visage.

Martial n'était pas venu. Elle ne savait même pas si le télégramme l'avait trouvé chez lui car il était resté sans réponse. Il lui manquait. Cela faisait deux ans qu'il lui manquait. Encore plus ces derniers jours. Édouard avait été pourtant extraordinaire, à la fois présent et discret, solide comme un roc tout en restant dans l'ombre. Mais Martial était le lien avec ce passé qui s'en allait, tiré par deux vieux chevaux, sur une charrette habillée d'un velours noir qui n'avait rien de récent. Et il n'était pas à sa place. Il n'y était plus depuis qu'elle l'avait éconduit, qu'elle lui avait fait comprendre qu'ils s'étaient ratés de quelques années.

L'église du village était au bout d'une place bordée de platanes, juste au bord d'une falaise qui dévalait vers la rivière en contrebas. Le glas résonnait lugubrement. Quelques personnes attendaient sur le parvis, ne s'étant pas présentées à l'école pour la mise en bière.

Sur un côté, il y avait une voiture rouge couverte de poussière. Les enfants qui se pressaient autour firent silence quand le cortège les dépassa. Puis, Camille le vit. Il se tenait debout, un peu en retrait, les jambes collées au parapet qui bordait le cimetière. Il était pâle. Il fixait le cercueil qui avançait lentement vers lui. Elle ressentit une sorte de trac lui étreindre la poitrine. Elle détourna les yeux pour éviter d'attraper les siens. Elle le dépassa avant de s'arrêter, attendant que l'on décharge le cercueil. Elle sentait son regard vrillé à sa nuque. Alors, sans se retourner, elle tendit la main vers l'arrière. Quelques secondes passèrent, lentes, et tout semblait se voiler autour d'elle, même les sons qu'elle n'entendait plus. Et elle sentit sa main épaisse se glisser dans la sienne. Et elle serra fort tandis que toutes les larmes de son corps semblaient s'échapper ensemble. Elle ne vit pas les siennes.

Martial était plus réservé que dans son souvenir, moins assuré. Elle lui dit combien sa venue lui faisait chaud au cœur. Elle lui présenta Édouard. Elle avait tant parlé de son ami à ce dernier qu'elle voulut rééquilibrer la balance en sa faveur. Édouard avait intégré la Marine marchande à quatorze ans, seul moyen pour lui d'échapper à l'orphelinat de La Rochelle. Il ne savait rien de ses origines sinon qu'on lui avait donné le prénom du garçon qui l'avait trouvé, tout bébé, sous les arcades, en juillet 1892, le mois même où la France signait le traité avec le tsar Alexandre, et on lui donna comme patronyme celui de l'empereur russe. Un naufrage dans le passage des Laquedives avait failli lui coûter la vie et, s'il avait finalement survécu, il se jura de ne plus jamais remonter sur un bateau. Il avait fait la guerre à pied, dans la boue. Il avait été salement blessé en 1917 et c'est à Luchon qu'on l'avait envoyé se raccrocher au minuscule fil qui le reliait encore à la vie. Il y avait rencontré Charles puis Camille.

Aujourd'hui, Édouard était courtier en peaux à Mazamet, dans la vallée, à une trentaine de kilomètres de sa fiancée. L'industrie du délainage était en train de prendre son envol. Son expérience du long cours et ses quelques contacts l'avaient aidé à se faire connaître. Il travaillait de plus en plus avec les Argentins qui fournissaient le gros de la matière première. L'Argentine ! Voilà où était l'avenir. Un pays vaste, un pays vide, un pays à construire. Il avait déjà ce projet en tête avant la mobilisation générale. Le hasard le lui avait ramené. Ils allaient y partir, sans doute cet été. Tout était prêt pour qu'ils puissent y trouver une vie nouvelle, une vie douce, loin du chagrin et de l'ombre qui s'étaient abattus sur eux depuis quelque temps.

Martial écouta beaucoup, parla peu mais sa présence lui fit un bien fou. C'est ce qu'elle lui dit quand il annonça qu'il devait partir sans trop attendre. Elle ne crut pas un seul instant aux mensonges qu'il lui débita sur ses obligations et la longue route à faire, mais elle n'osa insister pour qu'il reste.

Elle le raccompagna jusqu'à sa voiture, maintenant garée devant l'école des filles. Elle avait glissé son bras sous le sien. Elle sentait que sa blessure était encore béante et qu'elle portait sa marque.

— Je suis désolée, lui dit-elle doucement, appuyant sa tête contre son épaule. Désolée pour tout.

— Je n'ai jamais eu l'occasion de te souhaiter bonne chance. Ton fiancé m'a l'air d'être quelqu'un de bien. Il a dû plaire à ton père.

— Il n'aurait pas voulu que je t'épouse. Il disait que tu avais en toi de quoi faire pleurer les femmes.

— Et tu le croyais ?

— Non ! Mais il n'avait pas d'autre argument pour me détourner de toi... Tu es tout ce qui me reste, Martial. S'il te plaît, ne te détourne pas de moi à ton tour. Promets-moi que nous nous reverrons.

Martial se força à sourire, et il promit.

Alors Camille sortit de sa poche une enveloppe cachetée à la cire.

— C'est papa. Il t'a écrit cette lettre avant la fin. Et, bien que je brûle d'envie de savoir ce qu'il te dit, tu remarqueras que je ne l'ai pas ouverte.

Martial se saisit de l'enveloppe et contempla un moment la belle écriture de son ancien professeur.

— Alors, tu me permettras de la lire un peu plus tard. Je te dirai tout de son contenu quand nous nous reverrons.

— Bientôt ?

— Très bientôt.

L'Hispano fit résonner son moteur dans tout le village, attirant une nouvelle fois les curieux sur le pas de leur porte à l'heure où l'on se préparait à dîner. Martial se moquait de la nuit qui tombait. Il voulait s'éloigner le plus vite possible. Il avait une nouvelle fois le cœur brisé. Il ne savait pas s'il n'aurait jamais la force de la revoir. Les restes d'un bel été menaçaient de se dissoudre dans les pluies du soir. Au loin, l'orage grondait déjà par-dessus la Montagne Noire.

***

« Martial,

Je vais bientôt mourir. Moi qui aimais tant respirer l'air pur des montagnes, je vais partir asphyxié, trahi par mes poumons : le destin est farceur ! Je n'ai pas peur de la mort. Je ne dis pas cela par prétention mais parce que c'est vrai. En revanche, j'ai peur pour ma petite Camille. Je sais que tu l'aimes, et elle t'aime aussi, même si ce n'est pas de la façon que tu aurais voulue.

Nos routes se sont éloignées ces derniers temps mais les voilà à nouveau mêlées. J'ai suivi de près tes exploits. Avec Camille, nous avons conservé tous les articles qui parlaient de toi. Je ne crois plus aujourd'hui que ton fameux Cercle soit celui d'une bande de gamins qui rêvent leur vie au lieu de la vivre. Je me suis trompé. Tu peux être fier de toi.

Tu m'as dit un jour que tu pouvais devenir un élève exemplaire. Eh bien, je te le dis, tu as été un bon élève, le meilleur que je n'ai jamais connu. Aussi je me tourne vers toi aujourd'hui pour une dernière faveur : veille sur Camille. Sois sa force quand elle en manquera. Sois sa raison quand elle se laissera emporter par ce caractère que tu connais si bien. Sois l'écho de son rire les jours de joie. Sois les mains dans lesquelles elle enfouira son visage les jours de peine. Sois toi et un peu moi à la fois. J'ai si peur pour elle aujourd'hui...

Ne juge pas trop sévèrement Édouard. La vie ne lui a fait aucun cadeau et il mérite de prendre sa revanche. C'est un garçon bien et je souhaite que tu puisses t'en rendre compte par toi-même : lui aussi peut devenir bon élève s'il a un bon professeur.

Avant de partir, il me faut également te faire une confidence. Je n'ai pas osé le faire avant, tu vois à quel point je suis lâche, et pas seulement dans une salle de classe. Nous n'avons plus jamais refait de partie d'échecs tous les deux. Si cela avait été le cas, tu te serais rendu compte que je n'ai jamais su y jouer ! En revanche, pendant mes années d'étudiant, j'ai rencontré en Égypte un jeune Anglais qui était un pur génie de ce jeu. Au cours de l'automne 1909, je lui ai écrit. Il m'a enseigné par courrier deux ouvertures meurtrières, une avec les blancs, une avec les noirs. Je les ai apprises par cœur, sachant que c'était de ce côté qu'il me fallait attendre ma propre revanche. Je ne suis pas très fier de moi, j'ai la rancune tenace. Mais cela m'aura permis de te rencontrer...

Voilà, mon garçon. Je te remercie de m'avoir accompagné un bout de chemin. Je sais que je peux compter sur toi.

Adieu donc,

Charles Purseau. »

1

Ce fut la mort de Louis Bascoul qui déclencha toute l'histoire.

Louis Bascoul était un vieux valet de ferme qui vivait depuis toujours dans une minuscule maison à moitié délabrée. Il s'agissait là du seul bien que ses parents lui avaient légué à leur mort. Mais cela ne l'empêchait nullement d'en prendre le moins de soin possible. Il traînait dans La Vitarelle-du-Théron une réputation fort méritée de fainéant. Et, si à près de soixante ans, il gardait encore son travail à la ferme des Gresse, c'était uniquement parce que la mère Gresse, bien qu'impotente, tenait toujours les rênes de l'exploitation. Il avait en effet assidûment fréquenté son lit, avant même qu'elle soit veuve, et en était aujourd'hui en quelque sorte récompensé.

Les quelques sous qu'il gagnait ainsi étaient bus tous les soirs dans un des deux bistrots du village, souvent en mauvais vin. De toute manière, malgré l'habitude, il tenait de moins en moins bien l'alcool et était de moins en moins regardant sur la qualité de ce qu'on versait dans son verre. Il avait son compte de plus en plus tôt et rentrait chez lui en titubant, après qu'on l'eut poussé dehors, raclant ses sabots sur le sol, traînant sa carcasse décharnée jusqu'à son lit crotté, quand il ne s'écroulait pas avant dans un fossé. Ses ivresses n'avaient rien de gênant pour la communauté. Elles étaient silencieuses et sombres, peu remarquables. Elles étaient à son image.

Et puis, au début du mois de décembre 1923, il disparut.

Le samedi soir, il avait quitté le café du Progrès, aussi aviné que d'habitude. Un brouillard glacial s'était abattu sur le village depuis la fin de l'après-midi. On n'y voyait pas à vingt pas. Sa vieille bicoque était une des maisons qui formaient le hameau des Buissonniers sur le chemin de l'ancien moulin. Il n'y arriva jamais.

Le lendemain matin, Michel Gresse, le fils aîné de la ferme, débarqua furieux. Il ouvrit la porte d'un grand coup de pied, menaçant ainsi de la faire voler en éclats, et ne trouva qu'un lit vide dans une pièce noire de crasse et malodorante. Il fit ensuite le tour du village pour demander après son valet, commençant par les deux bistrots. Personne ne fut capable de lui dire où il était passé. On n'osait pas rire de la situation tant que le fils Gresse était dans les parages. Tout le monde savait où ses colères pouvaient le conduire si on les attisait ainsi. Mais, une fois qu'il avait le dos tourné, on ne se retenait plus. On ne doutait pas que le vieux Bascoul était en train de cuver quelque part, trop bien caché pour qu'on puisse le trouver. Sauf qu'à la nuit tombée, il n'était toujours pas réapparu.

Le brouillard était tenace et le froid était traître. Il se glissait, humide, sous les vêtements. On cessa donc de rire et on commença à s'inquiéter.

On fit quelques recherches le lundi matin, sans résultat. Il fallut donc se résoudre à prévenir la gendarmerie de Brassac qui vint paresseusement conclure que le vieil homme s'était effectivement volatilisé. Elle avança l'hypothèse qu'il avait peut-être quitté le village, lassé de sa vie misérable. Mais les gendarmes ne connaissaient pas Louis Bascoul pour avancer cela, on ne faisait pas plus couard que lui, jamais il n'aurait trouvé le courage de se lancer ainsi vers l'inconnu. Au village, on ne se faisait plus d'illusions : on pensait qu'il était allé mourir quelque part, d'avoir trop bu, d'être trop sale, trop menteur, trop mal nourri, ou bien par bêtise. Ce n'est pas cette perspective qui peina les villageois mais plutôt le fait qu'on ne parvienne pas à trouver le corps. Louis Bascoul était peut-être ce qu'il était, mais il méritait tout de même une sépulture digne d'un bon chrétien.

La recherche du cadavre du valet de ferme devint donc une préoccupation majeure. Pour les jeunes garçons du coin, elle se transforma même en défi. Si bien que, le jeudi, ils furent nombreux à s'aventurer dans les environs, fouillant minutieusement les bois ou encore les gorges. Deux d'entre eux franchirent même les interdits et décidèrent d'aller chercher du côté du Pas-du-Diable. Et c'est là qu'ils le trouvèrent.

On vit revenir les deux gamins à toute vitesse, tremblant comme des feuilles, livides comme s'ils avaient croisé la Mort en personne. On donna l'alerte et on monta jusqu'à l'endroit qu'ils avaient indiqué, accompagnés par le docteur Delcros.

Le Pas-du-Diable était un accident de la nature, en plein cœur de la forêt communale. C'était une pente escarpée qui venait mourir sur les bords d'un ravin creusé par la rivière encore naissante. Cette pente était plantée de dizaines de gros rochers de granit qui dessinaient des formes extraordinaires. Et, entre les rochers, il y avait des puits naturels, plus ou moins profonds. Cette terre rocailleuse en était crevée en de nombreux endroits. On craignait cet endroit de tout temps. D'abord parce qu'il était dangereux de s'y aventurer. Mais surtout parce qu'on disait l'endroit hanté par de mauvais esprits. On racontait que c'est là que s'étaient tenus les sabbats des sorcières de ces montagnes. On racontait que le vent, quand il s'y engouffrait, faisait remonter des cratères des plaintes humaines. On savait que la brume s'y formait toujours en premier et qu'elle y disparaissait en dernier. On disait qu'on pouvait alors distinguer dans le brouillard des silhouettes s'extraire des trous pour errer ensuite parmi les arbres. C'était le lieu des âmes perdues, des mauvais défunts. On ne le fréquentait guère. Même pas pour la chasse, la pêche ou la cueillette des cèpes. D'ailleurs, le gibier ne s'y aventurait pas non plus. Les seuls animaux qu'on y avait vus étaient des serpents. Tout le monde évitait cet endroit autant que possible.

Et pourtant, Louis Bascoul était venu mourir ici. On le trouva étendu au fond du ravin, juste au bord de la rivière. Ceux qui montèrent là-haut furent marqués par l'expression de douleur qui était figée sur son visage. Le docteur Delcros refusa qu'on bouge le corps avant l'arrivée des gendarmes. Ce n'est que là qu'il commença ses observations.

Il apparut que le vieil homme était mort depuis plusieurs jours, sans doute était-ce déjà le cas le lundi matin quand on avait entrepris les premières recherches. Le rocher crânien était fracturé et c'était probablement cela qui avait causé le décès. Au-delà des quelques contusions relevées sur le corps, le médecin s'attarda sur les chevilles, toutes les deux brisées. C'était comme si une force avait plié chacune d'elles vers l'extérieur de la jambe, jusqu'à ce que l'os casse et perce la peau de son arête saillante. Et il remarqua également les doigts de la main gauche qui étaient tous broyés au-dessus de la deuxième phalange. L'écrasement était tel qu'on ne sentait plus qu'un amas flasque au toucher.

Le médecin remit son rapport et la gendarmerie évoqua deux hypothèses pouvant expliquer la mort. La première était que Louis Bascoul s'était perdu dans le brouillard en rentrant chez lui. Il avait fini par se retrouver au Pas-du-Diable et avait été victime d'une chute dans le ravin, se brisant le crâne sur les rochers saillants. La deuxième était que, l'alcool aidant, il avait choisi d'en finir. Il avait erré dans la forêt, ruminant son désespoir, avant de se donner la mort en se jetant dans le vide. Quoi de mieux que cet endroit maudit pour un suicide ?

Le docteur Delcros émit des doutes sur les deux hypothèses, mais il ne le fit d'abord qu'en privé, avec le brigadier-chef. Les fractures des chevilles lui paraissaient incompréhensibles, tout comme les doigts écrasés. Il soutenait que ces blessures-là n'avaient pu être causées par une simple chute, aussi violente qu'elle fût. On demanda donc l'expertise d'un médecin de l'hôpital de Castres qui, se contentant d'une lecture attentive du rapport de gendarmerie, déclara que ces blessures pouvaient être expliquées par la chute avec, l'accorda-t-il, un grand concours de circonstances.

On boucla donc l'affaire. Pour ne froisser personne, on trancha pour la thèse de l'accident et Louis Bascoul eut droit à un enterrement en bonne et due forme dans le petit cimetière du village. Mais le docteur Delcros, sous le coup de la colère, avait été moins discret sur ses doutes. Ils se propagèrent dans le village où déjà nombreux étaient ceux qui ne croyaient pas aux conclusions de l'enquête.

On ressortit les vieilles croyances au sujet du Pas-du-Diable. Le visage de Bascoul n'était pas celui d'une mort rapide. C'était le visage d'une mort lente, d'une mort barbare, d'une mauvaise mort. Voilà pourquoi il ne fallait pas aller défier les forces obscures par temps de brouillard. Voilà ce qui arrivait à ceux qui s'y risquaient.

Il y en eut au village pour ne pas sombrer dans les superstitions. On pensa à une mauvaise rencontre, un animal sauvage ou plutôt un groupe de rôdeurs. Il y en avait bien eu qui s'étaient installés dans les bois de Murat deux hivers auparavant, des romanichels qui avaient volé dans plusieurs fermes et qui s'étaient même battus avec ceux qui avaient débusqué leur campement de fortune. Sans que cela ne s'ébruite du côté de Brassac, on organisa deux ou trois battues dans la forêt tenaillée par un froid de plus en plus vif, pénétrant même dans le Pas-du-Diable. Mais on ne trouva aucune trace et aucune présence.

Et comme les nuits se faisaient de plus en plus longues et surtout de plus en plus noires, on finit par renoncer à trouver une autre explication. On convint de se taire et on se rangea derrière la conclusion officielle. Après tout, cela arrangeait tout le monde. On tira du drame une leçon de choses contre les méfaits de l'alcool et aussi contre les dangers du Pas-du-Diable. Puis, on s'efforça d'oublier.

Camille, de son côté, n'avait aucune intention d'oublier tout cela si facilement. Elle ne croyait pas aux rôdeurs ni aux bêtes sauvages tapies dans les bois, pas plus qu'aux mauvais esprits prisonniers des rochers ou des gouffres. Elle avait entendu les doutes du médecin au sujet des deux hypothèses de la gendarmerie. Et elle finit par être convaincue que Louis Bascoul avait été la victime d'un assassinat.

Pourquoi tuer Louis Bascoul ? Cette question était comme un écueil sur lequel venait se briser sa théorie. Le vieil homme ne possédait rien. À part son goût pour l'alcool et pour les jupons de sa patronne, on ne connaissait rien de blâmable dans sa petite vie éteinte. Il n'avait jamais quitté le village. Ses pas avaient tourné en rond ici même, au vu et au su de tout le monde. Peut-être avait-il surpris quelque chose de compromettant ? Peut-être avait-il été la victime d'une correction qui avait mal tourné ? Camille s'engagea sur chaque piste mais chacune d'entre elles ne la mena que dans une impasse. Et finalement, il lui manquait toujours un mobile. Elle partageait les résultats, ou plutôt l'absence de résultats, de ses investigations avec les quelques personnes proches qui lui restaient. Mais, à son grand agacement, celles-ci ne cessaient de lui faire remarquer que son histoire ne tenait pas la route. Il y avait Édouard, bien entendu. Il réussissait à venir régulièrement, deux ou trois jours de rang, généralement dès le vendredi, empruntant le car qui montait de Mazamet et qui passait à Brassac. La bienséance les obligeait à ne pas partager le même toit. Il habitait donc dans l'ancien moulin qu'Antoine Guiraud lui louait pour une bouchée de pain et quelques travaux d'entretien consentis pendant les heures de classe de Camille.

Antoine Guiraud était le deuxième interlocuteur privilégié de la jeune femme. Patron de la scierie et ancien maire, c'était l'homme le plus respecté mais aussi le plus craint de La Vitarelle. Ce village, il l'avait tenu à bout de bras pendant des années. L'ouverture de la laiterie, c'était lui. L'achat du car qui permettait de faire le trait d'union avec Brassac et sa gare, c'était lui. Tout ce qui avait changé en bien au cours des trente dernières années portait sa marque. Il s'était ainsi battu pour obtenir l'ouverture d'une école de filles. Sa persévérance avait fini par triompher et Camille était la première institutrice à occuper le poste. Bien qu'il ne fût plus maire au moment de son arrivée, il l'avait immédiatement prise en sympathie et s'était dressé en protecteur. Il ne connaissait que trop bien, en effet, les réticences de son village par rapport à ceux qui venaient d'ailleurs.

Il savait que de mauvaises rumeurs étaient nées de ses fréquentes visites à la jeune femme, mais il n'en avait cure. Les rumeurs ne l'avaient jamais atteint. Avant parce qu'il était solide comme un roc et que rien ne pouvait le faire trembler. Maintenant parce qu'il était un homme déjà brisé et qu'on ne pouvait plus le briser davantage. Il se contentait désormais d'errer dans sa vie comme sur ces chemins qu'il empruntait tous les jours, en fin d'après-midi, sans autre but que de s'isoler et donner un peu d'air à son chagrin. Il avait réussi à surmonter la mort de son épouse bien des années avant la guerre. Mais cette dernière lui avait pris le plus jeune de ses deux fils, sa plus grande fierté en ce bas monde, et lui avait rendu l'aîné changé à jamais, l'esprit déchiré en petits morceaux. Depuis, il vivait dans le crépuscule. Il parvenait de temps à autre à trouver quelques rais de lumière. Camille en était un. Elle-même ressentait une grande affection pour le vieil homme et aimait bien parler avec lui, quand il s'arrêtait à l'école au retour de ses promenades quotidiennes. C'était encore plus important pour elle depuis la mort de son père.

Antoine Guiraud avait donc droit aux divers arguments qu'elle trouvait pour étayer sa théorie sur la mort de Louis Bascoul. Elle semblait même en trouver des nouveaux chaque semaine. Et sa conclusion ne variait pas d'un pouce : un ou plusieurs assassins étaient en train d'échapper à la justice. L'ancien maire ne pouvait admettre qu'une telle chose ait pu avoir lieu dans son village. Il jouait donc les contradicteurs acharnés. Mais il craignait surtout que les idées émises par la jeune institutrice ne s'ébruitent et qu'elles lui causent du tort.

Car il n'ignorait pas que Camille était épiée, critiquée et même rejetée par certains. Il y avait les bons paroissiens, bien regroupés autour du curé, qui critiquaient sa façon de vivre : non seulement elle ne portait plus le deuil de son père mais, en plus, elle bravait les interdits en affichant ouvertement ses relations avec ce fiancé qui venait souvent au village et qui était peu discret quand il quittait le moulin tard le soir pour venir en cachette chez elle où elle lui offrait son lit. D'autres ne comprenaient pas pourquoi on n'avait pas conservé l'ancien système, avec un seul instituteur et son épouse, ou sa sœur, pour s'occuper des filles. Ils ne voyaient dans cette nouveauté que des dépenses inutiles quand l'argent manquait ailleurs. De nombreuses femmes se méfiaient également d'elle, de sa jeunesse et de sa beauté, du fait que les hommes aimaient la regarder passer et qu'elle soit devenue un sujet de plaisanteries grivoises aux comptoirs des cafés. Et puis, en plus de tout cela, elle venait de la ville, et d'une ville lointaine de surcroît. Elle venait de cet ailleurs qui ne comprenait jamais rien à la vie dans ces montagnes. Cet ailleurs qui dévorait petit à petit le village en lui prenant jour après jour ses membres les plus jeunes et les plus vigoureux. Cet ailleurs qu'on avait appris à exécrer quand il ne faisait pas rêver.

Camille ne pouvait espérer rien d'autre que de la méfiance, voire du mépris dans le pire des cas. Son travail était pourtant irréprochable et ses élèves l'adoraient. Mais, même dans ce domaine, on ne lui faisait guère de cadeau. L'instituteur de l'école des garçons, Étienne Germain, ne ratait jamais une occasion de la rabaisser aux yeux de tous. Son statut faisait de lui le directeur de l'école communale et, dès le début, il avait tenu à ce que la jeune femme se souvienne de sa supériorité hiérarchique. Et qu'elle se souvienne aussi qu'avant son arrivée, c'était sa sœur, avec qui il vivait, qui faisait la classe aux filles. D'abord, il avait voulu la punir pour cela. Mais le temps passant, il s'était mis à faire la cour à sa charmante consœur. Après la mort du père de Camille, cela avait même été de manière appuyée. Et elle avait fini par repousser ses avances de manière peu diplomatique, ce dont il avait pris ombrage. Il ne finissait plus de s'acharner sur elle. Il se disait même qu'il avait adressé un courrier à l'Inspection pour que sa collègue soit sanctionnée.

Tout cela faisait beaucoup. Si on apprenait en plus qu'elle suspectait la présence d'un tueur parmi les habitants de la commune, la situation deviendrait irrattrapable. Certes, Antoine Guiraud savait que Camille s'apprêtait à partir sous d'autres cieux. Il savait qu'elle laisserait son poste dès la fin du mois de juillet. Mais l'école des filles devait rester ouverte. Le Conseil départemental saisirait la moindre excuse pour la fermer et l'actuel Conseil municipal laisserait faire. Du temps où il était encore aux affaires, il avait fait bâtir une nouvelle mairie en bordure de la grand-place. Il s'agissait d'un bâtiment sobre et solide qu'il voyait comme un monument dressé en l'honneur de cette République dont il était un fervent partisan. Les deux ailes de l'édifice étaient, dans les plans initiaux, réservées aux deux écoles. Mais seule l'école des garçons y fut installée. L'autre aile revint au bureau des Postes, par souci d'économie. La décision avait été postérieure à sa démission, trois ans après sa réélection de 1919. On garda pour les filles l'ancienne école battue par les vents sur les hauts du village. Le message était ainsi clair : tout cela n'était que provisoire, cela avait été une folie que de vouloir deux écoles pour un tel endroit. Tout était donc déjà prêt pour détruire sa dernière œuvre. Il ne voulait pas que Camille qui, en se portant volontaire pour un tel poste, avait fait taire ceux qui pensaient qu'aucune jeune femme ne voudrait venir là, ne participe malgré elle à cette destruction programmée.

Alors, régulièrement, il la tançait. Sans méchanceté certes, mais avec vigueur.

Et puis, il y eut ce jeudi matin du mois de mars quand Marthe Cousinié surgit dans son bureau au-dessus de la scierie. Marthe habitait la ferme voisine de l'école. Elle venait y faire le ménage, s'occuper des élèves au moment du déjeuner. Elle avait été d'un grand secours pour Camille lors des derniers temps de son père. Ce matin-là, essoufflée d'avoir couru jusque-là, elle peina à trouver ses mots. Elle finit par pouvoir dire qu'elle venait de trouver Camille prostrée dans sa chambre, visiblement terrorisée et en état de choc. Elle l'avait mise au lit, avait tenté en vain de lui faire avaler une tisane mais ne savait plus quoi faire désormais. Antoine Guiraud enfila son fidèle manteau d'hiver, attrapa son chapeau et sa canne et gagna l'école des filles d'un pas qu'il aurait voulu plus alerte, Marthe le devançant de beaucoup.

Camille ne s'était pas vraiment remise de la mort de son père, bien qu'elle ait eu le temps de la voir venir. Et puis, il y avait la solitude dans cette vieille école plantée à l'écart, une bâtisse glaciale et grise. Elle s'était jetée dans son travail pour éloigner son mal-être mais celui-ci continuait de l'assiéger. Plus d'une fois, elle avait envisagé de tout laisser tomber, de rejoindre Édouard dans la vallée et de se laisser emmener par lui vers des terres moins ingrates, des terres sans deuil et sans souvenir. Elle n'aimait pas ce village. Les nuits étaient les plus difficiles. Chaque bruit nocturne devenait aussitôt une menace dans son esprit sur le qui-vive. Quand l'escalier vermoulu craquait, elle imaginait quelqu'un en train de monter vers sa chambre. Quand le vent d'Autan faisait trembler les volets ou qu'il s'engouffrait violemment par la trappe du grenier, elle se retrouvait au bord des larmes à force de sursauter. La peur appelle la peur. Plus les semaines passaient, plus ses nuits étaient hachées et douloureuses. Elle se sentait petit à petit vidée de ses forces. Elle avait l'impression de se perdre encore plus, comme elle l'avait avoué à Marthe qui n'avait pas su comment interpréter cela. L'obscurité enveloppait sa vie depuis trop longtemps. Elle n'en pouvait plus. Jusqu'à cette nuit-là, la nuit de trop.

Elle avait été subitement tirée de son sommeil fragile par un nouveau cauchemar. Cette fois-ci, le valet de ferme revenait d'entre les morts, le visage en lambeaux pourrissants, les articulations des bras brisées en plusieurs endroits. Il voulait entrer dans l'école et cognait avec sa tête contre la porte du bas, la maculant de traces sanguinolentes. Elle s'était réveillée d'un saut, en sueur malgré le froid. Elle avait allumé sa petite lampe de chevet. Le beau réveil suisse de son père indiquait un peu plus d'une heure. Le cœur affolé, elle avait tendu l'oreille. Les braises du poêle étaient en train de s'éteindre en grinçant. Tout le reste n'était que silence. Dehors, la nuit était figée par des températures encore très basses. Elle avait essayé de retrouver son calme, assise dans son lit. Puis, elle s'était levée. Depuis qu'elle était seule, elle avait un rituel après chaque cauchemar : si elle ne s'y pliait pas, elle ne parvenait pas à se rendormir. Elle se levait donc et se rendait dans la pièce attenante à sa chambre qu'on surnommait le petit salon. Elle y laissait toujours les volets ouverts, les deux grandes fenêtres regardant en face le terrain qui s'étirait devant l'école. Elle scrutait ainsi la nuit, s'assurait que tout était en ordre et repartait se coucher, les pieds gelés mais l'esprit apaisé. Cette nuit-là était une nuit de lune presque pleine, une nuit claire qui annonçait une nouvelle gelée blanche pour le petit matin. Le terrain était désert. Le portail de fer était bien fermé. Il n'y avait aucun souffle de vent et les arbres immobiles attendaient que le gel étreigne leurs branches nues. La lueur de la lune jouait avec eux et dessinait des silhouettes torturées, des carcasses bancales et tordues. Alors qu'elle s'apprêtait à se recoucher, son attention avait été attirée par une ombre différente, une ombre qui n'était pas à sa place, une ombre qui venait de bouger. Quelqu'un ou quelque chose se tenait debout sur le bord du chemin, au ras de la haie. Il y avait bien eu un mouvement, elle aurait pu le jurer. Il lui sembla que sa respiration s'était coupée tandis qu'elle fouillait la nuit de ses yeux. Ce qui était dehors ne pouvait que la voir derrière les vitres du premier étage, avec la lumière de sa chambre qui débordait sur le palier dans son dos. Elle avait fait un bond en arrière. La peur était là, violente. Elle en était broyée de l'intérieur. Elle avait trouvé la force de regagner sa chambre, ne trouvant ensuite pour seul refuge qu'une couverture qu'elle avait arrachée de son lit et sous laquelle elle s'était terrée, assise sur le parquet entre le mur et la grande armoire. Elle avait attendu ainsi toute la nuit, les entrailles déchirées, le corps martelé par les battements de son cœur, persuadée qu'elle ne tarderait pas à entendre le bruit de l'effraction de la porte d'entrée ou bien les pas dans l'escalier.

Y avait-il réellement quelqu'un devant l'école par cette nuit glaciale ou était-ce un tour joué par son imagination ? Elle ne sut le dire. Elle en était même arrivée à se demander si elle avait vraiment vécu ce moment-là.

Antoine Guiraud se montra très inquiet après avoir écouté la jeune femme, à la voix éraillée de fatigue et aux yeux rougis d'avoir trop pleuré. Il ne renonça à faire venir le docteur qu'après de longues minutes de négociation avec elle.

— Il faut que vous cessiez de vous tourmenter avec toutes ces histoires. Voilà ce qui arrive à force de vous montrer aussi entêtée.

— Cela ne vous dérange donc pas qu'un assassinat ait pu être commis sous votre nez à tous…

— Il n'y a pas eu d'assassinat, bon sang ! Il n'y a eu qu'un pauvre type qui est mort parce qu'il s'est aventuré là où il ne fallait pas. Vous connaissez le Pas-du-Diable, cet endroit porte bien son nom. Ce n'est pas le premier accident qu'on y recense, croyez-moi.

Y aller en pleine nuit et par temps de brouillard, de surcroît, relève de l'inconscience.

— Mais il y a des choses qui ne collent pas.

— Je sais, vous me les avez assez répétées. Et moi, je vous réaffirme que vous faites fausse route. Je vais vous dire quand il y a eu assassinat : pendant plus de quatre ans, dans les tranchées du Nord. Là, il y a eu des assassinés par milliers. Et la plupart des coupables courent toujours !

Il remit son chapeau et saisit sa canne d'un geste sec.

— Vous devez reprendre des forces, chère Camille. Vous me l'avez promis et je viendrai personnellement m'en assurer. Et le docteur Delcros viendra ici dès ce soir si vous ne tenez pas parole.

Après qu'il eut pris congé, Marthe l'accompagna dehors pour quelques pas.

— Cette jeune femme ne peut plus rester toute seule ici, monsieur le maire. Elle ne tiendra pas longtemps.

— Je sais, Marthe, je sais. Ce pays semble repousser tous ceux qui veulent l'aider à respirer encore. J'ai bien peur de ne pas y pouvoir grand-chose. Veillez sur elle, s'il vous plaît. Et une dernière chose : cessez donc tous de m'appeler « monsieur le maire » !

2

Comme cela était prévu, Édouard remonta de la vallée le lendemain. Bien qu'encore affaiblie, Camille avait tenu à assurer sa classe et il s'était donc rendu directement à l'ancien moulin. C'est là qu'Antoine Guiraud vint le trouver dans l'après-midi. S'il ne dit rien de l'incident de la veille, il tenait néanmoins à évoquer avec lui la situation de Camille et les inquiétudes qu'elle faisait naître.

Il fallait être aveugle pour ne pas voir la transformation physique de la jeune femme : elle pâlissait davantage de jour en jour, l'épuisement et le souci se lisaient sur ses traits creusés. Même son regard se ternissait et ses yeux avaient perdu le pétillement qui était pourtant leur marque de fabrique. Édouard en convint. Tout comme il convint de l'origine du mal, à savoir toute cette histoire autour de la mort du valet de ferme. Il avait eu beau essayer de la raisonner, rien n'y faisait. Elle était obnubilée par ce drame.

Ensemble, les deux hommes décidèrent donc d'agir pour de bon pour que cela cesse. Et le soir même, ils étaient assis face à Camille, dans sa cuisine, insistant sur le fait qu'ils ne se sépareraient pas tant qu'elle n'aurait pas accepté une des solutions qu'ils lui proposaient.

Antoine Guiraud avait d'abord préconisé d'utiliser ce qui lui restait d'influence pour convaincre le Conseil municipal d'engager une femme pour vivre dans l'école durant la semaine. Camille s'opposa le plus vigoureusement possible à cette idée qui la privait non seulement de toute indépendance mais également de toute intimité.

Édouard, surmontant sa réserve habituelle, prit donc le relais et proposa que sa fiancée prenne un congé et qu'elle s'éloigne du village pendant quelque temps.

— Ça aussi, c'est hors de question ! répondit-elle avec fougue. Je finirai l'année scolaire à mon poste, comme je m'y suis engagée !

— Tu as vécu des moments difficiles. Combien de temps comptes-tu tenir dans cet état ?

— Votre fiancé a raison, mademoiselle. Si vous tombez malade pour de bon, vous serez de toute manière incapable de travailler. Et ce n'est pas en continuant ainsi à vous mettre toutes ces idées en tête que vous allez arranger les choses. C'est ce qui vous pend au nez d'ici peu, croyez-moi. Si seulement on vous avait installée en bas…

— Pour côtoyer Étienne Germain à longueur de journée, non merci ! Je préfère encore mourir de peur ici !

Les deux hommes échangèrent un bref regard, avant d'abattre leur dernière carte.

— Alors c'est moi qui vais te rejoindre, lança Édouard. Je vais m'installer à demeure dans ce village, jusqu'à l'heure de notre départ. Les affaires ont été bonnes. Nous avons de côté ce qu'il nous faut pour le voyage et notre installation en Argentine. Je vais démissionner et rester à tes côtés. Monsieur Guiraud accepte de continuer à me louer le moulin et je ne serai pas très loin. Si cela est nécessaire, je viendrai même ici. Que tous ceux que cela dérange aillent au diable !

— Cette solution me semble tout à fait convenable, renchérit l'ancien maire. Même si elle n'est pas idéale, je dois le reconnaître.

Camille tenta de protester mais elle le fit plus mollement. La chose fut donc rapidement admise. Édouard avait simplement besoin de plusieurs jours pour mettre ses affaires en ordre et revenir vivre à La Vitarelle.

— Je vous remercie de vous inquiéter ainsi pour moi. Mais ne croyez pas que tout ce que vous faites va m'empêcher de m'occuper encore de la mort de Louis Bascoul.

— Vous n'allez pas remettre ça !

Antoine Guiraud avait exhumé sa voix tonitruante mais elle n'impressionna pas Camille outre mesure.

— Vous cherchez à apaiser mes peurs : je vous donne la solution. Si on arrive à savoir exactement ce qui s'est passé au Pas-du-Diable, je vous garantis que mes nuits seront plus calmes ! Et elles seront plus calmes pour tout le monde dans ce village.

— Vous allez donc convaincre la gendarmerie de rouvrir l'enquête sur la seule base de vos cauchemars ?
— Qui vous parle de la gendarmerie ?

Camille laissa un silence passer sur le regard stupéfait du vieil homme.
— Connaissez-vous l'Affaire Duhamel, monsieur Guiraud ? C'est une histoire passionnante dont on a beaucoup parlé dans les journaux.
— Je crains fort qu'on n'en ait pas parlé jusqu'ici parce que j'ignore de quoi il s'agit.
— Edmond Duhamel était un banquier respecté qui vivait à Rouen. Un homme discret, malgré sa fortune, à qui on ne connaissait pas le moindre vice, si ce n'est celui de fréquenter assidûment l'église de sa paroisse en compagnie de sa femme, encore plus dévote que lui. Leurs prières conjointes ne purent malheureusement pas empêcher que leur fils unique ne soit tué à la guerre.

Les yeux d'Antoine Guiraud se voilèrent de noir, sa mâchoire se crispa pour mieux dissimuler les tremblements de son menton. Camille s'interrompit mais il lui fit signe de continuer.
— Sa femme fut abattue par ce deuil et lui-même ne parvenait à trouver la paix qu'en travaillant toujours plus. Par amour, mais aussi parce qu'il avait fini par y croire, il accompagna son épouse à des séances de spiritisme. Ils rencontrèrent ainsi un médium particulièrement doué qui leur permit d'entrer en contact avec leur garçon à plusieurs reprises. Ils trouvèrent là une sorte de réconfort et abandonnèrent leur église et son curé. Moyennant finances, ils multiplièrent les

séances particulières chez eux. Deux ou trois fois par semaine, le spirite et son assistant venaient dans leur belle maison vide et ramenaient du monde des morts leur fils chéri, pour quelques minutes qui leur étaient devenues indispensables. Cela a duré jusqu'à l'hiver 1921. Jusqu'à ce qu'Edmond Duhamel retrouve un peu de lucidité. Assez en tout cas pour entendre les différents cas de supercherie dénoncés çà et là. Il devint plus observateur lors des séances et finit par s'apercevoir que sa femme et lui avaient été dupés depuis des mois. Le médium n'avait aucun don particulier. Son complice et lui maîtrisaient plutôt bien l'art de la prestidigitation et de la ventriloquie. Le banquier décida de cesser immédiatement les séances. Il dut mettre sa femme devant le fait accompli car elle ne voulait rien entendre de ses arguments. Il ne put apporter de preuves suffisantes pour que la police se mêle sérieusement de l'histoire. Mais il ne lâcha pas prise. Il voulait que les deux escrocs soient punis, le plus sévèrement possible. La seule chose qu'il put obtenir dans un premier temps fut de les effrayer à force de menaces. C'est ainsi qu'un soir de cet hiver-là, il rentra chez lui après son travail et annonça à sa femme qu'il devait ressortir après le dîner pour régler une affaire de la plus haute importance. On a appris ensuite qu'il avait un rendez-vous avec les deux hommes, dans un café bien fréquenté de la ville, et que ceux-ci devaient lui rendre une partie de son argent. Edmond Duhamel était un homme particulièrement attaché aux convenances. Quel que soit le motif, il ne sortait jamais sans être apprêté. Avant le repas, il se fit monter un broc d'eau bien chaude pour se raser convenablement. Puis, il dîna avec sa femme qui ne lui décrocha pas le moindre mot tant elle était fâchée après lui. Il remonta ensuite dans sa chambre pour se changer. Il redescendit vers vingt heures trente. Il enfila son manteau, coiffa son chapeau de feutre et se contenta de dire à son épouse, installée dans le salon avec sa tisane, qu'il n'en aurait pas pour très longtemps. Celle-ci ne répondit rien, se contentant de regarder les flammes dans la cheminée. Leur bonne vit son patron sortir de la maison. Elle le vit, par la fenêtre de la cuisine, ouvrir le portail puis monter dans sa voiture et s'en aller à ses affaires. Edmond Duhamel est ensuite rentré deux heures plus tard. Il a garé sa voiture, a refermé le portail, a accroché son manteau à la patère de l'entrée, a posé son chapeau sur l'étagère. Puis il a emporté l'infusion que la bonne lui avait laissée au chaud sur le poêle de la cuisine. Il est monté jusqu'à sa chambre. Au passage, il a pris la peine de frapper à la porte de celle de son épouse. Il savait que, malgré la lumière éteinte, elle ne dormait pas. Malgré le fait qu'elle ne lui ait pas répondu, il a entrebâillé la porte et s'est un peu avancé. Il voulait juste lui dire que tout allait bien, que son affaire s'était plutôt bien passée. Il lui a ensuite souhaité bonne nuit et a refermé. En fait, son rendez-vous avait été un coup dans l'eau. Il avait attendu tout ce temps au café sans que personne ne se présente et le patron du bistrot, quand il fut interrogé par la police, indiqua que l'homme avait témoigné une grande impatience puis une forte contrariété au moment de partir. Le lendemain matin, la bonne, inquiète de ne pas voir son patron réveillé, trouva la porte de sa chambre fermée à clé de l'intérieur. Personne ne répondit à ses appels, pas plus qu'à ceux de madame Duhamel qui vint la rejoindre.

On fit alors appel au jardinier qui monta et défonça la porte. Edmond Duhamel était mort dans son lit. Le médecin qui fit les observations d'usage a noté que la cause de la mort était une hémorragie externe : le pauvre homme s'était vidé de son sang. On trouva, à la base du cou, deux trous bien nets percés dans l'artère. C'est par là que le sang s'était écoulé. Quand on déshabilla le cadavre de son pyjama, on trouva de multiples traces de griffures sur le corps. L'affaire provoqua une vive émotion chez ceux qui en eurent la charge. Car, au-delà du fait que la chambre fût verrouillée de l'intérieur, que fenêtre et volets fussent également clos et qu'on n'ait trouvé aucune trace d'effraction, aucun animal tapi dans un coin, il y eut surtout le fait qu'on ne trouva pas la moindre trace de sang. Ni dans les draps, ni sur le pyjama, ni sur le sol… Nulle part ! L'épouse du banquier ne mit pas longtemps à se persuader que cette mort inexplicable était en fait le fruit d'une malédiction que son mari avait attirée en se montrant si ingrat avec ceux qui les avaient tant aidés depuis des mois. Elle reprit donc contact avec le médium qui accepta de lui venir en aide et de lui apporter sa protection en échange de sommes d'argent rondelettes et régulières. De son côté, la police n'en finissait plus de patauger.

Camille fit une pause.

— Tout ceci est sans doute passionnant, ma jeune amie, mais je ne vois pas en quoi c'est une solution au problème qui vous taraude.

Antoine Guiraud chercha du regard le soutien d'Édouard mais il se rendit compte, à l'attitude de ce dernier, que non seulement il connaissait déjà l'histoire de ce banquier maudit mais qu'en plus, il savait également où sa fiancée souhaitait en venir.

— L'enquête étant bloquée, on s'est décidé à faire appel au Cercle Cardan. Le Cercle est une sorte de club qui a été créé au début du siècle et dont la spécialité est de tenter de rendre explicable ce qui ne l'est pas. Ce sont des gens qui enquêtent pour mettre au jour toutes les supercheries liées aux activités dites paranormales. La guerre et les souffrances qu'elle a engendrées ont relancé la mode pour ces sciences occultes, censées soulager ou rassurer, entre autres choses. Les histoires extraordinaires se sont multipliées depuis quelques années et les activités du Cercle ont soudain pris une tournure disons plus importante. Les membres de ce club sont cooptés grâce à leur profil. On y trouve des scientifiques de renom, des lettrés, des spécialistes des enquêtes policières et même des prestidigitateurs. Ils ont pu ainsi révéler plusieurs supercheries autour de ces croyances particulières. Mais, dans le cas de l'Affaire Duhamel, on était au-delà d'une histoire de maison hantée ou d'objets déplacés par la seule force de la pensée : il y avait mort d'homme. Le Cercle Cardan a donc dépêché sur place celui qui est considéré comme leur enquêteur le plus doué. Il est venu à Rouen. Il a lu et relu tous les rapports de la police et du médecin. Il a observé avec grand soin les photos qui avaient été prises. Puis, il est allé chez les Duhamel. Il a posé quelques questions mais il s'est surtout enfermé dans la chambre de la victime pendant plusieurs heures. En tout, il lui a fallu moins de trois jours pour expliquer ce qui s'était passé et faire arrêter les coupables, c'est-à-dire le faux médium et son complice qui ont fini par tout avouer. Cet enquêteur est parti du principe que si le sang n'était pas dans la chambre, c'était soit qu'on l'en avait fait sortir, soit que Duhamel avait été saigné ailleurs. La première théorie lui sembla la plus plausible. Il s'inquiéta alors de la cuve en émail posée dans le cabinet de toilette du mort : elle était propre comme un sou neuf. Étant donné que personne n'y avait touché, cela posait un problème : Duhamel était censé s'être rasé avant de sortir. Même en jetant l'eau sale, il y aurait dû avoir des dépôts de savon et des poils collés. À moins qu'on ait pris la peine de nettoyer cette cuve, ce qui n'était pas dans les habitudes du maître des lieux. Il commença alors à échafauder sa version de l'histoire. Si Duhamel avait été tué dans sa chambre, cela voulait dire que son meurtrier l'y attendait là, bien caché. L'armoire pouvait offrir de quoi se dissimuler un moment. On tombe par surprise sur le dos du banquier, on l'immobilise et on le saigne de telle manière que l'on puisse croire à l'existence d'un vampire ou d'une créature maléfique surgie de nulle part. La mort est venue vite et le sang pouvait être récupéré dans un ou deux récipients destinés à être ensuite emportés. Il s'avéra plus tard qu'il s'agissait de deux seaux avec couvercle. Puis, à l'aide d'un outil, on griffe le corps en plusieurs endroits, toujours pour renforcer l'illusion du maléfice. Il a fallu ensuite nettoyer les plaies au cou et peut-être un peu de sang tombé au sol. D'où le rôle de la cuvette en émail et du reste d'eau dans le broc. Cette cuvette étant ensuite rougie de sang, il a fallu la frotter pour la rendre blanche. Première erreur des coupables. En inspectant bien le parquet de la partie de la pièce réservée au cabinet de toilette, on trouva quelques traces infimes sur la cire, comme si on avait frotté un endroit particulier. Le cirage des sols étant l'affaire de tous les samedis, cette trace n'aurait pas dû exister sans que la bonne ne le sache. La deuxième erreur est d'avoir habillé le mort de son pyjama : celui-ci a été retrouvé intact alors que les supposées griffures auraient dû le déchirer. Plusieurs autres faits ont également attiré l'attention de cet enquêteur. Pourquoi, notamment, Edmond Duhamel avait pris la peine de venir parler à sa femme en rentrant de son rendez-vous manqué ? Pourquoi n'avait-il pas bu sa tisane puisqu'on avait retrouvé la tasse encore pleine ? Et pourquoi avoir voulu s'enfermer à clé dans sa chambre, chose qu'il ne faisait jamais ?

Ce dernier fait était destiné à rendre sa mort encore plus mystérieuse. Pour les deux autres questions, il n'y avait qu'une seule réponse : ce n'était pas Duhamel qui était rentré ce soir-là, ce n'était même pas lui qui était allé au rendez-vous. L'agression du banquier avait eu lieu juste après le dîner, quand il était monté se changer. Une telle attaque ne peut se faire en silence. Mais le bruit peut être couvert par les activités d'une maison pas encore endormie. Et que suspecter de louche si la personne réapparaît comme si de rien n'était ? Il y avait donc deux agresseurs cachés dans sa chambre. L'un des deux a pris simplement sa place, a même réussi à imiter plus ou moins bien sa voix. C'est une silhouette familière que la bonne a vue partir par la fenêtre de la cuisine : elle n'a jamais vu son visage. C'est une voix familière que l'épouse du banquier a entendue dans sa chambre : elle n'a rien distingué d'autre que l'ombre que lui renvoyait la lumière du palier. Le patron du café où le rendez-vous devait avoir lieu n'avait pas bien pris le temps d'observer son client impatient. Mais il finit par reconnaître le faux médium comme étant cet homme-là. Autre erreur des meurtriers : avant de se coucher, la bonne avait pour habitude de vérifier les poêles de la maison. Son patron sorti, elle se permit de venir recharger celui de sa chambre. D'après elle, c'était peu avant dix heures. À ce moment-là, Duhamel était déjà mort. Et comme elle n'a rien vu dans la chambre, cela signifiait que le corps avait été caché quelque part en attendant. Sous le lit par exemple… où on a fini par repérer après de minutieuses observations une petite tache de sang que les meurtriers ont oublié de frotter. Restait donc à expliquer comment les assassins avaient pu quitter la maison sans se faire repérer ni se faire entendre. Ils connaissaient bien les lieux. Ils avaient pu entrer sans problème. Ressortir était un jeu d'enfant à condition d'être silencieux. L'homme qui a entrouvert la porte de la chambre de madame Duhamel a ainsi pu couvrir le départ de son complice avec les seaux chargés de sang : il avait tout de même un escalier à descendre ainsi chargé. La diversion a parfaitement fonctionné. Ensuite, il n'a eu qu'à patienter dans la chambre du mort le temps que tout le monde soit profondément endormi et a quitté la maison sur la pointe des pieds. Le tour était joué.

— Mais vous avez dit que la porte de la chambre était verrouillée de l'intérieur.

— À trop vouloir exagérer leur mise en scène, c'est ce point-là qui a convaincu la police de la culpabilité de ces deux escrocs. L'enquêteur du Cercle Cardan a trouvé comment le faux médium avait réussi à faire tourner la clé dans sa serrure. Il lui a suffi de coincer dans l'anneau de la clé une tige de fer assez longue, tige dont l'extrémité était reliée à une ficelle longue et solide. Cette ficelle a ensuite été passée sous la porte en refermant celle-ci. En tirant dessus, on exerce une traction sur la tige de fer qui fait pivoter la clé. Celle-ci ayant changé de position, tirer à nouveau sur la ficelle permet de libérer la tige et ainsi de la récupérer. Un tissu étalé au sol évite que le bruit de la chute ne s'entende de trop, un mouchoir dans ce cas précis. Au bas de la porte de la chambre, l'enquêteur a trouvé une trace de frottement due à la ficelle. Elle avait commencé à entamer le bois et c'est dans cette griffure que plusieurs de ses fibres étaient venues s'accrocher. Il a ensuite fait la démonstration aux inspecteurs : sans aucun don pour la prestidigitation, il a réussi à fermer de l'extérieur à la troisième tentative. Voilà comment la mort d'Edmond Duhamel a pu être expliquée et comment ses deux assassins ont été arrêtés.

— Je n'ai jamais rien entendu sur cette affaire, ça, c'est certain. Pourtant, je mets un point d'honneur à lire le journal tous les jours.

— Je peux vous montrer les articles que nous avons conservés avec papa.

— Je vous crois, mademoiselle, je vous crois tout à fait. Et je commence à comprendre où vous souhaitez en venir.

— L'enquêteur du Cercle Cardan qui s'est distingué dans cette affaire n'est autre que Martial, mon ami d'enfance, que vous avez dû apercevoir le jour de l'enterrement de papa. Je voudrais lui écrire pour lui demander de s'occuper de l'enquête.

— C'est bien ce que je redoutais : vous voulez mettre un détective privé sur le coup.

— Les membres du Cercle ne sont pas des professionnels. Ils ne font pas cela pour l'argent. C'est pour eux une sorte de sport.

— Drôle de sport !

— C'est juste un ami à qui je veux parler de cette histoire, monsieur Guiraud.

— Mais cet ami viendra fouiner et attirera l'attention. On finira par savoir ce qu'il est venu chercher et à cause de qui. La gendarmerie en prendra ombrage. Et si la rumeur court qu'un assassin se cache parmi nous, c'en est fini de ce village. C'est sa mort annoncée.

— Ce ne sont pas les rumeurs qui tueront votre village, c'est l'absence de réponse. Je vous parle d'une enquête sérieuse, menée par quelqu'un qui a fait ses preuves.

— Et si votre ami concluait à la thèse de l'accident ?

— Si c'est lui qui l'affirme, alors je le croirai.

Antoine Guiraud battait en retraite.

— Je ne peux pas vous empêcher d'écrire à un ami et de partager avec lui vos inquiétudes. Mais précisez bien que c'est une démarche personnelle. Je ne vous couvrirai pas là-dessus.

Dès le lundi matin, Édouard posta de Mazamet une longue lettre de Camille adressée à Martial. Trois jours plus tard, il s'installait au moulin avec ses quelques affaires. La neige réapparut le lendemain. L'hiver n'en finissait pas de s'étirer. Et Camille bouillait d'impatience en guettant le facteur tous les jours.

Ce n'est que le mardi suivant qu'on lui apporta un télégramme au début de la matinée, directement dans sa salle de classe : « *Serai au train de dix heures à Castres ce jeudi. Trouverai un moyen de te rejoindre ensuite. Martial.* » Cette réponse, qu'elle avait tant attendue, aurait dû la réjouir. Mais l'heure n'était guère aux réjouissances. Car, pendant la nuit, un nouveau drame avait eu lieu, un nouveau mort avait été retrouvé. Le laitier, en finissant son ramassage, avait découvert Michel Gresse éventré au pied de sa charrette. La neige avait retardé l'arrivée des gendarmes mais le doute n'était pas permis : ce n'était ni un accident, ni un suicide cette fois.

— Je vous en veux presque d'avoir eu raison, avait soupiré tristement Antoine Guiraud quand elle était venue lui annoncer l'arrivée imminente de Martial. Bon sang ! Tout est fichu ! J'espère au moins que votre ami est aussi doué que vous me l'avez laissé entendre.

La peur n'était plus tapie dans l'ombre comme habituellement dans ce village isolé. Se taire ne suffisait plus à l'étouffer. Elle avait surgi de son repère. La colère qui était en train de naître lui était une alliée précieuse. Marchant dans la neige pour revenir vers l'école, Camille les sentit l'une et l'autre. Elle fit mine de ne pas les voir.

3

Martial était revenu des funérailles de Charles complètement anéanti. Le long périple en voiture avait réveillé sa blessure au dos comme l'avait présagé son médecin. Il dut garder le lit plus de quinze jours durant, tandis que dehors l'automne était assailli par un hiver précoce. Les journées froides et brumeuses s'enchaînaient derrière les fenêtres de sa chambre. Tout lui paraissait gris. Car la douleur la plus difficile à supporter n'était pas physique mais morale.

Revoir Camille, se sentir à nouveau submergé par les sentiments qu'il avait pour elle sans parvenir à les endiguer, puis plonger à nouveau dans la cruauté d'une vie sans elle. Il avait du mal à s'en remettre. Cet hiver-là resta pour lui synonyme d'une longue nuit dans laquelle il erra sans lumière. À deux reprises, il refusa de participer à de nouvelles enquêtes du Cercle Cardan. Il ne s'occupa du domaine que de loin, l'esprit toujours ailleurs. Certains matins, au réveil, il lui semblait retrouver un peu d'énergie, un peu d'espoir. Il suffisait ensuite d'une heure pour qu'il se retrouve à nouveau vide, pitoyable. La journée passait et le soir, il se recouchait avec une réelle impression de gâchis. D'autres fois, c'est le désespoir lui-même qui venait le réveiller alors qu'il faisait encore nuit. Il fallait ensuite livrer un combat de plus pour trouver la force de se lever et de vivre encore une journée comme un fantôme.

Il trouva en fait le moyen de se sauver grâce à deux choses. La première fut un séjour dans les Alpes au début de la nouvelle année. Son amour pour la montagne ne l'avait pas quitté et il repensa à Charles qui lui avait avoué quel bien elle avait pu lui faire à un certain moment de sa vie. Il avait entendu parler d'un village au bout d'une route, dans un coin de paradis. Un hôtel y était ouvert toute l'année. Cela faisait un moment qu'il avait envie d'y passer un peu de temps. En ce mois de janvier 1924, il se força à y aller. Le village en question était écrasé sous des monceaux de neige. Il eut droit à une chambre coquette et confortable. Le paysage était à la hauteur de ses espérances, époustouflant. Il multiplia les sorties, s'initiant aux raquettes et au ski de randonnée, et il se sentit revivre. Le froid piquant, le ciel bleu foncé, la neige partout, l'hiver poussé dans ses extrêmes, tout contribuait à le réveiller de son sommeil agité. Quand il revint chez lui, deux semaines plus tard, il avait déjà repris des forces.

La deuxième chose qui le releva tout à fait fut celle qu'il avait sous les yeux tous les jours : le domaine de Beaunac, son domaine. Un joli manoir au bout d'une longue allée plantée d'ormes centenaires, qui regardait de partout une soixantaine d'hectares vallonnés, bordés au sud par le bois qui cachait en son sein un ruisseau qui devenait une petite rivière avant de quitter la propriété, tandis qu'au nord, ils venaient s'étendre jusqu'aux portes du village. Tout cela était la partie visible de l'héritage de son grand-père paternel qui lui était revenu quelques mois après la fin de la guerre. La partie invisible était celle qui était à jamais gravée dans sa mémoire.

Le souvenir qu'il gardait de ce grand-père était celui d'un homme d'exception. Jeune, il avait modernisé le domaine viticole que sa famille possédait près de Cognac. Il avait ensuite amassé une fortune colossale pour l'époque. Il avait donc acheté le domaine de Beaunac et ses trois métairies. C'était son havre de paix, son paradis secret. Le malheur le frappa quand Martial n'avait que trois ans : coup sur coup, à quelques mois d'intervalle, il enterra son fils unique puis sa femme. Il mit un point d'honneur à ne pas rompre sous le choc. Pour cela, il lui fallait continuer d'avancer. Mais il changea de route. Il vida tout ce qui faisait partie de son ancienne vie, vendant même à grand prix les terres de Cognac. Il ne conserva que Beaunac, où il vint se réfugier, et ce petit-fils qui était tout ce qui restait de son sang.

On le disait ours, de plus en plus porté sur le vin, colérique, à fleur de peau, passant en une minute du regard furibond aux larmes sincères.

Martial venait passer avec lui l'essentiel de ses grandes vacances. Quand il était petit, il lui faisait peur tant il pouvait se montrer brusque et sévère. Il venait ici sans joie, les larmes mal cachées quand le train quittait la gare de Limoges, emportant sa mère loin de lui pour de longues semaines. En grandissant, il s'était rendu compte à quel point le vieil homme l'aimait, à sa manière, et les vacances à Beaunac étaient devenues une grande fête. Il s'était aussi rendu compte qu'avec ou sans train, sa mère restait loin de lui. Beaunac équivalait aux plus beaux souvenirs de son enfance. Il se revoyait pêcher des goujons dans le ruisseau, avant d'avoir droit de taquiner la truite, la prise royale. La nuit, on chassait les écrevisses à la lanterne. Le jour, on écoutait vivre la nature. Le bois devenait un formidable terrain d'aventures sans cesse renouvelé. Le manoir était une grotte secrète où chaque pièce lui était familière. Les heures passées avec ce grand-père bougon étaient riches de mille enseignements qu'il n'avait pas oubliés. Le vieil homme piquait la pire de ses colères systématiquement à la gare, à la fin des vacances, juste avant le départ du train, toujours contre Martial, la moindre chose étant prétexte à l'explosion. C'était juste du bruit pour cacher son émotion, et ses larmes sans doute quand il s'en revenait seul vers Beaunac, privé de ce petit bout de famille qui lui restait.

Le grand-père de Martial attendit qu'il revienne sain et sauf de la guerre pour mourir. En plus du domaine, il lui avait légué une belle somme d'argent, bien placée, qui lui rapportait une rente confortable. Au début, il songea à vendre Beaunac qu'il n'avait pas revu depuis des années. Mais la guerre avait laissé des traces plus tenaces qu'il n'avait cru. Il n'était plus le même. Il ne reprit pas ses études de criminologie comme il l'avait promis au docteur Reiss qui enseignait à Lausanne et souhaitait ardemment le compter parmi ses élèves après l'avoir vu à l'œuvre, sous ses ordres, en Serbie. Une brillante carrière lui était promise. Il était doué, doté d'un sens de l'observation aiguisé, d'un esprit vif, d'un certain goût pour l'action, et sa culture générale était très étendue… Mais Martial renonça. Ce qu'il avait enduré et ce qu'il avait vu l'avaient vaincu. Il n'avait plus le temps d'étudier encore, sans savoir où cela allait le mener. Il avait besoin de liberté. L'argent qui lui revint lui permit d'acheter celle-ci. Et, de tous les endroits qu'il connaissait, mis à part les sommets alpins ou pyrénéens, c'était à Beaunac qu'il s'était senti le plus libre. Il revint donc et retrouva les mêmes odeurs, les mêmes sensations, les mêmes poissons dans la même rivière. Les sons lui rappelaient également le temps d'avant, d'avant le cauchemar. Ici, il était à sa place. Il ne vendit donc pas le domaine et vint s'y installer, gardant cependant le contact avec Paris et surtout sa place de choix au sein du Cercle Cardan qui était toujours là pour donner des coups d'accélérateur à sa vie et comblait cette vocation qu'il avait du mal à enterrer.

Quand il revint des Alpes, cet hiver-là, il lui sembla redécouvrir tout cela. Il ressentit beaucoup de joie à se retrouver chez lui. Sa vie n'était pas vide. Il avait eu droit à une deuxième naissance en revenant vivant de la tuerie. Il se devait d'être chaque jour reconnaissant. Son amour déçu pour Camille le tenait toujours prisonnier, la liberté n'était qu'illusoire, mais il se sentait capable de vivre avec, jusqu'au moment où il parviendrait à oublier ses fers, à défaut de pouvoir s'en défaire.

Il y avait Denise qui faisait la cuisine et le ménage, toujours en chantonnant ; il y avait Lucien, son mari, à la fois gardien et jardinier, terreur des braconniers et des galopins du village. Le couple habitait la maison qui avait été construite auprès du grand portail de l'entrée. Il y avait les métayers, plus lointains. Martial n'avait conservé que deux métairies actives aux marges du domaine. Quelques autres employés qui allaient et venaient. Mais il y avait surtout Raoul, son bras droit, son soutien, son ami, en cette période si sombre.

Raoul avait eu le visage détruit par un éclat d'obus en 1915. Les longs mois d'hôpital ne suffirent pas à lui redonner un visage humain. Il avait bien repris son emploi dans un haras normand, mais à l'écart, loin des regards qu'il faisait fuir de toute manière. Raoul aimait encore plus les chevaux désormais et prenait soin d'eux comme personne. Martial l'avait rencontré aux courses de Chantilly, plus de deux ans auparavant. Des amis parisiens l'avaient amené là, lui promettant un après-midi inoubliable. En fait, il s'ennuya beaucoup. Il s'écarta un peu de la foule, fut révolté quand il aperçut un jockey fouetter violemment à coup de cravache une jeune jument qui ne se tenait pas assez tranquille à son goût. Décidément, la violence s'invitait partout. Plus loin dans un coin où personne n'allait, il aperçut Raoul s'occupant tendrement d'un autre cheval, *Sir Percy*, qui n'était là que pour faire le nombre dans la sixième course et dont le rôle principal, le reste du temps, était d'être le compagnon préféré du crack de son haras. Martial s'était approché et avait entamé la discussion avec cet homme dont l'humanité et la douceur semblaient aussi grandes que sa figure était monstrueuse. Raoul était inquiet : *Sir Percy* n'aimait pas la compétition, il n'aimait pas la cravache, il adorait en revanche flâner dans les prés, en liberté. L'engager dans une course relevait de l'inconscience, ce qui se vérifia d'ailleurs une heure plus tard. L'animal, poussé à bout dès le départ, se rompit un tendon au premier virage. Martial avait misé sur lui, une petite somme, rien d'exagéré, juste parce qu'il avait été touché par l'animal. Il dépensa beaucoup plus pour le racheter à son propriétaire qui avait donné son accord pour qu'on l'abatte. Il revint à Beaunac avec un cheval boiteux et Raoul, engagé dans la foulée.

Aujourd'hui, son élevage de chevaux commençait à prendre forme, Raoul y veillait. *Sir Percy* n'avait plus qu'à flâner dans les prés et à accompagner Martial en promenade. Il ne boitait plus.

Raoul était un roc, d'une loyauté sans faille. Il avait choisi de vivre dans l'ancienne métairie que l'on avait commencé à transformer en écuries. Il n'aimait pas trop venir au manoir, préférant sa propre solitude au milieu de ses chevaux. Mais il vint deux fois par jour quand Martial fut obligé de garder le lit, il trouva les mots plus tard pour le convaincre de partir changer d'air à la montagne, il passa plusieurs soirées en sa compagnie, forçant sa nature, à écouter les confessions de Martial et partager un peu du poids qu'il avait sur le cœur. Il ne fit pas tout cela pour s'acquitter d'une quelconque dette. Il y avait autre chose, quelque chose à quoi aucun des deux ne donna un nom, mais qui ressemblait à de l'amitié.

Martial avait donc fini par se relever quand arriva la lettre de Camille. Il n'oublia jamais la date : le vendredi 14 mars 1924. Elle lui avait écrit deux fois depuis la mort de Charles. Une première fois en novembre, une belle lettre le remerciant de sa présence aux funérailles, une lettre pleine de chagrin, pleine d'amitié aussi. Il était alors au plus mal et n'avait pas répondu. Puis, elle lui avait envoyé ses vœux pour la nouvelle année. Il avait fait de même, de loin, sans trop d'inspiration. Ce vendredi-là, quand il éplucha le courrier que Denise avait posé sur le marbre de la commode dans l'entrée, il reconnut immédiatement la belle écriture de Camille sur l'enveloppe qui était épaisse sous ses doigts. Il sentit d'abord une chaleur agréable monter le long de son dos, immédiatement suivie d'un frisson glacé, une alerte : tout ce que Camille faisait pour se rappeler à lui était un danger, le danger de replonger, d'oublier la raison, d'ignorer la lumière. Martial reposa la lettre avec le reste du courrier et alla déjeuner comme si de rien n'était. Il repartit ensuite superviser les travaux aux écuries avant d'aller se promener jusqu'au bord de la rivière dans le froid sec de l'hiver finissant.

Avant le dîner, il s'assit à son bureau et géra consciencieusement son courrier, tenant toujours la lettre de Camille à part. Ce n'est qu'après avoir soupé, quand il s'installa dans le petit salon, confortablement assis près de la cheminée, l'excellent cognac exhumé de la cave comme compagnon, qu'il se décida à ouvrir l'enveloppe.

Elle lui demandait de venir, une fois encore. Elle l'appelait à l'aide. Elle avait peur, un homme était mort, elle ne croyait pas à l'accident. Cela faisait plus de trois mois. Elle suspectait quelque chose de grave, de malsain, le mal qui rôdait jusque sous ses fenêtres et cette silhouette aperçue au beau milieu de la nuit. Édouard avait laissé tomber son travail pour venir s'installer au village. Mais elle n'en était pas pour autant rassurée. Il y avait de la détresse dans ses longues lignes. Lui seul pouvait faire quelque chose, lui seul pouvait la réconforter. Lui seul…

Elle avait besoin de lui. Il ne voyait que cela. Peu importe la mort de ce valet de ferme, l'enquête bâclée par la gendarmerie. Il se rappelait ses mots : « *Reviens entier, la vie nous attend.* » Pour la soirée, pour la soirée seulement, il se laissa aller à nouveau. Il glissa vers cette vie rêvée où elle l'avait attendu, où elle vivait à ses côtés, où elle était assise dans l'autre fauteuil. Il en fut heureux.

On dit qu'il suffit d'une rechute pour qu'un toxicomane retombe dans ses travers. Malgré cette soirée, Martial ne retomba pas. Il se découvrit au contraire le lendemain plein d'énergie, comme si avoir tutoyé à nouveau les abîmes l'avait guéri de son vertige. Il se donna cependant du temps pour se décider vraiment, sentant que son pas restait chancelant.

Sa décision ne fut prise que le dimanche soir. Il acceptait de repartir vers Camille, de la revoir. Il se sentait assez fort désormais. C'était la dernière étape du chemin qui devait, selon lui, lui permettre de s'affranchir avant qu'elle ne s'en aille de l'autre côté de l'océan. Il se donna deux jours pour mettre ses affaires en ordre et préparer son voyage. Ce serait le train cette fois, il avait compris la leçon. Il contacta le secrétariat du Cercle pour l'informer de la situation. On lui donna carte blanche, comme d'habitude, et le droit d'user des relations du Cercle si le besoin s'en faisait sentir. On était content de le retrouver.

Dès qu'il connut ses horaires, il envoya un télégramme à Camille. Il confia ensuite les clés du domaine à Raoul. Le mercredi, Lucien l'accompagna à la gare au volant de l'Hispano. Par la lunette arrière, Martial vit disparaître le manoir derrière les arbres, puis les arbres disparurent à leur tour après qu'on eut passé le portail. Il ressentit un pincement dans la poitrine. Un pressentiment, une inquiétude, l'idée que les choses ne seraient plus les mêmes à son retour. Une ombre… Il se retourna et ne dit pas un mot de tout le trajet.

4

Le voyage parut interminable à Martial. Il avait d'abord pensé couper court en bifurquant de Cahors vers Albi, mais on lui conseilla plutôt de descendre jusqu'à Toulouse avant de rallier la gare de Castres. Il passa donc la nuit du mercredi au jeudi dans un hôtel toulousain où il vit passer toutes les heures, partagé entre l'excitation et l'appréhension.

Le lendemain matin, il prit le premier train pour Castres. La matinée était grise et humide pour fêter le dernier jour de l'hiver, d'après le calendrier. Il regarda défiler le paysage derrière les vitres de son compartiment sans vraiment le voir, perdu dans des pensées brouillonnes qui finirent par lui donner mal au crâne. Une boule se formait progressivement au creux de son ventre, l'énergie des derniers jours semblait s'estomper. Il ressentait à nouveau cette impression qui lui était si familière depuis quelques années : celle de ne pas être vraiment à sa place.

Il arriva à la gare du Midi en milieu de matinée. Il descendit sur le quai, chargé de sa grosse valise et d'un sac supplémentaire. Le col de son manteau relevé, il remonta le quai vers les bâtiments. Il lui restait désormais à trouver un moyen de rejoindre La Vitarelle avant la fin de la journée. Ce n'est qu'à ce moment-là qu'il aperçut Édouard qui venait à sa rencontre.

Le fiancé de Camille lui paraissait moins grand que dans ses souvenirs, moins jeune également. Il s'avançait un peu gauchement vers lui, tête nue, tordant entre ses mains une besace de toile un peu défraîchie. Il salua Martial d'une poigne franche mais d'une voix mal assurée.

— Votre périple est loin d'être achevé et Camille pensait qu'un peu de compagnie ferait passer le temps plus vite.

On aurait pu jurer qu'il lui en coûtait d'être là, à moins que Martial ait les idées mal tournées.

— C'est gentil à vous mais il ne fallait pas vous donner cette peine.

— À vrai dire, votre arrivée est attendue avec impatience. Je suis content de devancer les autres de quelques heures.

— Les autres ? Camille n'avait pas laissé entendre que ma venue serait si peu discrète.

— C'est que les choses ont changé depuis qu'elle vous a écrit. Il y a eu un deuxième mort, mardi matin. Et cette fois-ci, la gendarmerie parle réellement de meurtre.

En fait, ce ne fut vraiment qu'à ce moment-là que Martial se rappela pourquoi il faisait tout ce voyage. Il ressentit ce fourmillement si particulier à la base de sa nuque, cette montée d'adrénaline qu'il connaissait bien. Il oublia la lassitude du voyage et la grisaille qui pesait sur lui. Son mal de tête avait disparu tout comme la boule dans son ventre.

— Peut-être avons-nous le temps d'aller nous installer quelque part pour que vous me fassiez le récit de tout cela ? proposa-t-il.

Ils avaient largement le temps. Le Petit Train ne partait qu'à midi précis. Ils allèrent s'asseoir à une table du buffet de la gare et Martial leur commanda deux cafés.

Tout en Édouard racontait une vie passée rugueuse et difficile. Il avait deux cicatrices sur le visage, la première sur le front, cachée par ses cheveux bruns soigneusement peignés vers l'avant, la deuxième au-dessus de ses lèvres, mal dissimulée sous une moustache trop fine. Ses yeux, marron clair, semblaient parfois délavés, presque éteints, mais pouvaient basculer, sans prévenir, vers la noirceur qu'on trouve dans le ciel juste avant que l'orage n'éclate. Ses épaules étaient larges, on devinait ses bras musclés sous les manches de sa veste en laine. Ses mains, épaisses et courtes, étaient également marquées en plusieurs endroits. Martial se remémorait ce que Charles lui avait écrit dans sa dernière lettre : « *La vie ne lui a pas fait de cadeau.* » Cela se voyait. Et rajoutait à son mystère et à son aura. Car, malgré son caractère réservé et la rareté de sa parole, il dégageait une certaine chaleur humaine que l'on sentait attisée par un intérieur de braise. Quand il parlait, on sentait qu'il faisait l'effort de trouver les mots justes, les bonnes tournures de phrases, signes évidents d'une éducation reçue sur le tard.

Là, assis face à lui, Martial comprit pourquoi Camille était tombée amoureuse de lui, pourquoi elle le lui préférait. Il était tout en relief quand lui-même se trouvait fade et plat.

— Michel Gresse. C'est le nom de celui qui est mort mardi matin, avait déjà commencé à raconter Édouard. C'était le fils aîné de la famille Gresse qui est à la tête de la plus grosse ferme de la commune. Il était membre du Conseil municipal, sans doute bien placé pour être élu maire l'an prochain. C'était quelqu'un d'incontournable et le choc a été énorme au village. C'est le laitier qui l'a retrouvé mort en finissant sa tournée de ramassage, aux alentours de six heures. Il était assis contre la roue de sa charrette, dans la neige, le ventre ouvert. Les gendarmes ont mis plus de deux heures à monter de Brassac à cause de toute cette neige sur la route. Ils ont inspecté les lieux et laissé le vieux médecin du village effectuer les premiers examens du corps. Dans la journée, ils ont finalement fait appel à la Brigade judiciaire de Toulouse.

— La Brigade judiciaire a déjà été saisie de l'affaire ?

— Deux types pas très avenants ont débarqué mercredi, en voiture. Ils ont pris deux chambres au café du Progrès. Ils parlaient de descendre le fils Gresse jusqu'à l'hôpital de Castres pour une deuxième autopsie mais la famille s'y est opposée. Alors, ils ont fini par reconnaître que l'examen du docteur Delcros n'était pas si mauvais que cela.

— Vous en connaissez les conclusions ?

— Nous avons eu droit à une grande réunion hier

soir. Les villageois sont tellement remontés que le maire a pensé que c'était le moyen de calmer les esprits. Tout le monde est persuadé que l'enquête va être négligée ou qu'on ne cherchera pas au bon endroit, d'autant plus que les policiers refusent de faire le lien avec la mort de Louis Bascoul qui reste à leurs yeux accidentelle. On nous a dit que Michel Gresse a reçu un coup sur la tête qui l'a sans doute groggy quelques instants. On lui aurait ensuite sectionné les tendons des chevilles et des bras, avant de l'éventrer.

— A-t-on trouvé des indices sur place ?

— Les gendarmes n'ont rien trouvé. Et à part celles des trois personnes qui se sont approchées du corps avant leur arrivée, il n'y avait aucune autre empreinte de pas dans la neige. Le meurtre a eu lieu sur un chemin de traverse qui rejoint la route du col. Il y avait bien les traces de la charrette et des sabots du cheval depuis la ferme mais rien d'autre.

— Et comment cela a-t-il été expliqué ?

— À l'endroit du meurtre, il y a un vieux chêne isolé qui a réchappé de l'abattage des haies. Les policiers pensent que l'assassin était tapi là et qu'il s'est laissé tomber sur sa victime quand elle est passée en dessous.

— À quelle heure cela est-il censé avoir eu lieu ?

— Le fils Gresse a quitté sa ferme vers quatre heures et demie. Il devait monter du fourrage à la bergerie du col. Le laitier l'a trouvé peu avant six heures. Normalement, il faut quinze minutes maximum pour couvrir la distance entre la ferme et le pied du vieux chêne avec une charrette chargée et un cheval au pas.

— Comment les policiers ont-ils expliqué l'absence de traces de pas ? Je veux bien que l'assassin se soit caché dans un arbre, mais il lui a fallu repartir ensuite, une fois son forfait commis…

— C'est là que les choses se sont envenimées. En fait, ils ont arrêté le laitier. Quand j'ai pris le train ce matin, il n'était toujours pas sorti de la cellule de la gendarmerie de Brassac.

— Logique. Pourquoi cela a-t-il envenimé les choses ?

— Les horaires de la tournée de ramassage ont été confirmés par tous les témoins. À quatre heures, il en avait fini à la ferme Gresse et a continué son ramassage jusqu'aux deux fermes du col qu'il a quittées à six heures moins vingt. Et puis, ils n'ont trouvé aucune trace sur ses vêtements ou dans sa carriole. C'est quand même lui qui est descendu en vitesse au village alerter le maire et le docteur après avoir découvert le cadavre…

Martial avait fait signe au serveur qui renouvela les cafés. Édouard chercha dans sa poche quelques pièces de monnaie mais il l'arrêta et insista pour payer. Quand ils furent à nouveau seuls, il relança leur conversation.

— Qu'en pensent les gens du village si ce n'est pas le laitier ?

— Vous savez, Louis Bascoul, le vieux valet de ferme qui est mort en décembre, il travaillait pour les Gresse. Ils croient tous qu'ils ont été tués par la même *chose*.

— Une chose ?

— Certains penchent pour une bête féroce, un animal monstrueux qui hanterait leurs bois, ce qui permettrait de comprendre pourquoi le corps de Michel Gresse a été dépecé. Mais la majorité parle d'un fantôme, ce qui expliquerait l'absence de traces de pas.

— Et le fantôme de qui ?

— Ça, je l'ignore. Tout le monde semble savoir de qui on parle mais personne n'en prononce le nom, surtout pas devant nous qui sommes des étrangers.

— Camille semble avoir eu raison de s'alarmer.

— Elle ne croit pas aux fantômes. Mais elle est persuadée qu'un meurtrier rôde autour du village. Elle est sûre que vous allez trouver qui.

Cela fit sourire Martial. Il revoyait la jeune femme, spontanée et toujours confiante.

— L'ancien maire du village est devenu un ami pour elle, continua Édouard, qui semblait désormais plus à l'aise. Elle lui a parlé de vous et de vos exploits. C'est quelqu'un qui a beaucoup d'influence sur la vie du village. Alors, hier soir, au cours de la réunion, il a annoncé votre arrivée, affirmant qu'il en avait pris lui-même l'initiative. C'est le seul moyen qu'il a trouvé pour empêcher que tout ceci ne se termine en bagarre générale avec les policiers jetés dans la rivière à la fin.

— Je ne suis pas sûr d'être à la hauteur de toutes ces attentes, et les inspecteurs n'ont pas dû apprécier.

— Vous êtes trop modeste. Camille m'a fait lire les articles concernant ce que vous avez fait avec votre club.

— Je ne suis pas un détective professionnel. Les professionnels sont dans la police et on doit les laisser faire leur travail.

Martial s'était rembruni en disant cela, peut-être trop sèchement, car il vit qu'Édouard était embarrassé.

Il voulut rattraper le coup, en se forçant à retrouver le sourire.

— Camille vous dirait que la modestie n'a pas toujours été mon fort. J'étais, comment dire, un jeune homme arrogant et très sûr de lui… Mais les choses ont changé, ce jeune homme est comme une vieille connaissance, perdue de vue depuis longtemps. Je m'applique donc à équilibrer la balance… Le Cercle Cardan n'est jamais venu empiéter sur les plates-bandes des professionnels. Nous n'intervenons que sur leur demande ou après leur départ, quand les choses restent inexplicables. Tout ce qui n'est pas normal effraye. Notre rôle est simplement d'essayer de guérir la peur. Nous tentons de trouver des explications. Quand on comprend quelque chose, cette chose-là ne vous terrorise plus.

— Comme il faut connaître un ennemi pour mieux le combattre.

— L'une des phrases fétiches de Charles… C'est exactement ça. Toutes ces histoires de sorcellerie, de revenants, toutes ces superstitions ne cachent en fait que la peur et la détresse des gens. Pourquoi l'occultisme est devenu autant à la mode ces dernières années si ce n'est pour soulager ceux qui ne parviennent pas à surmonter la mort d'un fils, d'un mari ou d'un père ? À chaque fois qu'une de ces croyances naît, elle prend sa source dans la faiblesse de ceux qui croient. C'est la même chose avec votre histoire de fantôme qui éventre les fermiers : elle permet d'éviter de croire au pire, de croire que c'est tout simplement un homme qui a fait cela, juste un homme, peut-être même un voisin.

— L'*Affaire Duhamel* était quand même bien loin d'une simple chasse à la supercherie.

— Mais il y avait beaucoup de peur. Cette pauvre femme était persuadée qu'elle était pourchassée par un mauvais esprit et on racontait même, en ville, que son mari participait à des rites sataniques et que c'est cela qui l'avait tué. Nous n'avons pas rendu la mort de ce banquier plus douce à ses proches, nous l'avons rendue explicable. Les choses ne sont plus les mêmes après. Il y a une chance de pouvoir commencer le travail de deuil. Il n'y avait ni fantôme, ni esprit maléfique. Et il n'y en a jamais eu.

— Il existe pourtant des phénomènes étranges. On en raconte tout le temps. J'ai moi-même été témoin d'une scène extraordinaire, un acte de sorcellerie. J'ai vu un homme arrêter net une meute de chiens de chasse en traçant sur le sol des signes avec une branche morte.

— Je ne dis pas qu'il y a une explication à tout. Il m'est aussi arrivé de voir des choses que je suis incapable d'expliquer. Le Cercle n'a pas toujours su trouver la réponse. Mais neuf fois sur dix, c'était une supercherie ou un concours de circonstances.

— Les habitants de La Vitarelle sont très superstitieux. Ils croient en ces choses-là.

— Je vous le répète, cela leur évite d'envisager qu'un des leurs soit capable de commettre ces horreurs. Pendant la guerre, j'ai vu de braves gars, bons maris, bons pères de famille, devenir des bêtes féroces à force de haïr l'ennemi. Donnez les moyens à quelqu'un de découvrir la sauvagerie qui est en lui et laissez-lui le champ libre pour qu'il puisse la laisser le submerger : le mélange est terrible… Il m'est arrivé de me poser cette question quand j'étais en Serbie : « *Comment peut-on faire cela ?* » J'aurais moi aussi voulu croire aux suppôts de Satan ou aux malédictions. Mais il ne s'agissait que d'hommes. Des hommes capables de couper les mains des nouveau-nés, de violer à plus de trente une jeune fille de treize ans avant de la pénétrer avec des baïonnettes, de dépecer un vieux paysan pour obliger sa famille à manger ses entrailles… Il n'y avait pas de monstres issus des enfers ces jours-là, pas plus qu'il n'y en avait pour vider Edmond Duhamel de son sang. Il n'y avait que des hommes, comme vous et moi. Des hommes tellement aveuglés par la rancune et la peur qu'ils ont renoncé à contenir leur bestialité et ont cessé, durant ces moments-là, d'être des hommes.

Voyant Édouard le dévisager avec des yeux inquiets, Martial finit par se taire et se recula sur sa chaise, détournant le regard vers les quais.

— Je préfère gérer mes enquêtes depuis les coulisses, finit-il par dire, plus calmement. On y voit bien mieux quand on n'est pas ébloui par la lumière. Les policiers sont prioritaires. Je me contenterai de chercher là où ils ne veulent pas aller.

Peu avant midi, ils sortirent de la gare et se dirigèrent vers le Petit Train qui patientait au bord de l'avenue, à part. Une petite locomotive tractait un fourgon et deux wagons, quasiment vides à cette heure et en cette période de l'année où les thermes de Lacaune faisaient relâche. Ils s'installèrent dans la voiture de queue qui disposait d'une plateforme à l'arrière. De sa besace, Édouard sortit un gros morceau de pain et un pli entier de saucisse sèche. Suivirent un petit fromage sec et une bouteille emplie d'un vin ensoleillé. Martial éclata de rire, un rire rassuré car son ventre commençait à le titiller. C'est la bouche pleine qu'il vit l'avenue glisser derrière la vitre, dans l'ébranlement du wagon.

Jusqu'à Vabre, le Petit Train taillait sa route péniblement à travers les pentes escarpées et rocailleuses du Sidobre. Tunnels et viaducs se succédaient à intervalles courts dans des paysages de plus en plus sauvages et stériles. Puis, après l'arrêt à Vabre, on bifurquait vers Brassac, repassant le viaduc qui enjambait une rivière profonde, et on grimpait encore pendant près d'une heure. Ici, le paysage changeait. Le granit qui affleurait partout ailleurs se faisait plus discret. Quant à la forêt, elle s'étendait de plus en plus, faisant la part belle au sapin. Çà et là, quelques trouées laissaient entrevoir des plaques de neige tenaces, témoins d'un hiver plutôt rude et qui n'avait sans doute pas dit son dernier mot. Les habitations isolées se faisaient rares. La nature avait bâti une épaisse muraille que le bruyant tortillard venait perforer.

Il avait été inauguré en 1905 et s'étendait aujourd'hui jusqu'à Lacaune puis Murat. Il servait de trait d'union avec la vie d'en bas, celle de la ville et de la modernité, trois fois par jour.

— C'est le bout du monde, n'est-ce pas ? plaisanta Édouard en venant se rasseoir après être allé fumer une cigarette sur la plateforme.

Cela n'était pas pour déplaire à Martial. Lui qui était un enfant de la ville n'aspirait désormais qu'à s'en écarter. Une semaine ou deux à Paris ou à Londres le comblaient. Mais il ne s'éternisait pas plus longtemps.

Très vite, l'air et l'espace lui manquaient. La foule lui était devenue insupportable. C'est pour cela que les bouts du monde ne le rebutaient pas, il s'y sentait bien en fait, là où les routes s'arrêtent. Car, au-delà, les hommes et leur folie n'avaient plus le dessus.

— Les voyages ne vous manquent-ils pas ? demanda-t-il, par association d'idées, à Édouard.

— Bizarrement, non ! Quand j'étais enfant, je passais mon temps à m'échapper pour venir sur le port. Je rêvais de prendre le large, de monter à bord d'un de ces bateaux. Dès que j'ai pu, je me suis engagé. Mais une fois que j'y étais, je me suis rendu compte que la mer n'était pas ma vocation. C'était l'horizon qui m'attirait en fait, et partout où nous allions, il restait inaccessible. Et puis, il y a eu ce naufrage… Un véritable cauchemar. Certains étaient pris au piège dans les soutes, d'autres se sont noyés d'épuisement, la tempête était partout et semblait ne jamais vouloir s'arrêter… Nous n'avons été que huit à nous en sortir.

Le visage d'Édouard était crispé, son regard était devenu noir, fuyant. Ses mains se tordaient. Il faisait visiblement un effort pour raconter tout cela.

— Quand j'étais dans l'eau, accroché à mon bout de planche, je me suis promis que, si je m'en sortais, l'océan n'aurait plus jamais l'occasion de m'avoir. La traversée vers l'Argentine sera la première fois que je violerai ma promesse.

— Que s'est-il passé pour vous ensuite ?

— La Compagnie m'a placé dans les bureaux. J'ai fini par y apprendre deux ou trois choses. Juste avant que la guerre n'éclate, il y a eu ce gars qui venait du Havre et qui avait des projets plein la tête. C'est lui qui m'a parlé en premier de l'Argentine, de ce pays neuf, de cette terre magnifique. On devait s'associer pour faire quelque chose là-bas. Mais il n'est pas revenu des tranchées.

Sur un virage serré, le wagon fut brutalement secoué dans un crissement strident. Édouard marqua une pause dans son récit, se passant la main sur le menton, rasé de frais.

— Moi aussi j'étais mort, voyez-vous. Pas physiquement, bien que ce ne soit pas passé loin. Mais en dedans. On m'a envoyé à Luchon après m'avoir rafistolé. Ma rencontre avec Charles m'a sauvé. Il m'a réveillé. C'était un homme exceptionnel ! Il m'a permis de croire à nouveau en moi, d'avoir à nouveau une vie, un futur. Il m'a donné des cours pour que je puisse prétendre à un meilleur poste. C'est comme cela que j'ai décroché ce travail de courtier auprès des mégisseries de Mazamet. Et j'ai pu nouer des contacts avec Buenos Aires pour rebâtir mon projet.

Il n'avait pas évoqué ce qui avait réellement bouleversé sa vie, ce en quoi il était le plus redevable à Charles : sa rencontre avec Camille. Ce voile jeté sur l'événement ne laissait aucun doute à Martial : Édouard savait quels étaient ses sentiments pour la jeune femme.

— J'ai rendu mon tablier la semaine dernière. Le travail de bureau n'est pas trop fait pour moi non plus. J'ai constamment l'impression d'étouffer. Là-bas, tout est à faire. Tout est à construire. Il y a de l'air.

— Camille doit se sentir moins seule. Et puis vous êtes débarrassé de ce genre de trajet…

— Je regrette de ne pas avoir pris la décision plus

tôt. J'avais les moyens de le faire. Je n'ai pas pris assez au sérieux tout ce qu'elle pouvait imaginer autour de la mort de Louis Bascoul. J'ai cru que c'était juste une façon de faire son deuil après la mort de Charles. Aujourd'hui, avec ce deuxième meurtre, je me rends compte combien j'ai pu être imprudent de la laisser toute seule, à mettre son nez dans ces histoires. S'il y a vraiment un assassin, elle pourrait devenir une cible toute désignée à force de vouloir le confondre.

— Vous êtes resté dans la petite maison que vous louiez ?

— Il y a toujours ces fichues convenances. Mais le moulin que me loue l'ancien maire est trop éloigné de l'école. Je ne suis pas sûr d'être utile à quoi que ce soit.

Il sembla hésiter, se mordit la lèvre. Puis se décida à continuer.

— Je dois vous avouer une chose… Comment dire ? Les policiers veulent savoir où étaient les habitants du village la nuit où Michel Gresse a été tué. Je crains de ne pouvoir mentir plus longtemps car je ne suis pas certain d'avoir été assez discret…

— Il vous arrive de revenir chez Camille quand les bonnes consciences sont endormies ?

— C'est que je ne suis pas rassuré de la savoir seule, vous comprenez ?

Martial comprenait trop bien. Dire qu'il ne ressentait rien à ce moment serait faux, mais il fut surpris que ce fût si léger, même pas une douleur.

— Dites la vérité aux policiers et ne vous inquiétez pas trop des retombées. Avec toute cette histoire, les gens auront de quoi s'occuper. Quand il sera temps pour eux de se pencher sur les convenances, vous serez loin tous les deux.

Trop loin, pensa-t-il. Et c'est là que la douleur se réveilla, traîtresse, quand on ne l'attendait plus. Il chercha à détourner l'attention, toujours persuadé qu'on pouvait lire en lui comme dans un livre ouvert.

— Et que faites-vous de vos journées dans ce village ?

— J'ai promis d'entreprendre quelques travaux à l'ancien moulin, le loyer étant particulièrement faible. Et puis, j'aime marcher dans les bois. Je lis aussi le plus possible, afin de combler tout le retard que j'ai pu prendre… J'attends que Camille ait terminé sa journée. Il m'arrive de m'ennuyer mais ça ne me gêne pas vraiment. J'aime assez m'ennuyer en fait, cela permet de mettre un peu les choses à leur place.

— Votre connaissance du coin et de ses habitants serait précieuse pour moi. Si vous voulez bien m'assister, bien entendu.

— J'en serai ravi, vraiment ravi. Et j'aimerais également que vous acceptiez de loger chez moi. Il y a une chambre en plus et vous seriez bien plus libre qu'en descendant au café du Progrès.

— J'accepte, et je vous en remercie.

— Je ne peux pas vous promettre d'être à la hauteur. Je ne suis pas comme vous. Je n'ai pas votre savoir.

— Si Charles a réussi à vous avoir sous la main quelque temps, vous serez largement à la hauteur, ne vous inquiétez pas.

— Il a été votre professeur au lycée, n'est-ce pas ? Ce devait être quelque chose…

— En effet, répondit Martial, sans s'étendre.

— Il disait de vous que vous étiez un élève brillant. Pourquoi ne pas avoir continué vos études ?

— J'ai été blessé au début de la guerre. Un obus qui s'est écrasé sur une école où était installé le QG. Tout s'est effondré comme un château de cartes. Je suis resté bloqué plus de vingt heures, écrasé sous une poutre qui m'a par ailleurs sauvé la vie. J'ai été le seul survivant, et j'ai fait comme vous après votre naufrage, je me suis promis de ne pas y revenir, pas de cette manière. Quand j'ai été à nouveau sur pied, on m'a proposé d'intégrer les Renseignements. Je n'ai pas laissé passer ma chance. Et puis, de fil en aiguille, je me suis retrouvé en Serbie, à travailler avec le docteur Reiss. C'est un criminologue suisse qui avait commencé un travail d'enquête sur les atrocités commises par l'armée austro-hongroise. Le but était de collecter suffisamment de faits pour amener de l'eau au moulin de ceux qui préparaient les traités de paix. Ce que j'ai vu et ce que j'ai entendu au cours de ces quelques mois m'a bouleversé. Toute cette sauvagerie, toute cette violence ! J'avais commencé des études en criminologie, je voulais en faire mon métier. C'est tout cela qui m'y a fait renoncer.

— Nous avons tous nos démons, n'est-ce pas ?

— Il y a des personnes plus intactes que d'autres.

— Camille est de ces personnes.

— C'est bien à elle que je pensais.

Le Petit Train freina en grinçant. Il était plus de quatorze heures quand il stoppa devant la minuscule gare de Brassac. Plusieurs attelages attendaient sur le côté du modeste bâtiment tandis qu'on déchargeait quelques paquets du fourgon. Plusieurs gamins se tenaient là, adossés, cherchant de quoi occuper leur après-midi de congé. Édouard attira Martial hors de l'éphémère agitation pour rejoindre un petit autobus de couleur sombre. Un écriteau noir était accroché sur le devant de l'impériale. À la peinture blanche, en grosses lettres rectilignes, on lisait : « La Vitarelle-du-Théron ».

— Voilà la « diligence », annonça Édouard. Le dernier relais du voyage. Toujours à l'heure, sans jamais défaillir, calée sur les horaires du train. Notre chauffeur ne doit pas être bien loin. Je vais le chercher.

Martial tenta de se repérer par rapport à son premier passage dans le village. Il finit par reconnaître les pentes abruptes au nord-est, couvertes de sapins. Derrière ce mur, il y avait le bout du monde. Il y avait Camille. Il y avait la dernière étape de sa guérison.

5

Le chauffeur du car s'appelait Jean Guillard. C'était un petit homme sec, à qui on pouvait donner aisément la quarantaine, et qui avait une allure plutôt négligée avec ses cheveux grisonnants en broussaille, ses joues mal rasées et ses vêtements râpés. Martial l'avait vu venir vers lui d'un pas décidé mais gêné par une claudication avancée, après qu'Édouard l'eut trouvé en train de bavarder non loin de là. Il lui avait serré la main vigoureusement et n'avait plus cessé de parler, avec un accent très marqué. Avant même que la « diligence » ait quitté Brassac pour se lancer dans la pénible ascension, Martial savait déjà que, s'il boitait si bas, ce n'était pas dû à la guerre qu'il n'avait pu faire mais à un accident dont il avait été victime, adolescent, dans la ferme de son père, quelque part dans la Montagne Noire, de l'autre côté de la vallée. Une botte de paille lui avait écrasé la hanche et on n'avait pas réussi à le rafistoler convenablement. Son handicap l'avait écarté de la conscription et, bien qu'il se soit porté volontaire, on n'avait pas voulu de lui pour se battre. Il avait été embauché comme mécanicien dans les usines de délainage qui vivotaient quelques années avant la guerre. Quand celle-ci s'était déclenchée, on manquait de chauffeurs. Voilà comment il avait eu droit de prendre le volant des camions qu'il se contentait d'entretenir jusque-là. Juste le temps de la guerre. Quand les hommes valides étaient revenus, sur leurs deux jambes pour les plus chanceux, on l'avait remis à sa place, au fond du garage. Il ne l'avait pas accepté. Quand il avait su pour le poste de chauffeur qui s'était créé à la scierie de La Vitarelle, il s'était présenté et avait été embauché. Et puis, de fil en aiguille, la mairie lui avait également confié les rênes de la « diligence ». Et tout cela grâce à monsieur Guiraud, l'ancien maire. Un sacré bonhomme à ses yeux, presque un saint ! Ses yeux s'embuèrent quand il en parla. Il essuya même un début de larme de la manche de son gilet troué au coude. Puis il se roula une cigarette, d'une seule main, la gauche, et la coinça entre ses dents jaunies par le tabac.

Il régnait un sacré vacarme dans l'autocar, il fallait hausser la voix pour couvrir les bruits du moteur. C'est donc en criant que Jean Guillard leur apprit que le laitier avait finalement été relâché dans la matinée et qu'aucune charge n'était retenue contre lui. Les policiers toulousains s'étaient lancés dans une série d'interrogatoires et on disait que tout le monde allait y avoir droit. Ils voulaient comparer les emplois du temps, à ce qu'il paraît. Il y avait une certaine hostilité qui s'était créée à leur encontre. Les premiers témoins qu'ils avaient essayé d'entendre faisaient semblant de ne parler que patois. Il leur avait fallu employer la menace de poursuites pour entrave à la justice pour éviter d'avoir recours à un interprète.

— C'est que les gens de là-haut sont réputés têtus comme des bourriques. Et ils se méfient de tout et de tout le monde. Par exemple, moi, je suis arrivé au début de l'année 1922. Eh bien, encore de temps en temps, on me fait sentir que je fais pas partie de la communauté. Alors vous imaginez, avec ce qui vient de se passer… Ils sont pas prêts de se montrer très coopératifs.

— Vous connaissiez bien Michel Gresse ? parvint à caser Martial.

— Pour sûr que je le connaissais, comme tout le monde ! On pouvait pas le rater avec sa grande gueule et les airs qu'il se donnait, comme s'il était au-dessus de tout le monde ! Vous imaginez qu'il voulait devenir maire ! Maire, lui ! Il arrive même pas à la cheville de monsieur Guiraud. C'est sûr que sa famille possède la moitié des terres cultivées du village et qu'ils sont assis sur un gros paquet d'oseille, à ce qu'on dit. Mais ça suffisait pas pour faire de lui le saint patron de la commune. C'était un bosseur, ça, y a pas à dire. La ferme de ses parents, c'est lui qui l'a tenue à bout de bras depuis des années. De là à vouloir faire la pluie et le beau temps, y a une marge ! Vous en trouverez d'autres des comme moi qui l'aimaient pas de trop. Le village est comme qui dirait coupé en deux : il y a ceux qui sont avec les Gresse et il y a ceux qui sont contre. On a beau être contre cette famille, Michel méritait pas de finir de la sorte. Vous imaginez qu'il est pas mort de suite, qu'il s'est vu partir à petit feu ? J'étais l'un des premiers à monter mardi matin. Il baignait dans son sang et ses tripes. Et son visage ! C'était une horreur, comme si on lui avait moulé sur la figure le masque de la terreur et de la souffrance mélangées. Pourtant, c'était un dur et teigneux avec ça. Il s'emportait facilement et n'hésitait jamais à faire le coup de poing. On m'a raconté que, plus jeune, il a déclenché une bagarre au bal de Brassac et qu'il a fallu que les gendarmes s'y mettent à plusieurs pour l'arrêter. Il a même failli faire de la prison. Et avec tout ce qu'on racontait sur lui, y avait pas trop de chances qu'il se calme.

— Et qu'est-ce qu'on raconte sur lui au juste ?

— Oh, y a tout un tas de trucs qui circulent. Vous avez bien dû en entendre parler, monsieur Édouard ?

Édouard acquiesça mais ne dit pas un mot. Jean Guillard n'aurait laissé à personne le soin de raconter.

— La famille Gresse, c'est tout un poème ! La mère est clouée dans un fauteuil aujourd'hui, mais du temps où elle avait encore l'usage de ses jambes, elle avait tendance à les écarter souvent, et pas toujours pour son mari. La femme de Michel, c'est encore pire. Tout le monde sait qu'elle a le feu quelque part et que tout lui convient quand il s'agit de l'éteindre. Parce que son mari, il pouvait rien lui faire. Ils ont beau avoir eu une fille ensemble, on dit qu'il a rien là où il faut. Rien dans la braguette, même pas un bout. Ce serait de naissance et c'est pour ça qu'il a pas fait l'armée et qu'il a été réformé lui aussi au moment de la guerre.

Le car grinçait de partout, le moteur semblait aux abois tandis que la route continuait à s'élever, sinueuse et étroite, encore humide de la dernière neige qui avait mis du temps à fondre. La forêt qu'ils traversaient était de plus en plus épaisse. Les sapins, gigantesques, dessinaient une arche sombre au-dessus de la route, qui ne s'éclaircissait que lorsqu'ils laissaient un peu de place aux feuillus aux branches encore dénudées. Martial avait du mal à se rappeler son premier trajet, quand il avait lui-même conduit sur cette route. Par exemple, il ne s'était pas aperçu, à l'époque, combien les virages relevés étaient maussades, combien le ravin que l'on longeait régulièrement était profond. Dans leur dos, toute la vue sur Brassac était barrée par les arbres. Certaines pentes, devant eux, étaient particulièrement raides, et on les passait quasiment au pas.

En revanche, il sentait bien qu'on se rapprochait du village. La boule au creux de son ventre était en train de réapparaître... Il s'en voulait d'être comme cela, malgré tout ce qu'il avait déjà vécu, malgré ses trente ans passés, il continuait de réagir comme un gamin.

Pendant ce temps, Jean Guillard parlait toujours. Les secousses le faisaient sautiller sur son siège.

— Le vieux Bascoul, c'était pas pareil. C'était un pauvre type, un véritable poivrot. Tout le monde se moquait de lui. Mais ça m'a fait de la peine quand on l'a retrouvé dans ce ravin.

Il sortit à nouveau sa blague à tabac et, toujours avec autant de dextérité, il se roula une nouvelle cigarette.

— Pensez-vous vraiment qu'il ait pu vouloir en finir ou qu'il ait pu être victime d'un accident ? demanda Martial, toujours préoccupé par son estomac qui faisait des siennes.

Jean Guillard sembla hésiter. Pour la première fois depuis le départ, il avait gardé le silence pendant plus de dix secondes. Il tira une longue bouffée avant de répondre finalement :

— Je sais plus vraiment. Au début, j'ai pensé que c'était pas possible. Vous voyez, quand on l'a retrouvé, j'ai pensé que c'étaient les frères Gresse qui avaient fait le coup… Le vieux Bascoul, quand il buvait de trop, il faisait ça en silence et finissait par s'écrouler dans un coin. Mais il lui arrivait aussi d'avoir le vin bavard, surtout quand il était au café du Progrès, parce qu'au café du Théron, on est chez le frère de la mère Gresse et qu'on le foutait dehors dès qu'il commençait à s'épancher. Enfin bref, il racontait comment il avait cocufié le père Gresse pendant des années sans que l'autre ne se rende compte de rien. Il racontait qu'Yvonne, la femme de Michel, aimait tant la bagatelle qu'elle s'en était même prise au curé. Et puis, il insistait bien sur le fait que Michel, son patron, il était pas équipé comme un homme. Le Michel, c'était ce sujet-là qui le mettait en boule. Ceux qui en ont parlé devant lui doivent s'en souvenir encore. Mais le vieux Bascoul, il continuait. Alors je me suis dit que, peut-être, lui et son frère avaient décidé de lui donner une leçon. Mais que ça avait mal tourné et que le vieux était mort. Alors, ils auraient pu le jeter dans le ravin. J'en ai parlé à monsieur Guiraud à l'époque. Vous savez, à ce moment-là, chacun y allait de son idée. Il m'a dit que c'était pas possible, que c'était forcément autre chose. Alors aujourd'hui que Michel est mort, je regrette un peu d'avoir pensé ça.

Martial s'était penché vers Édouard, la voix couverte par le brouhaha ambiant :

— Camille cherchait un mobile pour l'assassinat du vieil homme. En voilà un qui tient la route.

— Les frères Gresse n'y sont pour rien. Elle a vérifié. Le samedi soir, ils allaient toujours au concours de cartes organisé au café de leur oncle, jusque tard dans la nuit.

Martial se redressa. Il sentait une nausée qui commençait à naître dans ses entrailles.

— Quand on voit comment Michel a été tué, on se dit que finalement, le vieux, il a eu de la chance dans son malheur, continuait Guillard. Il y a quelque chose qui rôde par là-bas. Quelque chose qu'il vaut mieux pas rencontrer. Vous savez qu'il n'y avait pas de traces de pas dans la neige autour du cadavre de Michel ?

Il se retourna vers Martial, qui cherchait à mieux se caler sur son fauteuil.

— Monsieur Guiraud dit que vous êtes un as dans votre partie. Vous allez nous trouver ça vous, n'est-ce pas ?

Martial se contenta de hocher la tête. Il se sentait de moins en moins bien au fur et à mesure que l'arrivée approchait. Se rapprocher de Camille, se rapprocher de la source de son mal, était décidément une épreuve bien difficile.

Il y eut un virage plus serré que les autres et la route devint ensuite moins pentue. La forêt sembla moins épaisse. Un autre virage serré vers la gauche et on sortit soudain de la barrière d'arbres et, bien que les nuages soient bas, Martial eut l'impression de revenir dans la lumière. Sur le bas-côté, on dépassa une croix en fer forgé, plantée sur un socle de pierres sèches. À ce moment-là, Jean Guillard appuya furieusement sur le klaxon qui résonna dans un cri rauque. Il se retourna à nouveau, tout fier.

— C'est le signal. Je fais toujours ça pour annoncer l'arrivée de la « diligence ».

On était parvenu sur un plateau. Des parcelles d'herbe s'étalaient maintenant à droite de la route, çà et là entachées de quelques plaques de neige. Des murets de pierres les délimitaient. À gauche de la route, il y avait toujours des arbres mais ils s'espaçaient désormais devant une pente raide qui finissait par basculer dans le ravin. Plus loin, droit devant, on devinait les toits des premières maisons. Martial sentit que ses épaules pliaient sous le poids de l'émotion, un bourdonnement sourd commença à résonner à l'intérieur de son crâne, la salive vint à manquer dans sa bouche.

— Oh, ben dites donc, vous auriez pas mal au cœur vous ? s'exclama Guillard, toujours retourné, oubliant de regarder la route. Il fallait le dire, on aurait pu s'arrêter. Vous êtes blanc comme un linge.

— Ça va aller, Martial ? s'inquiéta Édouard, en posant une main sur son avant-bras.

— Monsieur Guillard a raison, c'est juste le mal des transports.

La route qui venait de Brassac coupait le village en deux avant de continuer vers le col des Quatre Sources. La partie basse du village se serrait le long du ravin, faite de petites maisons, de ruelles étroites et de courettes abritées. La grand-place qui avait été percée faisait exception. Plantée de jeunes platanes, elle recevait le marché tous les mois et la grande foire une fois par an. La petite église et son cimetière attenant étaient ainsi mieux mis en valeur tandis qu'en face, on avait construit la nouvelle mairie. C'est là que Martial avait garé sa voiture le jour des funérailles de Charles. La partie haute du village était plus étalée. Les maisons s'égrainaient le long de deux ou trois larges chemins, sur des parcelles plus importantes. La pente s'y faisait parfois fastidieuse. Tout en haut, il y avait l'école de Camille.

Plusieurs petits hameaux étaient encore habités dans les alentours. Quelques fermes dispersées continuaient à se battre pour survivre. Une carrière de granit commençait à bien tourner après avoir vivoté pendant des années. La scierie de monsieur Guiraud était le deuxième poumon de la commune. Après avoir quitté le village, la route dégringolait en trois virages vers un pont de pierre qui sautait la rivière, au bas de la gorge, puis remontait en face. Sur cette rive du plateau se trouvait l'essentiel des terres cultivables. C'est là que la ferme Gresse s'était étirée en grignotant petit à petit ses anciens voisins qui avaient renoncé, faute de bras. Quelques parcelles de hêtres, quelques chênaies encore jeunes et puis, encore et toujours, le sapin. Le village semblait cerné par la forêt qui avait dévoré les terres en friche. Il était comme un poste avancé en territoire hostile, le dernier foyer de résistance au dépeuplement et à la désertification.

La « diligence » avait ralenti. Elle passa devant un bâtiment neuf et assez massif : la laiterie, comme l'annonçait un panneau aux lettres épaisses. On continua encore cent mètres avant de tourner à gauche pour accéder à la place par la plus large des ruelles.

— On y est ! s'exclama une nouvelle fois Jean Guillard.

Il débloqua la portière, qui s'ouvrit en gémissant, et s'effaça pour permettre à Martial de descendre.

Le cœur au bord des lèvres, celui-ci laissa l'air frais lui griffer le visage. Il marcha un peu, le dos fatigué, ignorant les curieux qui étaient attroupés un peu plus loin. Édouard vint le rejoindre.

— Ça va déjà mieux. C'est le voyage qui m'a fatigué, et tous ces virages pour finir… Accordez-moi deux minutes et je serai d'attaque.

Il s'éloigna encore de quelques pas. Jean Guillard était monté sur l'impériale pour détacher plusieurs paquets. Édouard grimpa sur l'échelle pour l'aider à décharger. Martial commençait à se rendre compte des attentions qui étaient toutes portées sur lui : des gens assis sur un banc, d'autres devant la vitrine d'un café, des gamins groupés au centre de la place… Il alla contourner le car par l'avant, pour soustraire sa santé patraque à leurs regards. La nausée commençait à disparaître.

Alors qu'il contournait l'autocar, il la vit, là, plantée devant lui, les bras croisés, une jambe ramenée vers l'arrière, la pointe du pied en équilibre. Des boucles peut-être plus foncées s'échappaient encore, rebelles au chignon. Elles retombaient sur un visage plus pâle, presque triste, d'où ressortait le bleu marine de ses yeux. Elle portait un long manteau noir trop grand pour elle, le manteau de Charles dans lequel elle s'était emmitouflée. Elle lui sourit. Ce fut un enchantement. Il sentit le vide sous ses pieds. Il sentit le vent dans son dos.

— Tu m'avais promis de revenir. Il t'en a fallu du temps !

Et son sourire s'élargit davantage, des larmes vinrent faire briller ses grands yeux. Et elle vint se jeter dans ses bras, envoyant au diable toutes les convenances.

— Merci d'être venu, souffla-t-elle dans sa nuque, le serrant fort. Je suis si contente que tu sois là !

Il était maintenant grisé de son doux parfum, le nez plongé dans ses cheveux à moitié défaits. La douleur au ventre avait disparu. Mais il sut qu'il ne pourrait jamais guérir de ce mal-là. Il sut qu'il lui était impossible de vivre sans elle.

6

Sitôt le car déchargé, Édouard avait décidé de partir jusqu'au moulin afin de préparer l'installation de son invité. Il avait insisté pour emporter ses bagages et Jean Guillard avait proposé de le rapprocher avant d'aller ranger la « diligence ». Ainsi Martial se retrouva seul avec Camille.

Il y a des moments dans la vie qui restent inoubliables. Les années passent mais pas leur saveur, qui semble même se bonifier avec le temps. Avec de la chance, et un brin de lucidité, on peut se rendre compte que l'on vit de tels moments alors même qu'on est en train de les vivre. C'est ce que ressentit Martial au cours de cette fin d'après-midi.

Ils avaient marché tous les deux pour remonter vers l'école. Camille était accrochée à son bras, le corps collé contre le sien, la tête quasiment nichée au creux de son épaule. Elle resta silencieuse tout au long du trajet. Martial ne rompit surtout pas ce silence, lui qui savourait chaque seconde, chaque détail. Tout se grava dans sa mémoire. Le jour qui commençait à décliner derrière les nuages figés, un aboiement de chien pas très loin, le son métallique d'un marteau, les meuglements d'un troupeau qui venaient résonner jusqu'à la lisière de la forêt voisine, le chuintement de l'eau qui s'écoulait en fine rigole le long du large chemin qu'ils empruntèrent après avoir quitté la place et traversé la route, les cheminées qui laissaient échapper leur fumée par-dessus les toits pentus, la large vitrine de l'épicerie où trônait un gros pain de sucre, quelques bribes de conversation saisies au passage du café du Progrès aux vitres embuées, le potager d'une fermette et quelques poules qui traînaient paresseusement dans la cour, l'odeur mélangée d'herbe humide et de feu de bois… Et bien sûr, Camille…

Plus on remontait le long de ce chemin, plus les maisons s'espaçaient jusqu'à ce qu'on parvienne à un embranchement marqué par une petite niche en pierre à l'intérieur de laquelle se tenait une statuette de la Vierge à la peinture écaillée, le tout cerné par les branches de houx. Il fallait prendre à gauche, de hauts chênes déplumés enveloppaient maintenant le chemin et les murets de pierre avaient laissé place à des haies vives, un peu décharnées par l'hiver. Malgré la fatigue de son long voyage, malgré son émotion, malgré les regards qui ne cessaient de les épier tous les deux à la dérobée, Martial se sentait heureux.

Camille ne s'écarta de lui que lorsqu'ils se trouvèrent devant l'école des filles, haute, massive, aux murs couverts d'ardoises. Ils franchirent l'un après l'autre le portail de fer, toujours sans un mot. Puis Camille dut forcer pour ouvrir la lourde porte d'entrée que l'humidité avait fait gonfler et qui frottait les dalles gris-noir du sol.

Le rez-de-chaussée de l'école était divisé en deux parties, séparées par l'entrée et un escalier qui envoyait ses marches usées vers l'étage. À droite, il y avait la salle de classe qui courait sur toute la largeur du bâtiment, s'ouvrant sur l'avant et sur l'arrière par quatre fenêtres aux boiseries peintes en blanc. Le plafond était haut, très haut. Le grand poêle devait peiner pour y apporter une chaleur confortable. À gauche de l'entrée, il y avait une pièce tout aussi longue mais moins large, elle aussi ouverte aux deux extrémités, ce qui lui donnait une belle clarté. Il s'agissait d'une sorte de cuisine ou de salle à manger avec, dans le fond, une petite alcôve qui dissimulait un évier creusé à même la pierre. Une large cheminée coupait le mur d'en face en deux. Couplée à la cuisinière à bois, elle emplissait la pièce d'une douce chaleur. Il régnait là une odeur de caramel et de camomille. Camille tourna l'interrupteur pour faire un peu plus de lumière.

— On a l'électricité mais pas l'eau, expliqua-t-elle, retrouvant la parole. On est obligé d'aller avec des bidons jusqu'à la fontaine, deux fois par jour, quand ce n'est pas trois. Je me demande si je n'aurais pas préféré l'inverse. Il y a eu des barrages construits assez tôt par ici et du coup, le village a été électrifié avant même la vallée…

Elle semblait presque intimidée maintenant, ne sachant trop que dire. Elle débarrassa Martial de son manteau qu'elle suspendit à côté du sien à une patère de l'entrée. Puis elle l'invita à venir s'asseoir à la table de la cuisine. Elle avait mis de l'eau à chauffer avant de descendre au village. Un café serait sans doute le bienvenu.

Martial sentait encore son cœur battre fort dans sa poitrine. Il ne s'assit pas tout de suite, fit quelques pas dans la pièce douillette malgré ses hauts murs et la couleur sombre du dallage. Il pénétrait dans l'intimité de celle qu'il aimait, dans sa nouvelle vie. Il ne l'avait connue qu'avec son père. Il y avait quelques petites touches, quelques objets, un peu de désordre… Les bols colorés derrière la porte vitrée du buffet ressemblaient à ceux des vacances chez son grand-père. Des fleurs séchées étaient suspendues près de la fenêtre qui donnait vers l'avant. Un livre était posé sur un coin de la table, une page marquée par un fil de laine rouge, la couverture un peu usée annonçant *Les mémoires d'outre-tombe*. Une aquarelle était suspendue au-dessus de cette même table, une côte échancrée, une mer agitée, un phare, la tempête qui menaçait…

Camille avait resserré les bûches dans la cheminée, s'était assurée que le feu couve toujours dans la cuisinière et maintenant, elle versait l'eau bouillante dans la cafetière.

— À l'étage, il y a un petit salon qui est plus chaud pour l'hiver. J'ai un cabinet de toilette et deux grandes chambres.

— C'est grand.

— C'est même trop grand et vraiment pas facile à chauffer. En plus, avec ces saletés de dalles, le froid remonte par le sol. Il faut y prendre garde sinon on peut y attraper la mort… Viens t'asseoir avec moi. Je suis vraiment heureuse de te voir. Même si les circonstances sont ce qu'elles sont.

Martial finit par s'asseoir à côté d'elle. L'odeur du café lui parut un enchantement.

— Tu n'as pas très bonne mine, lui dit-elle en posant sa main fine sur la sienne et en se penchant vers l'avant pour essayer d'attraper son regard.

— J'ai eu quelques soucis de santé cet hiver. Rien de bien grave…

Cette main blanche sur la sienne le bouleversait.

— Toujours ton dos ?

— Le dos et puis un sérieux coup de fatigue. Je ne te trouve pas non plus très en forme.

Elle se redressa et retira sa main. Son petit sourire s'éclipsa et ses yeux s'emplirent de larmes.

— C'est difficile depuis quelque temps. J'ai du mal à me remettre sur pied.

— À cause de la mort de ton père ?

— Il n'y a pas que cela. C'est ce village, il m'oppresse… Je ne sais pas comment t'expliquer… Depuis que je me suis installée ici, il ne m'est rien arrivé de bon. J'ai du mal à m'intégrer. La mort de papa est venue se rajouter là-dessus. Et maintenant, il y a ces deux meurtres. J'ai tout le temps peur. J'ai tout le temps froid. Si tu savais comme je regrette d'être venue ici.

— Il ne te reste plus très longtemps avant de partir.

— Même cela me paraît inaccessible. C'est comme si je me sentais prisonnière, comme si j'étais résignée à être piégée. Je ne me sens plus la force d'agir, ni de faire des projets… L'Argentine… C'est si loin et ce sera si compliqué là-bas. Je crains de ne pas avoir la force de tout recommencer.

— Édouard sera là pour t'épauler. Tu peux te reposer sur lui.

— Je sais. Mais mon monde s'écroule petit à petit autour de moi. Je me sens perdue. Édouard n'y peut rien. Et j'ai déjà déçu tant de monde que j'ai peur de le décevoir à son tour.

— Comment peux-tu dire cela ?

— C'est la vérité ! J'ai déçu papa, je le sais. Il avait rêvé d'une autre vie pour moi. Il a fini ses jours en me voyant dans ce coin perdu, à exercer un métier dont il souhaitait me détourner et à renier tout ce en quoi je croyais. Il est parti en constatant que j'étais de moins en moins heureuse… Et puis, je t'ai déçu toi.

Les larmes coulaient toutes seules le long de ses joues. Une ombre était maintenant installée dans ses yeux et sur son visage. Il y avait de la détresse en elle. Martial la regardait s'effondrer. Il ne sut s'il s'agissait d'un appel à l'aide. Elle sortit un petit mouchoir à carreaux de sa manche et s'essuya les yeux. Même dans ce geste, elle était bouleversante, adorable.

— Ça va s'arranger, dit-il doucement, et, cette fois-ci, c'est lui qui posa sa main sur la sienne. Tout va s'arranger. Tu es plus forte que tout cela.

Elle essaya de sourire. Il brûlait d'envie de la prendre dans ses bras, mais il n'osa pas.

— Alors, qu'est-ce qu'il t'a écrit ? demanda-t-elle subitement, étouffant un sanglot.

Martial fut surpris.

— La lettre de papa. Tu m'avais dit que tu m'en

parlerais… À moins que ce ne soit un secret entre vous.

— Non, il n'y a aucun secret. Il m'a juste demandé de veiller sur toi.

L'ombre se dissipa un peu.

— Tu vois qu'il s'inquiétait de me voir ainsi… Et de ton côté, qui veille sur toi ?

Martial sentit sa gorge se serrer. Il s'en tira avec une pirouette.

— Pour cela, j'ai un colosse qui se prénomme Raoul. Une vraie mère poule…

— Je pensais plutôt à une femme. Tu ne m'as jamais parlé de ces choses-là.

Il se surprit lui-même à ne pas se sentir embarrassé. Les mots lui vinrent, sans difficulté, et il en fut soulagé après.

— Il ne pouvait y avoir que toi, Camille. Il ne pourra jamais y avoir que toi.

Elle ne se rembrunit pas, mais les larmes coulaient toujours. Elle attrapa sa main et la serra fort.

— J'espère que tu pourras me pardonner un jour.

— Je n'ai rien à te pardonner. Je te dois tellement de choses. Tu n'imagines pas tout ce que je te dois, y compris la vie. Même maintenant, dans cette cuisine, tu m'offres de la lumière. Tu es parfaite à mes yeux. Ce n'est pas ta faute !

— Pardonne-moi, insista-t-elle, cette fois submergée par les sanglots. Pardonne-moi pour tout…

Elle s'effondra au sens propre du terme, la tête contre la toile cirée, pleurant toutes les larmes de son corps. Martial ne savait trop que faire. Il posa simplement sa main sur ses cheveux blonds et il se tut. Son regard s'égara dans la pièce. Un garde-manger suspendu, des boîtes en porcelaine alignées au-dessus de la cheminée, un tas de bûches fendues, les rideaux de dentelles aux fenêtres… Tout était à sa place. Et, alors que Camille craquait, lui se sentit plus fort, plus libre. Lui aussi se sentait enfin à sa place.

Ils restèrent ainsi un bon moment. Seul le crépitement du feu accompagnait leur silence. Dehors, l'obscurité gagnait du terrain. Camille se calma mais ne se releva pas tout de suite, peut-être confuse de cet instant d'abandon, peut-être soulagée. Martial aurait pu rester ainsi des heures, toute la nuit même, sans ressentir la moindre lassitude. Mais un fil les avait réunis et il ne fallait pas le perdre.

— Il va bien falloir que nous parlions de cette histoire de meurtres, chuchota-t-il juste au-dessus de son oreille. Tu m'as fait une telle publicité que je n'ai pas intérêt de traîner.

Camille se redressa enfin, la figure défaite. Elle s'excusa et monta dans ses appartements pour se passer de l'eau sur le visage. Il l'entendit à l'étage, les lames du parquet craquaient sous ses pas menus. Elle semblait si petite dans cette si grande maison… Quand elle redescendit, il fallait être fin observateur pour s'apercevoir qu'elle avait pleuré. Elle revint s'asseoir, inspira profondément et finit par réussir à sourire à nouveau.

— Je t'écoute, l'encouragea Martial.

Et elle lui raconta tout ce qu'elle savait.

Elle se montra particulièrement précise au sujet de la mort de Louis Bascoul, de la personnalité de la victime à la nature de ses multiples blessures. Les détails abondaient. Concernant la mort de Michel Gresse, elle n'apporta rien de neuf au récit d'Édouard.

— Alors, qu'en penses-tu ? s'impatienta-t-elle une fois qu'elle eut terminé, la voix encore éraillée.

— J'aimerais me rendre sur les lieux où l'on a trouvé ces deux personnes mortes.

— Édouard pourra t'y accompagner, il commence à bien connaître le coin. Moi, je suis bloquée ici jusqu'à dimanche.

— Il me faudra également discuter avec ceux qui ont découvert les corps.

— Monsieur Guiraud t'aidera à ouvrir quelques portes, il me l'a promis. Je crois que nous sommes devenus amis et, comme c'est l'ancien maire, les gens ne lui refusent pas grand-chose.

— D'après Jean Guillard, c'est aussi un saint homme.

— Nous sommes invités à dîner chez lui ce soir, tu pourras te faire ta propre opinion.

— La priorité est de laisser la Brigade judiciaire et la gendarmerie travailler, tu en es consciente ? Le but est que ces morts soient résolues au plus vite, peu importe par qui.

— Tu ne tarderas pas à croiser les deux inspecteurs qui ont débarqué de Toulouse et qui en deux jours ont multiplié tant d'erreurs et de maladresses que je me demande comment ils ont été recrutés. Mais franchement, quelles sont tes premières impressions ?

— Des impressions ? Je crois bien que pour l'heure, je n'ai que des questions en tête. La première est celle que tu t'es déjà posée : pourquoi a-t-on tué ces deux hommes ? Et est-ce que ces deux morts sont liées ?

— Elles le sont. Sais-tu combien il y a eu de meurtres à La Vitarelle en plus d'un siècle ? Zéro. Et là, à trois mois d'intervalle, il y en a deux, deux personnes qui travaillaient ensemble, qui se côtoyaient depuis des années, qui vivaient presque sous le même toit…

— Alors, il nous faut trouver le lien, répondre à ce fameux « *Pourquoi* ? ». La façon de faire est également particulière. On ne s'est pas contenté de les tuer, on s'est acharné sur eux, on les a fait souffrir.

Les yeux de Camille s'obscurcirent à nouveau, et elle détourna le regard quelques secondes afin de cacher cette ombre, toujours la même. Elle paraissait à nouveau effrayée. Mais elle insista pour que Martial continue.

— Si ce que vous m'avez dit, Édouard et toi, sur les blessures de Michel Gresse est exact, je ne vois qu'une raison de lui sectionner ainsi les tendons : l'immobiliser. Et pourquoi voudrait-on l'immobiliser quand il serait si facile de simplement en finir avec lui, si ce n'est pour qu'il puisse voir sa mort arriver ? Concernant le vieux valet de ferme, c'est plus difficile à dire. J'aurais bien une idée mais je préférerais vérifier deux ou trois choses avant de l'exposer.

— Ça y est ! Les mystères font leur entrée ! Je m'en doutais. Tu ne vas pas me laisser à l'écart, j'espère ! C'est moi qui ai flairé la piste la première ! C'est déjà assez dur de devoir continuer à travailler pendant que tu partiras à l'aventure…

— L'aventure ? N'exagère pas ! Mais ne t'inquiète pas, tu seras la première informée de mes découvertes, s'il y en a.

— Dans quelle direction vas-tu chercher le « pourquoi » ?

— Il n'y a pas énormément de directions vers lesquelles chercher. Si on enlève la guerre et les affaires d'État, il n'a pas tant de raisons qui poussent quelqu'un à devenir un meurtrier. On tue aveuglé par la colère, de façon spontanée, sans réfléchir. Le deuxième meurtre me semble bâti sur un plan précis et minutieusement étudié. Donc, j'écarterai cette piste. On tue par jalousie ou convoitise, pour obtenir ce qui vous est refusé. Pouvait-on envier Michel Gresse et Louis Bascoul ? Que possédaient-ils qui puisse attirer la convoitise ? La réponse diffère selon les victimes et nous n'avons donc plus de lien. On tue pour se débarrasser de quelqu'un de gênant, un témoin, un caillou dans une chaussure que l'on veut enlever pour marcher l'esprit tranquille. Ces deux hommes pouvaient-ils gêner quelqu'un ? Détenaient-ils des informations pouvant faire du tort à leur assassin ? On tue enfin par haine, pour punir ou se venger. Ce que je retiens, c'est que si ces deux meurtres ont été commis par la ou les mêmes personnes, rien ne s'est fait au hasard et on a réussi à effacer les indices. On savait que Michel Gresse passerait par ce chemin à cette heure-là de la nuit. On savait à quel moment s'en prendre à Louis Bascoul.

— Beaucoup de gens au village connaissent les

habitudes des uns et des autres. Tu t'en apercevras par toi-même : il y a peu de place pour l'imprévu par ici.

— Mais là, je te parle d'un plan très au point, quelque chose de très réfléchi, préparé sur la durée. Par exemple, les empreintes de pas dans la neige ou plutôt l'absence d'empreintes qui semble focaliser l'attention. Il y avait pourtant des empreintes : celles du laitier qui s'est approché avant de donner l'alerte.

— Il s'appelle Serge Cals. Je ne crois pas qu'il puisse faire du mal à une mouche.

— Méfie-toi de ce genre d'impression. Mais écartons monsieur Cals qui a un alibi. Pourquoi n'y aurait-il pas d'autres traces, sans que cela relève de la magie ?

— Vas-y, ne me fais pas languir de la sorte !

— La charrette ! Si le meurtrier était caché dans la charrette depuis le début, c'est Michel Gresse qui l'a emmené sans le savoir sur les lieux de son meurtre, sans qu'il ait besoin de grimper sur un arbre couvert de neige. Il se pourrait même qu'il soit revenu se cacher au même endroit après…

— Je dois dire que tu m'impressionnes, lança Camille, loin de ses sanglots de tout à l'heure, les bras croisés, les yeux écarquillés.

— Ce ne sont que quelques hypothèses. On peut aussi imaginer que ce qui a tué ces deux personnes ne soit pas humain.

— Je t'en prie, pas toi !

— Si les habitants de ce village croient en ces choses-là, il serait très maladroit de les négliger. Ce serait une forme de mépris tout d'abord, et ce genre de croyances cache souvent des pistes bien plus solides qu'il n'y paraît. On a évoqué quoi ici ? Un animal sauvage et mystérieux, une bande de routards sanguinaires ? Quoi encore ?

— Un fantôme.

— Le fantôme de qui ? Il faut savoir écouter ces gens. Quand ils sentent que tu vas dans leur sens, les langues se délient davantage et les détails oubliés refont surface.

Camille sembla réfléchir à cela.

— J'ai une question à te poser, poursuivit Martial. Est-ce que tu te sens réellement menacée ?

— Tous les habitants du village se sentent menacés aujourd'hui. Je ne pense pas être plus menacée qu'un autre.

— Mais cette silhouette sous tes fenêtres ?

— Je ne suis même plus sûre qu'il y ait eu vraiment quelque chose cette nuit-là. Je me suis peut-être mis des idées en tête.

— Pourtant, que quelqu'un t'épie la nuit ne t'a pas surprise outre mesure, c'était un peu comme si tu t'y attendais, n'est-ce pas ?

Camille hésita. Un silence passa.

— Je me suis peut-être dit qu'à force de remuer cette histoire au sujet de l'assassinat du vieux Bascoul, j'avais dérangé quelqu'un…

— Cette silhouette t'a fait penser à quelqu'un ?

— Non. Pour moi, c'était un homme. Mais je n'ai pas vu grand-chose pour l'affirmer. Il faisait si froid cette nuit-là, comment quelqu'un aurait pu rester là sans bouger, à attendre quoi au juste ? Que je me réveille en pleine nuit ? Il n'y avait sans doute rien d'autre que mon imagination.

— Il reste tout de même une autre question sur laquelle on débouche et qui justifierait que tu aies raison de te méfier.

— Laquelle ?

— Est-ce que c'est terminé ? Louis Bascoul, Michel Gresse… La liste est-elle close ou faut-il s'attendre à d'autres meurtres ?

7

— Vous ne pensez tout de même pas ce que vous dites ! Bon sang ! D'autres meurtres…

Antoine Guiraud n'avait pas pu s'empêcher de protester, de sa grosse voix.

— Il s'agissait juste d'une question, monsieur Guiraud, tempéra Martial.

Ils étaient installés dans la salle à manger, autour d'une grande table rectangulaire au bout de laquelle trônait leur hôte, qui avait revêtu son costume du dimanche pour l'occasion. Mais on le sentait mal à l'aise avec tout ce cérémonial, il ne cessait de tirer sur sa cravate qui semblait l'étouffer.

On devinait chez Antoine Guiraud un homme simple, terrien, qui avait peut-être assuré sa fortune avec son affaire mais qui n'avait pas pour autant renié ses origines. Si sa maison était grande, majestueusement plantée sur la butte qui surplombait la scierie, elle n'étalait pas pour autant le moindre luxe. La décoration était sobre, faite de meubles rustiques et épais, de quelques tableaux bon marché et d'objets qui avaient tous leur utilité. Si, pour ce dîner, on avait sorti l'argenterie, les verres en cristal et la porcelaine de Limoges, ce n'était pas par étalage mais pour montrer toute l'importance que le maître des lieux donnait à la venue de Martial.

Le temps était passé trop vite pour ce dernier quand il était avec Camille. Édouard les avait rejoints peu avant la demie de six heures. Martial eut à peine le temps de monter se rafraîchir dans le cabinet de toilette. Il n'avait pas pensé à ses vêtements de rechange qui étaient maintenant rendus à l'ancien moulin. Il resta donc dans ses habits de voyage pour la soirée, se sentant aussi fripé à l'intérieur qu'à l'extérieur.

Ils étaient ensuite allés à pied, tous les trois, Édouard ouvrant la marche, une lanterne à pétrole à la main. Ils étaient redescendus vers le village qui semblait complètement éteint. Même le café du Progrès paraissait vide derrière ses vitres toujours embuées. Pas un son ne s'échappait des maisons alignées. L'image qui vint à l'esprit de Martial était celle d'un animal blessé, tapi dans sa tanière, essayant de respirer le moins fort possible, de ne pas se plaindre, de crainte d'attirer ses prédateurs.

Il faisait désormais plus froid. La nuit était sombre, sans lune et sans étoile. Leurs pas résonnaient sur la chaussée humide. Ils prirent par la route, laissant le cœur du village dans leur dos. Ils descendirent vers le pont de pierre, au fond de la gorge. C'est juste avant ce pont qu'Antoine Guiraud avait installé sa scierie, au bord de la rivière. Il avait fait construire sa maison sur la rive d'en face, là où le sol s'élevait à nouveau vers le sommet du plateau. Il les attendait, debout sous le porche éclairé. Il serra la main de Martial avec une grande force, lui adressant un regard franc bien qu'éraflé de quelques traits d'inquiétude. Il roulait les « R » quand il parlait, et ceux-ci descendaient en cascade le long de ses phrases. Ses mains étaient larges et noueuses, sa moustache grise était épaisse. On sentait qu'il avait l'esprit vif mais également que la tristesse transpirait de toute sa personne. Il ressemblait à un chêne qui luttait tous les jours pour rester debout dans le vent forcissant qui ne lui laissait aucun répit. Les photos de sa femme et de son fils cadet, Charles, étaient posées sur le guéridon de l'entrée, comme pour mieux rappeler leur absence à quiconque pénétrait dans cette demeure trop grande et trop vide.

Il lui restait un autre fils, Lucien, qui vint les rejoindre à table avec une bonne demi-heure de retard, son père le foudroyant des yeux. Lucien qui travaillait avec lui à la scierie, qui était censé prendre la suite, par défaut, car il était su de tous qu'il n'avait aucun goût pour le métier, contrairement à son cadet. Lucien qui avait l'image d'un parasite, d'un bon à rien. Lucien qui était revenu vivant de la guerre, vivant mais différent, diminué, l'esprit dérangé. Lucien qui était le seul être qui lui restait sur terre, la seule continuité de son sang, et qu'il essayait d'aimer malgré tout.

Antoine Guiraud plut beaucoup à Martial. Alors que, le matin même, il avait compris pourquoi Camille était tombée amoureuse d'Édouard, il comprenait maintenant pourquoi c'est vers cet homme qu'elle s'était tournée dans les moments difficiles. Il aurait fait de même à sa place.

Il fut beaucoup question du village au début de leur conversation. Ce village aujourd'hui trahi, endeuillé, écrasé par la peur et l'incompréhension. Ce village, son village, qu'il avait tenu à bout de bras en tant que maire et qui se précipitait désormais inexorablement vers son déclin. Celui-ci s'était amorcé depuis un quart de siècle environ. Il y avait eu les jeunes hommes qui n'étaient pas revenus après leur service militaire, ayant goûté de trop près aux habitudes urbaines pour imaginer leur vie sur ce rude plateau. Ils étaient allés grossir les effectifs des filatures à Castres ou des usines de délainage à Mazamet, là où on était payé à la tâche, où chaque peine méritait salaire, où la vie moderne s'engouffrait un peu plus chaque jour avec ses effluves de liberté. Certains s'étaient félicités, dans un premier temps, de ne garder qu'un fils à la ferme, ce qui évitait d'avoir à partager des exploitations déjà réduites. Mais quand ce furent les aînés qui partirent à leur tour, quand des parcelles et des bâtiments furent laissés à l'abandon et aux ronces, on s'inquiéta davantage. Les jeunes filles restaient de moins en moins également. Elles allaient se marier ailleurs, multipliant les célibataires dans le village, ceux-ci ne tardant pas à s'exiler à leur tour pour avoir une chance de ne pas finir seuls. La Vitarelle-du-Théron s'était vidée petit à petit de ses âmes. On avait replanté des arbres sur les parcelles vides. On avait laissé les murs s'effriter puis s'effondrer. Les indemnités et les pensions versées pendant la guerre avaient fait enfler les comptes en banque des paysans. Certains avaient acheté du foncier, avaient vu plus grand. Mais sans main-d'œuvre, il n'était pas raisonnable d'aller plus loin. On était resté hermétique aux nouvelles machines. Il n'y avait, sur la commune, qu'une moissonneuse-lieuse, celle des Gresse. Ils la louaient à qui pouvait payer, suivant un calendrier fixé à l'année. On continuait donc, la plupart du temps, à travailler à l'ancienne. Le travail était dur, la terre, par ici, était une terre de mauvais caractère, difficile à apprivoiser, souvent rocailleuse. On vivait chichement. L'ouverture de la gare du Petit Train à Brassac et la liaison par la « diligence » avaient apporté un peu d'air. La création de la laiterie avait suivi, apportant des revenus supplémentaires aux éleveurs. La scierie avait créé une vingtaine d'emplois. La carrière de granit avait pris son essor après la guerre. Mais on n'avait pas réussi à stopper l'exode. En 1914, on avait recensé sept cents habitants dans le village quand il y en avait mille deux cents en 1882. Et la guerre était passée par là, ponctionnant lourdement les fils de La Vitarelle : on avait gravé trente noms sur le monument aux morts que l'on avait fait édifier trois ans plus tôt, sur la place, avec le granit d'ici.

Et puis, bien entendu, on en était arrivé aux meurtres. De façon un peu évasive d'abord, tant que Lucien était avec eux. Car celui-ci n'inspirait aucune confiance à Martial.

Lucien Guiraud avait trente-trois ans mais en paraissait dix de plus. Il n'avait pas ouvert la bouche de tout le repas, se tenant mal sur sa chaise, tordu, les épaules affaissées comme si sa tête pesait une tonne. Il avait gardé ses vêtements de travail tachés et usés. La barbe noire qui mangeait son visage était parsemée de résidus divers : copeaux de bois, brins de tabac, restes de soupe. Le revers de sa manche droite était maculé de morve séchée. La plupart du temps, il avait le regard vide, un rictus permanent qui ressemblait vaguement à un sourire tordait sa bouche. Mais ses traits étaient durs. Quand ses yeux retrouvaient leur vie, ils n'étaient que tourmente, brûlure et amertume. Ses mains étaient sans cesse en mouvement. Il les écrasait l'une contre l'autre, broyant ses phalanges dans cet étau. Et quand il ne faisait pas cela, il se rongeait les ongles, noirs de crasse, et crachait ensuite les rognures par terre.

Martial ne savait pas vraiment s'il écoutait leur conversation. Il donnait plus l'impression d'être posé là, par hasard, attendant le signal paternel pour quitter la table. Mais ce qui le gênait davantage était la façon dont il se mettait soudainement à fixer Camille, le regard en biais. Cela ne dura que quelques instants furtifs mais Martial s'en était aperçu. Et cela lui avait fait froid dans le dos. Dans ses yeux, à ce moment-là, il y avait un mélange de beaucoup de choses : la convoitise, la jalousie, la colère, et même la peur. Il était difficile de dire laquelle prenait le dessus sur les autres.

Au moment où la bonne servit le café, Lucien demanda l'autorisation de s'éclipser. Son père lui répondit d'un simple mouvement de tête. Il quitta alors la table sans même un « *bonsoir* ». Quelques secondes plus tard, on entendit la porte de l'entrée claquer.

— Il faut pardonner mon fils, grinça Antoine Guiraud qui s'était rendu compte de la manière dont Martial avait regardé Lucien. La guerre me l'a rendu comme ça. Je ne dis pas qu'avant il était le meilleur des hommes, mais il n'était pas pire qu'un autre. Les médecins parlent de traumatisme, de quelque chose qui se serait détraqué dans sa tête. Je ne devrais pas me plaindre, ceci dit, lui, au moins, on me l'a rendu.

Le vieil homme avait la mine soudain grise. La tristesse ne se cachait plus.

— Mon fils cadet a été tué. Il aurait eu trente ans cette année… Le temps qui passe n'y fait rien, je le pleure tous les jours, toutes les heures. Son absence m'est insupportable. Et je n'arrive pas à porter à Lucien toute l'attention qu'il faudrait. Je crois même que je ne lui ai jamais offert cette attention depuis qu'il est né. Ma femme savait s'y prendre avec lui… Sa mort l'a rendu doublement orphelin. Je l'ai pris avec moi, à la scierie. Mais je ne parviens pas à le sentir comme étant mon fils. Il passe une partie de ses nuits dehors, au café ou Dieu sait où. Il ne dort quasiment pas ou bien quand il est assez ivre pour s'effondrer… Je préfère ne pas imaginer ce qu'il adviendra de lui quand je ne serai plus là. Ce n'est pas que j'ai beaucoup de prise sur lui, mais j'arrive de temps à autre à le faire obéir.

Un silence passa sur les restes d'un repas trop copieux. Puis, sans transition, on en vint donc aux meurtres et Martial répéta ce qu'il avait dit un peu plus tôt à Camille. Et Antoine Guiraud avait rugi.

— Mademoiselle Purseau vous fait confiance, ce qui est pour moi une garantie suffisante. J'ai pris sous ma responsabilité le fait de vous avoir appelé à la rescousse. Mais je ne m'attendais pas à ce que vous nous annonciez que les malheurs n'étaient pas terminés !

— Avant d'aller plus loin, il va me falloir me

familiariser avec les lieux où les deux drames ont eu lieu. Édouard a accepté de me servir de guide puis de m'assister tout au long de l'enquête. Il me faudrait également avoir un entretien avec ceux qui ont découvert les corps, et sans doute même avec la famille Gresse.

— Le docteur Delcros sera ravi de vous parler. Je ferai de mon mieux pour que les autres vous accueillent bien également. Mais je n'ai pas beaucoup d'influence sur les Gresse. Nous n'avons jamais été en très bons termes. Michel sera enterré samedi matin, la police a donné son accord pour que le corps soit rendu à la famille. D'ici là, il serait souhaitable que vous les évitiez.

— Il n'est pas question de doubler la police sur cette enquête. Nous partagerons les informations recueillies avec elle si elle le désire.

— Je ne suis pas sûr que ces policiers voient votre arrivée d'un très bon œil. Ils sont sur la défensive, à moitié agressifs. Ils ont l'impression d'être arrivés en territoire hostile. Les gens d'ici ont du mal avec ceux qui ne sont pas comme eux, qui ne sont pas du coin. J'ai eu beau lutter de toutes mes forces contre cela, rien n'y a fait. Ils ne parleront pas à la police, sauf s'ils y sont obligés. Il vous faudra être plus habile avec eux… Ne les effrayez pas ! Si vous pensez au pire, que le meurtre de Michel Gresse n'est pas le dernier, n'en dites rien.

— Je me dois d'envisager le pire, monsieur Guiraud. Je ne voulais pas vous alarmer. Mais il faut partir du principe que nous luttons également contre le temps.

— Je connais tout le monde dans la commune. Je les connais tous. J'ai beau faire un effort, je ne vois pas d'assassin parmi eux. Je ne vois personne capable de faire ce qui a été infligé au fils Gresse.

— Il est plus facile d'identifier le mal quand il n'a pas à se cacher. Pendant la guerre, j'ai été chargé d'enquêter en Serbie. Nous sommes tombés sur des témoignages mettant en cause une petite unité de l'armée austro-hongroise, une unité de francs-tireurs, qui semait la terreur dans son sillage. J'ai été tellement bouleversé par ce que j'ai entendu que je me suis mis en tête de capturer ces soldats, et surtout leur chef qui se faisait appeler Dobelic, Danko Dobelic. Je crois bien que cet homme est l'esprit le plus mauvais, le plus diabolique, l'être le plus abject qui puisse exister. Il est à mes yeux le mal incarné. Je ne connais pas son visage, je n'ai eu en main qu'une photo floue. Il reste une silhouette noire pour moi. Mais dès qu'on me parle d'horreurs, il revient me hanter. J'ai moi aussi du mal à imaginer des gens ordinaires devenir des meurtriers. Mais, avant la guerre, quand il n'était qu'un simple paysan croate, Dobelic était quelqu'un d'ordinaire. Quelque chose s'est réveillé en lui. Quelque chose que nous avons peut-être tous au fond de nous…

— Vous avez réussi à attraper cet homme ? demanda Édouard.

— Non. Je l'ai raté deux fois. La première, c'était à Vienne, peu de temps après l'armistice. J'ai perdu sa trace dans les décombres de l'Empire. La deuxième fois, c'était en Suisse. Je pensais le tenir, pris au piège dans un village de montagne. J'avais quelques soldats avec moi. Mais, quand nous sommes arrivés dans cette auberge, après avoir pris le contrôle de la seule route praticable, il s'était volatilisé. On m'a rappelé en France après. Je crois que le Cercle Cardan, c'est aussi pour cela, pour laver cet échec.

— Tu es sévère avec toi-même, protesta Camille. Cette guerre a eu son lot de criminels, tu ne peux pas tous les poursuivre !

— Quand nous avons recueilli ces témoignages en Serbie, je suis tombé sur une famille totalement ravagée par ce que Dobelic et ses hommes avaient fait subir à leur fille. Je leur ai promis de l'arrêter, de faire en sorte qu'il soit puni. Mais j'ai manqué à ma promesse. Tu veux savoir le pire ? Dans cette auberge, en Suisse, il m'avait laissé une lettre. Une lettre qui m'était adressée, avec mon nom et mon prénom, comme s'il savait tout de moi. Il y avait quelques lignes écrites en français me disant que je devais renoncer à le poursuivre, que je n'étais pas à la hauteur, qu'il ne se ferait jamais prendre, surtout pas par moi. Et il m'avait également laissé une photo, la photo d'une jeune fille, celle-là même qui était l'objet de ma promesse… C'était un jeu pour lui !

— Tu ne m'avais jamais parlé de tout cela.

— J'en ai parlé avec ton père. C'est ce cauchemar qui m'a fait renoncer à ma carrière. Il faut croire que je ne suis pas assez fort pour supporter la défaite.

— Comme pour les échecs, glissa Camille avec un petit sourire complice.

— Quel rapport avec les échecs ? demanda Antoine Guiraud.

— Martial était, paraît-il, un brillant joueur d'échecs. Il n'a connu qu'une seule défaite mais après celle-ci il a cessé de jouer.

— Ce que Camille oublie de vous dire, c'est que celui qui m'a battu n'était autre que son père… Quand je lui ai raconté mon histoire en Serbie et mon renoncement, il m'a fait la même leçon. Vous voyez qu'elle a porté ses fruits : j'ai effectivement arrêté de jouer aux échecs, mais je continue à traquer le mal.

— Vous croyez qu'il y a dans ce village quelqu'un d'aussi malade que votre Dobelic ?

— Dobelic tuait par plaisir, par vice. Ici, nous avons trois mois entre vos deux morts. Trois mois ! Il y a de la patience, peut-être même de la méthode chez celui ou ceux qui sont en cause. Et il y a une raison. C'est peut-être pour cela que le mal est mieux caché, il est maîtrisé par celui qui en est empli.

— Nom de nom ! Vous me glacez le sang ! Trouvez-nous qui a fait tout cela, mon ami ! Trouvez-le vite !

Ils quittèrent Antoine Guiraud sur les coups de onze heures. Ils raccompagnèrent tout d'abord Camille chez elle. Martial commençait à accuser la fatigue. Le froid se glissait sous ses vêtements et il ne cessait de frissonner. Camille lui souhaita bonne nuit en déposant un baiser sur sa joue râpeuse. Il la laissa ensuite avec Édouard, attendant à l'écart, au bord du chemin. Par-dessus le muret, il avait une vue sur les fenêtres du premier étage. Les volets de celles du petit salon n'étaient pas fermés. Il devinait la lumière du bas qui parvenait à se frayer un chemin par l'escalier pour venir lutter contre l'obscurité de la pièce. Il devait se tenir à peu près à l'endroit même où Camille avait aperçu cette silhouette. Et il ne put s'empêcher de frissonner davantage quand il colla sur celle-ci l'image de Danko Dobelic.

Il entendit la porte d'entrée grincer sur ses gonds.

Puis il y eut le bruit sec du verrou que l'on ferme, à double tour. Édouard revint vers lui, lanterne à la main.

— Je vous assure que je peux me débrouiller tout seul. Vous pouvez passer la nuit ici.

— Vous êtes mon invité, Martial. Et même si je n'ai pas une grosse éducation, je ne laisse pas tomber mes invités de la sorte. Elle a fermé la porte, j'ai vérifié toutes les pièces… Elle ne risque rien. Et puis, votre présence la rassure. Moi aussi, elle me rassure. De toute manière, nous devons nous faire plus discrets. Il paraît que l'inspecteur a reçu un rapport et qu'il n'en faudrait pas beaucoup plus pour qu'il prenne des sanctions contre Camille.

Ils descendirent une nouvelle fois vers le village endormi, tournant à droite avant d'arriver au café du Progrès pour emprunter un chemin de terre qui coupait vers le moulin. Ils traversèrent ainsi le hameau des Buissonniers et Édouard montra à Martial la maison de Louis Bascoul, une simple carcasse délabrée et tordue dans le halo de la lanterne. Ils continuèrent à marcher. Les arbres qui bordaient le chemin ressemblaient à des épouvantails menaçants, leurs branches nues semblables à des doigts crochus prêts à se refermer sur eux. Il leur fallut en tout un quart d'heure pour effecteur le trajet et se retrouver au chaud.

L'ancien moulin à eau avait été acheté par Antoine Guiraud, comme d'autres bâtisses abandonnées dans lesquelles il logeait les ouvriers qui venaient de l'extérieur. La partie habitable était constituée d'une belle pièce chauffée à la fois par une grande cheminée et par un poêle à bois. Il y régnait une douce chaleur quand

Martial y pénétra, gelé et fourbu. Édouard alluma deux lampes à pétrole et en confia une à son invité. Il prit ensuite un torchon propre dans le tiroir du buffet et emmaillota une des deux briques qui chauffaient sur la fonte du poêle. Comprenant que Martial tombait de fatigue, il l'invita à le suivre dans le petit escalier vermoulu qui montait vers deux chambres. Celle de Martial était à gauche. Sa valise et son sac étaient posés par terre. Il y avait dans un angle une commode à quatre tiroirs sur le marbre de laquelle étaient posés un broc et une cuvette en émail. Un miroir tacheté était accroché au mur, juste au-dessus. Dans l'autre angle, il y avait un grand lit en bois avec un édredon au ventre bien gonflé.

— Le broc est rempli pour votre toilette. Vous avez un pot de chambre derrière le lit. La brique, c'est pour réchauffer les draps. J'ai du mal à faire monter la chaleur jusque dans les chambres. L'électricité n'a pas été amenée jusque-là, on vit à l'ancienne mais le lit est bon et on y est bien tranquille, sans voisin. Si vous avez besoin de quoi que ce soit, n'hésitez pas à me le demander. Pour le reste, faites comme chez vous. Voilà, je vous souhaite une bonne nuit.

Martial remercia Édouard de sa prévenance. Avant de sortir de la chambre, ce dernier s'interrompit :

— Excusez-moi de revenir là-dessus, mais savez-vous que Camille ignore que son père a triché lorsqu'il vous a battu aux échecs ?

— Il vous l'a dit ?

— Il m'en a parlé oui. Quelque temps avant sa mort. Il n'était pas très fier de lui.

— C'est aussi bien qu'elle continue de l'ignorer

alors. Ma vie a été bouleversée par cette défaite, mais en mieux.

— Alors, ce n'était pas vraiment une défaite.

— Et ce n'était pas vraiment une tricherie…

Édouard ferma la porte derrière lui et Martial l'entendit descendre l'escalier aux marches gémissantes. Il déballa rapidement ses affaires et les rangea comme il put dans les tiroirs. Puis il enfila son pyjama et se glissa dans les draps rêches. La brique chaude commençait à réchauffer un peu le lit mais Martial la sortit et la posa sur le plancher. Il aimait mieux laisser son corps se faire une place douillette sous les couvertures. Le sommeil l'engourdissait. Il pensa à Camille. Inconsciemment, il serra dans ses bras le vide et il la sentait presque contre lui tandis qu'il s'endormait. Le vide n'était plus si vide.

8

Martial se réveilla paisiblement le lendemain. Il avait dormi d'une traite, d'un sommeil monochrome et silencieux. Il mit une ou deux secondes à se rappeler où il était. Sa chambre était baignée de la lumière blanche du petit matin. Mais sa montre, posée sur la table de chevet, indiquait déjà huit heures. Il se sentait ragaillardi, comme neuf. Il sauta de son lit, affrontant la fraîcheur de la pièce. Par la petite fenêtre, il vit que le temps était toujours au gris, mais un gris clair avec des nuages hauts et sans vent. Il se rasa et fit sa toilette, avant d'enfiler des habits plus chauds et bien plus adaptés que la veille.

Il descendit ensuite et trouva les deux feux allumés et toujours cette chaleur douillette, juste ce qu'il fallait pour se sentir bien. Sur la longue table rectangulaire, il trouva un mot laissé par Édouard : il était parti au village, du café était au chaud sur le poêle, le garde-manger était plein, il ne fallait pas hésiter à se servir. Martial prit son petit-déjeuner seul. Puis il fit un brin de rangement avant de sortir faire le tour des lieux.

Le moulin était posé au bord du chemin, accroché à une pente qui descendait tranquillement vers la rivière. Dans une des dépendances, il y avait encore le mécanisme avec lequel on moulait le grain dans un passé pas si lointain. Par endroits, les murs de pierre s'effritaient, rongés par l'humidité et le temps qui passe. C'est là qu'œuvrait Édouard à ses heures perdues comme en témoignaient quelques outils qui étaient réunis dans un coin. Il y avait même une ancienne écurie au toit encore sain mais aux boiseries en déliquescence.

Il faisait moins froid que la veille. Il ne restait plus grand-chose des récentes chutes de neige si ce n'est un sol gorgé d'eau. Les sons de la vie qui s'écoulait au village semblaient venir de loin et étaient couverts par les chants d'oiseaux et par celui du cours d'eau qui s'en allait en grossissant, longé par une sente étroite. Tout était si vivant et si clair ce matin, loin de l'image qu'il avait eue du village à son arrivée, sinistre et suintant une humidité glacée et noire.

Édouard ne tarda pas à revenir, un gros pain de cinq kilos calé sous le bras. Il était passé à l'école avant le début de la classe : Camille allait bien. Il avait entendu ensuite quelques nouvelles à la boulangerie. Certains se disaient prêts à reprendre les battues pour débusquer la « chose » qui avait tué Michel Gresse. On ne faisait guère confiance aux deux policiers qui se contentaient d'interroger tout le monde sans vraiment chercher là où il fallait chercher. On sentait beaucoup de tension. On avait gardé les fusils à portée de main et on laissait les chiens dormir dehors afin de donner l'alerte. Les gens avaient peur.

Au loin, la cloche de l'église sonna neuf heures.

Il était largement temps de s'activer. On partit donc d'abord sur les traces de Louis Bascoul.

Antoine Guiraud leur avait dit qu'il tenait un attelage à leur disposition, son vieux cabriolet et son fidèle cheval. Mais les chemins qu'ils devaient emprunter ce matin-là ne convenaient guère à l'utilisation d'une quelconque carriole, et Martial voulait également se rendre compte des distances et du temps qu'elles demandaient. On marchait à pied par ici, il y avait bien quelques bicyclettes mais le relief rendait leur usage malaisé. Ils firent donc comme tout le monde.

Ils allèrent jusqu'au village, presque au ras de la devanture du café du Progrès. Martial voulait refaire le trajet habituel du valet de ferme, le trajet qu'il aurait dû faire le samedi soir de sa disparition. Ils rebroussèrent donc chemin, marchant quasiment dans ses pas. Ils parvinrent au hameau des Buissonniers au bout de huit minutes, montre en main. La maisonnette de Bascoul se tenait adossée au remblai. Cinq autres maisons formaient le hameau, mieux entretenues et à peine plus grandes. On était en lisière de la forêt. Juste avant le groupe de bâtisses, un chemin remontait vers la droite, un chemin caillouteux. C'est par là, d'après les gendarmes, que le vieil homme était passé. Ils suivirent donc la piste qui longeait la forêt sur leur gauche. Ils marchaient à la frontière entre deux mondes. À droite, une large prairie s'étirait, tout en creux et en bosses et, au fond, on devinait l'à-pic rocheux rongé par la carrière de granit où résonnaient le bruit sec des pioches et des marteaux. Lorsqu'ils sautèrent un petit ruisseau qui dévalait vers la rivière, ils pénétrèrent pour de bon dans l'autre monde, celui de la forêt qui s'avançait sur les terres autrefois exploitées. Ils remontèrent ainsi un bon moment, dans l'épaisseur des bois de hêtres et d'épicéas. De temps à autre, un chemin de coupe plus ou moins récent offrait une échappatoire d'un côté ou de l'autre. Des stères attendaient d'être enlevés au milieu des repousses anarchiques de ronces et d'arbustes.

Ils retrouvèrent enfin la rivière en amont, plus mince et plus torturée qu'au niveau du moulin. Un vieux pont de bois était jeté en travers. Sur l'autre rive, le chemin se divisait. À gauche, il redescendait le long du cours d'eau ; à droite, il continuait à grimper vers le col des Quatre Sources, rejoignant la grande route au niveau du hameau du col. À l'exception de ce pont déjà ancien, on avait l'impression qu'on était loin de toute emprise humaine. Ils avaient quitté les dernières maisons depuis vingt minutes environ.

— L'entrée du Pas-du-Diable se situe ici, expliqua Édouard. Juste avant le pont.

Il montra une légère piste qui serpentait entre plusieurs pierres affleurant sur le côté droit du chemin et qui grimpait sévèrement.

— Si on prend le parti de dire que Louis Bascoul s'est perdu à cause du vin et du brouillard, il faut reconnaître qu'il n'a pas fait les choses à moitié ! lança Martial.

Édouard ouvrit la marche par l'escalier rocheux. Quand ils parvinrent au sommet de la pente, le paysage se mit à changer brutalement. Certes, la forêt était toujours aussi présente, mais les arbres étaient plantés de façon plus dispersée, moins géométrique. On aurait dit un bout de forêt naturelle, sauvage, majoritairement composée de feuillus, telle qu'elle était aux premiers matins du monde. Mais, au milieu des arbres, il y avait en plus une véritable cascade de roches qui s'effondrait de la crête jusqu'au bord d'un ravin, celui-ci dépassant les quinze mètres de haut à son point culminant. Des rochers gris et blancs, massifs, énormes, qui surgissaient d'un sol couvert de mousse et de feuilles mortes, dessinant des formes aussi saugrenues que les gros nuages blancs de l'été.

— C'est le Pas-du-Diable. Voilà comment les villageois appellent ce lieu. C'est là, en bas, qu'on a trouvé le corps du valet de ferme.

Du doigt, Édouard désigna le fond du ravin et le cours d'eau qui serpentait entre les rochers. Ce ravin était un à-pic sévère, parsemé de quelques arbustes rachitiques qui peinaient à trouver leur place entre les blocs de granit qui paraissaient sur le point de dégringoler la pente à leur tour, tant ils s'avançaient loin dans le vide.

— Je voudrais descendre, dit Martial après avoir observé les lieux pendant quelques minutes.

— Allons-y mais méfiez-vous de ne pas glisser avec toute cette humidité.

Effectivement, la descente ne fut pas de tout repos, entre dérapages plus ou moins contrôlés et récupérations in extremis à l'aide de branches salvatrices. Ils finirent malgré tout par parvenir au bord de la rivière, le bas des pantalons couverts de boue. Édouard indiqua l'endroit précis où gisait le cadavre. La terre détrempée giclait sous leurs semelles. Martial s'accroupit. Il ne restait aucune trace du drame, rien que des feuilles mortes depuis de longs mois et quelques plaques de mousse brunie. Édouard resta planté à quelques pas, ne sachant pas trop ce qu'il devait faire. Il se roula une cigarette tout en respectant un silence quasi religieux.

— Cet endroit est vraiment spectaculaire, dit finalement Martial en se relevant. Je comprends qu'il ait quelque chose de magique ou d'inquiétant.

— Et encore, vous n'avez vu que le début. Ça continue ainsi pendant un moment et, plus loin, il y a des cavités creusées dans le sol, des trous partout entre les rochers. Les gens ne viennent pas beaucoup par ici. On raconte tant de choses sur ce lieu… Certains affirment y avoir vu des empreintes d'animaux gigantesques. D'autres disent qu'on a jeté des gens dans les gouffres et qu'ils sont hantés par les mauvais esprits. Que les sorcières venaient ici pour communier avec le démon. Chacun y va de son anecdote… Cela permet d'éloigner les enfants car c'est vrai que le terrain est rempli de pièges mortels. Mais beaucoup y croient pour de bon.

Martial leva la tête vers le rebord où ils se tenaient un peu plus tôt.

— Cet homme n'a pas pu dévaler la pente jusqu'ici, affirma-t-il. Il lui aurait fallu zigzaguer comme une anguille entre les rochers et les buissons. En revanche, en sc jetant de l'avancée rocheuse qu'il y a là-haut, il aurait pu terminer sa course ici. Il n'est pas passé entre les rochers mais il a rebondi dessus. Les gendarmes ont-ils cherché des traces de sang sur les pierres ?

— Oui. Il y avait du sang séché et des cheveux

sur l'arête du bloc qui est à peu près au milieu de la pente. Vous pensez au suicide ?

— Pour se suicider de la sorte, il lui fallait être particulièrement déterminé à mourir parce que, pour faire ce grand saut, il a été obligé de prendre son élan en courant. Et cela n'explique pas les autres blessures.

— Les chevilles brisées chacune vers l'extérieur de la jambe ?

— À vrai dire, je m'intéresse plutôt aux doigts broyés. Cet homme ne s'est ni tué par accident ni parce qu'il ne supportait plus sa vie. Je suis d'accord sur le fait qu'on l'a tué, qu'on l'a jeté dans le ravin de là-haut. Vous m'avez dit qu'il a disparu le samedi soir et que le médecin estime sa mort au lundi matin environ. Que s'est-il passé pendant tout ce temps ? Partons du principe qu'il ne s'est nullement perdu au retour du café, mais qu'il a été amené à suivre quelqu'un jusqu'ici, de gré ou de force. On se retrouve à l'abri des regards et des oreilles. Mais si l'assassin veut tuer le vieil homme, pourquoi attend-il toutes ces heures ?

— Il n'avait pas l'intention de le tuer sans doute. Jean Guillard a peut-être raison quand il parle d'une punition qui a mal tourné.

— Peut-être. L'emmener ici, c'est profiter du mystère qui entoure le site. Mais c'est aussi un gage de tranquillité. On a écrasé les doigts de ce pauvre homme, les uns après les autres. On l'a retenu prisonnier quelque part avant de le tuer, là où ses cris de douleur ne pouvaient être entendus. On lui a peut-être même brisé les chevilles pour l'empêcher de fuir, ce qui voudrait dire que l'assassin ne pouvait rester tout ce temps à le surveiller, son absence aurait été remarquée. Et que donc, il est du village. Peut-être, comme vous dites, que les choses ont fini par mal tourner, peut-être aussi qu'il n'avait jamais été question qu'il en réchappe. Mais quand on a fini sa triste besogne, on a traîné Louis Bascoul jusqu'à ce rocher et on l'a jeté dans le vide. Je pense même qu'il était déjà mort à ce moment. Était-il du genre costaud, lourd à porter ?

— Je ne crois pas, non. C'était un petit homme sec, à l'allure maladive.

— Il a fallu néanmoins quelqu'un de robuste. Mais cela ne pouvait suffire à le porter sur le dos jusqu'à ce site. S'il n'a pas suivi son agresseur de son plein gré, il aura fallu le porter pour arriver jusqu'ici. Le chemin que nous avons emprunté est loin d'être plat. Il y a fort à parier que celui ou ceux qui s'en sont pris à lui n'ont pas pu utiliser un attelage, pas assez discret. Je crois donc que Louis Bascoul est monté jusqu'ici de son plein gré. Il a pu suivre quelqu'un qu'il connaissait par exemple et qui avait de quoi le convaincre, malgré son ivresse, de venir au Pas-du-Diable par temps de brouillard, justement ce qu'il ne fallait jamais faire.

— Excusez-moi, mais je ne comprends pas pourquoi on lui aurait fait subir tout cela, à moins d'être dérangé, tout le contraire de ce que vous avez dit hier soir.

— Je crois qu'on a torturé ce pauvre type. Voilà ce qui s'est passé durant tout ce temps. On l'a torturé. Soit pour le punir, soit pour qu'il parle. Et quand on en a eu fini, on l'a achevé. Il doit y avoir un abri pas loin d'ici, un endroit où cela s'est passé.

— Dans les environs immédiats, je ne connais aucun abri. Le hameau du col, où il y a encore deux fermettes habitées, est encore à une bonne demi-heure de marche. Quand on descend vers le village sur l'autre versant, après le pont, on longe les terres de la Métairie Neuve, la ferme de Joseph Cassagne, mais il y en a aussi pour vingt minutes. Il ne reste que la possibilité d'une vieille cabane de bûcheron dans les bois, mais je n'en vois pas à proximité.

— Il nous faut remonter, dit Martial. C'est là-haut que ça s'est passé.

Il s'élança dans la pente, à grandes enjambées. Il s'aida des rochers pour assurer ses prises. Avec une agilité qui surprit Édouard, il parvint en quelques minutes au sommet.

De là, il souhaita ratisser les environs. Ils arpentèrent le terrain en dessinant des demi-cercles dont le centre était le promontoire qui dominait le ravin, Édouard vers la droite, Martial vers la gauche. Ils ne trouvèrent rien que l'amas de rochers et les premiers puits, peu profonds ceux-là, vers l'amont. Martial choisit de renoncer voyant que les heures tournaient et qu'ils avaient encore beaucoup à faire. Il avait prévu de revenir. Ils quittèrent donc le Pas-du-Diable. Ils traversèrent le pont de bois et redescendirent vers le village. Il n'était pas loin de midi.

— Il se peut que je fasse fausse route, admit Martial.

— J'ai trouvé vos déductions brillantes au contraire. Tout s'expliquerait. Camille dit que vous avez un don…

— Je ne pense pas qu'il y ait le moindre don là-dedans. Charles avait une théorie à ce sujet, à propos de mes dispositions pour l'observation et la déduction. Il disait que celui qui observe le mieux est celui qui est dénué d'émotions. Rester froid ouvrait les yeux, d'après lui. À l'époque, cela m'avait blessé. Mais je crois qu'il avait raison en fait. Quand on intervient dans une histoire, comme nous le faisons avec le Cercle Cardan, celle-ci est déjà bien avancée, avec toutes ses ramifications et toutes ses passions. Les gens qui font cette histoire sont là, avec leurs peurs et leurs malheurs. Nous essayons d'agir, insensibles à tout cela, ne cherchant qu'à relever le défi. En Louis Bascoul, je vois un homme torturé de manière sauvage, puis froidement exécuté et abandonné là. Je ne ressens aucun chagrin pour lui, peut-être un peu de pitié et encore. En tout cas rien qui ne puisse me fermer les yeux ou attirer mon regard ailleurs. Ce n'est pas un don. C'est de l'insensibilité.

Il sourit à Édouard en disant cela tandis qu'ils longeaient les terres de Joseph Cassagne.

Ce dernier était considéré comme l'ennemi juré des Gresse, en tout cas, leur plus féroce concurrent. Il refusait de se plier à leur domination et s'était, lui aussi, lancé dans l'achat de nouvelles terres pour étirer son exploitation. Joseph Cassagne était un homme bougon et isolé. Quand les Gresse étaient connus de tous, lui se terrait dans sa ferme, entièrement voué à son travail. Quand il lui avait fallu plus de bras, il avait engagé des saisonniers espagnols, ce qui avait été très mal vu. Certains le suspectaient d'avoir quelque chose à voir avec le meurtre de Michel. C'était en tout cas ce qu'Édouard avait entendu.

Ils déjeunèrent au moulin. Martial avait ressorti son carnet de notes et complétait ce qu'il avait déjà écrit sur l'enquête. Il parvenait maintenant à deviner Louis Bascoul quittant le café, à entendre son pas chancelant sur le chemin saturé de brume. Il voyait la silhouette qui surgissait du brouillard pour aborder le vieil homme et le convaincre de la suivre.

— L'idée de Jean Guillard tiendrait la route si Michel Gresse n'avait été tué à son tour. Vouloir punir leur valet de ferme pour tout ce qu'il racontait à droite et à gauche est un mobile suffisant pour lui faire passer un sale quart d'heure, voire même pour se débarrasser de lui. Mais de là à le torturer de la sorte…

— Qu'est-ce qui vous a fait penser à une séance de torture ?

— Une association d'idées… À l'époque de la chasse aux sorcières, lorsque ces pauvres femmes passaient à la *question*, il y avait, parmi les tourments qu'on leur infligeait, la pratique d'écraser la dernière phalange des doigts avec une sorte d'appareil à vis. On serrait un peu plus chaque heure et la douleur était insupportable. On a parlé de sorcières au sujet du Pas-du-Diable et de doigts écrasés pour Louis Bascoul…

— Depuis quand aviez-vous cette idée ?

— Je crois que j'y ai pensé en relisant la lettre de Camille. Elle y avait mis beaucoup de détails… C'est pourquoi il nous faut trouver le lieu où on a torturé cet homme. Il doit rester des traces, des indices. En tout cas de quoi conforter mon hypothèse et, si j'ai raison, convaincre la police d'enquêter dans ce sens. Partons du principe qu'on voulait faire parler Louis Bascoul. Il a parlé avant de mourir puisqu'on n'a pas eu besoin de s'attaquer aux autres doigts. On a réussi à lui soutirer ce qu'il savait. Quelques semaines plus tard, c'est Michel Gresse, son patron, qui est assassiné. On ne le torture pas mais on s'arrange pour que sa mort soit lente. Pourquoi ? Pour qu'il voie sa dernière heure arriver, douloureuse, immobilisé par la rupture de ses tendons. Pour qu'il sente la peur. Pour le châtier. Imaginons que ce qu'a dit Bascoul ait compromis Michel Gresse aux yeux de l'assassin… Que ce dernier cherche à se venger de quelque chose. Combien de noms en tout seront sortis de la bouche du valet de ferme ?

Édouard restait comme suspendu, les gestes figés, la bouche entrouverte.

— Bon sang ! C'est remarquable !

— Pour l'heure, cela reste entre nous. Il ne s'agit que de suppositions, peut-être trop hâtives. Nous n'en informerons que Camille pour que je puisse être fidèle à ma promesse. Mais nous irons d'abord dans cette direction : qui pourrait avoir un compte à régler avec les Gresse ?

Ils finirent leur déjeuner en silence. C'est ce genre de détails qui faisait qu'ils s'entendaient bien au final : le fait de ne pas vouloir toujours parler et de ne pas être gêné par le silence de l'autre.

Puis ils repartirent pour rejoindre le lieu où l'on avait découvert le deuxième cadavre. Pour ce faire, ils prirent à gauche à la sortie du moulin et rejoignirent la route du col. Ils longèrent à nouveau les terres de la Métairie Neuve, apercevant les bâtiments derrière une rangée de chênes bien ordonnés. Parvenus à la route, ils la remontèrent d'une centaine de mètres avant de trouver un chemin sur leur gauche. C'était là, sur ce chemin, à une trentaine de pas de la route, que le laitier avait trouvé le corps de Michel Gresse avant que le jour ne se lève.

Il y avait bien un grand chêne solitaire à l'endroit désigné. Un vieil arbre tordu dont l'escalade par temps de neige relevait de l'équilibrisme. Aucun autre arbre ne bordait la route ou le chemin. La vue était dégagée de très loin. Le laitier ne pouvait rater la lanterne allumée accrochée à la charrette de la victime en descendant du col. Et le meurtrier ne pouvait qu'apercevoir de loin quiconque se serait approché, à moins de le faire sans lumière. Ce fut la première chose que constata Martial.

— Si on continue par ce chemin, expliqua Édouard, on dessine un arc de cercle autour des terres des Gresse avant de retrouver la route au ras de la gorge. Michel Gresse passait par ici, trois fois par semaine pour monter au col. Ils ont encore une bergerie et un joli troupeau de moutons là-haut. C'est pour cela que les gendarmes ont d'abord pensé que l'assassin avait attendu là.

Sur les bords du chemin, l'herbe était plaquée au sol par la neige récente. Au pied de l'arbre, elle prenait une teinte brunâtre, la teinte du sang séché.

— Serge Cals a, paraît-il, été formel : la neige était immaculée de la route à la charrette du fils Gresse, continua Édouard. Le docteur Delcros et le maire ont été ensuite les premiers à venir et ils ont confirmé qu'ils n'avaient vu que les empreintes de pas du laitier. Dans le dos de la charrette, comme je vous l'ai dit hier, il n'y avait que les traces des roues et les empreintes des sabots du cheval. Personne n'a pensé que l'assassin était caché dans le fourrage empilé sur le plateau de la carriole.

— Je suis d'accord avec les policiers sur le choix de l'endroit : il n'a pas été choisi au hasard. Je crois même que son intention était que le laitier s'arrête en redescendant. À moins qu'il ne soit resté caché dans la paille tout le temps qu'il a fallu pour que les gendarmes inspectent la scène et permettent ensuite qu'on retire l'attelage, ce qui était très risqué, il lui a fallu un moyen de revenir en lieu sûr, un endroit où il a pu se laver et changer de vêtements. Avec ce qu'il a fait subir à Michel Gresse, nul doute que cela a dû laisser des traces. C'est pour cela qu'il lui fallait que le laitier s'arrête.

— Vous voulez dire qu'il a utilisé les empreintes de pas du laitier pour masquer les siennes ?

— Ce serait une possibilité. Mais je pensais à autre chose. Il a pu quitter le lieu du meurtre en passant par le champ à côté. Il lui suffit de sauter sur le talus et de marcher de l'autre côté jusqu'à la route. Il a peut-être même eu le temps d'effacer grossièrement ses traces, comme il a dû le faire autour du corps. Si, pendant que le laitier s'approche du mort, il se cache dans sa charrette, il est ramené au village sans risquer de croiser quelqu'un. Et puis, il y a une autre chose à laquelle je n'avais pas pensé et qui me fait douter du fait qu'il soit revenu se cacher dans la paille : il devait se montrer ce matin-là, se montrer tôt. Toute absence prolongée aurait pu être transformée en soupçon. C'est la même chose que lorsque Louis Bascoul a été retenu prisonnier. Il nous faut parler au laitier le plus rapidement possible, ainsi qu'à ce docteur qui est arrivé ici parmi les premiers.

Martial escalada en deux foulées le talus qui bordait le chemin. De l'autre côté, le champ étirait ses sillons labourés parallèlement à la route. Les nombreuses pierres soulevées par le soc de la charrue avaient été regroupées en bout de rangée. En faisant attention à bien poser les pieds au bon endroit, on pouvait atteindre la route sans avoir à s'enfoncer dans la neige, ou la boue comme aujourd'hui. Martial en fit l'expérience. Il atteignit le monticule qui bordait la chaussée sans avoir davantage sali ses souliers, déjà maculés par la boue de la matinée. S'il avait traversé, il aurait trouvé derrière la haie d'en face de quoi se dissimuler en attendant le passage de la charrette de la laiterie. Cependant, même en cherchant minutieusement pendant un long moment, Martial ne trouva aucun indice qui puisse corroborer sa thèse.

— Je ne crois pas qu'il reste quoi que ce soit qui puisse nous être utile ici, dit-il. Essayons de trouver nos témoins avant ce soir. Ils ont des choses précieuses à nous dire.

Ils abandonnèrent donc le lieu funeste et se dépêchèrent de rejoindre le village. Martial sentit les regards qui se posaient sur eux quand ils retrouvèrent les maisons regroupées. Ce fut le deuxième contact qu'il eut avec la population du village, un contact qui restait lointain et suspicieux. Ses vêtements crottés jusqu'aux genoux n'y étaient pour rien.

Il était entré de plain-pied dans cette enquête. Il sentait une piste s'ouvrir devant lui, il la devinait comme une allée éclairée en pleine nuit. Il savait aussi que ce qu'il risquait de trouver au bout pouvait faire sombrer tous ces gens, qui les épiaient depuis le pas de leur porte, vers des abîmes où le village allait sans doute basculer.

9

Camille avait eu du mal à se concentrer sur son travail toute la journée. Celle-ci lui avait paru interminable et elle était contente que l'étude du soir soit raccourcie à la demande des parents qui ne souhaitaient pas voir leurs enfants revenir trop tard. Certaines de ses élèves avaient plus d'une heure de marche jusqu'à l'école. Au plus fort de l'hiver, quand il neigeait beaucoup trop, il était fréquent que ces élèves-là dorment sur place, dans la grande chambre du premier étage. Mais les circonstances avaient rendu cela inenvisageable. Depuis la mort de Louis Bascoul, on préférait raccourcir la journée plutôt que de tenir certains élèves éloignés de leur foyer. Le lendemain de la mort de Michel Gresse, une réunion avait été improvisée entre Camille, le maire et Étienne Germain, confronté au même problème avec les garçons : on avait décidé de ne pas retenir les élèves au-delà de cinq heures et demie, et de supprimer les cours du soir jusqu'à nouvel ordre. Camille n'était donc pas mécontente d'être ainsi libérée plus tôt.

Elle avait eu le temps de préparer un copieux ragoût qui mijotait dans la marmite devant le feu de la cuisine.

Il lui restait encore quelques cahiers à corriger, mais son esprit était ailleurs, bouillant d'impatience d'avoir des nouvelles d'Édouard et de Martial.

Ils arrivèrent à l'école alors que la nuit s'installait déjà. Quand elle entendit le portail de fer grincer, elle sut que c'étaient eux et abandonna son bureau pour se précipiter à la porte d'entrée. Ils avaient tous les deux les joues rougies d'une journée passée au grand air. Leurs chaussures et leurs pantalons portaient les traces de leurs explorations. Il était convenu qu'ils dînaient tous les soirs avec Camille, ici ou au moulin, et cela lui laissait le temps de leur soutirer tout ce qu'ils avaient pu récolter.

Martial comprit que c'était à lui de tout raconter car Édouard gardait une fois de plus le silence, se contentant de ponctuer son récit par des hochements de tête. Il commença donc dans l'ordre, par le Pas-du-Diable et la mort de Louis Bascoul. Il exposa sa théorie et en vint à ce qu'il voyait comme lien entre les deux meurtres. Camille avait blêmi en l'écoutant. L'excitation avait laissé place à l'effroi. Elle espéra du secours du côté de son fiancé, cherchant à l'aveuglette sa main sur la table. Elle sentait maintenant l'odeur du sang, la saleté de la mort. Les mots « *torture* » et « *vengeance* » la glacèrent. Quand Martial évoqua la façon dont l'assassin avait pu quitter les lieux du supplice de Michel Gresse, quand il parla de méthode, de patience, comme un prédateur avec une proie, elle sentit l'émotion la submerger et ne put empêcher ses larmes de couler.

Martial fut décontenancé par la réaction de son amie. Il arrêta de parler, laissant planer un silence interrogatif dans la cuisine embaumée par l'odeur du ragoût.

Elle prit sur elle pour se reprendre, s'excusa. Elle avait soudain pris conscience de toute la violence de la situation, de toute son horreur. Et elle était encore fragile. Cependant, elle encouragea Martial à continuer et à n'occulter aucun détail.

Il en vint donc aux témoignages qu'ils étaient allés recueillir dans l'après-midi. Ils avaient d'abord fait halte chez le docteur Delcros. C'est sa femme qui les avait accueillis, une femme charmante, posée et visiblement cultivée. Son mari était parti pour sa tournée des malades. Habituellement, il revenait vers cinq heures. Elle leur promit qu'il leur consacrerait le temps qu'il fallait, surtout vu le peu de confiance qu'il accordait aux forces de l'ordre depuis qu'une partie de son rapport concernant la mort de Louis Bascoul avait été enterrée.

En attendant de pouvoir s'entretenir avec le médecin, ils avaient poussé jusqu'à la laiterie, à l'entrée du village. Ils avaient rencontré son directeur, Fernand Palousi. Il avait été recruté au sortir de la guerre par l'ancien Conseil municipal. Auparavant, il était comptable dans la vallée dont il était originaire. Comme beaucoup, il portait une totale allégeance à Antoine Guiraud et reçut donc Martial et Édouard avec tous les égards nécessaires pour leur montrer qu'il était de leur côté. Il insista pour leur présenter « son affaire ». Ils apprirent ainsi que les produits qui sortaient de la laiterie s'étaient fait une belle réputation puisqu'on les servait même aux tables de l'hôtel du Grand Balcon à Mazamet. Les débouchés étaient inespérés pour les fermiers du plateau, du moins pour ceux qui avaient réussi à tenir jusque-là et à avoir un cheptel suffisant.

Le prix du lait était monté, on en était rendu à vingt centimes le litre, tandis que le kilo de beurre avait également flambé pour avoisiner les cinq francs. Deux autres emplois avaient été créés. Pascal Béziat était le beurrier. C'était un homme taciturne qui se contenta de serrer la main des deux visiteurs sans décrocher un mot ni un regard. Il était originaire du village, expliqua le directeur. Dans sa famille, on était charbonnier de père en fils mais lui avait eu envie d'autres perspectives. Son frère aîné avait pris la suite du père tandis que lui avait tenté l'aventure dans la vallée. Il en était revenu trois ans plus tôt, déçu et un peu aigri, ce qui expliquait son humeur maussade. L'ancien beurrier avait été débauché par ceux de Lacaune, qui payaient mieux. Il avait pris la place vacante. Serge Cals était le laitier. Il était arrivé la même année que Pascal Béziat et toujours parce que la laiterie de Lacaune avait débauché son prédécesseur. Il n'était pas à la laiterie car il quittait en début d'après-midi, mais sa maison était une des premières du village, le long de la route. Ils pouvaient s'y arrêter au retour.

Fernand Palousi, au cours de la visite, les emmena à l'arrière du bâtiment principal. Il y avait là une grange devancée par une courette où séchaient une trentaine de bidons en fer-blanc. Deux chevaux les regardèrent passer, chacun dans son box. Ils servaient tour à tour pour la tournée de ramassage. Le directeur leur expliqua que son laitier échangeait les bidons vides contre les pleins au cours de son circuit quotidien. Puis il s'occupait de leur nettoyage quand on les avait vidés de leur contenu et soignait également les chevaux. C'est là qu'ils purent approcher de la charrette, se montrant curieux de l'attelage à la grande satisfaction de leur interlocuteur. Il s'agissait d'une charrette à quatre roues ferrées, assez basse pour faciliter le chargement et le déchargement. Le long plateau était fermé par des planches de sapin qui le rehaussaient d'une bonne trentaine de centimètres. Martial vit très rapidement que les trente bidons alignés ne laissaient aucun espace pour se cacher sur le plateau. Les deux lanternes qui étaient suspendues à l'avant, de part et d'autre du banc, devaient, qui plus est, faire assez de lumière vers l'arrière pour qu'il soit difficile d'échapper à la vue du cocher. En revanche, sous le plateau, entre les deux essieux, il y avait suffisamment d'espace et de multiples prises pour s'accrocher solidement sans avoir à trop forcer. D'un simple regard, Martial s'assura qu'Édouard avait vu lui aussi, tandis qu'ils étaient tous deux accroupis près de l'attelage rangé dans la grange. Puis il rampa sous le plateau, ce qui surprit un peu Palousi qui, du coup, arrêta de parler. Il ne trouva malheureusement aucune trace pouvant étayer son idée.

La visite de la laiterie terminée, ils laissèrent son directeur à son autosatisfaction et revinrent vers le village pour rencontrer Serge Cals. Martial découvrit un homme simple, la quarantaine sans doute passée, au regard clair et à la figure qui devait être joyeuse en temps normal. Là, il avait plutôt le teint grisâtre de celui qui a perdu une partie de son sommeil et qui n'a plus le cœur à rire. Il ne fallut pas beaucoup insister pour qu'il se livre. Son séjour dans la cellule de la gendarmerie de Brassac l'avait secoué et il ne se remettait pas d'avoir été pris pour un assassin. Et, quel assassin !

— J'ai fait la guerre et, même si j'étais au ravitaillement, j'ai vu moi aussi des horreurs. Mais là, c'était pire que tout. Il y avait la lumière de sa lanterne qui éblouissait avec la neige, et cette mare de sang, qui vous sautait à la figure… Et mélangées au sang, il y avait ses tripes qui sortaient du ventre… Je crois bien que cette image va me poursuivre jusqu'à la fin de mes jours. Alors, quand les autres, ils se sont mis à penser que c'était moi qui avais fait le coup…

Il ravala l'émotion qui enrouait sa voix. Il avait l'apparence d'un brave homme, banal et droit, qui vivait seul dans cette petite maison qui avait dû être plus propre en des temps plus anciens. Il avait été commis d'épicerie dans sa vie d'avant, du côté de Vabre. Puis il était monté à Lacaune pour faire la plonge dans les hôtels de curistes avant de trouver ce poste. Il faisait sa tournée tous les matins et toujours dans le même ordre. Il commençait à trois heures et était rendu à la laiterie pour six heures et demie au plus tard. En début de semaine, à cause de la neige, il était même parti plus tôt.

— Je passe chez les Gresse aux alentours de quatre heures. C'est Michel qui était là à chaque fois. Quand il avait à monter au col, il partait après la levée. Ensuite, je vais chez Cassagne et je monte aux fermes du col, les deux dernières de la tournée. Mardi matin, quand je suis redescendu, j'ai vu la lueur de la lanterne sur le chemin qui coupe par chez les Gresse. Il n'était pas loin de six heures. Je savais que c'était un jour où Michel montait à la bergerie, comme tous les mardis. Souvent, il m'arrivait de le croiser sur la route mais là, j'étais surpris qu'il soit si en retard. J'ai d'abord cru qu'il avait eu un problème, qu'une roue avait dérapé dans la neige et qu'il n'arrivait pas à sortir de l'ornière. J'ai appelé mais personne n'a répondu. Alors je suis descendu de ma charrette et je suis allé voir. Michel était assis, le dos appuyé contre une roue. Il y avait du sang partout et cette horrible grimace sur son visage, une grimace de cauchemar. Je suis reparti en courant vers ma carriole et je suis revenu au village le plus vite possible. Je suis allé frapper chez le docteur. Quand il a su ce qui se passait, il m'a demandé d'aller chercher le maire. Je les ai ensuite remontés tous les deux jusqu'au chemin. Après, il a fallu que j'y aille parce que le lait, ça attend pas. Et, mercredi après-midi, les gendarmes sont venus ici et ils m'ont emmené… Il a fallu me remplacer pour la tournée du lendemain matin. C'est la première fois que ça arrive !

— On raconte que vous n'avez pas vu de traces ou d'empreintes dans la neige fraîche entre la route et la charrette de Michel Gresse, en êtes-vous certain ?

— Je peux vous le jurer sur ma tête. La neige était propre et nette. Il ne neigeait déjà plus quand je suis arrivé chez les Gresse. Mais j'ai passé ma tournée à faire la trace sur la route et c'est cette trace que j'ai suivie en redescendant. C'est là que j'ai commencé à trouver ça bizarre, de ne pas voir celle de la charrette de Michel. C'est pour ça que ça m'a marqué, le fait que personne ne soit passé dans la neige dans ce morceau-là du chemin. Par contre, aux abords de la charrette de Michel, je peux pas vous dire. J'ai vu que la boue et le sang. Le docteur Delcros a fait plus attention que moi je crois. Avec le maire, ils ont protégé les lieux le temps que les gendarmes arrivent. Ils ont confirmé qu'à part celles du maire et du docteur, il n'y avait que mes empreintes de pas dans la neige. Ils ont même pris mes souliers pour comparer. C'est pour ça qu'ils m'ont arrêté. Ça, et aussi le fait que je me sois pas approché assez près de Michel. L'un des inspecteurs, il a dit que c'était pas normal comme réaction, que quelqu'un avec la conscience tranquille aurait d'abord vérifié si la victime était bien morte, si elle avait pas besoin de secours, au lieu de prendre ses jambes à son cou. Moi, je leur ai dit qu'il avait l'air tout à fait mort, que je n'ai même pas pensé que, dans cet état, il puisse vivre encore.

Serge Cals en revenait toujours à la même image, celle du sang dans la neige et le visage du mort, tordu de douleur. Il ne savait pas si on s'était inquiété du chargement dans la charrette, il n'avait rien remarqué d'autre.

— Ce ne peut être que le diable, finit-il par dire à voix basse, comme s'il attendait de pouvoir lancer cela depuis longtemps, soulagé de se libérer d'un poids. Ce que j'ai vu là-haut, ce ne peut être que l'œuvre du diable.

Et son regard fatigué se perdit dans le vide.

— Lorsque vous êtes descendu en trombe jusqu'au village, demanda Martial d'une voix calme, essayant de ramener un peu de sérénité à leur entretien, pourriez-vous nous dire, en étant le plus précis possible, ce que vous avez fait ?

Serge Cals parut surpris, peut-être même inquiet. Ce genre de question ne lui disait rien qui vaille, sinon qu'on le soupçonnait à nouveau. Mais il s'exécuta tout de même, afin de prouver sa bonne foi.

— Je me suis rangé devant l'atelier du menuisier, en face de chez le docteur. Puis je suis allé frapper à sa porte. Je crois même que j'ai crié son nom pour être sûr qu'il se réveille. Je sais pas combien de temps il a fallu avant qu'il ouvre les volets de sa chambre, mais ça m'a paru assez long. Je lui ai dit que j'avais trouvé Michel Gresse le ventre ouvert et qu'il fallait qu'il vienne avec moi. Il m'a alors demandé de courir jusque chez le maire, à la carrière, pour qu'il nous accompagne. J'ai couru aussi vite que j'ai pu, mais avec la neige, c'était pas facile. Monsieur Maraval était déjà réveillé, il y avait de la lumière chez lui. Il a enfilé ses bottes et attrapé une veste et nous sommes revenus chez le docteur. Il nous attendait déjà, avec sa trousse à la main. On est monté tous les trois sur le banc et je les ai conduits jusque là-haut.

— Votre arrivée au village n'a pas dû passer inaperçue, avec votre vitesse, votre chargement, vos cris...

— Il y avait du monde de sorti quand j'ai manœuvré pour repartir. Mais pour tout vous dire, je me suis pas soucié de ça.

Il dévisagea les deux hommes qui lui faisaient face. Ce qu'il vit l'encouragea à continuer.

— C'était comme si j'avais l'impression qu'on me poursuivait, comme si j'avais ce diable aux fesses. C'est aussi pour ça que je me suis pas trop approché de Michel, j'avais la frousse qu'il soit encore là et qu'il s'en prenne à moi. Même quand j'ai couru vers la maison du maire, j'avais l'impression qu'il était sur mes talons.

Serge Cals passa une main sur son front et la plaqua ensuite sur sa bouche. Il avait au moins raison sur un point : ce qu'il avait vu cette nuit-là le hanterait encore longtemps.

Édouard et Martial se pressèrent ensuite de revenir chez le docteur Delcros. Ils n'eurent pas à s'intercaler entre deux patients car de patients, en cette fin d'après-midi, il n'y en avait pas. Le médecin les attendait dans son cabinet, tout juste revenu de sa tournée où il n'avait trouvé que peur et panique.

C'était un homme plutôt grand, des yeux bleus, malicieux et vifs derrière ses lunettes rondes, des cheveux d'un blanc immaculé, une démarche robuste malgré un âge qui semblait déjà avancé. Il les fit asseoir à son bureau. Sa voix était posée et chaleureuse, rassurante. Une dent ébréchée venait mordre sa lèvre inférieure, dessinant sur sa bouche une asymétrie qui évoquait un sourire. Juste une évocation, car il n'y avait pas de sourire dans ses propos pas plus que dans sa façon d'être en général. Cela faisait sans doute longtemps que le docteur Delcros ne souriait plus dans l'exercice de ses fonctions.

— J'ai pensé aux empreintes dans la neige avant même d'arriver sur les lieux, répondit-il. Serge Cals était si choqué que, tout le long du trajet, il n'arrêtait pas de répéter les mêmes choses, sur l'atrocité de la scène qu'il avait découverte, tout en blasphémant abondamment, oubliant la retenue qui est la sienne en temps normal. Il nous a déposés au bord de la route et j'ai pris le parti de vérifier les traces de pas. Il n'y avait que les siennes depuis la route, rien d'autre, j'en suis certain. En revanche, autour du cadavre, la neige avait disparu. Ce n'était plus que sang et boue mélangés. Je n'y ai pas vu la moindre empreinte de pas. J'ai toujours en tête ce qui est arrivé à Louis Bascoul voyez-vous. Le fait qu'on n'ait pas pris au sérieux mes observations. Alors là, je me suis dit que je devais être encore plus précis et encore plus méticuleux. Pour que les choses que j'allais être amené à voir et à relever soient incontestables. Ensuite, nous nous sommes approchés de l'attelage en faisant un détour par la bordure du chemin. Michel Gresse était bien mort, le malheureux. Avec le maire, nous avons ensuite empêché quiconque d'approcher jusqu'à ce que les gendarmes arrivent, vers dix heures.

— Dans la recherche d'empreintes, avez-vous vérifié dans les champs qui bordent le chemin à cet endroit-là ?

— Oui, des deux côtés. Et il n'y avait rien d'autre que la neige intacte.

— Est-ce que vous vous souvenez du moment où on s'est occupé de la charrette ?

— De la charrette ? Les gendarmes ont cherché des traces de lutte à bord. Ils ont pensé que l'agresseur de Michel s'était laissé tomber de l'arbre à son passage. Après, quand ils ont levé le corps et qu'ils l'ont descendu jusqu'ici, je ne sais ce qui est arrivé à cette charrette. J'imagine que Pierre, le frère de la victime, l'aura ramenée à sa ferme.

— Vous avez ensuite pratiqué l'autopsie…

— J'ai fait les premiers examens sur place, sous la surveillance des gendarmes. Puis on m'a demandé de la pratiquer cette autopsie, dans la pièce qui est juste à côté de ce cabinet. Voilà ce que je peux vous dire : Michel Gresse a reçu un coup sur l'arrière du crâne, un coup violent qui lui a fendu le cuir chevelu. On lui a sectionné les deux tendons d'Achille ainsi que ceux des aisselles après lui avoir déchiré les vêtements car il n'y avait pas de fibres dans les entailles. La coupure était à chaque fois nette et profonde. Elle a nécessité d'utiliser quelque chose de très tranchant. Enfin, il a été éventré. On l'a ouvert de l'aine au sternum. Vu la position du corps quand on l'a trouvé, je pense que les choses ont eu lieu dans cet ordre et à cet endroit. Les inspecteurs de Toulouse ont fait monter hier matin un médecin de l'hôpital de Castres qui a confirmé tout cela. Le corps était encore tiède quand je suis monté et le sang présentait des traces de coagulation. J'en ai déduit que la mort datait d'au moins une heure. Michel ayant quitté sa ferme vers quatre heures et demie, cela s'est passé dans l'heure qui a suivi. Serge Cals était au col à ce moment-là, les deux fermiers du hameau l'ont confirmé. Il n'y est pour rien.

— La mort a-t-elle été immédiate après l'éventration ?

— Je crains fort que non. La mort qui était imprimée sur son visage était une mort de souffrance.

— Vous connaissiez bien la victime ?

— Je connais tout le monde par ici. J'en ai mis au monde un certain nombre depuis toutes ces années, je les soigne, et je finis même un jour par leur fermer les yeux. Je connaissais Michel Gresse comme je connais l'épicier ou la femme du maréchal-ferrant. Ce sont des patients.

— Comment le décririez-vous ?

— Je dirais qu'il était plutôt robuste, doté d'une

bonne santé vu que je n'avais pas eu affaire à lui depuis un bout de temps. Je dirais même qu'il était assez costaud, suffisamment pour avoir le dessus en cas de lutte au corps à corps. C'était un laborieux, du genre acharné à la tâche, ne comptant ni les heures ni les efforts pour faire tourner la ferme. Mais il avait aussi de mauvais côtés. Il s'emportait souvent, pour un rien. Il lui arrivait souvent d'être violent et, dans ces moments de colère, mieux valait ne pas l'approcher. Il n'a pas eu une vie facile, voyez-vous. Il était entièrement sous l'emprise de sa mère, et être le fils aîné de la famille Gresse est loin d'être un cadeau du ciel, croyez-moi. Même son mariage n'a pas été une réussite. C'était un mariage de barrière, rien de plus, imposé par les parents. On vous parlera sans doute de ses déboires conjugaux…

— Et du fait qu'il ait été exempté du service militaire…

— On vous parlera aussi de cela. Il a été exempté par des médecins militaires, il a subi toutes les visites médicales de contrôle. Six convocations devant le Conseil de révision et, à chaque fois, on l'a renvoyé chez lui. Ce n'était pas un planqué, on n'a pas voulu de lui, c'est tout. Est-ce un crime ? Je ne crois pas. Mais quand il a voulu conquérir la mairie, après la démission de monsieur Guiraud, on lui a resservi tout cela sur un plateau. Et il n'a pas été élu, pour cette fois du moins. Si vous me demandez ce qu'il en est des rumeurs autour de son handicap, je vous répondrai que je suis tenu au secret médical mais qu'on n'exempte pas quelqu'un comme lui, en pleine guerre, sans avoir de raisons valables.

— Serait-ce malvenu de vous demander ce que vous pensez de tout cela ?

— Ce que j'en pense ? C'est un acte odieux, sauvage et sans pitié. Tout comme le meurtre de Louis Bascoul, parce que nous parlons bien d'un meurtre là aussi, n'est-ce pas ?

Martial acquiesça.

— Les gens de ces montagnes font ce qu'ils peuvent. Face à toute cette sauvagerie, ils ont peur, et ils ont ressorti les vieilles superstitions. Il ne nous appartient pas de juger cela. Mais, de mon côté, je ne crois pas aux fantômes ni aux bêtes surgies des enfers. Je crois que c'est un homme qui a fait cela. Un homme qui a rossé Louis Bascoul jusqu'à le jeter dans le vide pour que son crâne vienne se fracasser contre un rocher comme une vulgaire coque de noix. Je crois que c'est un homme qui a cisaillé les bras et les jambes de Michel Gresse avant de le faire mourir lentement, dans ses entrailles et ses excréments. Mais ceux qui se déclarent prêts à se grouper pour chasser une bête ne se trompent pas de beaucoup : l'homme qui a fait cela n'est qu'une bête féroce, dénué de toute pitié et de toute humanité.

Le vieux médecin s'était agité. Sa voix s'était élevée d'un ton. Se rendant compte de son emportement, il se redressa dans son fauteuil et sortit un grand mouchoir blanc de la poche de sa veste avec lequel il s'essuya le visage après avoir enlevé ses lunettes. Un geste machinal pour masquer son embarras.

— Vous dormiez profondément quand Serge Cals est venu tambouriner à votre porte ?

— C'est le bruit de la charrette qui m'a réveillé. Ensuite, j'ai entendu qu'on cognait à ma porte et qu'on m'appelait. Mais j'étais encore dans un demi-sommeil, je n'ai pas réagi tout de suite.

— Tout ce tapage a dû attirer l'attention.

— Quand je suis sorti, plusieurs personnes étaient en train d'en faire de même pour venir voir de quoi il retournait. Mais ce n'était rien comparé à tous ceux qui étaient massés devant ma maison lorsqu'on a ramené le corps de Michel…

Martial hocha la tête, rangea son carnet noir dans sa poche intérieure et se leva, remerciant le docteur Delcros du temps qu'il leur avait accordé. Il se leva à son tour pour les raccompagner.

— On dit que vous êtes un enquêteur de tout premier ordre, cher monsieur. Je suis ravi que vous soyez venu jusqu'à nous car ces messieurs de la police ne me disent rien qui vaille. Ils sont là, ils s'agitent, ils se montrent. Et puis, ils partiront aussi vite qu'ils sont arrivés et nous laisseront seuls avec nos tracas. Ils repartiront vers leur monde civilisé et l'affaire sera classée sans suite. Nous sommes nombreux à compter sur vous. Si je peux vous être utile à quoi que ce soit, j'en serai ravi.

Ils avaient quitté la maison du docteur alors que la nuit se faisait imminente. Martial avait traversé la voie pour repérer l'endroit où Serge Cals avait abandonné sa charrette le mardi matin. L'atelier du menuisier tournait le dos au chemin, sans ouverture. La première maison habitée qui pouvait avoir vue sur l'attelage était vingt mètres plus loin, juste à côté de chez le médecin.

— S'il a fait vite, il a pu sortir de sa cachette et se faufiler dans le village sans être vu, dit Martial en restant un moment sur place. Il avait trois échappatoires possibles, plus la possibilité de couper à travers les champs ou les potagers...

Ils avaient ensuite pris le chemin d'en face, celui qui montait vers les hauts du village.

— Une bête féroce ? s'étonna Camille qui n'avait pas perdu une miette de tout le récit. Tu as parlé de méthode, de plan, de calcul même. Toutes ces choses ne font pas bon ménage avec la férocité, c'est ce que tu m'as expliqué hier. Tu ne l'as pas dit au docteur ?

Pour toute réponse, Martial récita :

— « *Aucune bête n'est si féroce qu'elle ne connaisse quelque trace de pitié...* »

— « *Néanmoins, je ne la connais pas et ne suis donc pas une bête...* » poursuivit Camille.

Martial leva la tête et termina dans un demi-sourire :

— « *Ô merveille lorsque le diable dit la vérité !* »

— « *Richard III.* » L'un des textes préférés de papa. Il me l'a fait apprendre par cœur.

— Je l'ai lu sur ses conseils mais je l'ai appris tout seul, quand j'étais en Serbie... Je maintiens ce que j'ai dit, il y a de la méthode dans la façon d'agir de l'assassin. Il connaissait tout des horaires et des habitudes de chacun. Il a même réussi à utiliser la neige, même si elle a dû lui compliquer la tâche.

— Tu crois qu'il ne l'avait pas prévue ?

— J'habite moi aussi à la campagne. Je ne suis pas encore très doué mais je commence à savoir lire le temps qui s'annonce comme font les paysans. J'imagine que c'est pareil ici et que la neige s'est laissé deviner à l'avance.

— Surtout qu'il a commencé à neiger dans l'après-midi. J'ai même hésité à laisser partir les trois petites du hameau de Naves, de l'autre côté de la crête. Je les ai finalement libérées plus tôt pour ne pas avoir à les garder à dormir.

— Il avait prévu de frapper ce jour-là, avec ou sans neige. Celle-ci ne l'a pas fait reculer. Il réfléchit vite et bien et s'est même permis le luxe de s'amuser avec cette histoire d'absence d'empreintes. Je mets ma main à couper qu'il a suivi la bordure du champ et la rangée de pierres… Pour traverser la route, il pouvait mettre ses pas dans les traces laissées par le premier trajet du laitier. Je crois qu'auparavant, il a réussi à se cacher chez les Gresse et à monter dans la charrette du fils aîné. Il est mobile et sait passer inaperçu quand il se déplace. Il connaît parfaitement le coin. Le seul moyen de le cerner davantage serait qu'on trouve le secret qui a fini par lier nos deux assassinés.

— S'il lui a fallu torturer Louis Bascoul pendant plusieurs heures pour lui arracher ce secret, tu risques d'avoir du mal à le trouver en te contentant de poser poliment tes questions.

— À moins que la peur finisse par délier les langues… Nous savons ensuite qui chercher.

— Comment cela ? demanda Édouard, surpris.

— Nous cherchons un homme, assez costaud pour assommer Michel Gresse et porter le corps inerte de Louis Bascoul. Quelqu'un qui connaît donc le coin comme sa poche, quelqu'un de patient, d'intelligent. Quelqu'un qui a l'habitude de la mort parce que celle-ci ne l'impressionne pas. Quelqu'un d'assez haineux pour ne pas hésiter à faire subir les pires souffrances à ses victimes sans marquer la moindre hésitation. Où a-t-il pu côtoyer ainsi la mort et la souffrance si ce n'est à la guerre ? Où a-t-il appris à transformer sa haine en sauvagerie meurtrière si ce n'est dans les tranchées ? Il est comme Gloucester dans *Richard III*, il n'a aucune pitié. Il reste tout de même un doute sur le fait qu'il ait agi seul. Par commodité, nous l'avons désigné au singulier, mais le pluriel n'est pas à exclure.

Il se tut. Face à lui, Camille semblait troublée, bouleversée même. Elle était si loin de ce monde-là, le monde de ceux qui avaient découvert ce qui se cachait vraiment au fond de leurs entrailles. Le monde d'après la tuerie. Ce monde-là était putride, et il fallait craindre que les choses n'allassent pas en s'arrangeant tant la corruption semblait avancée.

10

La nuit qui suivit n'eut rien de réparateur pour Martial, bien au contraire. Le sommeil l'avait fui jusque tard et, quand il avait enfin réussi à s'endormir, son vieux cauchemar s'était rappelé à lui. Il était à nouveau coincé sous les débris après le bombardement. Il ne pouvait plus bouger. Il ne parvenait même pas à appeler, aucun son ne parvenant à sortir de sa bouche. L'air lui manquait. Il se voyait mourir petit à petit, asphyxié. C'est au dernier moment qu'il se réveillait en sursaut, qu'il mettait du temps avant de retrouver son souffle. Les couvertures étaient trop lourdes et semblaient l'emprisonner. Il devait sortir du lit, faire quelques pas, attendre un moment avant de se calmer avec toujours en tête la peur que cela recommence s'il s'endormait à nouveau. Il faisait nuit noire dehors. Le petit moulin était silencieux. Édouard dormait dans la chambre à côté. Ils avaient quitté Camille peu après vingt-deux heures. La jeune femme était restée silencieuse pendant le dîner, plus sombre. Ils en avaient parlé tous les deux sur le chemin du retour, alors que de larges pans de brume commençaient à se former depuis les gorges. Édouard avait trouvé sa fiancée très affectée. Il souhaitait passer un peu plus de temps avec elle, dès la fin de la classe du samedi, abandonnant un peu Martial.

« *Passer du temps avec Camille* », comme cela avait l'air simple, une décision prise comme cela, au dépourvu, sans que rien ne l'en empêche… Aux yeux de Martial, un luxe dont il ne pouvait que rêver. Il y avait comme cela des piqûres de rappel, et c'était assez douloureux.

L'aube du samedi matin était, comme on pouvait s'y attendre, brumeuse. Une humidité froide s'était abattue sur le plateau. Tout semblait suinter, même les murs, et on n'y voyait pas à vingt mètres. Dès qu'il avait entendu les pas d'Édouard dans l'escalier, Martial s'était levé. Ensemble, ils s'étaient acquittés de la corvée d'eau à la source qui jaillissait juste à côté de l'ancienne écurie. Puis ils avaient mangé un morceau accompagné par l'excellent café du fiancé de Camille. Le jour pointait à peine lorsqu'ils entendirent des voix dehors puis, immédiatement après, des coups secs contre la porte.

Édouard alla ouvrir. Les deux inspecteurs de la Brigade judiciaire se présentèrent officiellement et exposèrent leur requête : ils souhaitaient l'interroger au sujet du meurtre de Michel Gresse, comme ils le faisaient avec tous les habitants du village. Édouard s'écarta et les laissa entrer, les chapeaux à la main, les moustaches parfaitement lissées, les cheveux plaqués à la gomina.

L'inspecteur Cabanes était le plus âgé des deux, pas loin de la cinquantaine. C'était lui qui semblait diriger les opérations. Il était grand, plutôt trapu, et son accent du Sud-Ouest était plus que marqué. Mais il n'y avait rien de chaleureux dans son phrasé qui restait sec comme un coup de trique. Chez le plus jeune, l'inspecteur Marsan, tout était pointu : son nez, ses lèvres, son menton, ses yeux d'acier, son accent… Il donnait l'impression d'être exaspéré de se trouver là.

Édouard présenta Martial qui s'était levé de table.

— Ah, c'est donc vous ! grogna l'inspecteur Cabanes. Notre concurrent, n'est-ce pas ?

À son regard, à sa façon de s'y prendre, Martial sentit qu'ils étaient en fait venus pour lui. L'interrogatoire si matinal d'Édouard n'était qu'un prétexte.

— Si vous souhaitez interroger mon ami, mieux vaut peut-être que je vous laisse.

Je ne vois pas d'inconvénient à ce que vous restiez. À moins, bien entendu, que votre ami n'y soit opposé.

Édouard ne s'opposa à rien. Il invita les deux inspecteurs à s'asseoir mais ne leur offrit pas de café.

— Il s'agit d'une opération de routine, comme on dit, commença l'inspecteur Cabanes. J'espère que vous n'en prendrez pas ombrage. Pourriez-vous nous décliner votre état civil ?

— Je m'appelle Édouard Alexandre. Je suis né au mois de juillet 1892 à La Rochelle.

L'inspecteur Marsan se mit à écrire frénétiquement sur les pages de son carnet sans lever la tête. Son collègue se contentait de poser les questions, bien droit sur son banc, les mains jointes posées sur la table.

— Auriez-vous un papier officiel permettant de vérifier ces informations ?

— J'ai mon livret militaire.

— Sans vous commander…

Édouard se leva et monta dans sa chambre. Les trois hommes restés en bas n'échangèrent pas le moindre mot jusqu'à ce qu'il redescende et qu'il tende son livret à l'inspecteur Cabanes. Ce dernier parcourut rapidement le document.

— Classe 1912, évidemment. Ce n'était pas la bonne pioche ! À quelques semaines de la quille, la mobilisation générale… Pas de chance. Pourquoi n'y a-t-il pas de jour à votre date de naissance ?

— Parce qu'on l'ignore. J'ai été abandonné.

— Oh, vous êtes orphelin ! D'où vous vient ce nom alors ?

— D'un tsar.

— Je vous demande pardon ?

— Il a été choisi en l'honneur de l'empereur russe qui a signé le traité d'amitié avec la France.

— Il est dit ici que vous avez été blessé au combat en 17. Il vous en reste des séquelles ?

— Plusieurs cicatrices dont la plus longue au niveau de la hanche. Je sens la pluie arriver deux jours avant. Et il me faut une semelle spéciale au pied droit : j'ai quatre centimètres de différence entre les deux jambes.

— Quelle était votre profession, monsieur Alexandre, avant que vous vous retrouviez sans emploi ?

— J'étais courtier en peau, à Mazamet.

— Et vous ne l'êtes plus ?

— Non. J'ai démissionné la semaine dernière. Je suis en attente d'un autre projet.

— Et on vit de quoi quand on est « *en attente d'un autre projet* » ?

— On vit de ses économies quand les affaires ont bien marché et qu'on a travaillé dur.

Martial observait dans son coin. Le ton et la figure de l'inspecteur lui déplaisaient, mais il aimait bien la façon dont Édouard s'en sortait, simplement et sans hésitation.

— Entre La Rochelle et La Vitarelle-du-Théron, le chemin semble bien long, continua Cabanes en redonnant son livret à Édouard. Pouvez-vous nous expliquer ce qui vous a amené ici ?

Il était évident qu'il connaissait déjà la réponse, qu'il connaissait d'ailleurs à l'avance la plupart des réponses.

— Ma fiancée travaille dans ce village.

— Une fiancée ! Félicitations ! Serait-ce possible d'avoir son nom ?

— Il s'agit de mademoiselle Purseau qui est institutrice.

— Et vous êtes donc venu vous installer ici, avec vos économies durement amassées, pour être auprès d'elle.

— Tout à fait, monsieur.

— Mais il ne me semble pas que mademoiselle Purseau vive sous ce toit.

— Non, nous ne vivons pas ensemble.

— Ah, je vois… Les convenances ont la peau dure dans ces endroits si reculés. Vous avez acheté cette petite maison ?

— Non, elle m'est louée par Antoine Guiraud.

— Le fameux Antoine Guiraud ! C'est le grand manitou par ici, décidément… Depuis quand vivez-vous dans ce village, cher monsieur ?

— Je me suis installé définitivement la semaine dernière. Auparavant, je venais y passer quelques jours, le plus souvent possible.

— Vous ne deviez donc pas bien connaître Michel Gresse.

— Je l'ai croisé deux ou trois fois, mais je ne lui ai jamais parlé.

— Mais on vous aura peut-être parlé de lui ?

— Oui, à plusieurs reprises.

— En bons termes ?

— Je ne crois pas qu'on puisse dire cela.

— Je vais vous paraître un peu brutal, mais avez-vous quoi que ce soit à voir avec sa mort ?

— Bien sûr que non ! répondit Édouard sans hésiter.

— Pourrait-on savoir où vous étiez mardi entre quatre et six heures du matin ?

— Je dormais.

— Dans votre lit ?

Cette fois-ci, Édouard hésita. Il tourna la tête vers Martial. Celui-ci ne broncha pas mais lui renvoya un petit sourire bienveillant. Alors, Édouard refit face à l'inspecteur Cabanes.

— Non, monsieur, je n'étais pas dans mon lit.

— Expliquez-moi cela…

— J'ai passé la nuit chez mademoiselle Purseau.

— Vous êtes passé outre les convenances à ce que je vois. Notez bien que cela ne me choque en aucune manière. Nous sommes entre hommes, nous nous comprenons… Mais pourquoi ne pas vivre avec elle, après tout ? Les gens d'ici ont beau être mal décrottés, ils ne vont tout de même pas vous pendre en place publique pour cela.

— La situation de ma fiancée en pâtirait. Elle pourrait avoir des ennuis avec sa hiérarchie.

— Pourquoi ne pas se marier alors ? Au diable les convenances ensuite…

— Mademoiselle Purseau a perdu son père il y a quelques mois. Cela a repoussé nos projets à plus tard.

— S'agirait-il du projet en attente dont vous nous parliez à l'instant ?

— Entre autres, oui.

— Seriez-vous matinal, monsieur Alexandre ?

— Plutôt, oui.

— Il n'y a donc rien de surprenant à ce qu'on vous ait vu… Attendez…

Il se tourna vers son jeune collègue, toujours rivé à son carnet, dont il tourna quelques pages avant d'annoncer d'une voix monocorde :

— Entre six et sept heures les samedis et dimanches matins.

— Et toujours en train de regagner votre location… Je m'avance peut-être un petit peu, mais peut-on en déduire que vous passez outre les convenances assez régulièrement ?

— Ma fiancée a peur la nuit, toute seule dans son école, répondit Édouard qui commençait à montrer des signes de nervosité et d'agacement, exactement ce que l'inspecteur cherchait à obtenir. Alors oui, je dors souvent avec elle.

— Comme dans la nuit de lundi à mardi. Et on vous a vu mardi matin… Quelle heure était-il, inspecteur ?

— Sept heures moins dix, répondit Marsan, toujours sans lever les yeux.

— Êtes-vous d'accord, monsieur Alexandre ?

— C'est vers cette heure-là que j'ai dû quitter l'école effectivement.

— Vous n'êtes pas très discret, si vous me permettez cette réflexion.

— Je vous demande pardon ?

— Pour quelqu'un qui ne souhaite pas attirer d'ennuis à cette demoiselle, vous n'êtes pas très discret. Je me demande s'il existe quelqu'un dans ce village qui ignore où vous passez vos nuits.

Édouard ne répondit pas, se contentant d'un geste des épaules, un geste d'impuissance.

— À quel moment avez-vous entendu parler de la mort de Michel Gresse ?

— Il y avait une certaine agitation ce matin-là, quelque chose d'inhabituel, plus de gens dehors. Je me suis approché d'eux pour demander ce qui se passait et c'est là qu'on m'a dit qu'on avait retrouvé Michel Gresse baignant dans son sang.

— Êtes-vous allé sur les lieux du meurtre dans le courant de la matinée ?

— J'y suis allé en effet. Les gendarmes étaient déjà là. Il y avait beaucoup de monde. Je ne suis pas resté longtemps.

— La curiosité, n'est-ce pas ? On est tous pareils. Peut-être aussi que vous avez du mal à occuper vos journées dans un coin comme celui-là…

— Je suis assez occupé, au contraire. Je fais des travaux dans les dépendances du moulin. Et puis j'aime bien me promener dans la forêt. La marche m'a été fortement conseillée par les médecins.

— Vous marchez bien ? Je veux dire, à un bon rythme ?

— Oui, je le crois.

— Dans ce cas, je vais pouvoir faire appel à vos lumières. D'après vous, combien de temps faudrait-il à un bon marcheur, disons aussi alerte et robuste que vous, pour effectuer la distance entre l'endroit où Michel Gresse a été tué et le village ?

— Cela dépend où dans le village.

— Alors disons, pour vous permettre d'avoir un repère précis, jusqu'à l'école des filles.

Martial s'agita. L'inspecteur Cabanes tourna rapidement vers lui un regard de glace, au fond duquel on devinait un brin d'amusement.

— Disons vingt bonnes minutes, peut-être vingt-cinq, répondit Édouard sans se démonter.

— Vingt bonnes minutes. Nous estimons que la mort de Michel Gresse remonte aux alentours de cinq heures. J'y rajoute ces vingt minutes, disons trente, pour être bon seigneur… Quelqu'un qui aurait commis ce terrible forfait aurait pu rejoindre l'école des filles avant même que le laitier ne trouve le corps.

— S'agit-il d'une question, inspecteur ?

— Non, veuillez m'excuser. Je réfléchissais juste à voix haute. Je dis simplement que vous auriez pu tuer Michel Gresse et être revenu à temps pour ensuite vous montrer dans le village, à sept heures moins dix. À condition, bien sûr, d'être plus discret en revenant vers l'école que vous l'êtes en temps normal.

— Dois-je comprendre que vous m'accusez du meurtre ?

— Absolument pas, cher monsieur. Mais d'autres

l'ont fait à ma place. Il semblerait que vous n'ayez pas que des amis dans ce village. Nous avons rencontré des gens qui ne vous aiment pas beaucoup et qui pensent qu'à vivre ainsi, vous avez des choses à cacher. Que voulez-vous, vous êtes un étranger pour eux. Et un étranger qui ne respecte pas les règles établies. Mais ne vous inquiétez pas. Si vous aviez dormi ici, nous aurions été plus embêtés. Il y a des gens plus matinaux que vous, notamment au hameau… Bon sang, comment s'appelle-t-il celui-là ?

— Le hameau des Buissonniers, répondit Marsan.

— Oui, le hameau des Buissonniers. Celui qu'il faut traverser pour aller au village. Personne n'est passé par là, pas plus vous qu'un autre, mardi matin. Nous avons deux de ses habitants qui se sont mis à déneiger de très bonne heure. Ils n'ont rien vu passer et ils affirment tous les deux qu'il n'y avait pas d'empreintes de pas sur le chemin. Revenir par la route aurait été encore moins discret… Si vous aviez tué cet homme, vous seriez venu ici, au moins pour vous nettoyer et changer de vêtements… Bien, je crois que nous en avons terminé avec vous, monsieur Alexandre. Nous avons encore beaucoup à faire… Vous ne songez pas à quitter le village d'ici peu ?

— Non. Je reste ici jusqu'à la fin de l'année scolaire.

— Est-ce indiscret de vous demander ce que vous allez faire ensuite ?

— Nous allons nous installer à l'étranger où je vais reprendre mon travail.

— C'est une bonne chose. Je veux dire, quitter ce village… Il n'y a pas d'avenir ici pour des jeunes gens tels que vous. Ils ne vous laisseront pas vous intégrer parmi eux, ne vous faites aucune illusion. C'est un monde fermé qui ne sait que rejeter…

Il laissa sa phrase en suspens alors que l'inspecteur Marsan refermait son carnet.

— Nous n'allons pas interroger monsieur de la Boissière, qui n'était pas là au moment des faits. À moins, cher monsieur, que vous ayez quelque chose à nous dire.

— Seriez-vous prêt à l'entendre, inspecteur ?

— Monsieur Guiraud, le seigneur du village, nous a dit qu'il avait fait appel à vos services de détective. Cela ne me dérange en rien à titre personnel. Mais je lui en veux un peu de mésestimer de la sorte nos compétences.

— Ma présence n'a pas pour but de remettre en cause vos compétences. J'ai déjà travaillé de concert avec la police et non contre elle. De plus, monsieur Alexandre et mademoiselle Purseau sont des amis, qui vivent dans un village endeuillé par deux meurtres. Il est normal que je réponde présent quand ils s'inquiètent pour leur sécurité.

— C'est admirable, cette loyauté… Mais si vous me permettez, je ne compte qu'un seul meurtre.

— Alors, nous sommes en désaccord sur ce point. Pour ma part, je pense, comme la plupart des gens ici, que Louis Bascoul a été assassiné.

— Puis-je savoir ce qui vous permet d'affirmer cela ?

— Le premier rapport du médecin. Diverses observations des lieux également.

— Cette affaire a été classée, monsieur de la Boissière. Classée par des gens qui ont enquêté sur place, au moment des faits. Vous arrivez avec trois mois de retard et vous dénigrez leur travail.

— Je ne remets pas en cause leur travail, mais leurs conclusions.

— Nous avons également lu les pièces versées au dossier. Je n'y ai rien vu d'autre que la description d'un suicide. Et rien qui puisse tisser un lien avec la mort de Michel Gresse. Mais, je vais vous avouer une chose. Je me suis renseigné sur votre compte. J'ai contacté mon supérieur, hier matin, pour lui parler de vous. Un peu plus tard, il m'a rappelé. Vous savez pourquoi ? Pour m'inviter à vous ménager, à me montrer prudent avec vous. Il paraît que vous faites partie d'une sorte d'association ou de club dont j'ai oublié le nom.

— Le Cercle Cardan, compléta l'inspecteur Marsan, les mains dans les poches et les points qui lui servaient d'yeux vrillés sur Martial.

— Oui, c'est cela : le Cercle Cardan. Des chasseurs de spectres et de loups-garous… Y a-t-il des fantômes, des esprits frappeurs ou des loups-garous dans cette affaire, monsieur de la Boissière ?

— Si vous me permettez, on vous aura mal renseigné…

— Il paraît que vos relations sont haut placées, mais vous ne m'impressionnez pas. C'est pourquoi je rejette votre offre d'assistance. Je ne vous reconnais pas les compétences requises pour mener à bien une enquête criminelle. Je ne peux empêcher que l'on tombe dans le panneau et qu'on fasse appel à vos services, mais sachez que je le regrette.

— Messieurs, je suis désolé de la piètre opinion que vous avez de moi. Mais encore plus de la manière dont vous gérez cette enquête. Ne vous inquiétez cependant pas, je ne me mettrai pas en travers de votre chemin. J'espère de tout cœur que vous confondrez l'assassin le plus rapidement possible. De mon côté, je vais suivre mes idées. Si mes conclusions vous intéressent, je les partagerai avec vous sans arrière-pensée. Notre Cercle vous semble ridicule et risible, mais il a fait ses preuves bon nombre de fois. On a eu raison de vous parler de ses amitiés influentes. Certaines se trouvent même dans la police, figurez-vous. Je vais vous dire ce qui va se passer au bout de quelques jours : on va vous demander des résultats rapides et vous n'en aurez aucun. Alors, on vous rappellera à Toulouse parce que la Brigade judiciaire n'en a rien à faire de ces histoires de campagnards. Ce qui l'intéresse, c'est ce qui se passe en ville, loin des bouseux qui s'entretuent. Là où l'on garde les inspecteurs compétents, qui peuvent se montrer utiles.

L'inspecteur Cabanes ne disait mot mais la pâleur de son visage témoignait d'une colère froide et mauvaise. Il se leva brusquement, attrapa son chapeau et se précipita vers la porte, comme s'il craignait d'exploser là. L'inspecteur Marsan le suivait de près, les pointes soudain moins acérées.

— Nous n'avons rien à entendre de vous, monsieur de la Boissière, rien ! Restez avec vos histoires de bonne femme et vos airs supérieurs ! Et que je ne vous prenne pas en train d'entraver notre travail ! Sinon…

Il ne termina pas, le doigt pointé vers Martial, l'écume aux lèvres. Avec son acolyte, ils quittèrent le moulin en claquant la porte.

Édouard était resté coi devant la scène, il en oubliait

presque l'irritation qu'il avait sentie à la fin de son interrogatoire. Martial était resté calme, les mains posées à plat sur la table. Il ressemblait maintenant tout à fait au personnage que lui avait décrit Charles, plein d'assurance et de sang-froid.

— Vous n'auriez peut-être pas dû les provoquer de la sorte, osa-t-il.

— Je n'aime pas leur façon de faire. Ils gesticulent mais perdent du temps. Ils se délectent à fouiller dans la vie privée des gens, à essayer de soulever des scandales dont ils parlent le soir pour se distraire ou qui feront les beaux jours des plaisanteries échangées avec leurs collègues à leur retour.

— Votre Cercle a-t-il vraiment autant de relations que cela ?

— J'ai dans mes affaires une lettre signée d'un haut magistrat du Parquet de Paris demandant aux procureurs de la République et aux enquêteurs officiels de me faciliter la tâche sur le terrain. Nous avons rendu de précieux services. Nos amitiés influentes sont bien réelles… Maintenant qu'ils sont partis, je reprendrais bien un peu de votre café. Je sens que j'en ai besoin.

Un peu plus tard, Martial annonça qu'il avait l'intention de se rendre aux funérailles du fils Gresse, afin de se montrer et d'établir un premier contact avec la famille endeuillée. Mais, avant cela, il avait besoin d'en savoir plus sur cette dernière. Il demanda donc à Édouard tous les renseignements qu'il connaissait et multiplia les notes dans son carnet.

— Je n'avais pas l'intention d'y aller, s'excusa Édouard. Aucun d'entre eux n'est venu à l'enterrement de Charles, ni n'a adressé le moindre signe de réconfort à Camille.

— Il vaut peut-être mieux que j'y aille seul de toute manière. Retrouvons-nous ce soir pour le dîner.

— Toujours chez Camille, vous vous souvenez ? Pour le moulin, je cache une deuxième clé sous la pierre brune, à droite du porche. Vous pourrez aller et venir comme bon vous semble. Si vous avez besoin de l'attelage de monsieur Guiraud, je veux bien aller le chercher…

— Je préfère marcher pour l'instant. Les médecins m'ont recommandé la même chose qu'à vous, pour mon dos.

Quand Martial quitta le moulin, ayant revêtu son beau costume sous son manteau de laine soigneusement brossé, il pensa qu'il se retrouvait seul pour la première fois depuis son arrivée. Il en avait besoin. Besoin de réfléchir mais aussi de se poser quelque part, à essayer de sentir l'atmosphère du village, à voir les gens vivre, pleurer et compatir. La brume semblait tenace. Elle lui faisait penser à un linceul tombé sur une communauté en deuil et apeurée. Et, en son sein, un prédateur…

11

Les funérailles de Michel Gresse étaient prévues à dix heures. Martial arriva devant l'église avec une demi-heure d'avance et il y avait déjà beaucoup de monde. Il devinait à nouveau les regards en biais, les chuchotements dans son dos. Pouvait-il en être autrement ? Il se contenta de se tenir bien droit en attendant l'arrivée du corbillard. Il se rappela que, quelques mois plus tôt, c'était à cet endroit qu'il avait pris la main que Camille lui offrait, juste avant de suivre le cercueil de Charles à l'intérieur de l'église. Cela lui semblait si loin maintenant...

Le convoi funéraire arriva, accompagné de l'écho lugubre du glas qui s'en venait rebondir sur le mur de brouillard et donnait à l'ensemble un caractère un peu irréel. On avait drapé de noir et d'or une simple charrette à quatre roues, tirée par un gros cheval, lui aussi en habit de deuil. À la suite, sortant petit à petit de la brume, il y avait le cortège, devancé par un cabriolet défraîchi que menait un homme d'une trentaine d'années, assis à côté d'une femme âgée, tout de noir vêtue, un châle de laine lui recouvrant la tête. Derrière, les gens allaient à pied, par colonnes de deux. On stoppa les chevaux devant l'église. On aida la vieille femme à descendre de son banc haut perché. Elle avait du mal à marcher, lourdement appuyée sur deux cannes épaisses. C'était donc elle, la mère Gresse, la matriarche que tout le monde craignait. Son visage était certes marqué par le chagrin et la souffrance, mais ses yeux, bien que rougis, lançaient des éclairs noirs, des éclairs de colère et de haine. Celui qui menait l'attelage, assis à côté d'elle, devait être son fils cadet, Pierre. Il avait l'air de s'être égaré, le regard paniqué, le col de la veste de travers, commençant des gestes qu'il ne finissait jamais, tout en gardant collé contre son ventre son bras gauche que l'on devinait handicapé. Puis, Martial ne tarda pas à identifier les autres femmes de la tribu, celle-ci se regroupant pendant que l'on déchargeait le cercueil de bois verni. La plus jeune semblait agitée. Elle basculait d'une jambe sur l'autre, la tête haute, plutôt jolie, ce qu'elle n'ignorait pas. Elle s'appelait Amélie, quinze ans, d'après Édouard, mais bien plus en apparence. Sa robe noire était plutôt courte et moulante pour les circonstances. Elle mettait ses charmes en avant, comme en témoignaient les deux boutons du haut du corsage qui étaient restés ouverts. Elle ne semblait pas abattue, plutôt indifférente même, à moins qu'elle ne sache parfaitement contenir ses émotions le jour de l'enterrement de son père. Cela n'était pas le cas de celle qui se tenait à ses côtés, tout en pleurs, le dos courbé, les épaules secouées par le poids d'un chagrin que l'on sentait insurmontable. Il y avait dans ces épanchements quelque chose d'exagéré. Martial pensa à une mauvaise comédienne dans la grande scène des adieux. Il devait s'agir d'Yvonne, la veuve de Michel Gresse, celle qui avait « *le feu quelque part* » d'après Jean Guillard, celle qui avait été mariée par calcul et qui traînait une réputation de catin dans tout le village. Un peu plus en retrait, ne sachant trop quoi faire de ses mains, une autre femme, plus jeune : la deuxième bru de la famille Gresse, Mathilde, la femme de Pierre. C'était la fille du charbonnier, la nièce de Pascal Béziat, le beurrier taciturne. Martial avait retenu toutes les informations que lui avait données Édouard, même s'il avait dû prendre quelques notes sur son carnet. Elle semblait discrète, portait l'habit de deuil avec sobriété et celui-ci ne parvenait pas à masquer une certaine grâce naturelle et une vraie beauté, tout en blondeur et en lumière. Quand sa belle-sœur avançait les pieds en canard, se tordant les chevilles avec ses talons hauts sur le gravier, le chapeau et la voilette mal ajustés, elle marchait droit, légère, les plis de sa modeste robe tombant impeccablement.

C'est de cette manière que Martial eut son premier contact avec la famille Gresse. Il resta en bordure de la haie humaine qui s'était formée. Il reconnut quelques visages, celui de Jean Guillard, d'Antoine Guiraud et de son fils. Le curé du village, un petit homme rondouillard à la figure rougeaude, était sorti sur le parvis. On respecta un silence total lorsque le cercueil fut emmené dans son église, qui s'avéra trop petite pour pouvoir accueillir tout le monde. Certains restèrent debout dans le fond, d'autres durent rester dehors, suivant la cérémonie au travers des portes qu'on avait refermées pour éviter les courants d'air.

Martial n'avait pas eu l'intention d'entrer. Rester à l'extérieur lui convenait très bien. En attendant la fin de la messe, il poussa le portillon du cimetière. Un peu plus loin, sur sa gauche, il aperçut le caveau de la famille Gresse, tout en granit, plus haut que les autres, et la dalle qui le fermait habituellement basculée sur le côté. Il continua jusqu'au bout de l'allée centrale. Depuis le parapet, on ne voyait pas l'autre versant des gorges, le brouillard étant encore plus épais au-dessus de la rivière. Il longea le muret jusqu'à la tombe de Charles. Il resta ensuite un bout de temps, les bras croisés, le col de son manteau relevé. Il ne pria pas. Il ne priait plus depuis qu'on ne l'obligeait plus à le faire. La chose religieuse lui était désormais étrangère. Elle lui rappelait trop sa famille, sa mère, son beau-père, les cours de catéchisme interminables du jeudi, la messe du dimanche matin, le ventre vide parce qu'un quignon de pain ou un morceau de sucre pouvait vous expédier en enfer, aux vêpres du dimanche après-midi si sombres, les coups de fouet du père supérieur de l'école Notre-Dame parce qu'il avait osé rire pendant qu'on se prosternait devant une statue de la Vierge… Il ne pria pas mais pensa beaucoup à son ancien mentor. C'était peut-être cela la vraie prière : revoir les bons moments, se rappeler un visage, le son d'une voix, une odeur. Se rappeler tout cela le plus longtemps possible, avant que la mémoire ne fasse son travail et n'égare ces choses-là dans un recoin, laissant la place libre aux heures plus récentes.

Charles et ses différentes vies, son esprit si vif, son érudition, mais aussi sa maladie, son calvaire d'enseignant, son cœur brisé… Que restait-il de tout cela ?

Une croix, une dalle, une plaque. Quelques lettres et deux dates : 1858-1923. Une existence contenue entre deux parenthèses. Et il restait aussi cette dernière lettre, toujours pliée dans le portefeuille de Martial. Cette lettre pleine d'inquiétude pour Camille.

« Je suis revenu comme vous le voyez. Je ne sais pas si je veille bien sur elle, mais je fais tout mon possible. Qu'auriez-vous fait si vous étiez encore des nôtres ? Je suis persuadé que vous ne m'auriez rien dit, vous m'auriez caché toute cette histoire. Vous n'aimiez pas mon penchant pour la criminologie. C'est pourtant vous qui m'avez parlé en premier de cette science, qui m'avait guidé dans le choix de mes études. Je crois que vous étiez un peu jaloux. Vous n'aimiez pas non plus que j'aie des vues sur votre fille, vous ne l'avez jamais caché. Je me suis même demandé si vous n'aviez pas sauté sur l'occasion en lui présentant Édouard. Après tout, c'est vous qui l'avez rencontré en premier. Mais je me suis rappelé la manière avec laquelle vous avez élevé Camille, toujours à l'encourager d'avoir son libre arbitre, à faire ses propres choix... Jouer les entremetteurs aurait été comme une humiliation pour vous, un échec, j'en suis persuadé. Alors, excusez-moi d'avoir pensé à mal. Ce n'est pas contre vous, c'est pour mettre un visage sur ce qu'on appelle le destin. Vous avez perdu celle que vous aimiez, vous pourrez donc comprendre ce que je peux ressentir, même si Camille est vivante. La savoir heureuse devrait me combler, mais je suis égoïste, vous le savez bien. Égoïste et orgueilleux, vous me l'avez assez reproché. Mon orgueil, je suis prêt à le remballer si je peux la reprendre, vous voyez où j'en suis rendu ! Bon sang !

Que j'aimerais revenir en arrière, à ces années à Toulouse ! Je crois que ce sont mes derniers souvenirs de joie et de bonheur. Je me sens seul. Seul et inutile. Vous avez toujours eu la dent dure avec moi, mais vous saviez me remuer comme personne, et me montrer la route quand j'hésitais. J'aurais aimé que vous me la montriez jusqu'au bout. »

Il lui parla ainsi dans sa tête, osant même l'appeler par son prénom, ce qu'il n'avait jamais fait de son vivant. Il en oublia presque où il était, dans ce minuscule cimetière perché sur sa falaise, cerné par la brume, à deux pas de la messe d'un assassiné.

Il se reprit ensuite, lança un sourire à la tombe, comme si cette dernière allait le lui rendre, puis retourna se poster devant l'église, sur un banc de bois à la peinture écaillée. Il avait les pieds engourdis et les joues piquées de froid. Il regrettait ses vêtements plus chauds et ses gros souliers. Les autres hommes qui attendaient dehors étaient également assaillis par le froid humide. On ne voyait pas le bout de la grand-place. Le village avait la vue bouchée et le souffle court. Seule la rivière, en contrebas, paraissait se moquer de tout cela, s'enfuyant avec bruit parmi les rochers et étant la seule à briser le silence de mort.

La messe dura une heure et demie. Quand les portes s'ouvrirent et qu'on tira à nouveau les cloches, Martial se leva et s'approcha. Les choses se firent avec une certaine lenteur, au rythme claudiquant de la mère du défunt. On transporta le cercueil dans le petit cimetière. Beaucoup restèrent derrière le muret et les grilles, laissant la famille et ses proches trouver difficilement sa place auprès du caveau ouvert. Antoine Guiraud en profita pour s'approcher de Martial et lui serra la main. Ils restèrent ensuite côte à côte, à la vue de tous. C'était comme un adoubement en public.

Lucien Guiraud ne se tenait pas loin d'eux, mais il ne vint pas saluer Martial. Il était rasé, peigné, avait revêtu un costume propre. Il semblait avoir du mal à se tenir tranquille, ne cessant de gratter le sol du bout des souliers vernis. Il y ajoutait son air absent. Il s'aperçut tout de même que Martial le regardait et releva la tête et les épaules, sans pour autant répondre au sourire poli qu'il lui adressait. Il offrit un visage inexpressif, à l'exception des yeux, mauvais et lâches à la fois. Puis, pour se donner une contenance, il sortit sa pipe de sa poche et chercha un endroit contre lequel la taper après l'avoir curée. Il opta finalement pour la semelle de sa chaussure. Il la bourra au-delà du raisonnable et la fuma comme s'il n'avait pas eu le droit de le faire depuis des années.

Martial gardait la pose, muette et droite. Des bribes de la bénédiction du curé lui parvenaient, couvertes par les pleurs de la veuve, qui sonnaient toujours aussi faux à mesure qu'ils sombraient vers l'hystérie. Et puis l'heure vint d'aller présenter les condoléances. Une file se dessina, serpentant entre les tombes. Martial prit place juste derrière l'ancien maire. On avançait lentement, une éternité passa avant qu'il ne se trouve à proximité du tombeau béant.

Devant lui, Antoine Guiraud, très économe en mots mais très juste dans sa compassion, reçut un accueil glacial. Martial crut même que la mère Gresse, qui avait du mal à se tenir debout si bien qu'on s'était précipité dans l'église pour chercher une chaise, allait ignorer sa main tendue. Après une longue hésitation, elle daigna la prendre mollement et du bout des doigts, comme si elle était contaminée.

L'alignement des Gresse commençait par Yvonne, une voilette noire grossière et déchirée sur un côté descendue devant son visage qu'elle ne cessait d'éponger à l'aide d'un large mouchoir blanc qui restait pourtant toujours sec.

— Toutes mes condoléances, dit Martial, machinalement, serrant une main qu'il sentit rêche sous un gant tricoté au crochet dans une autre vie.

Puis, il y avait sa fille, sans voilette ni chapeau, ses cheveux noirs détachés, ses yeux bleus et secs comme un ciel de Méditerranée.

— Toutes mes condoléances. Soyez courageuse.

Elle lui tendit une main fine, aux ongles rongés, et lui répondit par un sourire qui ne parvenait qu'à être charnel.

— Vous êtes le détective, n'est-ce pas ? demanda-t-elle à voix basse, en se penchant un peu vers lui, tirant ainsi davantage sur son décolleté déjà largement ouvert.

— Je ne suis pas vraiment détective, voulut rattraper Martial, avant de s'apercevoir que la grand-mère d'Amélie le fusillait d'un regard d'une noirceur comme il en avait rarement connu.

Il fit donc un pas de côté, abandonnant la main qui s'attardait dans la sienne, et fit face à la matriarche.

— Toutes mes condoléances, madame.

— Vous êtes qui ? lui cracha-t-elle d'une voix de pierre, sans saisir la main qu'il lui tendait.

— Je m'appelle Martial de la Boissière.

— Je ne vous connais pas.

Antoine Guiraud était prêt à intervenir.

— Je me suis déjà occupé de certaines affaires criminelles. Je suis venu pour prêter main-forte aux enquêteurs au sujet de la mort de votre fils mais aussi de celle de monsieur Bascoul.

Elle ne dit rien, les yeux toujours menaçants. Elle finit par lui serrer la main, doigts noueux et peau dure comme du cuir. Et elle attendit le suivant sans un mot de plus.

Martial répéta ses condoléances au frère de la victime, qui ne regardait même plus qui se présentait devant lui depuis un bon moment. Au même moment, il remarqua qu'Antoine Guiraud n'avait pas serré la main de Mathilde Gresse et ne lui avait rien dit, se contentant d'un regard dur et tranchant, avant de repartir vers l'allée centrale. La jeune femme en baissa les yeux, visiblement embarrassée. Elle n'eut pas le temps de cacher son trouble avant que Martial ne s'approche d'elle. Elle répondit machinalement à ses condoléances tout en suivant l'ancien maire du coin de l'œil, comme si elle craignait qu'il ne revienne sur ses pas.

Une fois que Martial eut quitté la file, Jean Guillard vint le saluer et demanda des nouvelles de son installation au moulin, d'une voix qu'il ne parvenait pas à faire discrète. Les autres, qui formaient de petites grappes au fur et à mesure qu'ils en avaient fini avec les condoléances à la famille, le dévisageaient toujours avec insistance. Il ne s'attarda pas auprès du chauffeur de car, ne répondant que brièvement à ses questions. Il préféra rejoindre Antoine Guiraud qui revenait vers lui, après s'être isolé devant une tombe qu'il devina être celle de sa femme et son fils.

— Je n'aime pas trop les cimetières, lui avoua le vieil homme. Je n'y viens pas assez souvent. Il y a quelque chose qui me rend mal à l'aise. Ce n'est pas la mort en elle-même, ce sont ces croix, ces pierres lisses, cette terre… Et dessous, il y a les nôtres. J'arrive encore à voir le visage de mon épouse et celui de mon fils, il m'arrive même parfois de me souvenir précisément de leurs voix. Mais quand j'entre ici, j'oublie tout. Ma mémoire s'efface, et j'ai beau chercher, je ne trouve plus ces petites choses qui sont si importantes pour moi.

Ils marchèrent lentement vers la sortie.

— J'aurai besoin de m'entretenir avec vous, monsieur Guiraud. Si vous avez le temps, bien entendu.

— Il y a quelque chose d'organisé à la ferme Gresse pour le déjeuner, mais je n'ai pas l'intention d'y aller, et j'ai l'impression qu'on ne vous a pas invité. Si vous voulez, nous pouvons manger ensemble. Le samedi, au café du Progrès, on sert d'excellents gras-doubles… De quoi voulez-vous m'entretenir ?

— Justement, de la famille Gresse.

— Ah ? Alors nous pouvons commencer à en discuter le long du trajet, j'ai peur d'avoir l'appétit coupé si nous gardons ça pour conversation de table.

Ils durent s'arrêter à plusieurs reprises avant même d'avoir dépassé l'église. L'ancien maire devait saluer ceux qu'il n'avait pu voir avant, avoir un mot pour chacun, écouter leurs doléances, avoir quelques mots rassurants. Il en profitait à chaque fois pour leur présenter Martial, *« l'enquêteur de renom qui vient démêler les fils de cette malheureuse histoire »*. Ils finirent par réussir à s'extraire de ces petits groupes et fendirent le brouillard pour traverser la place.

— Le père s'appelait Émile, commença alors Antoine Guiraud. Il est mort en 1913. C'est lui qui a agrandi la ferme de ses parents. Il a d'abord acheté ce qu'il a pu, au fur et à mesure que le village se vidait et que le prix de la terre baissait. Il a fini par marier Michel à la fille de la ferme Cousinié, Yvonne, pour faire tomber les dernières haies. C'était un gros travailleur mais aussi le genre d'homme à chercher des ennuis à la Terre entière, si vous voyez ce que je veux dire. Sa femme, Henriette, c'est une fille Fabre. Là aussi, c'était un mariage de barrière. J'allais à l'école avec elle dans le temps. Elle n'a pas toujours été aussi méchante qu'aujourd'hui, jeune fille, elle était même plutôt agréable. Mais, avec son mariage et l'âge, elle a changé : jalouse de tout et de tout le monde, autoritaire, acariâtre, avare, aigrie… Elle a tout cumulé. Elle a continué l'œuvre de son mari. Elle a acheté d'autres terres et a fait agrandir les bâtiments au lendemain de la guerre, puisant largement dans la pension versée à son cadet. Quand nous avons ouvert la laiterie et qu'elle a vu que ça rapportait bien, elle s'est mise aux vaches, en plus de tout le reste. Quand elle sent les sous quelque part, celle-là, il faut qu'elle touche sa part. Le seul rôle de ses fils était d'obéir. Quant aux brus, je n'en parle même pas ! Aujourd'hui, elle a les genoux en lambeaux, alors elle reste dans sa ferme toute la journée, assise derrière sa fenêtre, à surveiller son monde, donner ses ordres et éplucher les comptes.

— Au sujet de sa liaison avec Louis Bascoul…

— Ce n'était un secret pour personne qu'ils couchaient ensemble. Pas même pour Émile.

— Et les fils ?

— Ils n'ont pas eu la vie facile, ça, c'est sûr. En plus, le mariage de Michel était une mascarade.

— Les rumeurs au sujet de sa femme sont donc fondées ?

— Elles le sont. On raconte qu'elle ne peut pas s'en empêcher, que c'est comme une maladie.

— On raconte aussi que son mari avait du mal à satisfaire à ses devoirs conjugaux.

— Il valait mieux ne pas évoquer le sujet en sa présence… La naissance d'Amélie, en 1909, lui a donné sa revanche sur tous ceux qui parlaient dans son dos. Il l'a reconnue comme sa fille et a même payé un coup à ses amis pour fêter ça. Mais personne n'a été dupe. Ce n'est pas son vrai père que la petite a conduit au cimetière tout à l'heure. Il ne pouvait pas être son père, physiquement parlant. C'est une malformation de naissance. Son exemption en 14 a enfoncé le clou, vu qu'elles étaient plutôt rares pour les gens des campagnes.

— Amélie a dû avoir vent de ces histoires.

— Je n'en doute pas. Le plus embêtant avec elle, c'est qu'elle prend le même chemin que sa mère, à contenter quelques messieurs du village.

— Et l'autre fils ?

— Pierre. Lui, c'est la cinquième roue du carrosse.

Il est né trois ans après Michel et comme dans cette famille, on ne sait qu'additionner les terres, surtout pas les diviser, il a été obligé de vivre dans l'ombre de son frère. J'ai entendu dire qu'il avait envisagé de partir mais sa mère le lui a interdit sous peine de le déshériter. Il a obéi, comme d'habitude. Il a été blessé pendant la guerre, en 1916, si mes souvenirs sont exacts. Il garde des séquelles au niveau du bras, la « bonne blessure » à ce qu'on dit, celle qui vous ramène à la maison. Tant mieux pour lui après tout.

— Puis il a épousé Mathilde Béziat.

Là, Antoine Guiraud marqua un temps d'arrêt. Ils n'étaient plus qu'à quelques pas du café, de l'autre côté de la grand-route.

— Ils se sont mariés en 1919, reprit-il finalement.

— Cette jeune femme détonne au sein de cette famille, osa Martial pour trouver un angle d'attaque.

— Elle est plutôt instruite. Pendant la guerre, je lui avais même confié le secrétariat de la mairie, et elle s'en sortait aussi bien que notre instituteur. Il avait même été question que je la prenne à la scierie. Mais elle s'est mariée et est devenue fermière.

— Cela ne me regarde pas, mais j'ai eu l'impression tout à l'heure qu'il existe un contentieux entre vous.

— Un contentieux ? Inutile de prendre des gants avec moi, mon jeune ami. Mathilde était fiancée à mon fils Charles avant qu'il ne parte. Ils formaient un bien joli couple ma foi, et il l'aimait comme on n'aime qu'une fois dans sa vie. Quand il est mort, nous l'avons pleuré ensemble. Mais le temps a fait son affaire. Ce n'est pas qu'elle ait fait sa vie qui me déplaise, c'est qu'elle l'ait faite avec les Gresse.

J'aurais préféré qu'elle quitte le village plutôt que de se marier à Pierre, parce qu'une fille seule, c'était mal vu, surtout quand elle est aussi jolie. Ses parents lui ont mis la pression, alors le premier qui s'est présenté, elle l'a pris. Je ne peux m'empêcher d'y voir une trahison, vous comprenez ?

La salle du café du Progrès dans laquelle ils pénétrèrent était vaste. Deux larges vitrines donnaient sur la rue, tandis que le mur opposé accueillait un comptoir si long qu'il semblait que la maison avait été construite autour. Dans un coin, un poêle livrait une chaleur bienvenue. Toutes les tables étaient vides, les circonstances y étaient pour beaucoup. Gaston Fabre, le patron, accueillit Antoine Guiraud chaleureusement. Il faisait partie de ce que les Gresse appelaient « *le camp d'en face* », bien qu'étant cousin avec la mère. Son absence aux funérailles coulait de source, même s'il crut bon de la justifier. Quand Martial lui fut présenté, il se contenta de hocher la tête et lui offrit une poignée de main écrasante. Ils allèrent ensuite s'asseoir à la table habituelle de l'ancien maire, près de la vitre. C'était ici qu'il sautait régulièrement les déjeuners préparés par sa bonne. Et il redit que les gras-doubles valaient le détour.

Gaston Fabre vint déposer devant eux deux assiettes ébréchées, les couverts et deux verres ordinaires. Puis il revint avec un pichet de vin des Corbières, embaumant son passage de l'odeur caressante de sa pipe. Le temps de cette installation, ils ne parlèrent plus. Martial observait le décor tout en essayant de masquer les grouillements sonores qui remontaient de son estomac, attisés par le parfum qui arrivait de la cuisine par la porte vitrée qui était restée ouverte. Antoine Guiraud semblait plus à l'aise que le soir du dîner. Il sortit un couteau de sa poche, le déplia et le posa à côté de son assiette. Il défit son nœud de cravate et fit sauter les agrafes de son col de chemise. Enfin, il remplit les deux verres et trinqua avec Martial avant d'en boire une bonne rasade.

— Que voulez-vous savoir d'autre sur les Gresse ? demanda-t-il enfin.

— Je cherche quelque chose qui n'est pas facile à débusquer : un secret.

— Un secret ? De quel genre de secret vous voulez parler ?

— D'un secret qui serait le lien entre les deux meurtres, répondit Martial en baissant la voix, bien que la pièce soit vide.

— Je ne vois pas ce qu'ils auraient à cacher. Ils n'ont jamais hésité à dire qu'ils avaient de l'argent, même si Henriette dépense au compte-gouttes. Toutes leurs affaires sont en règle, passées devant le notaire de Brassac. Après, leurs vies se résument à leur travail. Plus ils ont agrandi, plus ils ont eu besoin de trimer.

— Et la rivalité avec la ferme voisine ?

— La Métairie Neuve ? La ferme de Joseph Cassagne. Pour sûr qu'il y a une rivalité entre les deux. C'est à celui qui aura le plus d'hectares, le meilleur matériel, les meilleures bêtes… Quand Cassagne a acheté la première charrue brabant, les Gresse n'ont pas attendu un mois avant d'en acquérir une à leur tour. Pourtant, lors de la foire, ils étaient les premiers à critiquer la démonstration qui avait été faite. Ensuite, du coup, ils se sont payé une moissonneuse-lieuse.

C'était un événement ! Il n'y en a que deux dans la région et la deuxième est à Brassac. Ils la louent à qui peut payer mais surtout pas à Cassagne qui n'a pas les moyens d'en acheter une. Alors, il s'est mis à embaucher des journaliers espagnols tous les étés, qui lui font le boulot pour une bouchée de pain et une paillasse dans la grange. La rivalité est telle que, pour la foire, on a annulé les concours d'élevage pour ne plus qu'il y ait d'histoires comme dans le passé. Franchement, malgré ses airs de sauvage, et le fait qu'il voit des complots partout, je ne vois pas Joseph Cassagne s'en aller tuer Michel ou son valet. Se taper dessus, se menacer, ils ont déjà fait. Tout ce qui pouvait emmerder l'autre, pardonnez-moi l'expression, y est passé. Mais ça n'est jamais allé plus loin.

— Le seul mobile serait donc l'argent. Mais pourquoi tuer Bascoul, il n'a rien à voir dans la succession.

— Le seul héritier aujourd'hui, c'est Pierre, ça, c'est sûr.

— Et Amélie ?

— Je ne vois pas Henriette prendre le risque de laisser sa ferme à sa petite-fille. Elle n'est pas aveugle. La connaissant bien, je ne serais pas étonné qu'il existe un papier quelque part qui nie la paternité de Michel, preuves médicales à l'appui. Cela serait bien dans ses manières de faire.

Ils se turent à nouveau, le temps que Gaston Fabre dépose sur leur table une grande assiette creuse remplie de pommes de terre bouillies et qu'il serve copieusement, à la louche, les gras-doubles jusqu'à en faire déborder les assiettes. Ils laissèrent la conversation en suspens le temps de manger. Martial dégusta son plat avec une avidité qu'il n'avait pas connue depuis belle lurette. Il en reprit même une deuxième fois. Antoine Guiraud faisait également honneur, la serviette à carreaux nouée autour du cou. Quand ils furent repus, assiettes et pichet vides, il n'y avait toujours pas d'autre client dans le café.

— Pour en revenir à ce que nous disions tout à l'heure, sachez que beaucoup par ici n'aiment pas les Gresse. Un peu parce qu'ils l'ont cherché, c'est vrai, mais un peu aussi parce qu'on n'aime pas ceux qui réussissent, surtout quand ils sont issus du même milieu que vous. À part celle de Cassagne, les autres fermes vivotent. Les fils préfèrent souvent abandonner. Les Gresse, eux, ils sont toujours là. Peut-être que leurs femmes ont la cuisse légère, mais il n'y a rien à leur reprocher d'autre. Vous en entendrez pourtant beaucoup sur leur compte. Mais il n'y a rien de sensé là-dedans.

— Il y a forcément autre chose, insista Martial. Voilà ce que je pense, mais que cela reste entre nous : on a torturé Louis Bascoul pour le faire parler, ce qui explique la nature de ses blessures. Ce qu'il a avoué a entraîné ensuite l'assassinat de son patron. Qu'a-t-il donc pu avouer ?

Antoine Guiraud soupira, les coudes posés sur la table, les mains jointes sur lesquelles il avait posé le menton.

— Je sais ce qui se raconte ces derniers jours, mais, à votre place, je n'y prêterais aucune attention.

— J'ignore tout de ce qui se raconte. Vous pourriez peut-être m'éclairer ?

— C'est de l'histoire ancienne tout ça, grogna le

vieil homme en repliant son couteau et en le fourrant dans sa poche. Et je croyais que vous n'apportiez aucun crédit aux histoires de fantômes.

— Je suis pourtant curieux d'entendre ce qui se dit à ce sujet. De quelle histoire ancienne parlez-vous ?

Ils n'avaient pas remarqué Gaston Fabre qui s'était approché pour débarrasser. Il avait tout entendu des dernières phrases et ne put s'empêcher d'y mettre son grain de sel.

— C'est au sujet des frères Pujol. C'est ce qu'on dit au sujet des Gresse.

Martial lança un regard interrogateur vers l'ancien maire qui, de mauvaise grâce, finit par tout lui dire :

— C'étaient deux gamins que les Gresse ont recueillis après la mort de leurs parents. Ils venaient de l'autre côté de la vallée, d'un village de la Montagne Noire. Les Gresse étaient la seule famille qu'il leur restait. Je crois que leur père était cousin avec Émile. Ils ont vécu ici un moment, avant de déguerpir, chacun leur tour, à quelques années d'écart. On ne les a jamais revus.

— Ils sont pas partis pour rien, vous pouvez me croire ! rajouta le patron du café. Ils les ont recueillis parce qu'on leur a pas laissé le choix, et puis aussi parce qu'ils y ont vu des bras supplémentaires et gratuits. Ces deux gosses, ils ont pas eu la vie facile à la ferme. Ils les faisaient dormir dans la grange, sans même un lit, ils les faisaient trimer du matin au soir. Sans compter les rossées qu'ils se prenaient tout le temps. J'ai même vu le plus grand avoir du mal à marcher pour venir à l'école tellement qu'on l'avait dérouillé la veille.

— On dit beaucoup de choses sans savoir ! gronda Antoine Guiraud. Ce que l'on sait en revanche, c'est qu'à la place d'aller à l'orphelinat, ils ont trouvé un toit et un couvert.

— Cela s'est passé quand ? demanda Martial.

— Ça commence à faire un bout, répondit Gaston Fabre. Quand le plus jeune a disparu, c'était juste avant la guerre. Je m'en souviens, vu que mon aîné, il a participé aux recherches dans la forêt. Le plus grand, ça faisait quatre ou cinq ans qu'il avait déguerpi.

— Vous parlez de disparition pour un et de fuite pour l'autre…

— Nous y voilà ! tempêta l'ancien maire. On va en arriver à une autre de ces rumeurs, la plus ignoble !

Gaston Fabre n'osa continuer, un peu penaud, les assiettes sales toujours à la main. Ce fut le vieil homme qui continua :

— Il s'est dit à l'époque que le plus jeune des frères Pujol avait été tué à force de maltraitance et que les Gresse avaient fait disparaître le corps.

Antoine Guiraud tourna la tête vers la rue couverte de brume, comme s'il cherchait un quelconque secours de ce côté-là. Mais rien ne vint et il dut poursuivre.

— Mes deux fils ont eux aussi participé aux recherches. C'était au début du mois de juin 1914. Le petit Pujol, c'était un gamin adorable, et excellent élève de surcroît. C'est l'instituteur qui a alerté tout le monde et qui a rameuté ses anciens élèves pour le retrouver. Il ne croyait pas à la fugue, comme cela avait été le cas avec le grand frère. La gendarmerie a fini par s'en mêler, mais personne n'a rien trouvé. Et puis après, il y a eu la mobilisation générale et on n'en a plus parlé. Mon Charles, au moment des recherches, est rentré un soir à la maison en débitant des horreurs, comme quoi ce seraient les Gresse qui auraient tué le petit et qu'ils auraient fait disparaître ses restes ensuite. Je me suis mis en colère après lui, mais il m'a tenu tête, disant qu'il tenait l'information de source sûre. C'est la dernière fois où je me suis mis en colère contre lui…

— Mon aîné a rapporté le même genre d'histoire, ajouta Gaston Fabre. Lui aussi a été tué dans cette foutue guerre, alors je peux que vous répéter ce qu'il a dit, vu que lui peut plus le faire. Il a entendu dire que les Gresse avaient cogné sur le gosse jusqu'à ce qu'il y reste et qu'ensuite, ils ont donné son corps à bouffer aux cochons.

— Qui leur a raconté tout cela ?

Antoine Guiraud avait la tête baissée, un nuage venait de s'installer au-dessus de la table.

— C'est Yvonne qui s'est vantée, expliqua-t-il d'une voix moins assurée. Je suis allé la voir ensuite, mais elle a tout nié. Elle m'a avoué qu'elle avait dit cela parce qu'elle savait qu'il y avait des rumeurs sur sa famille et qu'elle avait voulu en rajouter, pour ridiculiser davantage ceux qui les proféraient.

— Vous l'avez crue ?

— Oui, je l'ai crue. Elle adorait le petit Pujol, elle disait que c'était comme un fils pour elle… Le donner à manger aux cochons ! Il faut vraiment avoir l'esprit tordu pour raconter ça !

— À qui avait-elle raconté ça ?

— À Lucien, entre autres. J'avais découvert à l'époque qu'elle couchait avec lui. Notre conversation m'a aussi permis de remettre les pendules à l'heure sur la question.

— Celle-là, je vous jure ! maugréa le patron du café qui se décida à repartir vers sa cuisine.

— Je ne me souviens plus trop de l'aîné des deux frères, continua l'ancien maire. Il devait avoir pas loin de dix ans quand il est arrivé. Il n'est pas resté très longtemps. Il a continué à donner des nouvelles à son jeune frère, en envoyant son courrier à l'école. Le petit, je m'en souviens mieux. C'est vrai qu'Yvonne l'a pris sous son aile, c'était presque un bébé quand il est arrivé ici. Peut-être qu'elle s'en est moins occupée après la naissance de sa fille. Il allait se présenter au certificat d'études et son instituteur le voyait même au lycée.

— Cet instituteur, c'était monsieur Germain ?

— Non. Monsieur Germain n'est arrivé que pour la rentrée de 1919. Avant, c'étaient monsieur Boutonnier et sa femme qui s'occupaient de l'école. Il est tombé en retraite pendant la guerre mais a accepté de continuer l'école jusqu'à la fin de celle-ci. C'est pour cela que je lui avais donné un peu d'aide au secrétariat de la mairie.

— Cet homme habite-t-il toujours au village ?

— Hélas non. C'était un sacré personnage et, je dois l'avouer, un ami. Nous aurions besoin de gars de cette trempe dans notre commune. Il est parti s'installer dans l'Aveyron, du côté de Villefranche, si mes souvenirs sont bons. Monsieur Germain doit avoir conservé ses coordonnées.

— Pourquoi me parliez-vous de fantôme tout à l'heure ?

— C'est ce que les gens racontent depuis la mort de Michel. Ils disent que c'est les frères Pujol qui sont revenus des enfers pour se venger.

— Ils sont morts tous les deux ?

— L'aîné a été tué à la guerre. Et concernant le plus jeune, il n'y a plus jamais eu de nouvelles. Et comme les rumeurs ont la vie dure…

— Je vais essayer de voir où cette piste peut nous mener. Je ne crois toujours pas aux revenants, rassurez-vous, mais c'est le mot « venger » qui retient mon attention. Ce qu'on a fait subir à Michel Gresse ressemble bien à ça.

— C'est vous le détective… Je vais devoir vous laisser, le travail m'appelle. À moins que vous souhaitiez faire un bout de chemin avec moi, si nous allons dans la même direction.

— Je vous remercie mais je vais rester encore un peu ici. Je profite de la chaleur.

— Et vous pensez avoir trouvé chez notre ami cafetier une langue bien pendue, n'est-ce pas ?

Antoine Guiraud se leva, enfila son manteau, recoiffa son chapeau et demanda à Gaston Fabre de mettre le repas sur sa note. Martial voulut protester.

— Vous m'inviterez le jour où vous aurez résolu cette affaire. D'ici là, c'est moi qui vous invite, je vous dois bien cela.

Le vieil homme s'en alla ensuite et Martial le vit bientôt disparaître dans le brouillard. Il se leva à son tour et partit s'accouder au comptoir. Il commanda un café et voulut offrir un verre au patron, qui se servit un ballon de vin rouge, celui-là même qui avait accompagné leur repas.

— Et si vous me parliez un peu plus de ces deux frères ? proposa-t-il. Tout ce dont vous vous rappelez, même les plus petits détails.

— Vous y croyez vous aussi, n'est-ce pas ?

— Je n'en sais rien pour tout vous dire. Mais tout ce qui touche à la famille Gresse me paraît fichtrement intéressant aujourd'hui.

12

Étienne Germain ressemblait à une fouine. C'est la première image qui vint à Martial quand l'instituteur lui ouvrit. Il avait le nez allongé, une moustache raide comme la justice qui dépassait amplement de ses joues creuses en deux flèches acérées, et deux petits yeux arrondis qui semblaient baigner dans le jaune. Il n'était pas très grand, ni très épais, bâti tout en sécheresse et en angles droits. Dérangé juste après son travail, il fit l'effort de ne pas montrer son agacement, gardant un ton de voix neutre. Mais on voyait bien qu'il jouait un rôle, celui de l'homme à l'humeur égale, aux nerfs contenus, tout à son devoir et digne de son rang. Derrière cette façade, on devinait qu'il bouillait.

Martial avait attendu que tous les garçons aient quitté l'école pour venir frapper à la porte vitrée de la salle de classe. Il expliqua l'urgence de sa démarche. Il cherchait à contacter l'ancien instituteur et on lui avait dit qu'on pourrait lui indiquer ici sa nouvelle adresse.

— J'imagine que cela a un rapport avec la mort de Michel Gresse, avança Étienne Germain, toujours dans son attitude mielleuse et fausse.

— Disons que ce monsieur détient peut-être des informations qui pourraient avoir leur importance.

L'instituteur finit par s'écarter et lui proposer d'entrer, sans un mot, verrouillant ensuite la porte derrière lui.

— Monsieur Boutonnier a laissé sa nouvelle adresse mais je ne sais plus où je l'ai rangée. Cela fait un bout de temps qu'il est parti et qu'il n'y a plus de courrier à faire suivre.

— Veuillez m'excuser de vous déranger ainsi, mais il me faudrait le joindre le plus rapidement possible.

Étienne Germain le dévisagea tout en levant vers lui son nez effilé.

— J'ai peut-être cela dans mon agenda, finit-il par dire. Dans mon appartement.

— C'est vraiment très important, insista Martial, visage compatissant.

— Je dois dire que vous m'intriguez. Mon confrère a quitté son poste, et le village par la même occasion, au cours de l'été 1919. Je n'ai pas eu l'honneur de le rencontrer. Nous avons juste échangé une ou deux lettres au tout début. Je ne sais même pas s'il est encore en vie.

— Disons qu'il a une connaissance des habitants de ce village qui pourrait m'être utile.

— Je vois. Laissez-moi ranger mes affaires et nous monterons chez moi pour essayer de mettre la main sur cette adresse.

D'une démarche raide et saccadée, l'instituteur repartit à son bureau pour y mettre un peu d'ordre. Puis il s'assura que le poêle tirait bien. Enfin, il ouvrit la porte qui était située à côté du tableau noir. Il invita Martial à le suivre jusque dans un vestibule sombre. Il referma la porte à double tour, vérifiant deux fois si elle ne pouvait s'ouvrir. Il tourna l'interrupteur pour éclairer un large escalier aux marches de bois cirées. En haut, il y avait un palier, tout aussi sombre et triste, puis l'appartement de fonction de l'instituteur.

Il vivait là avec sa sœur, qui lui ressemblait beaucoup, en plus grande, en plus sèche, mais, au contraire de lui, elle ne chercha pas à se montrer avenante. Elle portait sur elle sa vie de vieille fille, de son existence austère et grise, désormais dans le sillage de son cadet plus lettré. Elle accueillit Martial de manière glaciale avant de disparaître dans ce qu'il devina être la cuisine où elle ne fit plus aucun bruit.

Étienne Germain le fit asseoir à la table de la salle à manger et ouvrit un des tiroirs du buffet aux moulures exubérantes, représentant des scènes de chasse au cerf. Il en sortit une longue boîte en carton, cerclée d'un élastique. Il vint ensuite s'asseoir en face de lui et, après avoir ouvert le couvercle de sa boîte, se mit à en extirper un à un de grands carnets à la couverture de moleskine noire, simplement ornée des quatre chiffres de l'année en lettres dorées.

— J'ai l'habitude de tenir un agenda, expliqua le petit homme. Chaque jour, j'y indique le temps qu'il fait, le bilan de ma journée, quelques informations recueillies çà et là. Je crois que c'est là que j'ai noté les coordonnées de mon prédécesseur.

Et il leva le carnet qui portait la date de 1919, tapotant la couverture de son index, comme si Martial n'avait pas compris de quoi il s'agissait. Puis, il tourna les pages avec une lenteur désespérante, retrouvant des morceaux de son passé sur lesquels il s'arrêtait.

— Ah ! Notre arrivée au village ! Quinze septembre… Sous des trombes d'eau… Je crois bien n'avoir jamais été aussi désespéré de ma vie. Mais après, je m'y suis fait et Éliane aussi. Nous nous sentons très bien ici aujourd'hui. Enfin, disons avant qu'il y ait eu cet horrible meurtre… Tiens, voilà : monsieur Louis Boutonnier, 14 rue du Sénéchal, à Villefranche-de-Rouergue. C'est là qu'il m'avait demandé de faire suivre son courrier.

Martial nota l'adresse dans son propre carnet.

— Je vous remercie, monsieur Germain. Il me reste maintenant à essayer de le contacter.

— Serait-ce indiscret de vous demander ce que vous cherchez ?

— Juste des renseignements sur certains habitants du village.

— D'autres personnes me semblent plus à même de vous renseigner que monsieur Boutonnier…

— Il s'agit d'anciens habitants, des gens qui ont quitté La Vitarelle et que votre prédécesseur a bien connus.

— Vous devez me trouver bien curieux. Mais je sais que vous êtes le détective engagé par monsieur Guiraud, celui dont tout le monde parle, jusqu'aux deux policiers qui ont pris leurs quartiers dans un des bureaux de la mairie.

— Je n'ai pas été engagé par monsieur Guiraud, je suis venu ici à titre gracieux, pour essayer d'apporter mon aide à la résolution de cette sordide histoire.

— Alors, j'ai dû mal comprendre.

— Ce n'est pas bien grave… Vous êtes rudement bien installés ici. C'est un bel appartement, très clair. Vous avez une jolie vue sur la place, non ?

— C'est sûr qu'on est bien mieux ici que dans la vieille école. Les courants d'air et l'humidité nous étaient devenus insupportables. Ma sœur y a passé le premier hiver malade. Je plains sincèrement mademoiselle Purseau de devoir habiter là-haut.

— Je crois que c'est surtout l'isolement qui lui pèse, encore plus avec les récents événements.

— Vous êtes amis d'enfance à ce qu'on m'a dit.

Martial remarqua que son front brillait de sueur et que ses mains s'agitaient maintenant que Camille avait surgi dans la conversation.

— Nous sommes effectivement de vieux amis, répondit-il.

— C'est une jeune femme admirable et très courageuse. Se porter volontaire pour ce poste, à peine entrée dans la carrière… Et puis la manière dont elle s'est occupée de son papa… Vraiment admirable ! Elle est beaucoup appréciée par ici.

— Je suis assez surpris que vous me disiez cela. J'avais cru comprendre le contraire, que l'on reprochait beaucoup de choses à mademoiselle Purseau, dans la façon de mener sa vie, comme dans l'exercice de son métier.

Étienne Germain se redressa comme un ressort, ses yeux se cerclèrent de gris, ses lèvres se pincèrent.

— Notez bien que je suis ravi que vous l'appréciiez,

enchaîna Martial. Elle sera contente de l'apprendre. Elle a besoin de ce genre de soutien ces temps-ci.

— Si nous avons eu des différends, mademoiselle Purseau et moi, il s'agissait essentiellement de questions professionnelles.

L'instituteur avait répliqué de manière assez surprenante tant son malaise était palpable, il se s'était pas défilé et avait bien saisi l'ironie de Martial.

— Nous sommes en désaccord sur certaines méthodes et, en tant que directeur de l'école, je dois rendre des comptes à l'Inspection. Pour le reste, sa vie ne me regarde pas. Mais il faut comprendre que notre statut nous impose de donner l'exemple. Nous sommes des repères, le lien avec le monde extérieur. Les jeunes que l'on nous confie marchent dans nos pas, ne l'oublions pas. Qu'elle ait un fiancé ne choque personne. Mais qu'il dorme sous son toit, dans des appartements qui sont la propriété de la commune, c'est cela qui pose un problème. J'ai reçu des plaintes et il a fallu que je fasse barrage pour que certaines ne remontent pas jusqu'à l'inspecteur. Voyez-vous, j'ai beaucoup d'affection pour ma jeune collègue. Si elle pense le contraire, il y a méprise.

— J'en suis certain, cher monsieur. Mais vous pouvez simplement comprendre que la présence de monsieur Alexandre a le don de la rassurer et de rendre son quotidien moins fastidieux.

— Je ne la juge pas, monsieur. Je vous dis simplement qu'elle doit se montrer prudente. Nous avons dans ce village certaines personnes qui n'hésitent pas à se dresser contre nous autres, instituteurs. Ils ont une mauvaise image de notre fonction, largement véhiculée par l’abbé Goussier. Le moindre écart de notre part leur donne un angle d’attaque pour saper les bases de notre travail auprès des familles. Mademoiselle Purseau est dans leur ligne de mire. S’ils ne parviennent pas à la faire condamner, ils n’hésiteront pas à aller voir plus haut. On raconte qu’ils ont envoyé une pétition à l’Inspection. Tout ceci va me retomber dessus, et je risque d’être emporté par la tempête avec elle. Maintenant, je comprends sa situation, le fait qu’elle souffre de solitude dans cette grande bâtisse, qui plus est avec le deuil qui l’a touchée cet automne. Mais il est de mon devoir de l’avertir.

— Connaissant mademoiselle Purseau, j’imagine qu’elle n’a pas été à court d’arguments pour défendre sa cause.

— Effectivement. C’est une jeune femme pétillante et pleine d’esprit. Mais elle ne pourra rien contre la méchanceté et l’aveuglement de certains.

— Ni contre la jalousie.

— Sans doute.

— Ou la convoitise…

Étienne Germain transpirait abondamment désormais. Il serrait ses mains si fort l’une contre l’autre que la jointure de ses doigts en blanchissait.

— Il me semble évident que le charme de mademoiselle Purseau n’a échappé à personne dans le village, dit-il, sans se démonter, ce qui surprit encore plus Martial. Il y a ici des hommes qui peinent à trouver à se marier et l’idée leur a sans doute traversé l’esprit. Mais aujourd’hui, la présence de monsieur Alexandre a dû calmer leurs ardeurs.

Martial avait eu une image négative de l'instituteur depuis que Camille avait parlé de lui. Les premières minutes en sa compagnie n'avaient fait que renforcer ce sentiment. Mais là, dans cet appartement mort, avec une sœur tout en ombre, il se mit à le plaindre. Ils étaient tous les deux pareils en fait : ils se consumaient pour la même personne. Il s'en voulut d'avoir joué de malice à son encontre. Camille représentait la vie, la lumière, la clé de sa prison… Il lui parut soudain beaucoup plus sympathique.

— Avez-vous eu la chance de rencontrer son père ? lui demanda-t-il pour lui permettre de sauver la face.

— Nous avons eu deux ou trois conversations à l'époque où il pouvait encore quitter sa chambre et que je le croisais en allant effectuer mes prélèvements de roches. Un grand esprit également, sa fille a été à bonne école.

— Savez-vous qu'il a fini sa carrière comme maître d'école et que cela l'a rendu pleinement heureux ?

— Je l'ignorais. Je croyais qu'il était professeur d'université.

— De lycée. Il a toujours refusé d'aller à l'université. En tant qu'étudiant, il a grimpé le plus haut possible, comme un alpiniste, puis il a passé sa carrière à redescendre jusqu'à la base. C'était un amoureux de la montagne, je crois que cette métaphore lui aurait plu. Redescendre pour raconter ce qu'on a vu en haut… Vous faites un beau métier, monsieur Germain. Je suis entièrement d'accord avec vous quand vous vous comparez à un repère dans cette communauté. C'est à ce titre que je me permets de vous demander une faveur. Voyez-vous, si mademoiselle Purseau s'est portée volontaire pour venir se retirer ici, c'est tout simplement pour poursuivre le chemin initié par son père : venir éclairer les esprits dans des endroits où beaucoup pensent que c'est peine perdue. Elle n'a pas vraiment choisi, elle a surtout cherché à se montrer digne de lui. Vous avez le rang pour la protéger. Et cette conversation me montre que vous en avez également la stature. Faites tout votre possible pour lui éviter les ennuis. Ce sera une belle preuve d'affection à son égard et, personnellement, je vous en serai grandement reconnaissant.

L'instituteur opina du chef et, pour la première fois, il sourit, oubliant la contenance qui était la sienne depuis la porte de l'école. Ce sourire était une mince fenêtre sur ce qu'il cachait derrière sa façade grise de fonctionnaire dévoué et entièrement sacrifié à sa mission. Ce ton toujours faux, ce que Camille avait pris pour de la méchanceté, était en fait le résultat d'une lutte sans merci entre ce qu'il devait être et ce qu'il rêvait d'être, une lutte inégale qui le faisait maladroit, lâche, un peu plus laid. Dans ce petit sourire discret, presque honteux, le jaune de ses yeux disparut, pour quelques instants seulement.

En raccompagnant Martial, il dépassa l'escalier et la porte d'entrée, et fit quelques pas avec lui, sur la place, jusqu'au bureau des Postes. Il n'y avait plus rien de faux dans son attitude. Il ne calculait plus ses gestes et ses mots. Il n'en était que plus intéressant et de bonne compagnie. Sur le ton de la confidence, il lui confia que les deux inspecteurs n'avaient toujours rien trouvé, pas même le début d'une piste. Il les avait entendus téléphoner à Toulouse, à l'heure du déjeuner, les cloisons de la mairie n'étant pas très épaisses. Ils avaient parlé de « *l'autre connard de détective avec son Cercle d'illuminés* ». Il était question qu'ils repartent assez vite, sitôt les interrogatoires terminés. D'après ce qu'il avait entendu, il fallait donner avant « *un os à ronger à ces péquenots* ». Car ils avaient bien compris que les villageois commençaient à parler d'une histoire de fantômes, d'une possibilité que la forêt soit hantée et qu'une malédiction se soit abattue sur le village.

— J'en ai moi aussi entendu parler cet après-midi, avoua Martial. Au café du Progrès. C'est ce qui motive ma démarche auprès de monsieur Boutonnier. Je cherche en fait des renseignements sur deux frères qui ont vécu un temps dans ce village. Il les a eus tous deux comme élèves.

— Comment s'appelaient-ils ?

— Pujol, Armand et Julien Pujol. Ils étaient apparentés à la famille Gresse, chez qui ils vivaient. Armand a quitté le village en 1909. Il avait quatorze ans à l'époque. Il écrivait à son frère en passant par votre prédécesseur. Et ce frère a disparu à son tour, peu de temps avant la guerre.

— Personne ne m'a jamais parlé de cette histoire, mais j'ai déjà lu le nom de Julien Pujol quelque part, dans une lettre qui est arrivée à la mairie, ce devait être l'an dernier. Je dois pouvoir la retrouver. Et si, comme vous dites, ces deux frères ont vécu dans le village, il doit rester d'autres documents. Je vais chercher le temps que vous alliez à la Poste. Tout est classé, je ne devrais pas mettre trop de temps. Je serai à mon secrétariat. Je laisse la porte de la mairie ouverte. Vous n'avez qu'à me rejoindre quand vous aurez terminé.

— Les deux policiers ne sont pas là ?

— Non, ils sont encore dans leur porte-à-porte, en quête de témoignages. Il vous reste du temps avant qu'ils ne reviennent.

Il fallut à peu près vingt minutes à Martial pour dicter son télégramme à la Poste et s'entendre avec le receveur pour l'utilisation du téléphone. Puis il poussa la porte de la mairie. Tout était dans l'obscurité, hormis un bureau dans le fond où il trouva Étienne Germain qui l'attendait triomphalement.

— J'ai du neuf pour vous. Ils sont arrivés au village en 1905 et Émile Gresse est devenu leur tuteur légal. Armand Pujol, né le 15 septembre 1895 à Mas-Cabardès ; Julien Pujol, né le 29 mars 1903 à Mas-Cabardès. Fils de Ferdinand Pujol, décédé le 14 mars 1905, et de Marie-Louise, née Peyre, décédée le 4 janvier 1905. On a bien eu un avis concernant la conscription d'Armand en 1914. Il s'est présenté à la caserne de Carcassonne en devançant l'appel de quelques mois. On nous a demandé à l'époque de bien confirmer qu'il était recensé chez nous, vu qu'il n'avait pas reçu ses papiers. Il a été versé dans le 53e Régiment d'Infanterie. Il a été tué au combat en mars 1917.

— Je me suis arrêté longuement devant votre monument aux morts, cet après-midi, et je n'y ai pas vu le nom d'Armand Pujol.

— Il n'est pas dans la liste des hommes de ce village qui sont tombés au front, j'ai également vérifié.

— Pourtant, il était bien recensé chez vous… Qui a rédigé cette liste ?

— Celle qui a été remise au graveur ? C'est habituellement la tâche du secrétaire de mairie. Quand elle a été établie, au début de l'année 1919, c'est monsieur Boutonnier qui exerçait cette fonction.

— Avez-vous trouvé quelque chose sur Julien ?

— Le seul document est cette lettre que nous avons bien reçue l'an dernier. C'est l'armée qui prévient qu'il ne s'est pas présenté à sa convocation du mois de mars pour effectuer son service national. Il est recherché pour désertion. A priori, il est toujours recensé chez nous mais on a porté la mention : « *Disparu en juin 1914.* »

Cette journée faite de brouillard et de bruits étouffés tirait vers sa fin quand Martial remonta d'un pas lent vers l'école de Camille. Perdu dans ses pensées, les mains enfoncées dans les poches, il portait toujours ses vêtements du matin, n'ayant pas eu le temps de repasser au moulin. Il espérait que Louis Boutonnier répondrait à son télégramme. Chaque réponse qu'il avait obtenue dans la journée avait débouché systématiquement sur de nouvelles questions. Pourquoi ne pas graver le nom d'Armand Pujol sur le monument aux morts ? Qu'était-il vraiment arrivé à son jeune frère ? Pourquoi la mort de Michel Gresse avait fait ressurgir cette histoire ? Il était bien décidé à suivre cette piste.

Lorsqu'il arriva devant l'école des filles, il s'arrêta un moment. La grande bâtisse découpait sa silhouette massive et sombre dans le rideau de brume. Par-dessus le muret, il apercevait les lumières derrière les fenêtres du premier étage. Il y voyait encore assez pour inspecter les lieux où il se trouvait. Si Camille ne s'était pas trompée, si elle avait réellement vu quelqu'un l'épier au beau milieu de la nuit, cette personne ne s'était pas contentée d'une fois. Et elle avait peut-être laissé des traces. Il savait ce qu'il cherchait. Il savait quels indices elle avait pu laisser. Il chercha d'abord au sol, dans un périmètre de dix pas depuis la haie de houx, mais ne trouva rien. Puis il alla directement dans un renfoncement de la haie, là où un arbuste tentait de s'élever, cerné de toutes parts. Bien qu'il n'ait pas assez de lumière, il vit la trace sombre sur le tronc, à un peu plus d'un mètre du sol. Il s'approcha, le nez dessus. C'était du tabac, des résidus de tabac, venant sans doute d'une pipe qu'on avait cognée là. Il s'en était douté dès le dîner chez Antoine Guiraud : l'ombre sous les fenêtres de Camille avait pris le visage de Lucien. En le voyant avec sa pipe, le matin au cimetière, il s'était dit que c'est ce genre de traces qu'il aurait laissé, si c'était lui. Il viendrait vérifier au grand jour. Pour l'heure, il choisit de ne rien dire et poussa le portail grinçant.

Il avait beaucoup de choses à raconter. Ils s'étaient tous les trois réfugiés dans le petit salon du premier tant le rez-de-chaussée était froid. Il y avait d'abord eu sa rencontre avec les Gresse.

— Amélie aurait pu réussir, remarqua Camille. Si elle s'était donné un peu de mal. Elle a attendu d'avoir l'âge pour déguerpir de l'école. Il semblerait qu'elle ait trouvé une autre voie pour faire sa route.

— J'ai cru le remarquer également.

— Marthe m'a avoué que son fils fricotait avec elle. Elle lui a fait promettre de ne plus la revoir, mais elle est persuadée qu'il lui ment. Il y en aurait d'autres qui ne seraient pas insensibles à ses charmes, d'après ce qui se dit… Je ne connais les autres membres de la famille que de vue.

Martial évoqua ensuite Étienne Germain. Camille grimaça.

— Tu te trompes sur son compte, lui dit-il. Je crois que c'est un brave type. Tu lui fais perdre ses moyens et, du coup, à chaque fois, tu le vois sous son mauvais jour.

— Il était en pleine possession de ses moyens quand il a critiqué mon travail. Il se venge parce que j'ai refusé ses avances.

— Il m'a apporté une aide précieuse cet après-midi et je l'ai cru quand il m'a dit qu'il avait fait barrage aux plaintes te concernant auprès de l'Inspection.

— Une aide à quel sujet ?

Martial avait gardé le meilleur pour la fin. Il leur parla donc de l'histoire des frères Pujol.

— Gaston Fabre m'a soutenu qu'ils étaient très liés, que le grand se montrait très protecteur avec le petit. Pourtant, il a fugué et l'a abandonné derrière lui. Il a continué à lui donner des nouvelles par courrier, faisant de l'instituteur de l'époque leur complice, sans doute pour échapper à la surveillance des Gresse. Pourtant, quand Julien a disparu, en juin 1914, on n'a pas pensé que le grand frère ait pu venir le récupérer pour l'emmener avec lui. Tout le monde semblait persuadé que Julien n'était parti nulle part et qu'il était mort. L'instituteur a alerté beaucoup de monde autour de cette idée… Et il y a aussi eu les soi-disant aveux d'Yvonne Gresse. Ce n'est pas tout. Quelques semaines plus tard, Armand Pujol a devancé l'appel. Cela faisait cinq ans qu'il essayait de construire quelque chose et il s'est jeté malgré tout dans cette guerre. Il n'est pas venu rechercher son jeune frère, car il aurait attendu le plus longtemps possible avant de prendre l'uniforme si cela avait été le cas. Il ne l'aurait pas abandonné une deuxième fois. Armand est mort au front en 1917 mais on lui a refusé sa place sur le monument aux morts... Maintenant, quand on évoque le meurtre de Michel Gresse, on pense à eux, on dit qu'ils se sont relevés de leur mort pour se venger. C'est comme cela qu'on justifie qu'il n'y avait pas d'empreintes dans la neige. C'est pour cela que les blessures de Michel étaient aussi horribles... Voilà ce que j'ai entendu au café cet après-midi, grâce à Gaston Fabre et aux clients qu'il m'a aidé à faire parler.

— Et tout ceci te mène où ? demanda Camille.

— À Louis Boutonnier, l'ancien instituteur. Il a été l'un des premiers à penser que Julien avait été tué par les Gresse. Vu que leurs lettres passaient par lui, il n'y a rien lu qui pouvait lui faire penser à une autre possibilité. Je lui ai envoyé un télégramme, en espérant le trouver à la dernière adresse qu'il a laissée. Je lui ai demandé de m'appeler au bureau des Postes le soir entre dix-sept et dix-huit heures. Il pourrait le faire dès lundi, s'il le veut bien.

— Et s'il n'appelle pas ?

— Il faudra que je retrouve sa trace, quitte à aller à Villefranche.

Édouard gardait un visage impassible en écoutant tout cela. Camille, en revanche, était plus agitée.

— Cela veut dire qu'on aurait tué Michel Gresse

pour venger la mort de ce petit garçon, c'est ce que tu crois ?

— On a en tout cas un secret qu'on aurait pu arracher à Louis Bascoul, qui vivait quasiment chez les Gresse au moment de la disparition de Julien. Et on a également de quoi expliquer un acte de vengeance.

— Mais si les deux frères sont morts…

— Il y a peut-être quelqu'un qui veut faire payer les responsables.

Camille avait maintenant son regard noir en buvant sa tisane. Martial s'en inquiéta.

— Ils étaient dans cette école ! Les deux frères, l'instituteur… Ça s'est passé ici. Et tu me parles d'une vengeance d'outre-tombe, moi qui ai l'impression qu'on rôde autour de la maison la nuit… Je ne suis pas sûre que cela m'aide à me sentir rassurée…

13

Édouard avait décidé de passer la nuit avec Camille, tant celle-ci semblait à nouveau paniquée par l'idée de se retrouver seule. Martial était donc rentré au moulin assez tôt.

Il ne monta pas se coucher tout de suite, traînant un peu dans la pièce du bas, assis devant une bonne flambée. Le froid était sur lui et il avait du mal à s'en débarrasser. Mais il y avait aussi ce pincement au cœur qu'il ressentait maintenant. Camille et Édouard ensemble, cela représentait encore une image abstraite à ses yeux. Jusqu'à ce soir. En les voyant dans cette école, comme un couple qui l'attendait pour dîner et qui, à la fin, l'avait raccompagné jusqu'à la porte en lui demandant d'être prudent pour le retour, tendrement enlacé, avant de partager le même lit, la même chaleur, le même sommeil, il avait remis les pieds dans le réel. Il savait déjà que sa nuit à lui serait à nouveau agitée.

Il se raccrocha donc à son enquête et à cette piste qu'il avait réussi à soulever. La première chose qu'il fit, le lendemain matin, fut de se rendre chez Antoine Guiraud. Il rejoignit la scierie en empruntant la sente qui longeait la rivière derrière le moulin. Le brouillard avait disparu, laissant place à un beau soleil et à un ciel sans nuage, tandis que le froid était plus sec. Il prit plaisir à marcher, sous cette lumière, qui donnait un autre visage au coin.

Antoine Guiraud n'était pas chez lui. Sa bonne expliqua qu'il était parti au village, comme tous les dimanches matin, pour faire sa « tournée ». Ce qu'il appelait sa « tournée » était en fait une sorte de revue d'effectifs. Il faisait le tour des commerces ouverts, s'arrêtait aux cafés, attendait la sortie de la messe à laquelle il n'assistait plus. Il prenait la température de son village au gré de ses rencontres. Pour une matinée, il redevenait le premier élu de la commune. Martial lui en fit gentiment la remarque quand il finit par le trouver devant la boulangerie.

— Je n'avais pas envie de solliciter un nouveau mandat aux dernières élections, répondit-il. Mais certaines choses m'ont poussé à le faire. Quand les affaires auxquelles je tenais ont été sur les rails, j'ai jeté l'éponge. Mais je garde un peu le sentiment d'avoir trahi ces gens en démissionnant. Alors, je leur montre de temps en temps que je suis toujours là… Les prochaines élections auront lieu l'an prochain. À l'issue de celles-ci, je me considérerai libéré de ma tâche.

— Le nouveau maire n'en prend pas ombrage ?

— Il sait que je suis avec lui, qu'il peut compter sur mon soutien. Je ne le concurrence pas, je lui facilite les choses au maximum. Il est jeune et plein d'idées. Ce qu'il est en train de faire avec sa carrière de granit est tout à fait remarquable. Son père y travaillait pour ainsi dire seul, parvenant à peine à joindre les deux bouts. Avec lui, c'est devenu une affaire qui marche, qui embauche régulièrement. Mais pour diriger la municipalité, cela ne suffit pas. Les gens ne sont pas toujours faciles par ici et il y a aussi cette scission au sein du Conseil...

— La scission provoquée par le clan Gresse, n'est-ce pas ? J'ai entendu dire que Michel aurait dû se présenter l'an prochain.

— Il visait la mairie depuis la fin de la guerre.

— Votre réélection lui a donc barré la route.

Antoine Guiraud laissa échapper un sourire.

— Vous êtes perspicace... Je ne pouvais pas les laisser prendre la mairie. Ce qui intéressait Michel, c'était le pouvoir, pour prendre sa revanche sur tout ce qu'il a eu à subir. Il y aurait eu des règlements de comptes. Notre village n'a que faire d'un revanchard, il lui faut un capitaine, un entrepreneur. Avec ses amis, au Conseil, ils ne cherchent pas à faire mais plutôt à défaire. C'est moi qui ai choisi Christophe Maraval pour me succéder.

— L'autre camp a accepté sans rechigner ?

— J'ai su les convaincre... Mais je sais bien ce qu'on dit au sujet de mon successeur : qu'il est trop effacé, qu'il n'a pas la stature. C'est pour cela que je viens faire mon tour, pour le défendre.

— Je vous cherchais en fait parce que j'ai encore quelques questions à vous poser.

Antoine Guiraud fit quelques pas pour s'éloigner de la boutique et des clients qui allaient et venaient. Il fit signe à Martial de le suivre jusqu'à l'encoignure qui donnait sur une courette sombre, à l'abri des oreilles indiscrètes.

— Je voudrais savoir pourquoi le nom d'Armand Pujol ne figure pas sur le monument aux morts.

Le visage du vieil homme se durcit un peu plus.

— Armand Pujol avait quitté notre village depuis plusieurs années. Il en avait le droit mais il a oublié de se faire recenser ailleurs. C'est la faille dans laquelle s'est ruée la famille Gresse pour me convaincre de ne pas le mettre sur la liste.

— Ils vous l'ont demandé ?

— Oui, et de manière très insistante. Maintenant, rien ne me forçait à accepter. Je porte l'unique responsabilité de ce choix.

— Pourquoi ne voulaient-ils pas qu'il figure parmi vos morts ?

— Il y a eu ces saletés de rumeurs autour de la disparition de Julien. Ils étaient persuadés qu'Armand était venu l'enlever en cachette, sans se soucier de ce qu'on raconterait sur eux ensuite. De toute manière, ils disaient que les frères Pujol ne leur avaient attiré que des ennuis depuis leur arrivée. C'était une manière de se venger, j'imagine.

— Comment un homme tel que vous a-t-il pu se laisser fléchir ? Il ne s'agissait que d'un nom, après tout. Aujourd'hui, c'est comme s'il n'avait pas existé.

— C'est ce que les Gresse voulaient. Et ce nom n'était pas n'importe lequel pour eux.

Sa voix se fit plus basse.

— Avant de s'enfuir, Armand Pujol a laissé une

trace dans le village. C'est lui, le père de la jeune Amélie... Hormis les Gresse, nous n'étions que deux à connaître le secret, le deuxième étant Louis Boutonnier. Quand la petite est née, Michel tardait à venir la déclarer. Alors, je suis monté à la ferme pour lui demander de quoi il retournait. Il a d'abord refusé de reconnaître l'enfant. C'est là qu'il m'a dit pour Armand : « *Marquez donc le nom de ce fichu gosse, pour qu'on puisse continuer à se foutre de moi.* » Puis, dans la journée, il a changé d'avis. Il est venu à la mairie et a reconnu Amélie comme étant sa fille. J'en avais parlé à Louis, mais il n'avait pas encore rempli les papiers. Ensuite, Michel est allé fêter la naissance avec ses amis. Pour cette histoire de monument aux morts, j'ai certes cédé mais j'ai aussi passé un marché avec eux. J'ai sacrifié Armand pour que notre village continue d'avancer.

— Pour que monsieur Maraval puisse prendre la relève le moment venu...

— Il fallait reconstruire notre communauté. Pendant cette maudite guerre, j'ai moi-même apporté vingt-neuf avis de décès. Vingt-neuf ! Je n'ai malheureusement pas eu à voir quelqu'un d'autre pour le trentième. J'ai passé plus de quatre ans à jouer les porteurs de mort, à affronter les pleurs, les crises de nerfs ou même, ce qui est peut-être pire, l'absence de pleurs et de crises. Ce n'est pas rien que d'aller ainsi briser des vies, mon ami. Rien qu'à ma vue, les gens se doutaient que les nouvelles étaient mauvaises. Je peux vous montrer chaque maison, chaque ferme, et vous donner la date du décès de leurs disparus. Je connais par cœur les dégâts que la guerre a causés. Ils me hantent depuis. Personne ne se souciait d'Armand Pujol. C'était un nom que personne n'a pleuré. L'effacer pour de bon nous a permis de museler le clan Gresse pour quelques années. Il aura au moins contribué à cela, à solidifier notre communauté quand elle en avait le plus besoin.

— Je crains de devoir l'exhumer de cet oubli.

— C'est ce que je craignais. J'ai compris hier, à la fin de notre déjeuner, que vous ne lâcheriez pas l'affaire.

— Julien Pujol est-il vraiment mort, monsieur Guiraud ?

— Je n'en sais rien. Il a disparu. Franchement, je préférerais qu'il se soit caché toutes ces années et qu'il se montre enfin. J'aurais un poids en moins sur la conscience.

— Vous avez cru vos fils, n'est-ce pas, quand ils vous ont raconté ce qu'Yvonne avait dit ?

— C'est plutôt Louis Boutonnier qui a semé le doute dans mon esprit. Il était persuadé qu'il était arrivé malheur au petit. Il n'avait pas besoin d'entendre des rumeurs pour penser cela. Il savait comment Julien était traité à la ferme, surtout depuis la fuite de son frère et la naissance d'Amélie qui l'avait éloigné d'Yvonne. S'il y avait eu un projet de fugue, ou bien un plan d'Armand pour le récupérer, il aurait été le premier à le savoir… Mais je vous l'ai dit, quelques semaines plus tard, c'était la mobilisation générale, et on a cessé de s'interroger.

— Il y a eu des preuves sur les maltraitances qu'il subissait ?

— Officiellement, je vous ferai la même réponse qu'hier : lui et son frère ont trouvé un toit, une famille et de quoi vivre. Officieusement, et sachez que je ne répéterai cela à personne d'autre, ce gamin a dû vivre un cauchemar, entre les colères de Michel, la méchanceté d'Henriette et la lâcheté des autres. J'ai réalisé un montage financier afin qu'on puisse l'envoyer au lycée de Castres, en pension. J'ai caché cet argent réuni au mépris de la loi, avec la complicité de Louis Boutonnier. Mais Julien a disparu avant même de pouvoir passer son certificat d'études…

Pour la première fois depuis leur rencontre, Martial trouvait Antoine Guiraud vulnérable. Le silence embarrassé qui suivit ces aveux était aussi lourd que la chape sous laquelle on avait décidé d'enterrer cette histoire.

— J'ai essayé de prendre contact avec monsieur Boutonnier, finit par dire Martial. J'espère qu'il voudra bien me parler. Vous n'avez plus de nouvelles de lui ?

— J'ai su qu'il était en train de perdre la vue, le pauvre homme. Lui aussi a fini par se taire, il y a dix ans. Les gens n'aiment pas qu'on leur rappelle leurs lâchetés passées, sauf ceux qui n'ont plus rien à perdre, comme moi, et peut-être lui. Je crois même qu'il n'attend que cela, pouvoir se délester de ce fardeau.

L'heure de la messe approchait. La place était bien plus animée que les derniers jours. C'était un dimanche presque ordinaire, pas encore le printemps mais déjà plus l'hiver. Néanmoins, on aurait de la neige dans la nuit, affirma l'ancien maire, il ne fallait pas se fier aux apparences.

— Faites pour le mieux, mon garçon, continua-t-il en donnant une tape paternelle sur l'épaule de Martial. Trouvez-nous cet assassin. Vous êtes seul sur le coup désormais, les policiers vont quitter le village ce soir, sans avoir trouvé la moindre piste. Ils sont actuellement avec le maire. Je vous laisse, je dois continuer mon petit tour. N'hésitez pas à venir me voir si vous avez besoin de quoi que ce soit.

Et il s'en alla, boitant peut-être plus bas que d'habitude, les épaules plus affaissées, jouer le rôle qu'on attendait de lui, encore et toujours.

Martial hésita un court instant puis se décida à se rendre à la mairie. Le hasard voulut qu'il arrive sur le parvis au moment même où les deux inspecteurs de la Brigade judiciaire sortaient. Ils s'échangèrent des regards glaciaux.

— Amusez-vous bien ! ironisa l'inspecteur Cabanes.

Ils contournèrent ensuite le bâtiment pour récupérer leur voiture déjà chargée. Alors que les fidèles étaient dans l'église et que les mécréants s'étaient rabattus sur le café de la place, ils quittèrent le village en trombe. Un nuage de poussière resta en suspension après leur passage. Martial attendit qu'il soit totalement retombé avant de se retourner et de voir l'homme qui se tenait dans son dos, dans l'embrasure de la porte.

— Voilà ! Ils s'en vont ! Ils disent qu'ils ont relevé tous les éléments nécessaires et qu'ils doivent établir un premier rapport. Ils vont suivre les choses de loin désormais. En gros, ils nous laissent tomber.

L'homme était très grand, sans doute la quarantaine, des cheveux châtains coupés court, blanchis au niveau des tempes. Il tendit à Martial une main aux doigts longs, une main de pianiste, mais la paume était râpeuse.

— Christophe Maraval. Nous ne nous sommes pas encore rencontrés. Je suis le maire de ce village.

Le costume du dimanche lui seyait parfaitement. Il avait même une certaine prestance.

— J'aurais dû me présenter à vous beaucoup plus tôt, je suis désolé. Martial de la Boissière. Auriez-vous un peu de temps à me consacrer ?

Le maire invita Martial à le suivre jusqu'à son bureau, une large pièce lumineuse qui donnait sur la place. Ce n'est que là qu'il trahit un certain manque d'assurance, dans ses gestes, dans son phrasé. Il ne pouvait encore donner le change à cent pour cent.

— Monsieur Guiraud m'a parlé des premières idées que vous avez émises. Il y aurait selon vous une possibilité qu'il y ait un autre mort ?

— On ne peut écarter cette hypothèse en effet, du moins tant que nous n'en saurons pas plus.

— Je vous serais reconnaissant, monsieur de la Boissière, de ne pas trop éventer cette théorie. Le climat est déjà très tendu, cela ne reviendrait qu'à jeter de l'huile sur le feu.

— Ne vous inquiétez pas, je n'avais pas l'intention d'en faire étalage. Mais il ne faut pas non plus négliger le danger. À ce propos, j'ai su que vous aviez accompagné le docteur Delcros mardi matin, sur la scène du meurtre…

— C'était une véritable horreur, croyez-moi.

— Pourriez-vous me raconter avec précision ce qui s'est passé pour vous ce matin-là ?

— Serge Cals est venu frapper à ma porte alors que j'étais en train d'avaler mon café. Il était six heures vingt-cinq à ma pendule. Il m'a dit que Michel Gresse était mort, qu'il saignait de partout, que c'était un carnage. J'ai tout laissé en plan. J'ai demandé à ma femme de courir jusqu'ici pour téléphoner à la gendarmerie et j'ai suivi Serge jusqu'à sa charrette, devant chez le docteur. Il y avait de la neige sur la route et le passage après le pont a été difficile à négocier. Mais il n'était pas encore sept heures quand nous sommes arrivés sur place. Le docteur nous a demandé de faire attention à ne pas piétiner la neige. Il nous a pris à témoin pour nous faire remarquer qu'il n'y avait pas d'empreintes de pas à l'exception de celles laissées par Serge un peu plus tôt. On a contourné le chemin par le fossé de gauche pour arriver à l'attelage des Gresse. Michel était assis de l'autre côté, contre la roue. Ses vêtements étaient si déchirés que ce n'étaient plus que des lambeaux. Le ventre était ouvert comme un livre, une partie de ses entrailles sortaient de là… Que pourrais-je vous dire de plus ? Que des scènes comme celles-ci, je pensais ne plus en voir de ma vie, mais elles me poursuivent jusqu'ici. Je me suis retenu de vomir et j'ai laissé le docteur diriger la manœuvre. Il n'a pas touché au corps, il s'est juste contenté de chercher le pouls sans le trouver. Après, il a dit qu'il fallait attendre les gendarmes et empêcher tout le monde d'approcher. Il était un peu plus de dix heures quand les brigadiers sont arrivés.

— En voyant l'horreur de la scène, à quoi avez-vous pensé ?

— J'ai repensé à ce que j'ai vu pendant la guerre.

— Mais à part cela, quelle est la première idée qui vous est venue à l'esprit ?

Le maire hésita, prit une inspiration avant de répondre :

— J'ai pensé à un animal. C'est ce que je me suis dit, qu'il avait été attaqué par un animal.

— Vous n'avez pas pensé que quelqu'un du village ait pu faire cela ?

— Absolument pas ! Je ne connais personne capable d'une telle atrocité. Je suis né ici, j'y ai grandi. Je n'en suis jamais parti à part pour faire mon devoir de soldat. Je connais tous ces gens. Ce sont des gens simples, travailleurs, qui s'accrochent à leur bout de terre de toutes leurs forces. Il n'y a pas d'assassins parmi eux.

— On peut penser connaître les gens et être surpris de ce qu'ils cachent en eux. La guerre nous a enseigné cela. Nous n'avons plus vraiment été les mêmes après.

— En 14, j'ai quitté des gens résignés, qui courbaient le dos en acceptant les difficultés. J'ai retrouvé des gens mécontents, qui en avaient assez de subir. C'est le seul changement que j'ai vu ici. Que la guerre nous ait bouleversés, qu'elle nous ait pris une part de ce qu'il y avait de bon en nous, je ne le nie pas. Mais je ne pense pas qu'on ait pu s'y perdre totalement. C'est tout ce que nous avions dans ce long cauchemar : ce que nous étions et ceux qui faisaient notre vie d'avant. On ne peut pas perdre ces choses-là. On ne peut pas devenir une autre personne.

Martial sentit que son esprit faisait un bond de côté à l'écoute de ces paroles. Il brusqua un peu son interlocuteur.

— Vous avez dit qu'il y avait un téléphone ici. Me permettriez-vous de l'utiliser ?

— Maintenant ? Un dimanche ?

— Justement un dimanche ! Je dois joindre un de mes amis et il est difficile à intercepter les autres jours.

Christophe Maraval se leva et accompagna Martial jusqu'à la pièce adjacente, autre bureau, plus petit, mais doté d'un combiné téléphonique.

— C'est là que nous avions installé les inspecteurs… Je vous attends à côté.

Quand Martial se retrouva seul, il sortit une liste de numéros de son portefeuille. Il parvint assez vite à avoir une opératrice au bout du fil. L'attente qui suivit fut assez longue en revanche, au moins cinq minutes. Mais il réussit à avoir Paris. Plusieurs sonneries et, finalement, une voix familière bien que lointaine.

— Bon sang, Martial ! Je ne peux rien faire un dimanche ! Il faudra attendre demain matin.

— Il faut que tu me trouves tout ce que tu pourras sur ce soldat. Tu as bien noté ? 53ᵉ Régiment d'Infanterie, Armand Pujol. Le moindre détail compte.

— Tu me dis que ton gars est mort en mars 1917. Cela me semble radical comme détail.

— Justement, je voudrais être sûr qu'il soit vraiment mort.

— Tu m'as l'air d'avoir mis les pieds dans quelque chose de sérieux. Tu as besoin de quelqu'un avec toi ?

— J'ai surtout besoin de toutes les informations que tu pourras trouver sur cet homme.

— Tu penses à une usurpation d'identité ?

— Je voudrais être sûr.

— Je vais voir ce que je peux trouver. Mais si ton gus a réussi à se faire passer pour mort, il ne va pas être facile de le prouver uniquement avec des archives militaires. Comment je te contacte si j'ai du neuf ?

— Laisse un numéro où te joindre à la Poste de La Vitarelle-du-Théron, dans le Tarn, s'il y a du nouveau. Je vérifierai tous les jours.

— Je ne savais pas que tu avais repris du service. On disait que tu étais souffrant. Cela me fait plaisir de voir que tu es d'attaque. Tu fais attention à toi, n'est-ce pas ?

— Comme toujours. J'attends de tes nouvelles.

— Au fait, j'en ai une. Le Niveleur a cassé sa pipe hier.

— Qui ?

— Le vieux Nivelle, ce foutu général de pacotille. Il est mort hier… Ce sera dans les journaux demain matin. Pourvu qu'on ne lui rende pas les honneurs militaires, avec tout le sang des nôtres qu'il a sur les mains !

Christophe Maraval attendait dans le hall de sa mairie, debout devant la porte vitrée, les mains dans le dos, observant de toute sa hauteur la place ensoleillée.

— J'espère que ce n'est pas un de nous, dit-il tandis que Martial s'approchait. J'espère sincèrement que cet animal n'est pas des nôtres !

14

C'était un dimanche, en fin d'après-midi, au pied des Pyrénées. On attendait le train pour Toulouse. Charles avait trouvé un banc sur le quai pour lire. Derrière la gare, il y avait un champ. Un champ ordinaire, rectangulaire, délimité par des haies vives rabougries et quelques arbres tordus par de nombreux hivers. La journée avait été belle, comme le sont habituellement les premières journées ensoleillées du printemps. Le soleil déclinait lentement, peignant le ciel de couleurs extraordinaires qui puisaient dans le mauve et l'orange. Un mélange d'odeurs d'herbe coupée, de terre encore humide et de restes d'une chaleur précoce flottait dans l'air. Au loin, les cheminées laissaient à nouveau échapper leur fumée au-dessus d'une grappe de maisons. Bientôt, on fermerait les volets puis on appellerait pour le dîner. Chacun rentrerait chez soi, les joues rougies, remis à neuf par le grand air. Un chien aboyait, aussitôt imité par un autre. La journée s'éteignait lentement… Martial était debout dans ce champ, Camille à ses côtés, qui avait glissé sa petite main dans la sienne. Tout était si beau, si paisible ! Il sut dès lors ce à quoi il aspirait : vivre avec cette sensation que chaque journée avait été pleine et que chaque soir qui s'avançait portait l'espoir d'un lendemain prêt à révéler ses bonnes surprises. Il voulait vivre de tels moments, encore et toujours. Et goûter surtout à cette sérénité. Au lieu de cela, il se retrouvait sur une frontière : d'un côté ce si beau dimanche, de l'autre ce qui l'attendait, avec le retour à l'internat et tous les jours gris du lycée. C'était douloureux de savoir où et comment s'épanouir, et d'être contraint d'y tourner le dos.

Il en était toujours ainsi depuis. Même libéré de nombreuses contraintes, Martial vivait les fins de dimanche avec cette sensation de vide quelque part dans le ventre, avec ce sentiment de souffrance. C'est là, notamment, qu'il ressentait le plus sa solitude.

Aujourd'hui, tant de dimanches après, Camille avait à nouveau sa main dans la sienne. Ils redescendaient tous les deux vers le village. La campagne semblait déserte. Au loin, une barre de nuages menaçants venait affronter le bleu foncé du ciel et la lumière du soleil venait la défier jusqu'à se refléter sur elle, avant de lui laisser le champ libre. Le froid était vif mais il ne mordait pas. Martial sentait son cœur rebondir contre sa poitrine. Il aurait dû être heureux mais il ne pouvait s'empêcher de penser au moment où cela allait s'arrêter, où ils ne seraient plus tous les deux, où elle retirerait sa main, dès qu'ils arriveraient près du moulin, ou dès qu'ils croiseraient quelqu'un. Et le dimanche se terminerait là-dessus. Loin des rêves de vie dessinés derrière cette gare, quelque part dans les dernières années de son adolescence.

Ils avaient déjeuné en compagnie d'Édouard à l'école. Mais le repas à peine terminé, ce dernier s'était levé et avait annoncé qu'il avait l'intention de poursuivre ses travaux au moulin. Il s'était montré particulièrement sombre et encore plus muet que d'habitude à table. Quand il s'en alla, Martial se sentit un peu humilié. Il pensait qu'on lui faisait l'aumône de quelques heures avec Camille. Celle-ci eut beau lui expliquer, pendant qu'ils s'occupaient de la vaisselle, combien Édouard avait besoin de bouger, se sentir actif, utile à quelque chose, et combien, depuis son installation, les journées lui paraissaient longues, il trouva tout de même que le mensonge sonnait faux. Il fallut attendre qu'ils se retrouvent dans le chemin qui montait au Pas-du-Diable, passé l'enthousiasme de Camille à aller « *battre la campagne* », pour qu'elle lui dévoile les vraies raisons de la mauvaise humeur de son fiancé.

Elle s'était disputée avec Édouard, encore et toujours au sujet de l'Argentine. Il la trouvait trop passive, très hésitante. Il craignait qu'elle ne veuille plus le suivre.

— Il voudrait que nous prenions notre élan ensemble, et je ne cesse d'être en retrait, j'en ai bien conscience. « *Toujours deux pas en arrière* », comme il dit. Cette nouvelle vie représente beaucoup à ses yeux. Il m'a sacrifié beaucoup de choses depuis que nous nous connaissons. Et moi, je culpabilise de ne pas être à la hauteur. C'est comme s'il me demandait de sauter dans le vide, tu comprends. Et comme si j'avais peur qu'il ne me rattrape pas. Je me sens lâche, Martial. Je me sens tellement lâche ! Une partie de moi a besoin de repartir à zéro, à ses côtés. Mais une autre partie s'y refuse. Ce serait comme effacer tout ce qu'il y a eu avant, comme si je me reniais une fois de plus.

Martial comprenait ce qu'elle pouvait ressentir. Il se découvrit à l'occasion moins mauvais qu'il ne le croyait car il ne se réjouit pas des doutes de Camille. Il comprenait, c'était tout. Et, en connaissant la vraie cause, il savoura davantage les moments qu'on lui offrait avec la jeune femme.

Au cours du déjeuner, il leur avait parlé de ce qu'il avait fait dans la matinée. Sa discussion avec Antoine Guiraud puis avec Christophe Maraval, le départ des policiers et son coup de téléphone à son ami, également membre du Cercle Cardan, haut fonctionnaire de métier et qui avait ses entrées dans plusieurs ministères. Il expliqua pourquoi il lui fallait les détails du dossier militaire d'Armand, pour être sûr.

— Imaginons qu'il ne soit pas mort, par exemple. Nous avons du coup un suspect en puissance.

— Tu veux dire qu'il aurait pu revenir au village sans que personne ne le reconnaisse.

— Il avait quatorze ans quand il est parti. Quinze années et une guerre sont passées par-dessus. Et d'après ce que j'ai compris, il n'a laissé de lui que des souvenirs flous… Il est possible que personne ne puisse le reconnaître, encore plus en le croyant mort.

— Mais s'il est vraiment mort ?

— Alors il y a peut-être quelqu'un par ici qui a été plus touché qu'on ne le croit par cette histoire.

— Tu en restes sur la vengeance comme mobile.

— C'est une piste qui paraît correspondre en tous points. Je vais la suivre, pour voir où elle me mène.

— Et que comptes-tu faire maintenant ?

— Je voudrais revenir au Pas-du-Diable. Quel que soit le mobile des deux meurtres, il y a l'endroit où Louis Bascoul a été torturé. Je voudrais fouiner davantage par là-haut.

C'est là que Camille avait bondi sur l'occasion pour s'imposer dans sa quête, sans qu'il ait eu son mot à dire, tant elle semblait réjouie de ne plus être laissée de côté. Ils avaient donc pris la direction du Pas-du-Diable en tout début d'après-midi. Quand ils empruntèrent la piste qui menait au site, juste en avant du vieux pont, inconsciemment, ils se mirent à parler à voix basse, comme s'ils pénétraient dans un lieu de recueillement. Ils vinrent se percher au-dessus de l'endroit où on avait trouvé le corps du valet de ferme.

— Que doit-on chercher au juste ? demanda Camille.

— On cherche un lieu abrité, assez grand pour accueillir deux hommes au minimum, le valet de ferme et son tortionnaire. Un lieu bien dissimulé, l'assassin n'aura pris aucun risque de se faire repérer.

Martial voulut d'abord ratisser la forêt par arcs de cercle successifs, en partant du promontoire de granit en direction de la crête. Camille n'avait aucune envie de se retrouver seule en un pareil lieu et en de telles circonstances, aussi restèrent-ils ensemble. Les rayons du soleil perçaient au travers des épaisses branches des sapins, dessinant des rais dans lesquels dansaient des milliers de grains de poussière. La forêt bruissait de toutes parts, réveillée par cette lumière et un début de vent léger. Les rochers étaient partout, de toutes tailles. Une mousse épaisse, d'un vert sombre, tapissait le sol dans les espaces laissés vides, venant même parfois s'agripper aux parois lisses des blocs de granit. L'endroit ne ressemblait plus à celui que Martial avait découvert l'avant-veille. Il avait perdu son côté rude et inquiétant pour un visage plus serein, plus amène, comme s'il était capable de se transformer au gré des heures et des jours. Cela rajoutait à sa magie.

Ils se frayèrent un chemin entre les roches. À chaque fois, Martial passait en premier puis offrait sa main ou son bras à Camille, malgré le fait qu'elle ait conservé l'agilité des heures pyrénéennes en compagnie de son père. Ils ratissèrent tout le terrain entre le ravin et un replat qui se cachait dans la forêt, au sommet d'une première pente. Ils ne trouvèrent rien de notable. Le replat en question était cerné par un cercle de rochers monumentaux et formait une sorte de cuvette dans laquelle commençaient à pousser des jonquilles sauvages. Il s'agissait juste d'une accalmie du relief avant une nouvelle déclivité qui s'en allait vers la crête de manière sévère. Trop pentue, selon Martial, pour permettre à leur assassin de charrier Louis Bascoul, mort ou sérieusement amoché. Ils redescendirent donc se poster au ras du ravin, Camille ne cessant de regarder par-dessus son épaule au moindre bruit. Il restait maintenant à remonter vers l'amont, là où la piste semblait se perdre, vaincue par l'essaimage des rochers et les buissons noirs.

Ils avancèrent malgré tout, s'écartant parfois pour trouver un passage plus praticable. Le ravin qu'ils longeaient était moins profond, se résorbant mètre après mètre pour ne devenir qu'un profond fossé. Le cours d'eau prenait ici l'allure d'un ruisseau en colère. Les arbres se rapprochaient du bord tout en assombrissant davantage l'endroit. Les rochers étaient toujours nombreux mais plantés de manière moins anarchique, comme s'ils cherchaient à créer des grappes distinctes les unes des autres. C'est là qu'apparaissaient les premiers trous. Souvent au pied d'un de ces amalgames rocheux, ils crevaient le sol à la façon d'un cratère, dans des profondeurs parfois anecdotiques mais souvent remarquables, quand on remontait vers la crête, puisqu'on ne pouvait en distinguer le fond. La terre en était percée de partout, jusqu'à ce qu'on vienne buter au pied d'une falaise de six ou sept mètres de haut, de laquelle se jetait une cascade bruyante. Le soleil ne parvenait pas à se frayer un passage jusque-là. Le sol était imbibé d'humidité. La paroi de l'à-pic était noircie et l'eau qui s'écoulait n'avait qu'un aspect d'acier et de verre. Le Pas-du-Diable s'arrêtait là, et Martial n'avait toujours pas trouvé ce qu'il cherchait. Il n'essaya pas de cacher sa déception. Camille lui renvoya une grimace désolée, avec toujours la même mèche blonde échappée, les mains sur les hanches et les joues rougies.

— Peut-être sur l'autre rive…

Martial descendit vers le ruisseau. Non loin de la chute d'eau, il y avait un gué naturel, fait de gros cailloux parsemés. Mais, en face, il s'aperçut que la pente était encore plus sévère et dépouillée de rochers. Cela ne pouvait se trouver de ce côté-là. Il avait beau se dire que la forêt était loin d'avoir livré tous ses secrets, il n'en restait pas moins qu'il était incapable de trouver. Pourtant, il était sûr que son idée était la bonne. Il erra un peu au pied de la falaise sous le regard de Camille qui n'osait plus rien dire. Le sol était raviné en de nombreux endroits. On devinait l'eau et la boue qui dégringolaient à chaque pluie jusqu'au fond du fossé. Cette eau qui se jetait aussi dans les puits rocheux pour s'en aller rejoindre le cours d'eau par des chemins détournés et cachés à la vue de tous.

C'est là que l'idée vint à Martial. À moins qu'ils aient raté l'évidence, il restait les cavités. Si le sol rocheux avait été percé verticalement, il pouvait l'être aussi horizontalement. L'eau qui s'était infiltrée là, des milliers d'années auparavant, avait dû percer ses propres tunnels pour s'échapper et peut-être aller jusqu'à creuser des cavernes. Un abri, loin du regard et des oreilles.

Il fallait cependant un endroit accessible. Leur homme ne pouvait se permettre de multiplier les acrobaties risquées quand il tenait Louis Bascoul à sa merci. Martial changea donc la nature de ses recherches. En repartant sur leurs pas, il ausculta chaque puits, chaque dépression. Il ignora les moins profonds. Quand il n'y avait aucune prise aisée pour descendre le long des plus profonds, il passa aussi son chemin. Il restait les autres. Ceux dans lesquels on pouvait s'enfoncer en utilisant une sorte d'escalier créé par les multiples aspérités de la paroi, ou bien des racines des hêtres ou des chênes que l'érosion avait mises à nu. À chaque fois qu'il s'approchait du bord pour se pencher ou s'allonger de tout son long, Camille protestait, trouvant cela trop risqué. Quand il commença à descendre dans deux de ces cratères, elle gronda et préféra tourner le dos pour ne pas le voir faire. Les deux fois, il remonta assez vite, n'ayant plus de prise pour descendre davantage.

Il finit par trouver le trou qu'il cherchait. À une vingtaine de mètres de la cascade, les rochers dessinant autour de lui un amphithéâtre ouvert vers le bas. L'entrée du puits était en biais, épousant la pente. L'eau devait s'écouler par là, dans l'ancien temps. On devinait presque son cheminement jusqu'à la rivière, entre les pierres. Si l'eau pouvait en sortir, c'est qu'elle y entrait par un autre endroit.

Martial étudia la cavité et vit que la paroi offrait de multiples avancées permettant de poser les pieds. Il s'engouffra donc dans la bouche béante et réussit à descendre de deux fois sa hauteur avant que ses pieds ne rencontrent le vide, un vide dans la paroi même. Il y avait une ouverture. En utilisant les prises offertes par le mur d'en face, il put descendre encore pour se trouver à hauteur de l'excavation. Sous lui, le puits s'étirait dans le noir. Camille, qui avait fini par s'approcher du bord, le vit disparaître quelques secondes puis réapparaître. D'en bas, on voyait mieux le cheminement pour remonter, et il le fit en quelques secondes.

— Il y a une sorte de petite caverne dans la paroi, dit-il triomphalement. Je vais aller l'explorer.

— Ce n'est pas prudent du tout. Et si ça s'effondre ?

— C'est creusé dans la roche, c'est du solide.

— Alors je viens avec toi.

— C'est cela qui serait imprudent. S'il m'arrive quelque chose là-dedans, il faudra que tu puisses alerter les secours et montrer le lieu exact.

— Comment je saurais s'il t'est arrivé quelque chose ?

— Donne-moi une demi-heure. Si je n'ai pas donné signe de vie, tu as le droit de t'affoler.

Il sortit sa montre de sa poche pour vérifier l'heure. De la besace qu'il avait emportée, il sortit la lampe tempête que lui avait prêtée Édouard. Il fit un clin d'œil à Camille pendant qu'il redescendait dans le puits. Elle avait le visage mangé par l'inquiétude.

— À tout de suite, lui lança-t-il.

Et il se laissa glisser jusqu'à l'entrée de la petite cavité.

Il lui fallut d'abord ramper sur un peu plus de deux mètres, l'ouverture étant en fait une fissure horizontale pas très haute. Puis, il se retrouva dans ce qu'il avait deviné peu de temps auparavant : une sorte de petite caverne ronde où le plafond s'élevait soudain, ce qui permettait de s'y tenir debout. Il alluma la mèche de sa lampe. La grotte n'était pas très large. De l'eau gouttait sur la paroi d'en face avant de rejoindre un fin ruisseau qui provenait d'un tunnel percé sur la droite et avant de disparaître, comme happée par le sol rocheux. Ce tunnel était haut mais pas très large, à peine de quoi laisser passer un homme qui serrerait les épaules. Avant de se préoccuper de ce passage, Martial inspecta la caverne, espérant trouver des traces de la torture subie par le valet de ferme. C'est ainsi qu'il remarqua une inscription révélée par sa lampe. Elle était gravée dans la pierre juste à l'entrée du corridor : « J P – 28. IV.1912 » J P comme Julien Pujol… Le cœur battant un peu plus fort, Martial poursuivit son inspection dans le détail mais ne trouva rien d'autre que cette écriture tracée patiemment, d'une main maladroite cependant, qui avait dû s'y reprendre à plusieurs fois pour que la marque reste. Alors, il s'avança dans le tunnel. La fine rigole d'eau traçait comme une ligne droite sur le sol, ligne argentée dans le halo de la lampe tempête. On n'entendait plus aucun bruit provenant de l'extérieur. Même l'eau qui s'écoulait vers lui le faisait en silence. Devant Martial, l'obscurité était totale. Il marchait avec prudence, découvrant à chaque pas un peu plus de la galerie rectiligne. Il essaya de ne pas perdre le sens des distances ni celui de l'orientation. Il était en train de cheminer parallèlement à la rivière. Mais, tandis que celle-ci s'enfonçait dans son ravin, le tunnel restait plat.

L'excitation de sa découverte ne parvenait pas tout à fait à estomper un sentiment d'oppression. Il resta concentré pour que cela ne vire pas à l'étouffement, comme dans ses cauchemars, quand il s'asphyxiait sous les décombres de cette école de la Somme. Soudain, il vit un mur à quelques pas de lui, qui venait clore le corridor de granit. Il sentit la déception l'étreindre à nouveau, et en oublia même son début de malaise. Le tunnel n'arrivait nulle part, si ce n'est dans un cul-de-sac si étroit qu'il se demandait comment il allait pouvoir se retourner pour revenir sur ses pas. Ce n'est que lorsqu'il fut quasiment le nez dessus qu'il aperçut que la galerie bifurquait sur sa gauche, en un angle droit acéré. Là, le sol s'inclinait sensiblement. Au-dessus de lui, on était dans la pente qui s'écartait du ravin. Il continua donc à marcher, les sens aux aguets. Le passage devenait un peu plus large, mais le cheminement fut compliqué par quelques amas de pierres. Il lui fallut s'aider de sa main libre pour les passer. Dans le fond, il lui sembla que l'obscurité devenait moins épaisse. Et il se retrouva bientôt dans une véritable grotte, beaucoup plus grande. Il sut qu'il avait trouvé là ce qu'il cherchait.

Le plafond de cette caverne s'élevait en voûte à plus de trois mètres. Les parois formaient un arrondi de granit de plus de six grands pas de diamètre. Partout, des rochers de différentes formes semblaient surgir du sol, comme s'ils avaient été scellés dans celui-ci, encore liquide, avant qu'il ne durcisse. Dans un coin naissait la rigole d'eau qui lui avait servi de fil d'Ariane dans le tunnel. L'air était plus frais ici, l'odeur d'humidité moins marquée. Martial fit le tour de la grotte. Il ne tarda pas à tomber sur ce qu'il identifia facilement comme étant des taches de sang. Du sang séché, qui faisait une croûte brune sur le sol. Il retrouva une croûte similaire sur le dessus d'un rocher bas. Plusieurs cierges d'église, plus ou moins consumés, étaient collés à ce rocher, sur leur socle de cire fondue. Et, sur cette roche plate, il y avait une grosse pierre plus arrondie, une pierre lourde, qu'on ne pouvait porter qu'à deux mains. Martial posa sa lampe et la souleva. Il y trouva également quelques petites traces de sang. C'était là et avec ça qu'on avait écrasé les phalanges du valet de ferme, il n'en doutait plus. C'était ici qu'on avait torturé Louis Bascoul.

Il devait néanmoins y avoir un autre passage. La trouée par le tunnel était praticable à condition d'être seul. Il refit donc le tour de la grotte, lanterne à la main. Il ne tarda pas à sentir un souffle d'air frais lui tomber sur la nuque. L'amoncellement de rochers formait là comme un escalier par lequel il put atteindre facilement le haut de la voûte. Il y trouva une brèche, pas très large, pas très haute. Il dut à nouveau ramper.

Il se retrouva à passer entre la terre sèche et un des gigantesques rochers de la forêt. Et il fut à l'air libre, rampant encore pour s'extirper de l'enchevêtrement de trois blocs. Il reconnut les jonquilles, le replat en forme de cuvette. Plus bas, à travers les arbres, on voyait le promontoire rocheux par lequel on avait balancé Louis Bascoul dans le vide, sans doute déjà mort.

À sa montre, il était entré dans le puits depuis plus de vingt-cinq minutes. Il descendit donc jusqu'au bord du ravin, remonta un peu par la piste et appela Camille. Une fois, deux fois, puis trois, avant qu'elle ne lui réponde, de sa voix claire. Il la vit bientôt apparaître, derrière les arbres et les rochers, surprise de le voir là, mais soulagée également. Son sourire se mêlait aux larmes qui commençaient à emplir le coin de ses yeux bleus. Elle le rejoignit et, dans une grimace qu'elle voulait méchante sans y parvenir, elle lui donna un coup de poing contre la poitrine.

— Espèce d'idiot ! J'ai cru que tu étais enterré vivant ! J'ai hurlé ton nom dans ce fichu trou et il ne m'est revenu qu'une odeur de mort.

Martial la laissa faire, il la laissa le secouer un peu, le gronder beaucoup, et luttait pour ne pas l'embrasser.

— J'ai trouvé, finit-il par avouer quand elle eut passé sa gentille colère. J'ai trouvé l'endroit où Louis Bascoul a été retenu prisonnier avant sa mort.

Elle lui jeta un regard ébahi. Martial attrapa sa main et l'attira dans la pente, à grandes enjambées, jusqu'au cercle semé de jonquilles. Elle semblait soudain avoir perdu de son allant, de son agilité. Quand il lui montra le passage entre les rochers, elle retira sa main de la sienne et fit un pas en arrière.

— L'endroit est idéal. Deux ouvertures, aussi bien cachées l'une que l'autre. Toujours une possibilité de fuite… J'ai trouvé aussi une inscription, à l'entrée du tunnel. Deux initiales et une date. J et P, 28 avril 1912…

— Je veux descendre voir, dit soudain Camille, retrouvant son courage avec un air de défi.

— Allons-y ! Suis-moi !

Martial délesta Camille de la besace qu'il lui avait laissée, puis se faufila entre les trois blocs avant de se remettre au ras du sol pour se faufiler dans l'interstice qui s'ouvrait par le toit de la grotte. La jeune femme le suivait de près. Ensemble, ils descendirent l'escalier de roche. Puis, Martial lui montra les traces de sang et la lourde pierre ronde. Il expliqua le mécanisme permettant d'écraser les doigts du vieil homme. Camille l'écoutait, se mettait sur la pointe des pieds pour regarder avant de reculer un peu, dans un mélange de frisson et de répugnance. La lumière de la lampe n'était pas assez forte pour elle. Elle sentait l'obscurité l'encercler et le froid s'engouffrer sous ses vêtements, jusqu'à ronger sa peau et ses os.

— Je voudrais encore inspecter les lieux, lui dit Martial, qui avait deviné qu'elle était maintenant impatiente de remonter. Tu peux m'attendre en haut si tu préfères…

Elle refusa et voulut aider à l'inspection.

— Si l'inscription sur la pierre n'est pas un leurre, et si on part du principe qu'elle est bien de la main de Julien Pujol, cela veut dire qu'il connaissait cet endroit. Vu ce que l'on sait sur ses conditions de vie à la ferme des Gresse, il pouvait l'utiliser comme refuge ou comme cachette.

— Et alors ?

— Alors, que ferais-tu, enfant, dans une pareille cachette ?

— Des bêtises, assurément.

— Tu peux aussi y dissimuler des choses auxquelles tu tiens. Comme une sorte de trésor. En tout cas, c'est ce que j'aurais fait.

— Tu as caché des trésors quand tu étais petit ?

— Oui, chez mon grand-père. Dans une des caves.

— Nous n'avons jamais fait ça tous les deux. C'est dommage. Je crois que ça m'aurait plu. Je me demande ce qu'on aurait pu y mettre…

Ils firent méthodiquement le tour de la caverne, auscultant la moindre aspérité, cherchant au ras du sol mais aussi en hauteur. Une nouvelle fois, ce fut Martial qui trouva en premier, non loin de l'endroit où le filet d'eau dégoulinait de la paroi avant de dessiner la rigole sur le sol. Il y avait là une grosse pierre qui pouvait être déplacée et qui révéla l'ouverture d'un petit creusement naturel à même le sol. Pour atteindre le fond de cette niche, il fallut que Martial enfourne son bras jusqu'au coude. Mais il ne trouva rien à l'intérieur que la roche lisse et étonnamment sèche. Camille était venue s'accroupir à côté de lui. Elle vit comme lui l'ensemble de la cache quand il approcha la lanterne. Elle vit comme lui l'inscription qui était gravée dans la roche : « A P + J P 1908 ».

— Armand et Julien, murmura Camille.

— Tu n'avais jamais entendu parler d'une telle grotte ?

— Jamais. Je m'en souviendrais. On m'a raconté beaucoup de choses au sujet du Pas-du-Diable mais rien au sujet d'une caverne ou d'un tunnel sous la montagne.

— Si les frères Pujol connaissaient cet endroit, ils auraient pu partager ce secret avec d'autres enfants de leur âge, voire avec leur instituteur. Quand on a recherché Julien, quelqu'un est peut-être venu fouiner ici ?

— Mais si personne d'autre ne connaissait cette grotte ?

— Alors, c'est que l'un des deux est notre assassin…

Ils remirent la pierre en place et ne tardèrent pas à ressortir, les vêtements souillés, une odeur de renfermé imprégnée dans le nez. L'après-midi était déjà bien avancée. Les gros nuages au loin, ceux qu'on devinait au-dessus de la Montagne Noire, annonçaient la neige prévue par Antoine Guiraud. Ils avaient quitté le Pas-du-Diable pour rejoindre le chemin. C'est là que Camille avait trébuché deux fois, manquant de tomber. Il lui avait offert sa main. Elle l'avait prise et ne l'avait plus lâchée depuis.

Ils ne parlèrent pas beaucoup en redescendant vers le moulin. Martial avait du mal à se fixer sur autre chose que cette main fine qu'il sentait contre sa paume, contre ses doigts, et les battements de cœur qui résonnaient sous la peau blanche et délicate de Camille. Quand ils aperçurent le toit du moulin, elle retira sa main et s'écarta un peu de lui. Elle lui rappela ainsi quelle était sa place auprès de lui. Mais c'était aussi une façon de reconnaître que ces quelques minutes de descente, le long de la rivière, étaient un moment à eux, une intimité qui dépassait le cadre de l'amitié. Et Martial repensa aux dimanches soir de son adolescence, quand la nuit qui venait s'apprêtait à vous reprendre ce que vous aviez eu à peine le temps de savourer.

Ils trouvèrent Édouard en train de nettoyer ses outils à l'eau de la source. Il avait une meilleure tête que le midi mais ses yeux ne s'intéressaient qu'à Camille. Elle s'approcha de lui et se serra dans les bras qu'il lui ouvrit. Puis, elle lui raconta tout : le tunnel, la grotte, les traces de sang, les inscriptions dans la pierre… Édouard essayait de partager son enthousiasme en hochant maladroitement la tête. De temps à autre, il lançait une œillade admirative à Martial.

— Vous allez en parler aux gendarmes ? demanda-t-il quand elle eut fini de raconter.

— Je voudrais d'abord savoir si cette grotte est connue.

Édouard tressaillit soudain. Son visage perdit sa couleur tandis que son attention se fixait vers le coin du chemin, plus haut.

— Il y a quelqu'un qui nous écoute !

Martial se retourna au moment même où une silhouette se découpait au bord de la haie. Il reconnut vite ses mimiques, avec une jambe dénudée qui passait derrière l'autre, les mains dans le dos, la poitrine généreusement en avant. Amélie Gresse descendit vers eux, de quelques pas à peine, qui la mirent dans la lumière du soleil couchant.

— C'est chez moi, dit-elle d'une voix forte. Ils m'ont demandé de vous dire qu'ils voudraient vous voir pour parler avec vous. Ce soir, après la traite.

Martial opina du chef. Sans un mot de plus, lançant juste un regard à la dérobée vers Camille et Édouard, la jeune fille fit volte-face et disparut à nouveau au coin du chemin.

— Tu crois qu'elle nous a suivis ? s'inquiéta Camille.

— C'est bien possible. Reste à savoir depuis combien de temps ?

15

Aux alentours de vingt heures, Camille et Édouard quittèrent le moulin. Les amoureux, réconciliés, voulaient passer une nouvelle nuit ensemble. Ils s'en allèrent par le chemin, Camille s'agrippant au bras de son fiancé des deux mains. Dans la lueur de leur lanterne, qui dessinait un halo autour d'eux, ils ne faisaient plus qu'une silhouette. Martial les regarda partir. Il était convenu qu'il irait seul chez les Gresse, ce qui arrangeait Édouard de toute manière, surtout ce soir-là.

Il remonta dans sa chambre quand il fut seul. Il sortit du fond de sa valise un paquet de tissu noir. Il déroula l'étoffe, révélant un revolver et une boîte de balles. L'arme lui avait été offerte par l'équipe avec laquelle il avait travaillé dans les Balkans, un Schmidt 1882, avec sa crosse gravée de la croix helvétique et son acier doré. Il ne l'avait jamais utilisée depuis qu'il l'avait essayée, chez lui, dans ses bois. Il chargea cinq balles dans le barillet, laissant vide la chambre qui se trouvait face au percuteur, comme on le lui avait appris pour éviter tout accident. Il glissa ensuite l'arme dans la poche de son manteau. Il s'était préparé une deuxième lanterne qu'il attrapa au passage quand il redescendit. Il ferma la porte du moulin à clé et recacha celle-ci sous la pierre brune du porche.

Il ne craignait pas la nuit. Il ne l'avait jamais crainte. Petit, il s'échappait parfois de sa chambre pour aller marcher dans le noir, faire le tour de la maison ou se tenir dans un coin et écouter. La nuit le fascinait : quand elle était silence, elle alarmait, faisant craindre un danger imminent ; à l'inverse, le moindre bruit effrayait. C'était ce qui lui plaisait en fait : elle égarait les repères, changeait l'ordre et la vision des choses, changeait même les gens. Faire le chemin dans l'obscurité, seul, ne l'inquiétait nullement. Mais il y avait un assassin qui rôdait dans les parages et, depuis la découverte de la grotte du Pas-du-Diable, il n'arrivait pas à se débarrasser de cette impression de menace qu'il ressentait. D'où le revolver.

Il choisit de descendre le long de la rivière, jusqu'à la scierie, et d'emprunter ensuite la grande route qui remontait. Comme le lui avait expliqué Camille, il trouva bientôt un chemin qui s'ouvrait sur sa gauche et qui conduisait à trois fermes : la Métairie Blanche et la Métairie Neuve se partageaient les quelques hectares qui bordaient les gorges ; la ferme Gresse avait dévoré tout le reste. Un croisement marquait la frontière entre ces deux mondes. Les ruines de l'ancienne ferme Fabre dressaient là leur masse émiettée. Le mariage d'Henriette avec Émile Gresse avait scellé son sort. C'était comme un portail, un symbole riche de sens, avant d'entrer chez les Gresse par un chemin rectiligne aux berges dépourvues d'arbres.

Les bâtiments de la ferme s'organisaient en « U » autour d'une cour pavée, encombrée sur ses bords de vieux matériaux mis au rebut et au sol jonché des déjections de diverses volailles. L'aile gauche, quand on arrivait par le chemin, était réservée à l'étable, surmontée d'un grenier. Une large porte, à double battant, s'ouvrait en pignon, face à une enfilade de bâtiments plus bas et plus récents. De la lumière filtrait par les ouvertures, signe que l'heure de la traite n'était peut-être pas tout à fait passée. L'aile droite était accolée à la maison par des dépendances basses et anciennes, dont le bûcher, mais, plus on avançait vers le chemin, plus les bâtiments semblaient neufs, notamment le dernier morceau tout en briques. Là, derrière le haut portail de bois monté sur glissière, on entendait les grognements des cochons, et Martial ne put s'empêcher de repenser à ce qu'on lui avait raconté au sujet de Julien Pujol. La maison proprement dite reliait les deux ailes. Une ampoule électrique avait été laissée allumée au-dessus de la porte d'entrée et révélait une façade lézardée et décrépie. Une seule fenêtre en bas, une lucarne ronde au premier étage, et aucune autre ouverture vers la cour. Martial ne put avancer dans celle-ci. Accroché par une laisse à un câble qui était tendu entre les deux ailes, un bâtard noir aboyait furieusement, dévoilant une rangée de crocs jaunis et des yeux injectés de peur et de colère face à l'arrivée de cet inconnu. Il fallut du temps avant qu'on ne s'inquiète de ces aboiements. La porte de l'étable finit par s'ouvrir. Pierre Gresse s'avança de quelques pas, un fusil bien en évidence.

— Qui est là ? aboya-t-il à son tour.

— Martial de la Boissière. Votre nièce est venue me trouver cet après-midi pour me dire que vous souhaitiez me voir. Je crains d'arriver un peu tôt, mais je ne connais pas les horaires de la traite...

Le fils Gresse fit un pas de plus mais ne sortit pas de la lumière qui s'échappait de l'étable. Le double canon de son fusil était posé sur son avant-bras gauche, toujours menaçant. Martial leva sa lanterne pour bien lui montrer son visage. L'autre sembla rassuré.

— Vous pouvez y aller, il vous fera rien.

D'un mouvement du menton, il indiqua la porte d'entrée et, sans attendre, il fit demi-tour et repartit s'enfermer avec ses vaches.

Martial rasa le chien qui cessa d'aboyer un petit moment pour laisser entendre des grognements mécontents. Quand il l'eut dépassé, les aboiements reprirent de plus belle dans son dos. Il frappa à la porte et ce fut Amélie qui vint lui ouvrir, toujours dans la même petite robe, les deux boutons du col ouverts, les jambes nues et griffées, et toujours ses mimiques qu'elle voulait lascives.

— Entrez, on vous attendait.

Elle s'écarta à peine pour le laisser passer, et il dut frotter son épaule contre la sienne pour pénétrer dans la pièce qui s'ouvrait sur la gauche.

C'était une pièce basse de plafond et plutôt sombre. Un grand fauteuil au tissu râpé trônait devant l'unique fenêtre. Une vaste cheminée occupait la majeure partie du mur face à l'entrée. À sa droite, une horloge sans vitre résonnait bruyamment au rythme de son balancier. Et puis il y avait la longue table rectangulaire, au beau milieu. Assise au bout, sur une chaise en paille, Henriette Gresse dardait Martial de ses yeux de charbon, sans un mot. On devinait une arrière-cuisine, dans laquelle les deux autres femmes de la maison s'activaient. Il y avait ici la porte qui donnait sur l'étable. Pierre Gresse sortit de là pour venir les rejoindre. Il ouvrit son fusil, qu'il posa contre l'horloge, glissant les chevrotines dans la poche de sa blouse. Puis il s'assit sur le banc à côté de sa mère. Il invita Martial à en faire de même, face à lui. Mathilde sortit de l'arrière-cuisine, s'essuyant les mains dans un torchon à carreaux. Elle vint se placer machinalement debout derrière son mari. Elle avait les yeux fatigués, la mine lasse. Mais on ne pouvait ignorer qu'elle était la seule véritable lumière de la salle. Sa belle-sœur vint à son tour et s'assit à côté de Pierre, sans dire quoi que ce soit. La hiérarchie dans la famille était ainsi établie.

Amélie se tenait encore dans l'embrasure de la porte. La vieille Gresse grinça, en patois. Si Martial connaissait quelques mots d'occitan depuis ses années toulousaines, ils étaient trop maigres pour qu'il comprenne ce qu'elle disait à sa belle-fille. Yvonne n'eut pas à ouvrir la bouche pour qu'Amélie s'éclipse bruyamment. On l'entendit monter l'escalier, puis les lames du parquet au-dessus d'eux gémirent quelques instants.

— D'abord, monsieur, sachez que nous ne vous donnerons pas le moindre sou.

Henriette Gresse avait parlé d'une voix qui semblait surgir des profondeurs de son ventre. Et son regard restait mauvais.

— Je ne viens pas réclamer d'argent, madame.

— Nous sommes en deuil, mais pas sans défense. Les corbeaux qui viennent tourner autour de l'odeur de la mort peuvent passer leur chemin.

— Dois-je comprendre que vous m'avez demandé de venir ce soir pour m'insulter ?

La vieille femme ne répondit pas.

— Je ne sais pas exactement ce qu'on vous a raconté sur moi, mais je crains qu'il y ait un malentendu.

Pierre Gresse se tortillait sur son banc. Il sortit sa blague à tabac et une pochette de papier à cigarettes. Il s'adressa à son tour à Martial, sans le regarder, occupé à rouler, le bras gauche collé au corps et peu mobile.

— Y paraît que vous posez des questions sur nous…

— Je crois que la mort de Louis Bascoul et de votre frère est l'œuvre de la même personne. J'essaye juste de me renseigner.

— Mais qui vous paye pour cette enquête ? grogna la mère.

— Personne ne me paye. J'ai une petite expérience qui me permet de prêter main-forte à la police sur certaines affaires.

Dehors, le chien continuait de s'égosiller. Pierre Gresse se leva pour allumer sa cigarette à l'aide d'une braise.

— Nous sommes d'honnêtes fermiers, monsieur ! lança sa mère. Une famille entièrement vouée à son travail. Mais certains sont jaloux, voilà le problème. Si vous voulez trouver qui a massacré mon cher fils, allez donc voir cette saloperie de Cassagne. C'est ce que j'ai dit à la police. Je sais qui est notre ennemi, c'est lui ! Mais les policiers s'en moquent, ils sont partis sans rien faire. Si Michel était encore parmi nous, je vous jure que Joseph Cassagne regretterait d'être venu au monde.

Pierre baissa la tête, conscient de la lâcheté dont sa mère venait de le taxer.

— Je ne suis pas policier, mais je suis resté. Je veux, comme vous, trouver qui a fait cela. Mais il me faut recueillir un maximum d'informations.

— Vous remuez la merde, voilà ce que vous faites ! Vous avez ressorti cette histoire avec les petits-neveux de mon pauvre époux. Vous faites comme les autres, qui bavent sur nous depuis des années et qui s'en donnent à cœur joie depuis mardi dernier.

— J'essaye de comprendre la raison qui ferait que l'on s'en prenne à vous, madame, rien de plus.

— Alors, cherchez du côté de Cassagne. Regardez ! Il n'y a plus que Pierre, avec son bras estropié, pour s'occuper du gros du travail avec mes deux brus. Il va nous falloir embaucher du monde ou nous ne pourrons plus faire face. On nous pousse à la ruine, pour récupérer ensuite nos terres. Mais ils n'auront rien ! Rien !

— Que votre réussite attise des jalousies, je veux bien le croire, mais de là à tuer deux personnes… Et pourquoi commencer par votre valet ?

— Celui-là, c'était un bon à rien, maugréa Pierre.

— Il n'en est pas moins mort, et cela n'a rien à voir avec un accident ou un suicide. Je crains que le danger ne soit pas là où vous le pensez.

— Vous êtes donc comme tous ceux qui racontent ces histoires de fantômes ?

— Non, madame. Je ne crois pas aux fantômes.

Celui qui a tué votre fils était tout ce qu'il y a de plus réel.

Personne ne releva. Yvonne torturait ses mains abîmées. Son beau-frère n'en finissait plus de téter son mégot. La mère ne lâchait pas Martial des yeux. Seule Mathilde semblait calme et offrait un regard dénué de toute animosité. Mais personne ne semblait faire attention à elle, comme si elle n'était pas présente dans la pièce.

— Pourriez-vous répondre à trois ou quatre questions au sujet de mardi dernier ?

— Nous avons déjà répondu à des dizaines de questions, plusieurs fois même !

— Votre fils devait monter à la bergerie que vous possédez au col avec une charrette remplie de fourrage, c'est bien cela ? Savez-vous quand il a chargé ce fourrage ?

— La veille, répondit Pierre sans hésiter. Il chargeait toujours la veille, avant la nuit.

— Et la charrette restait où ensuite ?

— Il y a une grange ouverte derrière l'étable.

— Qui, parmi vous, l'a vu partir après le passage du laitier ?

— À l'exception de ma mère et de ma nièce, tout le monde était debout. Il y a beaucoup à faire…

— Vous n'avez rien remarqué de spécial ?

Pierre interrogea Yvonne du regard, mais pas Mathilde.

— Non, rien de spécial.

— Quand vous avez récupéré l'attelage plus tard

dans la matinée, vous n'avez à nouveau rien remarqué ?

— Il manquait sa veste et son fusil. La veste de mon frère, on nous l'a pas rendue, et personne n'a vu son fusil. Il le gardait toujours avec lui, sous le banc de la charrette.

— Nous avons déjà dit tout ça aux policiers, grinça à nouveau la matriarche.

— Je crois savoir comment votre fils a été agressé. Je pense que son assassin était caché dans la paille de la charrette et qu'il lui a sauté dessus au moment choisi. Je pense qu'il est venu ici, sous votre nez, jusque dans votre grange. Quant à votre valet de ferme, je suis persuadé qu'il a été torturé avant d'être tué. On a cherché à le faire parler. Ce qu'on a appris a sans doute entraîné la mort de votre fils aîné. Pensez-vous vraiment que votre voisin puisse faire tout cela, qu'il puisse prendre autant de risques pour, au final, se montrer si cruel ? Tout cela pour quelques dizaines d'hectares et des disputes de barrière ?

La fureur d'Henriette Gresse se lisait sur son visage, livide, prêt à se déchirer par le milieu sous le rictus qui le déformait de plus en plus.

— Qu'est-ce qui a bien pu déclencher une telle haine, une telle barbarie ? continua Martial sans lui laisser le temps d'exploser.

— Vous êtes comme tous ces gens qui pensent que nous avons tué Julien ! Vous nous accusez sans savoir ! Il est parti, il s'est enfui, comme son bon à rien de frère ! Voilà ce qui s'est passé ! Notre famille est dans le malheur, monsieur, mais ceux qui veulent notre chute en profitent pour baver davantage sur notre nom ! Ils n'ont aucune pitié, aucun respect ! Et vous êtes avec eux !

— Je ne suis avec personne, madame. Il y a un assassin en liberté à l'heure où je vous parle. La question que je me pose est de savoir s'il pourrait continuer à s'en prendre à votre famille, ou à vos proches ?

Ce fut Pierre qui craqua en premier, en allumant sa deuxième cigarette mal roulée.

— Qu'il vienne donc, je l'attends !

Et il sortit d'un geste sec les deux cartouches de sa poche, les posant violemment sur la table.

— Vous devez effectivement être sur vos gardes, mais pas de cette manière. Il faut contacter la gendarmerie et appuyer ma demande. Si je suis seul, ils ne me croiront pas. J'ai trouvé le lieu où Louis Bascoul a été retenu prisonnier et torturé. S'ils admettent qu'il s'agit là aussi d'un assassinat, ils assureront votre protection.

— Où est-ce ? demanda Pierre, encore tout à sa rage.

— Au Pas-du-Diable, dans une grotte.

— Une grotte ? Je connais pas de grotte là-bas.

— Et pourtant, il y en a une. Personne n'était au courant ici ?

Ce fut Yvonne qui surprit son monde en ouvrant la bouche pour la première fois :

— Si, moi, je savais. Mais je l'ai jamais vue et j'y suis jamais allée. On me l'a dit, c'est tout.

— Cette grotte est donc connue par certains ?

— Elle était connue... C'est Armand Pujol qui l'a trouvée. Il allait souvent au Pas-du-Diable, et il a fini par y emmener son frère. C'est Julien qui a parlé d'une grotte et d'un tunnel sous la terre. Un endroit qui lui faisait peur.

La veuve de Michel faisait plus que son âge, le visage ridé en de nombreux endroits, les yeux cernés. Mais il ressortait une certaine force d'elle. La force de quelqu'un habitué à se battre dans la vie pour faire sa place et la garder.

Henriette Gresse lui envoya quelques mots en patois à la figure. Martial comprit simplement qu'elle lui demandait de se taire. Mais elle n'écouta pas et lui tint tête.

— Il a pas pu revenir. Il est mort ! gémit Pierre.

— De qui parlez-vous ?

— D'Armand, pardi ! Qui d'autre pourrait faire ça ? C'est lui, il est revenu. Il est peut-être pas si mort que ça.

Sa mère tapa du plat de sa main sur la table. Toujours en patois, elle lui jeta ce qui ressemblait à du venin à la figure. Puis elle se retourna vers Martial :

— Vous essayez de nous faire peur, monsieur, mais vous n'y arriverez pas ! Vous ne nous aurez pas de cette manière !

— Je vous pose la question différemment alors : qui, en plus de votre fils aîné, Louis Bascoul a-t-il pu compromettre ?

— Pas Mathilde, lança Pierre. On était pas mariés à l'époque, elle vivait pas ici.

Il se trahissait un peu plus à chaque fois qu'il ouvrait la bouche. Pour lui, il n'y avait que la possibilité qu'Armand Pujol soit en vie. Il était donc certain de la mort de Julien. Et il venait d'en donner la date. Martial en eut froid dans le dos : ils l'avaient vraiment tué. Et eux aussi avaient fait le parallèle avec les événements récents. C'est pour cela qu'ils lui avaient demandé de venir : ils avaient bien plus peur que ce qu'ils voulaient montrer.

Au-dessus de leurs têtes, le plancher se remit à grincer. Martial les dévisagea tous, les uns après les autres. Yvonne et sa belle-mère baissaient la tête, et Pierre avait l'air maintenant effrayé. Mathilde était la seule à rendre à Martial son regard quand tous les autres étaient fuyants. Elle savait, il le vit dans ses yeux clairs. Elle savait depuis longtemps.

— Vous devez être protégés, finit-il par redire.

— Nous pouvons nous protéger seuls, répondit la vieille Gresse. Vous avez accompli votre tâche, monsieur. Vous nous avez prévenus. Vous pouvez dormir sur vos deux oreilles maintenant, vous n'aurez rien à vous reprocher s'il arrive autre chose.

C'était la fin de l'entretien. Elle invita Martial à les laisser.

— Je vais continuer mon enquête, dit-il avant de sortir. Si vous avez besoin de moi, vous savez où me trouver. Et restez sur vos gardes : qui que ce soit, il frappera encore, j'en suis certain.

Martial ne ralluma sa lanterne qu'une fois qu'il fut sorti de la cour, assez éloigné du chien qui hurlait à s'en épuiser. Les premiers flocons étaient en train de tomber, éparpillés et frêles, dispersés par un vent léger dans une nuit qui prenait un ton bleu marine dans la lueur de la lampe. Il redescendit jusqu'au pont de pierre. La maison d'Antoine Guiraud, perchée sur sa butte, était plongée dans le noir. Il aurait pu bifurquer pour reprendre le sentier qui longeait la rivière mais il n'en fit rien et remonta la route jusqu'au village. Il avait besoin de marcher, de prendre l'air. Se retrouver seul dans l'ancien moulin ne lui disait rien pour l'heure. Il ne trouva personne sur son chemin, aucun signe de vie. Même le café du Progrès était fermé. La neige tombait maintenant plus dru, mais elle ne collait pas au sol.

Il choisit de remonter jusqu'à l'école de Camille. Il ne voulait pas la déranger dans sa vie de couple, mais il voulait juste s'approcher, la sentir tout près. Et il voulait également surprendre Lucien Guiraud. Quand il fut bien engagé sur le chemin qui grimpait vers les hauts du village, il éteignit sa lanterne. Il retrouva la nuit, sa nuit. Il avança ainsi dans l'obscurité où voletaient les flocons qu'il entendait quand ils frôlaient ses oreilles ou qu'il sentait quand ils venaient s'écraser sur son visage. Il retrouva un peu de calme et de sérénité ainsi.

Il distingua bientôt l'ombre massive de l'école, découpée dans le noir par la lumière du petit salon, dont Camille n'avait toujours pas tiré les volets. Il retint sa respiration, marcha à pas de loup. Mais il n'y avait personne derrière le muret, au pied de la haie de houx. Il n'y avait que lui qui guettait à son tour les fenêtres éclairées, s'apercevant du ridicule de la situation. Il redoutait maintenant qu'elle le surprenne là, mais il fut d'abord incapable de partir. Il resta encore un moment.

Quand il sentit le froid mordre ses pieds, il se décida à rentrer au moulin. Il n'avait vu personne passer derrière les vitres du premier étage. Il n'avait même pas eu droit à la silhouette de Camille. Il se coucherait donc avec le souvenir de sa main dans la sienne quand ils étaient redescendus du Pas-du-Diable.

La nuit lui parut soudain moins rassurante. Quand il fut hors de la vue de la fenêtre du petit salon, il ralluma sa lanterne. Et immédiatement, dans le faisceau de lumière, à trente mètres devant lui, il vit une ombre décamper. Quelqu'un montait vers l'école, comme lui, sans lampe, et avait été surpris. L'ombre avait sauté dans la haie à la vitesse d'un animal. Martial avait senti le sang se glacer dans ses veines. Aussitôt, il avait glissé sa main dans sa poche, au contact de la crosse de son revolver. Il aurait dû lui courir derrière tout de suite, mais il mit plusieurs secondes à retrouver sa lucidité. Il s'élança trop tard. Derrière la haie, un champ dévalait vers les premières maisons du village. Il ne voyait pas assez loin pour y rattraper qui que ce soit. Néanmoins, il savait qui c'était. Il savait que Lucien Guiraud avait eu lui aussi une belle frayeur et qu'il ne reviendrait pas de sitôt épier Camille.

Martial retourna donc sur le chemin et se dépêcha de rentrer au moulin, accompagné tout du long par la neige qui aurait sans doute disparu sans laisser de traces au lever du jour, tant elle peinait à tenir au sol. Il gravit les quelques marches du perron, récupéra la clé sous la pierre et s'enferma à double tour. La pièce était chaude, le poêle n'étant pas éteint. Il fit davantage de lumière et le rechargea en bois. Il resta un moment en bas, toujours gêné par cette appréhension qu'il ne voulait pas voir se transformer en peur. Il était à peine plus de onze heures quand il se décida à monter se coucher.

Il déchargea son arme et l'emmaillota à nouveau dans son étoffe noire avant de la ranger dans le tiroir de sa table de nuit. Puis il enfila son pyjama. Il faisait plus frais dans la chambre mais il renonçait encore à la brique chaude dans ses couvertures. Il retira donc le dessus-de-lit pour pouvoir se coucher, bien qu'il n'ait pas sommeil. Un détail l'arrêta, un truc idiot, un truc de vieux garçon, mais son ventre se noua. Quand il avait fait son lit, le matin même, il avait placé le gros oreiller joufflu en dernier, comme le faisait Denise chez lui. Là, une partie du coussin était sous les draps. Quelqu'un y avait touché. Délicatement, il écarta le drap et souleva l'oreiller. Il n'y avait rien dessous, sinon le drap blanc impeccablement tiré comme du temps de l'internat. Il crut s'être trompé. Il remit l'oreiller à sa place et monta dans le lit. Mais le doute est cruel, surtout quand il est permis. Alors qu'il avait commencé à glisser ses jambes sous la couverture, Martial les retira et se leva à nouveau. Il écarta le gros édredon gonflé et le fit reposer sur le montant du lit. Il découvrit une petite bosse sous la couverture, au centre du matelas. Quelque chose de rond. Il attrapa le drap et la couverture et les tira en même temps, très lentement. Quand il découvrit ce qui était dans son lit, il sentit le souffle glacé de la panique lui mordre les entrailles. Une vipère était lovée sur le drap blanc, passablement endormie. Il avait une sainte horreur de ces bêtes, de tous les serpents, quels qu'ils soient. Plus qu'une horreur même, une peur panique, presque une phobie. Sa main tremblait. La vipère avait ouvert les fentes qui lui servaient d'yeux. Il faisait encore froid pour que les serpents sortent. Il fallait savoir où les trouver, en sachant que les aspics étaient mauvais et agressifs au printemps. C'est ce que lui avait appris son grand-père en tout cas, qui n'avait jamais compris comment on pouvait avoir peur d'une bête aussi petite et aussi froussarde, et qui ne cessait de le rouspéter à ce sujet.

Pour l'heure, Martial résista à l'envie de fuir de cette chambre. Il essaya de retrouver son sang-froid et de contenir ses tremblements. La première idée qu'il eut fut d'utiliser son revolver. Mais le matelas n'y résisterait pas. Alors, il tira à nouveau le drap, cette fois-ci séparé de la couverture, pour couvrir l'animal. Puis, descendant les marches quatre à quatre, il alla chercher le tisonnier près de la cheminée. Quand il remonta, la bosse était toujours formée sous le drap mais elle commençait à bouger. Le cœur prêt à exploser, Martial leva le tisonnier. Il hésita longuement, le geste en suspens. Sa phobie lui faisait craindre le pire s'il venait à rater son coup. Mais, comme le corps de la vipère s'étirait de plus en plus et qu'elle menaçait de fuir par un côté, il trouva la rage de frapper de toutes ses forces. Il ne compta pas les coups mais sentit la tête craquer plusieurs fois. Il s'acharna tellement que le drap n'y résista pas. Quand il le souleva de la pointe de son outil, la vipère était morte depuis longtemps, le crâne ouvert de tout son long.

Avec les pinces à feu, il la mit dans le seau à cendres. Le sceau à cendres finit sous le porche. Il trouva ensuite de quoi changer le drap souillé après avoir inspecté le moindre recoin de sa chambre et des autres pièces, y compris le lit d'Édouard. Il lui fallut cependant du temps, et plusieurs rasades d'eau-de-vie pour se glisser sous les couvertures pour de bon, vaincu par le froid. Il éteignit la lampe et, quand il réussit à chasser de son esprit les images de serpents remontant le long de ses jambes, il revint à la réalité : on venait de s'en prendre à lui. Une mauvaise blague ? Une menace ? Pire encore ?

Il ne sut pas vraiment quand le sommeil avait fini par le faire succomber, emportant avec lui les serpents venimeux, les enfants jetés en pâture aux cochons, les fermiers éventrés, les grottes transformées en chambre des tortures. Mais il garda les yeux ouverts une bonne partie de la nuit.

16

Martial fut réveillé sans ménagement le lendemain matin par un tambourinage en règle de la porte d'entrée. Le jour se levait à peine et il mit un peu de temps à émerger. Aux coups donnés à la porte s'ajoutaient les appels d'Édouard. Il se rendit compte qu'il avait oublié d'enlever la clé de la serrure et que son hôte était enfermé dehors. Il descendit donc en vitesse, trouvant un Édouard inquiet après qu'il eut trouvé le cadavre de la vipère sous son porche.

— Il faut prévenir la gendarmerie, dit-il après avoir écouté les explications de Martial. La morsure de ce serpent peut être mortelle.

— Elle ne l'est pas si souvent que cela… On a surtout voulu me faire peur. Inutile de prévenir la gendarmerie pour si peu. En revanche, il faudra trouver une nouvelle cachette pour la clé. Je crains que celle-ci n'ait été découverte.

— Cela signifie que l'assassin vous craint. La piste que vous suivez doit être la bonne.

— Je ne suis pas certain que l'assassin de Michel Gresse s'amuse à battre la campagne pour débusquer un serpent endormi et venir le poser délicatement dans mon lit. Un fantôme ne fait pas ça.

— Vous avez des doutes sur une autre personne ?

— Vraisemblablement quelqu'un qui n'est pas d'accord avec ma présence sur cette enquête, ou tout simplement dans le village.

Édouard resta circonspect. Puis on en vint à la visite à la ferme Gresse. Martial lui raconta comment les choses s'étaient passées.

— Je crois qu'ils ont bien tué le jeune Pujol et qu'ils ont fait disparaître le corps ensuite. Nous tenons là un mobile. Et je crois qu'eux aussi l'ont compris. Pierre semble terrorisé. Et il n'a écarté que sa femme des suspects potentiels.

— Vous pensez vraiment qu'Armand Pujol pourrait vivre dans ce village, au nez et à la barbe de tout le monde, sans qu'il y ait personne pour le reconnaître ?

— Concernant Armand Pujol, nous nous livrerons à une petite expérience tout à l'heure, au village. Vous verrez qu'il pourrait en être ainsi. Mais il peut s'agir d'une autre personne, quelqu'un qui a été également touché de près par la mort de ce jeune garçon. Il se peut aussi qu'utiliser l'histoire des frères Pujol arrange bien notre assassin. L'écran de fumée derrière lequel il peut cacher ses vraies intentions… Il faut absolument que nous avancions aujourd'hui. Qui que soit cet assassin, il garde trop d'avance sur nous.

Martial monta se laver et s'habiller avant d'expédier son petit déjeuner. Comme prévu, il ne restait quasiment aucune trace de la neige nocturne. La matinée restait grise et humide, mais il faisait plus doux que les autres jours.

Ils commencèrent par le plus simple : la scierie. Ils montèrent au bureau de l'ancien maire, au-dessus de l'atelier principal. Antoine Guiraud, au travail depuis un bon moment, était plongé dans son registre de commande. Par les nombreuses fenêtres de la pièce, il pouvait coiffer du regard toute son entreprise, au sein de laquelle on s'activait dans tous les coins. Mais il ne restait pas terré dans sa vigie, il descendait régulièrement parmi ses ouvriers et, quand le travail ne lui convenait pas, il n'hésitait pas à tomber la veste pour montrer ce qu'il voulait. C'est aussi pour cela qu'on le respectait.

Il ne montra aucune surprise et aucun embarras à voir Édouard et Martial débarquer dans son bureau. Il les invita à s'asseoir, retirant ses lunettes en demi-lune. Il écouta d'abord l'histoire de la grotte.

— La seule grotte que je connais s'est effondrée en 1875 sur Auguste Fabre, qui y cachait ses pièges. Mais elle n'est pas au Pas-du-Diable. On y accédait par le ravin qui se situe en dessous du cimetière. Je n'ai jamais entendu parler d'une autre caverne. Et il ne doit pas y avoir grand monde qui connaît l'endroit.

— Ceux qui la connaissent ne vont pas s'en vanter désormais. Ils deviendraient automatiquement suspects, répéta Édouard.

Antoine Guiraud écouta ensuite les autres requêtes.

— Si vous voulez trouver les nouveaux habitants, il n'y a pas trente-six endroits où chercher. Ils sont ici, à la scierie, ou bien chez Christophe, à la carrière. Vous connaissez déjà ceux de la laiterie. Il reste notre instituteur et les deux employés des Postes. Nous parlons peut-être d'une quinzaine de noms, en comptant ceux qui les ont accompagnés quand ils ne sont pas montés seuls. Quant à Armand Pujol, je l'ai peu connu. Dans mes souvenirs, il avait les cheveux bruns, peut-être noirs. Il était assez grand et costaud pour son âge. C'est tout ce que je peux vous dire.

Il fit une pause en fixant Martial.

— Bon sang ! J'espère que vous savez ce que vous faites en remuant tout cela. La rumeur a déjà traversé le village. On ne cesse de parler de cette histoire de revenant. Le départ précipité des policiers vous sert auprès des gens d'ici. Mais ils ont besoin d'être rassurés, pas confortés dans leurs superstitions.

— Le moment venu, il faudra que je puisse leur parler.

— Ce serait une bonne idée, effectivement. Et le plus tôt sera le mieux. Peut-être ce soir ?

Martial fut décontenancé par le peu de marge qu'on lui offrait. Mais Antoine Guiraud insista.

— Je peux organiser quelque chose pour vingt heures, dans la salle de réunion de la mairie. Il faut simplement que vous vous expliquiez, rien de plus.

Martial se sentit obligé d'accepter. Après quoi, le vieil homme prit quelques minutes pour lui faire une liste des nouveaux villageois. Sans peine, tant il connaissait bien son territoire.

La liste commençait par Jean Guillard, chauffeur en titre, installé depuis 1922, et qui vivait seul. Étienne Germain, et sa sœur Éliane, arrivés avant la première rentrée de l'après-guerre. Puis Fernand Palousi, directeur de la laiterie, marié à Jeanne, une femme discrète, et père de deux jeunes enfants. Pascal Béziat, le beurrier, n'était pas vraiment un nouveau venu, mais un « revenu » depuis 1921. Serge Cals était arrivé la même année. Les deux étaient sans femme. Il y avait ensuite Émile Claverie, Émile-le-facteur, grand blessé de guerre, placé au bureau des Postes en 1920. Maurice Daures, le receveur, était arrivé depuis un peu plus d'un an. C'était un jeune marié originaire de Castres et qui n'avait d'autres aspirations que d'y retourner au plus vite. Il était devenu le grand copain de Palousi. À la scierie, il y avait Rémi Fieu, le contremaître, qui avait été embauché en 1920. Il était arrivé seul, depuis l'autre versant de la montagne. Antoine Guiraud avait embauché quatre autres ouvriers, mais aucun n'était resté. Désormais, en s'appuyant sur Rémi Fieu pour les former, il n'engageait que des fils du village. À la carrière, Christophe Maraval avait une demi-douzaine de carriers sous ses ordres. Quatre d'entre eux n'étaient pas de La Vitarelle. Tous avaient été embauchés après la guerre, quand la demande en granit avait explosé. Il y avait Aimé Florensac, quarante ans, marié, qui venait de Noailhac et qui connaissait bien le métier. Fernand Galinier avait dû arriver à peu près en même temps, au cours de l'automne 1920. Lui venait des montagnes, du Masnault exactement. Il devait avoir la trentaine, peut-être un peu moins, et fréquentait assidûment une fille de Brassac. François Bastide était arrivé plus tard, en 1922. Il vivait avec sa mère, une vieille bigote aveugle qui le tenait sous sa coupe. Il ne connaissait rien au travail de carrier et avait d'abord tenté sa chance à la scierie. Antoine Guiraud l'avait ensuite chaudement recommandé à son jeune confrère quand celui-ci peinait à trouver des bras supplémentaires. Il était dur à la tâche et apprenait vite. Il devait avoir aux alentours de 25 ans aujourd'hui. Enfin, le dernier arrivé, Jean Fricard, un petit gars râblé, qui avait pris la route depuis Cahors avec ses outils de tailleur comme seul bagage et qui était venu s'échouer ici. Il était bel homme, encore jeune, et était devenu le centre des attentions féminines lors des bals et des fêtes depuis un an et des poussières. Antoine Guiraud ne voyait personne d'autre.

— J'ai une dernière question à vous poser, enchaîna Martial. Y a-t-il quelqu'un dans le village qui est, comment dire, familier des serpents ?

— Familier ? Vous voulez dire qui en a chez lui ?

— Je pensais plutôt à quelqu'un qui les attrape.

— Je dois dire que vous avez de drôles de questions… Il y a bien Aimé, Aimé Ramond. C'est notre maréchal-ferrant. Mais il a une deuxième activité : on le dit un peu sorcier, comme son père et son grand-père avant lui. Et il est rebouteux aussi. Il fabrique une sorte de lotion censée guérir les douleurs à base d'aspics. Alors, il a pour habitude d'en attraper quelques-uns. Il lui arrive d'impressionner son monde en exhibant un spécimen bien vivant de temps à autre. Il s'est même fait prendre en photo un jour de foire et il garde le cliché bien en évidence dans son atelier. Cette histoire de serpent a un rapport avec l'affaire qui nous préoccupe ?

— Je n'en suis pas certain. Mais je vous remercie de toutes ces informations.

Ils quittèrent son bureau. Alors qu'ils traversaient la cour, Martial aperçut Lucien qui les dévisageait depuis l'entrée d'un hangar où il fumait sa pipe. Il leur jetait un regard aussi mauvais que possible. Martial soutint ce regard et le fils Guiraud finit par tourner les talons. Quand Édouard lui demanda ce qui se passait avec Lucien, Martial préféra lui taire ce qu'il avait découvert et éluda sa question en en revenant à la fameuse liste.

Ils filèrent ensuite jusqu'à la carrière.

— Sont-ils suspectés de quelque chose ? s'inquiéta Christophe Maraval, quand ils lui demandèrent de confirmer les informations sur ses quatre ouvriers.

— Pas le moins du monde, lui répondit Martial. Nous essayons juste de mieux connaître les habitants de ce village et les liens qui les unissent.

— Et il se dit également que vous vous intéressez aux morts…

— Il semblerait que je ne sois pas le seul. Connaissiez-vous les frères Pujol ?

— J'étais à l'école avec Armand. Un grand gaillard, toujours silencieux, et qui ne se laissait pas faire quand on venait le chercher. Il n'était pourtant pas bien costaud mais il avait le dessus à chaque fois. Il m'a collé une rouste une fois parce que j'avais dit que c'était parce qu'il avait trop bu que son père était tombé de son échafaudage.

— Vous pourriez le décrire avec plus de détails ?

— Je crois qu'il avait les cheveux clairs mais les yeux noirs. Noirs ou bleus ? Je ne sais plus… En revanche, je n'ai pas vraiment connu son frère, celui qui a disparu.

— Vous avez participé aux recherches à l'époque ?

— Oui, j'y ai participé. Deux jours, pas plus, après

mon paternel m'a interdit d'y revenir. Mieux valait pour moi ne pas désobéir…

— Est-ce que vous savez si on a cherché au Pas-du-Diable ?

— On a même commencé par là. Le gamin s'était vanté un jour d'y aller souvent, en cachette. On a pensé que c'était peut-être vrai et qu'il était peut-être tombé dans un des trous. On a cherché un peu mais l'instituteur nous a dit que ce n'était pas la peine d'insister. Ça arrangeait tout le monde en fait. Personne n'aime vraiment aller traîner par là-haut. Alors descendre dans ces gouffres… On a toujours raconté plein de choses au sujet de ce site. Il y a quelques mois, j'ai eu besoin des services d'un géologue pour mon affaire. Je lui ai demandé une étude des lieux, pour savoir si je pouvais compter sur de nouveaux gisements. Je l'ai accompagné jusqu'au Pas-du-Diable. Il m'a dit que l'eau avait dû ruisseler de partout, mais que les lits des sources avaient dû être ensuite détournés, sans doute depuis des siècles. Il pensait que des nappes souterraines avaient pu se former, et grignoter la terre par en dessous. J'ai repensé au petit Pujol. Je me suis dit que peut-être qu'il était en dessous. Qu'un jour ou l'autre, il faudrait explorer ces cavités… Mais ce sont des endroits dangereux.

Plus tard, alors qu'ils revenaient vers le village, Martial fit remarquer à Édouard qu'Armand Gresse avait déjà pris deux apparences différentes en deux témoignages.

— Voilà l'expérience dont je vous ai parlé. La mémoire est capricieuse. Elle est capable d'enregistrer un détail infime ou un moment précis, mais elle peut aussi bien effacer ce qu'on a eu sous les yeux pendant des années. Je vous parie que, si nous continuons à interroger les gens, Armand Gresse aura trois ou quatre signalements avant que le soleil se couche.

— Mais vous pensez qu'on peut le trouver dans cette liste, s'il a finalement réussi à sortir vivant de la guerre ?

— Pourquoi pas ? Il est celui qui a la meilleure raison de se venger des Gresse.

Au café du Progrès, Gaston Fabre ne parvint pas à mettre un visage sur les frères Pujol, pas plus que le boucher d'ailleurs, qui était en train de vider un verre de vin rouge, qui ne devait pas être le premier de la matinée à en juger par sa langue pâteuse et la couperose qui ornait ses joues. Quant à la grotte, on leur resservit l'histoire de l'oncle de Gaston, un fameux braconnier qui, s'il avait réchappé à l'effondrement de sa cachette, n'avait pas résisté, deux hivers plus tard, à une pleurésie.

Ils continuèrent ensuite à descendre la rue jusqu'à l'épicerie. Cette boutique était le véritable centre du village. Ses étagères ployaient sous les poids des marchandises diverses. Les gros sacs de jute étaient alignés au pied du grand comptoir, gorgés de haricots secs, de pois, de fèves et de lentilles. Un pain de sucre massif trônait dans la vitrine. Les odeurs se mélangeaient dans un désordre qui semblait être l'image même du magasin. C'était l'une des rares portes ouvertes sur l'ailleurs. C'était un lieu indispensable, un lieu où tout le monde passait. Un petit homme rond, le crâne largement dégarni, un crayon coincé sur l'oreille, une éternelle blouse en toile grise sur le dos, se mouvait au gré des commandes des clients, évitant les obstacles avec une agilité insoupçonnée, fouillant les étalages, débusquant un tiroir oublié de tous, pesant, comptant, entassant. Il avait, semble-t-il, l'habitude d'appeler tout le monde « *père ceci* » ou « *fils cela* ». Alors, tout le village l'appelait le père Sabatié. Et sa femme, qui ne décollait pas du tiroir-caisse, juchée sur son tabouret, c'était la mère Sabatié, tout en rondeurs et en commérages.

Quand Édouard et Martial pénétrèrent dans le magasin, l'unique cliente était la sœur d'Étienne Germain, vêtements noirs et visage fermé. Quand elle les vit entrer, elle abrégea ses achats, demanda qu'on marque le total sur sa note et s'en alla d'un pas vif et sec, sans prononcer le moindre mot.

— Monsieur Alexandre ! C'est à nous ! lança le père Sabatié en dégainant le carnet sur les pages duquel il posait ses additions.

— Je n'ai besoin que d'un peu de tabac, mentit Édouard. Et j'en profite pour vous présenter monsieur de la Boissière, un de mes amis qui nous a rejoints pour quelque temps.

Le couple de commerçants salua poliment et faussement. Puis l'épicier fit le tour de son comptoir, jusqu'aux étagères où il y avait le tabac, le papier à cigarettes, les articles de papeterie et, uniques touches colorées dans un lieu tout marron, les éternels bocaux remplis de bonbons multicolores. Il pesa le tabac d'Édouard sur sa balance Roberval tandis que Martial risquait un pas sur le côté, là où on stockait les bidons de pétrole et même quelques-uns d'essence. La mère Sabatié ne le quittait pas des yeux.

— Vous êtes le détective engagé par le père Guiraud, n'est-ce pas ? finit par demander son mari.

— Monsieur Guiraud m'a en effet demandé de consacrer un peu de mon temps aux récentes tragédies qui ont endeuillé votre village.

— Vous faites beaucoup parler de vous. Rien qu'ici, vous n'imaginez pas combien de fois mes clients ont discuté à votre sujet. Moi, je trouve très bien que quelqu'un comme vous s'intéresse un peu à ce qui se passe par chez nous. Les deux autres-là, les inspecteurs, ils n'ont pas pris cette histoire au sérieux. Vous, vous n'avez pas hésité à mettre le doigt là où il fallait, sans vous moquer de cette histoire de fantômes. Je n'ai pas honte de le dire, j'y crois ! Il y a beaucoup de choses que nous ne pouvons pas expliquer, de tout temps. Les frères Pujol, voilà où est la clé. Tant que leurs âmes n'auront pas trouvé le repos, ils continueront à hanter notre village.

— Vous connaissiez bien ces deux frères ?

— Pas plus que ça. On voyait passer le petit quand il sortait de l'école, avec les autres gamins. Le grand, je n'en garde aucun souvenir. Mais si vous cherchez quelqu'un qui les a bien connus, vous devriez aller voir la mère Cousinié, celle qui travaille avec la fiancée de monsieur Alexandre, à l'école du haut. Elle a toujours donné un coup de main pour les repas du midi, alors vous pensez, les jeunes, elle les a bien connus !

Il tendit son paquet de tabac à Édouard, qui s'approcha de la caisse pour payer. Le couple Sabatié attendait sans doute quelques révélations sur l'avancée de l'enquête. Ils se tenaient maintenant côte à côte derrière le comptoir, sourires de façade et œillades avides adressés à Martial. Mais celui-ci les déçut quand il se contenta de les saluer et de quitter leur boutique, suivi par Édouard.

Pour rejoindre la fermette de Marthe Cousinié, il fallait passer devant l'école de Camille. C'était ensuite la première maison que l'on rencontrait sur le chemin, à deux cents mètres de là, en avant d'un hameau qui en comptait quatre autres. On pénétrait dans une courette bordée sur sa gauche d'une petite étable et sur sa droite d'une maison basse, plutôt bien entretenue. Au fond, un double bassin recevait à gros bouillon une eau de source si fraîche qu'on y laissait tremper les bidons de lait. Dans un recoin, une volée de marches en pierre montait vers un pré où l'on devinait un large potager en bordure de la pâture. Durant le trajet, Édouard avait présenté ce qu'il savait sur la famille Cousinié. Marthe était une brave femme, un soutien de poids pour Camille. Elle cachait derrière cette apparente solidité une tristesse qu'elle peinait parfois à masquer. Elle était mal mariée. Son mari, François, était le cantonnier du village. Il avait déjà tendance à boire plus que de raison avant la guerre, mais c'était devenu pire après qu'il fut revenu. Et il avait souvent l'alcool mauvais. Marthe subissait ses jérémiades, ses violences parfois. Il n'allait que rarement se saouler dans les cafés. Il se finissait chez lui, au vin rouge ordinaire, à l'abri des regards. Trois enfants étaient nés de ce vilain mariage. Les deux filles étaient mariées et vivaient dans la vallée. Le fils, Bernard, travaillait à la scierie. Il allait sur ses vingt-trois ans et vivait toujours sous le toit de ses parents, compensant comme il le pouvait les « absences » de son père en s'occupant des bêtes : trois vaches, quelques poules, un vieux cheval... Il avait fréquenté la jeune Amélie, comme d'autres, et sa mère avait eu le malheur de l'apprendre. Si elle n'avait pas la moindre prise sur son époux, il en était autrement avec son fils, et elle lui avait ordonné de mettre fin à ce genre d'aventures, qui ne pouvait apporter que des ennuis, et qui la mettait personnellement dans l'embarras vu qu'Henriette Gresse était sa tante.

Effectivement, Marthe Cousinié respirait la force, les pieds bien fichés en terre. Martial aperçut ces fameux éclairs de mélancolie dans ses yeux mais de façon très furtive. Elle les accueillit chaleureusement, dans sa cuisine où une soupe était en début de cuisson dans un chaudron noir. Elle leur proposa un café et fit d'abord la conversation, heureuse de rencontrer enfin Martial dont Camille lui avait tant parlé. Elle se félicitait que la jeune femme reprenne quelques couleurs depuis qu'Édouard s'était installé au village. Et surtout, depuis qu'elle s'entêtait moins à vouloir comprendre toute seule les tragiques événements des derniers mois. On en arriva donc à parler de l'enquête et Martial réussit à caser le nom des frères Pujol.

— Je connaissais surtout le plus petit, Julien. Un brave gosse, gentil comme tout, et poli avec ça. Un bon élève également, qui aurait pu aller très loin. Il avait à peu près le même âge que mon fils, Bernard. Je le plaignais ce gamin, toujours la mine triste, la tête rentrée dans les épaules. On savait tous de quelle façon il vivait à la ferme, ce qu'on lui faisait faire et ce qu'il avait à subir. Mais il ne se plaignait jamais.

Monsieur et madame Boutonnier, le couple d'instituteurs de l'époque, l'avaient pris en sympathie. Ils essayaient de l'aider comme ils pouvaient. J'essayais d'en faire autant. Parfois, il n'avait pas grand-chose à manger le midi alors je rajoutais deux ou trois bricoles dans sa cantine, quand tout le monde avait le dos tourné. À la sortie de l'école, je demandais à mon fils de l'amener ici, avec lui, pour qu'il puisse avoir un goûter. Les Gresse le faisaient trimer jusqu'à épuisement. Tant qu'il n'avait pas fini le travail, il n'avait pas le droit de se mettre à table, et si l'heure était passée, il partait se coucher le ventre vide. Ils lui avaient installé une paillasse dans la soupente au-dessus de leur petite étable. Et puis, il recevait des coups. Plusieurs fois, je l'ai vu grimacer en s'adossant à une chaise ou en se baissant pour ramasser quelque chose. Certains jours, il ne pouvait même pas jouer avec les autres garçons.

— Vous avez cru à sa disparition ?

— Bien sûr que non ! Monsieur Boutonnier non plus d'ailleurs. Quelques jours après que le petit fut porté absent, je me suis retrouvée seule avec lui, dans la salle de classe. Le pauvre homme était écrasé de chagrin. « *Ils l'ont tué, Marthe...* » qu'il gémissait. « *Ils nous l'ont tué.* » J'entends encore ses paroles… Quand j'ai remis tout ça sur le tapis, quelque temps plus tard, après que les recherches ont été interrompues, il m'a grondée, disant qu'il ne fallait pas accuser ces gens sans preuve, que lui-même s'était laissé aller à dire des choses qui dépassaient ce qu'il pensait vraiment.

— Et concernant le frère aîné ?

— Armand ? Il était plus sauvage, plus distant. Il

se tenait toujours à l'écart de tout le monde. Il avait quelques possibilités d'après monsieur Boutonnier, mais l'école n'était pas trop son domaine. Je l'ai moins bien connu. Qu'il soit parti ne m'a guère étonnée. Il semblait toujours prêt à exploser, comme s'il n'avait que de la rage à exprimer. Ce qui m'a surprise, c'est qu'il abandonne Julien. La façon dont il s'occupait de lui, dont il le protégeait, c'était, comment dire ? C'était exemplaire. Il était dévoué corps et âme à son jeune frère. Il aurait été prêt à endurer n'importe quoi pour lui éviter le pire. Mais il faut croire que sa résistance a eu ses limites...

— Sauriez-vous le décrire ?

— J'ai le souvenir d'un garçon rude dans tous les sens du terme. Pas forcément très grand, mais assez costaud. Je crois n'avoir jamais entendu vraiment le son de sa voix. En fait, je revois un visage sombre, tout sombre, jusque dans les yeux... J'ai du mal à me souvenir de lui avec précision. Quand je pense aux frères Pujol, c'est le visage de Julien qui me saute aux yeux. Le grand est plus dans l'ombre, en retrait.

Martial lança un bref regard à Édouard au cours de la description d'Armand. Il écoutait attentivement, très concentré, les mains jointes devant son menton. Plus à l'aise avec Marthe, qu'avec n'importe lequel de leurs autres interlocuteurs, il y alla de sa question :

— S'il était revenu au village, vous auriez pu le reconnaître ?

Marthe laissa un blanc.

— Je ne peux pas le jurer. Peut-être qu'en le regardant dans les yeux, en passant du temps avec lui...

Mais je n'en suis pas sûre. Et puis, je sais qu'il est mort. Monsieur Boutonnier me l'a dit, avant de quitter le village. C'était la seule fois où il a prononcé le nom des Pujol devant moi depuis l'été 1914. Pour me dire qu'Armand avait été tué… J'espère juste qu'il est mort avant d'avoir su pour Julien. S'il avait compris ce qui s'était passé, je crois qu'il aurait pu devenir fou.

— Fou jusqu'à tuer ?

— À tuer, ou à se tuer lui-même.

Marthe répondait avec franchise, ses bons yeux ne quittant pas ceux de Martial.

— S'il avait appris ce qui s'est dit sur la disparition de son frère, il aurait été capable de tous les massacrer.

— Quand vous dites « *tous* », vous pensez aux Gresse ?

— Pas seulement. Je pense à tous ceux du village qui savaient que le petit était maltraité et qui n'ont pas bougé le petit doigt. À tous ceux qui ont accepté aussi d'enterrer l'affaire. Et je vous dis cela en sachant que je fais moi-même partie de la liste.

— Vous avez aidé son frère, tempéra Édouard. Je commence à vous connaître, je sais que quand vous venez en aide à quelqu'un, ce ne sont pas des paroles en l'air, c'est du solide, du vrai.

— J'ai été aussi lâche que les autres quand il a reçu la raclée de trop.

Marthe avait joint ses mains, comme dans un geste de prière. Son regard, cette fois-ci, s'était perdu dans le vide.

— Quand on m'a annoncé la mort de Michel, j'ai pensé tout de suite à lui. Je me suis dit que c'était lui qui était revenu, pour se venger… Certains ont dit que ce qui s'était passé mardi dernier était l'œuvre du diable. Le seul diable qui pourrait s'abattre sur nous avec cette rage, c'est Armand Pujol, revenu d'entre les morts… Vous faites bien de soulever à nouveau cette histoire. Au moins, cela permet de ne pas oublier… Je ne sais pas ce que je préférerais en fait : qu'Armand soit de retour, pour que je puisse m'expliquer face à lui, que je puisse implorer son pardon, que je revoie un peu de Julien aussi en lui ; ou bien qu'il soit en paix, et qu'ils soient tous les deux réunis dans l'autre vie…

Quelque part plus loin que la cuisine, un carillon sonna onze heures. Marthe Cousinié sursauta. Elle devait se rendre à l'école pour surveiller ceux qui ne rentraient pas chez eux pour déjeuner. Édouard et Martial se levèrent d'un même élan. Martial lui serra la main un peu plus longtemps que l'usage l'aurait voulu. Cette femme l'avait touché et séduit à la fois. Sa franchise, sa chaleur, autant de choses qu'il n'avait que peu vues depuis son arrivée au village, y compris chez Antoine Guiraud et certains de ses silences. Édouard allait pour lui serrer la main à son tour mais elle s'approcha plus près et l'embrassa sur les deux joues, comme une mère aurait fait pour son fils. Il en fut surpris et en resta les bras ballants.

— Continuez à prendre soin de notre Camille, mon garçon. Vous avez là un joli trésor…

— Sacrée bonne femme ! dit Martial après qu'ils eurent quitté la fermette.

— C'est une belle personne en effet, concéda Édouard, encore dans l'émotion de leur accolade.

Il en fut vite tiré quand ils se retrouvèrent face à François, le mari de Marthe. Une cigarette mal roulée au coin des lèvres, le béret vissé sur la tête, de lourds sabots paillés aux pieds, tenant son vieux cheval par la longe, il remontait chez lui.

— On m'a dit que vous veniez chez moi, commença-t-il, sans préambule. J'y croyais guère en fait. Vous y vouliez quoi à ma bonne femme ?

Ni Édouard, ni Martial ne lui répondirent. Il ne s'en offusqua pas.

— On vous cherche, figurez-vous. Pierre Gresse. Il est descendu au village en furie demandant après vous, le détective. J'y ai dit comme ça que si je vous voyais, je vous ferais la commission et voilà que le père Sabatié me dit que vous aviez à parler à Marthe.

— Monsieur Gresse est toujours au village ?

— Non. Il pouvait pas s'attarder vu tout le boulot qu'il a. Il vous attend chez lui, dès que vous pourrez. Il a rien dit d'autre, mais il avait l'air tout retourné.

Ils plantèrent François Cousinié là, regrettant de ne pas avoir accepté plus tôt l'offre d'Antoine Guiraud de mettre à leur disposition son attelage inusité. Ils se rendirent à pied à la ferme Gresse, tous les deux cette fois-ci, en essayant de presser le pas au maximum.

Quand ils parvinrent enfin dans la cour crottée, ils furent à nouveau accueillis par le chien qui avait vociféré toute la soirée de la veille. Il se contenta de leur grogner dessus cette fois-ci, et, comme il était détaché de sa corde à linge, ils purent admirer de près son râtelier et ses yeux coléreux. Yvonne Gresse sortit de l'étable, l'appela et le bâtard lui obéit, nettement plus commode en fait quand il se sentait libre.

— Bonjour, madame Gresse. On m'a dit que votre beau-frère me cherchait.

La veuve de Michel Gresse dévisagea maussadement Édouard.

— Monsieur Alexandre est un ami, comme vous le savez sans doute. Il m'assiste dans mes recherches, justifia Martial.

Cela sembla lui convenir. Elle repartit vers l'étable sans un mot. Par la fenêtre de la maison, ils virent la matriarche qui les dévisageait depuis son fauteuil. Pierre Gresse finit par les rejoindre, suivi de sa belle-sœur. Il avait une sale tête. Il prit tout de même la peine de leur serrer la main à tous les deux tout en ne pouvant s'empêcher de jurer, en patois, maudissant Dieu et la Sainte Vierge.

— On a trouvé quelque chose dans la porcherie ce matin…

Il passa devant eux jusqu'au portail coulissant de la porcherie. Il devait y avoir une bonne douzaine de porcs, répartis en deux stalles, de chaque côté de l'allée centrale. Deux autres boxes accueillaient les gorets dans le fond. Dès que le panneau de bois avait coulissé sur sa glissière, les grognements avaient pris une intensité assourdissante tandis que l'odeur du lisier piquait les yeux.

— C'était là, cria Pierre Gresse. Dans l'auge.

Par-dessus le muret, il désigna la première stalle sur la droite. Cinq énormes bêtes y pataugeaient dans leurs déjections. Il alla ensuite jusqu'à l'échelle posée contre le mur du fond et revint avec le morceau de tissu qui était posé sur un des barreaux. Quand il se rapprocha, ils virent qu'il s'agissait en fait d'une veste en peau de mouton retournée. Elle était sale et déchirée à plusieurs endroits.

— Ils avaient commencé à la bouffer, dit-il en la tendant à Martial.

— C'était celle de Michel, dit Yvonne dans leur dos. C'est la veste qu'il avait sur lui le matin où il a été tué.

— Qui l'a trouvée ?

— C'est moi ! répondit Pierre. C'est moi qui m'occupe des porcs le matin. Les femmes font le soir…

— Laquelle est venue en dernier hier soir ?

— C'est moi qui suis venue hier soir, peu avant votre arrivée, répondit Yvonne. La veste y était pas, ça, c'est sûr !

Martial rendit la veste à Pierre.

— Nom de Dieu ! Il est entré chez nous. Il nous provoque. On va tous y passer, c'est ça qu'il veut nous dire, non ?

Martial ne répondit pas. Comme Édouard, il supportait mal de rester dans la porcherie et sortit respirer un peu d'air frais. La mère Gresse et le chien assis dans un coin de la cour ne les quittaient pas des yeux. Si l'animal ne grognait plus, en revanche on avait l'impression que la vieille femme avait pris le relais derrière ses carreaux sales.

— À quelle heure avez-vous découvert la veste ? demanda Martial.

— Un peu avant six heures.

— Celui qui est venu déposer cette veste l'a fait cette nuit. Le portail ne grince pas trop quand vous l'ouvrez, il a pu se glisser là-dedans sans que vous n'entendiez.

— Peut-être qu'on aurait pas entendu le portail, mais on aurait entendu le chien. Il a dormi dehors. Après que vous êtes parti, il a pas aboyé une seule fois. Jusqu'au passage du laitier ce matin. Si quelqu'un était rentré dans notre cour, on l'aurait su. Mais peut-être que le chien il a rien vu parce qu'il y a rien à voir, ni à sentir…

Mathilde était sortie sur le pas de la porte, en tablier. Elle n'eut pas besoin de dire quoi que ce soit pour qu'ils comprennent que la mère avait donné le signal pour passer à table.

— Dépêchez-vous de trouver cette chose, dit Pierre Gresse entre ses dents serrées. Parce que je vous promets qu'on va pas attendre les bras croisés qu'elle revienne. On doit aller déjeuner maintenant.

Il s'en alla vers la maison, son bras estropié encore plus collé au corps que la veille.

— Merci d'être passés, compléta Yvonne Gresse avant de lui emboîter le pas.

— Vous en pensez quoi ? interrogea Édouard pendant qu'ils s'en retournaient à leur tour.

— La personne qui a mis cette veste dans la porcherie n'a pu le faire qu'hier soir, pendant que j'étais chez eux. Leur chien aboyait à s'en égosiller. Personne n'a cherché à le faire taire. Il avait peut-être une autre raison que ma venue pour donner ainsi l'alerte. Il y a cependant une deuxième solution.

— Laquelle ?

— Que ce soit une personne qui ne fasse pas aboyer le chien.

— Quelqu'un de chez eux ?

— Pourquoi pas ? L'histoire des frères Pujol peut être un paravent bien commode, comme je vous l'ai dit tout à l'heure. Derrière lequel on peut cacher le vrai mobile.

— Ou bien, quelqu'un dans cette famille se délecte de leur peur, et en a rajouté une couche. Comme avec votre vipère.

— Mais ce quelqu'un a eu la veste de Michel Gresse avant l'arrivée du docteur Delcros et du maire mardi dernier. Et sans laisser de traces dans la neige… C'est notre tueur qui a fait cela. Et le message qu'il adresse est clair : il n'a pas terminé. Il les avertit qu'il n'a pas terminé… Et il n'hésite pas à prendre des risques. Il m'a peut-être suivi hier soir, il était peut-être juste là, pas loin, dans le noir. A priori ma présence ne l'inquiète pas plus que cela… Nous allons parler de tout cela une fois de plus, refaire tout le cheminement de cette histoire depuis le début. Venez, je vous invite chez Gaston Fabre. On discutera devant une bonne assiette.

— Je crains fort que l'odeur de la porcherie m'ait coupé l'appétit pour un bout de temps.

— Vous auriez tort. Samedi, il nous a servi des tripes qui étaient à se damner. J'ai l'estomac qui réclame rien qu'en y repensant. Et je réfléchis mieux le ventre plein.

17

Sous l'œil curieux de deux ou trois habitués accoudés au comptoir, Édouard et Martial avaient déjeuné des restes de la daube du dimanche au café du Progrès. Au cours du repas, ils avaient remis à plat tout ce qu'ils avaient appris depuis plusieurs jours. Et, finalement, en étaient revenus à la possibilité que l'histoire des frères Gresse ainsi exhumée du passé ne soit qu'un leurre.

— Inventer et faire vivre un revenant ne doit pas être de tout repos, remarqua Édouard.

— Si c'est réellement le cas, à qui profite le meurtre de Michel Gresse ? Cette question-là me turlupine parce que j'y trouve beaucoup trop de réponses. À condition d'accepter le fait que l'assassinat du valet de ferme ne serve en fait qu'à la stratégie du piège. Si la mort de Louis Bascoul a un autre sens, le champ des possibilités s'en trouve plus réduit. Michel Gresse n'était pas aimé, c'était une brute, avide de pouvoir et d'argent, qui visait la mairie, ce que certains déploraient. Il était mal marié, avec une femme qui le trompait de manière à peine cachée, et qui devait se sentir également très à l'étroit dans ce mariage. Il a élevé une fille qui n'est pas la sienne mais sans doute celle de celui qu'il a fait fuir, et qui est donc du même sang que le jeune garçon dont il est un des responsables de la mort. Il a un frère qui vit dans son ombre, lui aussi prisonnier de sa famille et de sa ferme, ce qui doit le rendre aigri, voire enragé. Tout comme sa belle-sœur que tout le monde considère comme une moins que rien, mais qui me paraît trop intelligente pour ne pas réagir face à cette situation. Enfin, il y a ces gens qui considèrent que la justice n'est pas passée dans la mort de Julien Pujol : l'ancien instituteur par exemple, sans doute d'autres personnes. Si l'histoire de ces deux frères avait pour but de m'envoyer dans le décor et de me faire perdre du temps, c'est réussi !

— À moins que vous ayez mis dans le mille d'emblée.

— Cette histoire de veste jetée aux cochons me pose problème. C'est trop gros, le trait est trop appuyé, comme si on avait peur qu'on n'ait pas encore compris. À insister ainsi, il se pourrait bien que le ou les responsables aient vraiment intérêt à ce qu'on se rue dans cette direction, d'où ma méfiance…

— Qu'allez-vous faire maintenant ?

— Je vais élargir le périmètre de mes investigations. On nous a beaucoup parlé de Joseph Cassagne, alors nous allons aller le voir. Il y a aussi une deuxième personne que j'aimerais interroger : Mathilde Gresse. J'ai le sentiment que cette jeune femme a beaucoup à nous dire.

Sitôt le déjeuner terminé, Édouard partit chez Antoine Guiraud. Les allers-retours incessants leur faisaient perdre beaucoup de temps. Il était donc allé chercher l'attelage proposé par l'ancien maire. Martial s'avança, à pied, repassant par le moulin avant d'aller frapper chez Joseph Cassagne.

Une petite femme aux dents gâtées et aux joues écarlates vint lui ouvrir. Elle paraissait totalement effacée, se contentant d'écouter la requête du visiteur et de répondre par quelques mots, pressée de ne plus être obligée d'être seule avec lui. Son mari était dans son atelier. Elle lui indiqua rapidement de quel côté aller. La Métairie Neuve, ferme des Cassagne, disposait de bâtiments moins étendus que chez les Gresse. La maison était encore plus petite, encadrée sur sa gauche par une modeste étable puis une haute grange qui paraissait plus récente que le reste, et sur sa droite par une enfilade de dépendances, toutes ouvertes sur la cour, comme si on les avait rajoutées au fur et à mesure. La troisième porte était celle de l'atelier. Martial frappa et un grognement lui répondit de l'autre côté. Il se posta devant les carreaux de la fenêtre, encerclés par les toiles d'araignées, et frappa à nouveau. Joseph Cassagne finit par venir lui ouvrir de mauvaise grâce. C'était un homme qui frôlait la cinquantaine, les cheveux et la barbe gris, tout comme ses sourcils si épais qu'ils masquaient les paupières supérieures. Il était grand, large, les membres épais. Son regard était noir comme la suie. Il paraissait très mécontent d'être importuné chez lui, pendant qu'il affûtait ses outils à la meule.

— Qu'est-ce que c'est ? rugit-il.

— Monsieur Cassagne ? Enchanté de vous rencontrer, je m'appelle Martial de la Boissière, j'habite depuis quelques jours à l'ancien moulin, chez un ami. Je m'excuse de vous déranger en plein travail mais j'ai quelques questions à vous poser, au sujet de la mort de votre voisin.

— Vous êtes de la police ?

— Pas vraiment, non.

— Vous êtes quoi alors, un merdaillon de journaliste ?

— Non, monsieur. Je m'occupe de l'enquête à titre privé, à la demande de monsieur Guiraud.

— Mais j'ai rien à vous dire, moi ! La police est déjà venue. Y paraît qu'on m'a dénoncé comme assassin. Quelle bande de fumiers ! J'ai déjà répondu à leurs questions et ils ont rien trouvé.

— Pourquoi certains vous ont-ils accusé ?

— Parce que je suis en guerre avec les Gresse depuis toujours. Parce que crever cette ordure de Michel, j'y ai pensé plus d'une fois, tellement fort qu'on a dû l'entendre.

— Mais vous ne l'avez pas fait.

— Putain de Dieu ! Je vous ai dit que non ! Je pleure pas sa mort, et pour tout vous dire, j'en ai même rien à foutre ! Mais je serais pas allé jusqu'à tomber dans le panneau pour finir sur l'échafaud ! C'est là qu'ils veulent m'envoyer, ces pourris de Gresse et leurs amis...

— Vous n'avez rien vu ou rien entendu mardi matin ?

— Regardez par vous-même ! On voit même pas la route d'ici.

— Votre travail aurait pu vous amener à en être plus près.

— Mardi matin ? Y avait de la neige partout. Qu'est-ce que je serais allé foutre ? On est resté ici, à s'occuper des bêtes, à bricoler. Y avait rien à faire d'autre.

— On m'a dit que vous aviez des ouvriers à votre service.

— Oui, monsieur, et c'est pas interdit ! Y a trois Espagnols qu'on loge dans le grenier et qui travaillent pour moi depuis deux ans.

— Où sont-ils à l'heure actuelle ?

— Ils sont dans les champs du haut, à refaire les clôtures. Vous pouvez aller les voir si ça vous chante, mais ils parlent pas un foutu mot de français. On se débrouille en patois avec eux. Et ils ont rien à voir là-dedans. Ils bossent dur, ces gars et ils font pas de bruit le reste du temps. Ils vont même plus au village depuis l'an dernier, alors ils gênent personne.

— Pourquoi ne vont-ils plus au village ?

— Parce qu'on veut pas d'eux. On refuse de les servir dans les bistrots et dans les commerces. Le curé leur a même demandé de pas venir à la messe avec les autres, le dimanche. Et puis, y a eu aussi cette bagarre à la fête. Cette saloperie de Michel, avec ses amis, ils ont voulu leur coller une danse. Avec des bâtons, des chaînes et même des barres de fer, ils les ont pourchassés quasiment jusqu'ici. Si j'étais pas sorti avec mon fusil, ils seraient montés pour leur faire la peau jusque dans leurs lits.

— Vous leur avez tiré dessus ?

— Ils m'ont pas laissé le temps. Ils se sont carapatés avant que j'aie pu mettre en joue. Et la première cartouche, elle était pour ce cocu de Gresse.

— Vous avez raconté ça à la police ?

— Je suis descendu à Brassac avec mes gars pour porter plainte. Mais ils ont rien fait, ils m'ont dit que j'avais qu'à pas embaucher des étrangers. J'en ai parlé aussi aux deux policiers l'autre jour. Ils ont dit que ça pouvait se retourner contre mes gars, qu'ils pouvaient avoir eu envie de se venger. Ils sont même montés dans la soupente pour fouiller dans leurs affaires, mais y avait rien. Et je leur ai dit qu'ils étaient restés là. Pour sortir, ils sont obligés de prendre l'escalier, et il grince un maximum. Moi, je dors que d'un œil, alors on me la fait pas. S'ils étaient sortis, je le saurais. C'est pas eux qui l'ont tué. Et comme c'est pas moi non plus, j'ai rien d'autre à vous dire ! Fichez-moi le camp !

Il claqua la porte au nez de Martial, au moment même où Édouard arrivait dans la cour, dirigeant un petit cabriolet noir tiré par un vieux cheval qui paraissait heureux de sortir pour un temps de sa retraite.

— Décidément, il y a beaucoup de choses que l'on a oublié de me raconter, dit Martial en montant à ses côtés. Vous étiez au courant d'une bagarre avec les Espagnols lors de la fête du village ?

— Non. Je n'en ai pas entendu parler.

— Michel Gresse et quelques autres se seraient mis en tête de les rosser, d'après Joseph Cassagne.

— Je l'ignorais. Ils auraient pu avoir envie de se venger, d'après vous ?

— Les inspecteurs de la Brigade ont eu l'information. Nul doute que s'ils avaient eu le moindre doute, ils ne se seraient pas privés d'aller plus loin dans leurs investigations. Là, au bout de quelques vérifications, ils laissent tomber. C'est qu'il ne devait rien y avoir à creuser. Et je ne vois pas ces hommes fomenter un plan aussi élaboré juste pour prendre leur revanche.

Martial consulta sa montre. Il ne voulait surtout pas rater son rendez-vous au bureau des Postes.

— Essayons notre chance du côté de la ferme des Gresse. Si jamais on pouvait tomber sur Mathilde seule…

Édouard mena l'attelage avec doigté dans le chemin qui faisait le tour des terres des Gresse. Ils passèrent ainsi au pied du chêne solitaire où on avait trouvé le corps du fils aîné. Et la chance fut de leur côté un peu plus loin. Ils aperçurent Mathilde Gresse dans un champ en contrebas, en train de mener quelques génisses d'un enclos à un autre, aidée en cela par le bâtard qui semblait gambader joyeusement autour d'elle. Édouard rangea l'attelage sur le bas-côté. Puis, tous les deux franchirent la haie basse, traversèrent une première parcelle, puis franchirent une première clôture. Ils continuèrent ainsi dans le creux vers d'autres barbelés. Mathilde les avait vus arriver. Elle se tenait immobile, le chien assis à ses pieds, après avoir fermé la barrière derrière le passage des vaches. Elle tournait la tête à droite et à gauche, peut-être inquiète. Inquiète que quelqu'un la surprenne avec les deux hommes ou inquiète justement de se retrouver seule face à eux et cherchant des yeux un appui ? Quand Édouard et Martial la rejoignirent enfin, ils comprirent qu'il s'agissait sans doute de la première solution, car Mathilde Gresse avait envie de parler.

— Mon mari a très peur, avoua-t-elle. Il essaye de jouer un rôle pour lequel il n'est pas fait, celui du dur ou du chef de famille. La veste de Michel n'est pas le seul « message » que l'on ait reçu.

— C'est-à-dire ? s'inquiéta Martial.

— C'était dimanche dernier. Pierre a trouvé une petite croix blanche plantée dans le bois du bas. Il est venu prévenir Michel. Il ne m'a pas vue quand il lui a parlé. Ils y sont repartis tous les deux et j'ai su qu'ils avaient brisé la croix mais qu'ils étaient quand même tout retournés. Lundi, il y avait une nouvelle croix au même endroit, intacte. Cette fois-ci, ils n'y ont pas touché mais, quand la nuit est tombée, ils ont aperçu des lueurs. On avait allumé plusieurs bougies. Et vous savez ce qui s'est passé le lendemain… Pierre m'a tout raconté. Justement parce qu'il a peur, et que ça a recommencé. Il a arraché la deuxième croix mais une autre l'a vite remplacée.

— Vous connaissez l'endroit ?

— Oui, je le connais, mais je n'y suis pas allée. Même pas pour voir.

— C'est là qu'ils l'ont enterré, n'est-ce pas ?

— J'ai demandé à Pierre pourquoi ça le mettait dans cet état, et c'est là qu'il m'a dit : « *Tu comprends pas ! C'est l'endroit exact où on l'a mis. Personne d'autre savait !* »

— Vous pouvez nous montrer ?

— Je n'ai pas envie d'y aller. Mais je peux vous indiquer, il n'y a pas de problème. Vous avez qu'à suivre cette clôture jusqu'à la barrière du bout. Il y a un sentier en face qui rentre dans un premier bosquet. Vous le suivez jusqu'à ce que vous sautiez un petit ruisseau. Puis vous rentrez dans le bois de hêtres sur votre droite. C'est dans la première clairière.

— Votre mari vous a raconté ce qui s'est passé avec Julien Pujol ?

— Non, il n'a rien voulu me dire. Mais Julien est mort et il est bien enterré là-bas. Pour l'instant, du moins. Ma belle-mère veut qu'il vienne creuser pour déplacer les restes. Elle pense que la croix, c'est pour attirer l'attention et que quelqu'un finira par fouiller l'endroit qu'elle marque.

— Il y a eu d'autres bougies depuis la semaine dernière ?

— Pas que je sache.

— Vous n'avez pas l'air d'avoir peur de tout cela.

— Je n'ai rien à me reprocher ! se rebiffa la jeune femme, et cela révéla encore plus sa beauté. Les frères Pujol, je n'y suis pour rien !

— Mais vous appartenez à cette famille. On peut considérer que vous êtes des leurs.

— Vous pensez que je pourrais être visée moi aussi ?

— Vous devriez faire comme tous ceux de chez vous : vous tenir sur vos gardes. Vous n'avez rien d'autre à nous dire, quelque chose que vous auriez remarqué ou entendu, un fait anormal ?

— Il y a eu la lettre, répondit Mathilde après une hésitation, et maintenant elle rougissait.

— Quelle lettre ?

— Une lettre que j'ai reçue en novembre dernier. Une lettre qui me parlait de Charles, de quelqu'un qui avait été à ses côtés dans ses derniers moments, avant qu'il ne meure.

— Qui vous a écrit cela ?

— Justement, personne. La lettre n'était pas signée. J'ai réussi à la cacher à tout le monde. Quand le facteur m'a donné le courrier et que j'ai vu mon nom sur l'enveloppe, je l'ai escamotée avant que ma belle-mère exige de tout éplucher. Je n'en ai parlé à personne depuis. Je ne reçois jamais de courrier, vous savez. Mais en plus, celui-là, avec ce qui était écrit...

Elle sembla hésiter encore. Ses yeux bleus allaient de l'un à l'autre. Puis elle se décida à avouer ce qu'elle avait sur le cœur :

— Je ne sais pas pourquoi, mais j'ai tout de suite pensé que celui qui m'écrivait, c'était lui. Je n'ai rien pour l'affirmer, mais c'est comme si je l'avais senti.

— Lui ?

— Armand, Armand Pujol.

— Vous pourrez nous faire lire cette lettre ?

— Je vous la remettrai dès que possible. Mais promettez-moi de me la rendre et de n'en parler à personne. Pas même à monsieur Guiraud !

Martial promit pour les deux.

Mathilde ne pouvait trop s'attarder. Il y avait tellement à faire ! Elle repartit donc vers la ferme, le chien toujours dans ses jambes, heureux et joueur, qui n'avait pas émis le moindre grognement à l'approche des deux hommes.

Ces deux derniers longèrent ensuite la clôture et partirent vers le bois des Gresse. Après le ruisseau, ils s'enfoncèrent parmi les hêtres à la recherche de la fameuse clairière. Ils ne mirent guère de temps à la trouver, trouée d'herbe grasse et de fougères brunies et ratatinées. Il y avait bien la croix. Une petite croix peinte en blanc, plantée bien droit dans le sol.

Il n'y avait pas la moindre inscription. Les débris de celles qui l'avaient précédée ainsi que les moignons des bougies avaient été enlevés. Il n'y avait rien d'autre que cette croix sur une bordure de la clairière. On était sur les terres des Gresse. Personne n'était censé venir là. Son but n'était donc pas d'indiquer aux villageois l'endroit où chercher la preuve de la mort de Julien Pujol, mais bien de prévenir les Gresse, de leur adresser un message comme avait dit Mathilde : on savait ce qu'ils avaient fait, on savait comment le prouver, mais on gardait le silence. On se contentait de les tuer !

— Ici aussi on insiste beaucoup, remarqua Martial qui, sans s'en rendre compte, avait baissé le ton de sa voix. On veut vraiment que cette histoire remonte à la surface.

Ni Édouard ni Martial n'osèrent prononcer le moindre mot en un pareil lieu. Et aucun des deux ne souhaita s'attarder, craignant que le cabriolet rangé le long du chemin plus haut ne finisse par attirer l'attention et ne trahisse leur présence. Ils coupèrent donc une nouvelle fois à travers champ pour rejoindre l'attelage.

Martial n'avait plus beaucoup de temps. Il lui fallait redescendre au village pour être présent si Louis Boutonnier acceptait de lui répondre.

— Vous ne croyez pas que nous devrions prévenir les gendarmes pour la tombe de fortune ? demanda Édouard tandis qu'ils étaient revenus sur la grand-route, au pas tranquille du cheval. Si Mathilde dit vrai, Pierre va faire disparaître à nouveau ses restes et il n'y aura plus aucune preuve.

Martial ne répondit pas, l'air perplexe. La raison lui dictait qu'effectivement il aurait mieux valu alerter les gendarmes. Mais cela ne ferait guère avancer son enquête. Pire, elle pourrait s'en trouver fortement ralentie, et il restait persuadé qu'il était en train de se battre contre le temps.

— Il vaut mieux attendre avant de nous précipiter. Après tout, nous ne savons même pas s'il y a vraiment ce que nous croyons tous au pied de la croix…

Édouard ne sembla guère convaincu mais en resta là. Il déposa Martial sur la place du village, quelques minutes plus tard, avant de repartir vers le moulin préparer l'ancienne étable pour accueillir l'animal prêté par Antoine Guiraud.

Si Martial connaissait déjà Maurice Daures, le receveur à qui il avait dicté son télégramme deux jours plus tôt, il rencontra pour la première fois Émile-le-facteur, qui portait sa blessure de guerre au milieu du visage, en une longue balafre qui lui creusait un sillon rouge vif de l'oreille gauche à la naissance de la mâchoire, de l'autre côté, ouvrant une partie de sa bouche en un rictus d'où la salive s'échappait en permanence, ce qui l'obligeait à s'éponger perpétuellement avec un mouchoir blanc qui restait étonnamment propre. Son œil gauche, fermé aux deux tiers, n'était plus qu'une boursouflure. Tout à l'inverse de son faciès ravagé, le facteur était d'humeur plutôt joviale. Il avait un vélo, l'un des seuls du village, et faisait sa tournée avec. Les pentes rudes qui pullulaient dans le coin ne lui faisaient pas peur et il gardait un entrain de tous les instants, y compris quand il fallait donner un coup de fourchette et surtout vider un verre. Il quittait son travail au moment même où Martial venait s'assurer qu'aucun message ne l'attendait. Il le salua, traîna un peu derrière lui afin de voir ce qu'il venait demander et s'en alla au café du Théron qui bordait la place quand Martial ressortit bredouille.

Ce dernier était allé s'asseoir en face de la Poste, sur un banc. La cloche de l'église venait de retentir cinq fois. L'après-midi s'achevait dans la grisaille qui avait enveloppé tout le reste de la journée. Le col relevé, les mains dans les poches, Martial ne sentait pas trop le froid. Son impatience le faisait en fait bouillir de l'intérieur. Il se rendit compte que ses jambes battaient la mesure sur un rythme frénétique. La demie de cinq heures fit naître en lui un début de découragement. Personne n'appelait. On s'agitait un peu sur la place. Les regards curieux se posaient sur lui. Les élèves d'Étienne Germain furent les plus assidus à l'exercice, traînant au maximum avant de rentrer chez eux, l'épiant à la dérobée. La troisième diligence de la journée s'apprêtait à descendre à Brassac un peu plus loin. Jean Guillard avait chargé quelques paquets sur la galerie et attendait d'éventuels passagers qui ne vinrent pas, tout en discutant avec le boulanger qui était sorti sur le pas de sa boutique. Une semaine plus tôt, un de ces villageois se préparait au meurtre de Michel Gresse, ressassant son plan de peur d'avoir omis un détail, mais déterminé à ne pas faire machine arrière. Comme les autres, il avait vécu une journée normale, avait travaillé, discuté, mangé. Au fond de lui, la rage était telle qu'elle lui donnait la force de bien cacher son jeu. Pouvait-on réellement dissimuler ce genre de choses ? Il y avait sans doute des détails qui auraient pu alerter, une certaine fébrilité, des absences de concentration, une humeur plus maussade qu'à l'accoutumée… Qui se souviendrait aujourd'hui de ces détails ?

Malgré tous les sons qui venaient se mélanger autour de lui, malgré le cheminement de ses pensées, Martial crut bientôt entendre une sonnerie étouffée, provenant de l'intérieur du bureau des Postes. Il guetta la porte d'entrée. Son cœur s'emballa quand il vit Maurice Daures l'ouvrir et lui faire signe. Il fut sur lui à la vitesse de l'éclair.

— Vous avez votre appel de Villefranche.

Il le suivit à l'intérieur. Le téléphone était accroché au mur, dans un coin de la salle d'accueil. Il n'y avait rien pour s'isoler. Martial se saisit de l'écouteur.

— Allô ?

— Allô, vous êtes monsieur de la Boissière ?

C'était une voix de femme.

— Oui, Martial de la Boissière. Bonsoir, madame.

— Je suis Simone Boutonnier. Mon mari est assis à côté de moi. Nous avons reçu votre télégramme aujourd'hui.

— Je vous remercie de m'appeler, madame. Monsieur Antoine Guiraud m'a sollicité pour m'occuper de l'enquête sur le meurtre de Michel Gresse. C'est pourquoi je me suis permis de vous contacter.

— Nous ne savions rien de cette triste histoire jusqu'à votre message. Nous avons quitté le village depuis longtemps, vous savez. Nous n'y avons gardé aucun contact.

— En fait, comme je vous l'ai écrit, je cherche des informations sur Armand et Julien Pujol.

— C'est ce qui nous a beaucoup intrigués, mon mari et moi.

— Je comprends, madame. J'ai appris qu'Armand a été tué pendant la guerre et que son jeune frère est porté disparu depuis le mois de juin 1914. Et j'ai également entendu ce qui s'est dit autour de cette disparition. Pour l'heure, il est possible que nous ayons affaire à une histoire de vengeance, c'est pourquoi nous devons creuser cette piste.

Madame Boutonnier répétait chaque mot de Martial à son mari. Maurice Daures, derrière son comptoir, faisait mine de trier ses papiers mais ne perdait pas une miette de ce que disait Martial. Fort heureusement, il n'y avait personne d'autre avec eux.

Un temps passa. L'ancien instituteur était en train de dire quelque chose à sa femme. Elle reprit ensuite le dialogue :

— Si les frères Pujol sont morts tous les deux, pourquoi suspectez-vous une histoire de vengeance ?

— Nous avons déjà deux éléments qui montrent que l'on veut faire de leur histoire le centre de cette affaire de meurtres. Il y a déjà eu deux morts : Louis Bascoul, qui a sans doute été torturé avant d'être tué, et Michel Gresse la semaine dernière, qui a été tué de manière horrible.

La femme à l'autre bout du fil continuait à servir d'intermédiaire et répétait les paroles de son époux :

— Que cherchez-vous à savoir sur ces enfants ?

— Beaucoup de choses, je le crains… J'ai tellement de questions à vous poser… À quoi ressemblait Armand par exemple, physiquement parlant ?

La question resta sans réponse. Il y eut du mouvement à Villefranche, le combiné grésilla et Martial eut peur que la communication ne soit coupée. Finalement, c'est une voix d'homme qui reprit la conversation. Louis Boutonnier expliqua qu'il ne voyait quasiment plus rien désormais et qu'il avait besoin de sa femme pour tous les gestes de la vie quotidienne, comme venir à la Poste de leur quartier.

— Armand Pujol était un brave garçon, dit-il d'une voix sage et réfléchie. Il n'était pas très bon élève mais avait beaucoup d'autres qualités. Le courage, en premier lieu. Beaucoup ont considéré que sa fuite était un acte d'une grande lâcheté vis-à-vis de son jeune frère. Je ne le crois pas. Il lui a fallu un sacré courage pour s'en aller comme cela, laissant ce qu'il avait de plus précieux au monde derrière lui. Ils avaient perdu leurs parents très tôt, voyez-vous, et il avait joué son rôle et le leur à la fois auprès de Julien. Vous connaissez l'expression sur la préciosité de la prunelle des yeux ? Elle n'a jamais été aussi vraie qu'entre ces deux-là… La dernière fois que je l'ai vu, il était de taille moyenne, tout en muscles, les cheveux châtains coupés très court, les yeux marron. Je ne lui ai connu aucun signe distinctif particulier. Il était taciturne, pas très liant avec qui que ce soit. Il était craint par les autres élèves. Non qu'il se soit montré agressif, mais parce qu'il savait se défendre mieux que quiconque.

— Ma question va vous paraître brutale, cher monsieur, mais je n'ai pas le temps de biaiser : pourquoi son nom n'est-il pas gravé sur le monument aux morts du village ? Pourquoi ne figure-t-il pas sur la liste, rédigée par vous, qui compte les villageois tombés au front ?

Louis Boutonnier se racla la gorge, mais n'hésita pas très longuement avant de répondre :

— J'ai dû me plier à d'autres impératifs. J'avais les mains liées dans cette histoire et je me suis montré lâche, je vous l'accorde.

— De quelle manière aviez-vous les mains liées ?

— Quand Julien a disparu, j'ai pris la tête d'une sorte de croisade visant à accuser les Gresse de meurtre. Il n'y a eu aucune preuve, pas le moindre indice pour abonder dans mon sens. Et l'histoire m'est revenue à la figure. Mon inspecteur a été informé de ma conduite. On m'a fait rapidement comprendre que je risquais gros. Alors, quand on a reçu l'avis de décès d'Armand, je n'ai pas insisté outre mesure pour me dresser une nouvelle fois contre les Gresse. Surtout quand j'ai vu qu'Antoine Guiraud avait déjà cédé. J'étais sur le point de prendre ma retraite. Je ne voulais pas d'ennuis.

— Qu'est-ce qui vous a fait penser que Julien avait été tué ?

— Les deux frères ont eu la vie dure chez leurs cousins. Mais Julien n'était pas Armand, il n'était pas si costaud, si résistant. Il s'apprêtait à passer son certificat d'études quand il a disparu, et il avait de bonnes chances de réussir. On avait de quoi l'envoyer au lycée de Castres ensuite, sans passer par le concours des bourses. Il aurait été à l'abri là-bas. Il n'y avait aucune raison qu'il cède si près du but, et, comme je servais d'intermédiaire pour le courrier entre Julien et son frère, je savais que ce dernier ne préparait rien en vue de l'enlever, au contraire, il était ravi qu'on puisse lui offrir des études et un avenir qui aurait pu être brillant. Julien me demandait mon aide pour rédiger ses réponses et, après sa disparition, dans le doute, j'ai lu toutes celles qu'il avait reçues et qu'il avait cachées dans son pupitre. C'est là que j'ai su que ce n'était ni une fugue, ni un coup d'Armand. Il ne restait qu'une solution, celle que je redoutais déjà depuis longtemps.

— Avez-vous prévenu Armand de la mort de son frère ?

— Non, je n'ai pas eu le courage de le faire. J'aurais pu. C'est moi qui envoyais les lettres de Julien, à une poste restante de Bédarieux sans avoir plus de précision. Il a continué d'écrire à son frère et ces lettres-là, je ne les ai jamais ouvertes. Par le secrétariat de la mairie, j'ai su qu'il avait devancé l'appel et qu'il s'était présenté à la caserne de Carcassonne. J'ai attendu encore quelques mois, et vu qu'il continuait d'envoyer des lettres, j'ai pris mon courage à deux mains pour lui en écrire une, où je lui apprenais cette terrible nouvelle. Elle m'est revenue non distribuée. J'y ai vu comme un signe du destin. Peut-être valait-il mieux attendre ? Et puis un jour, il n'y a plus eu de courrier adressé à Julien. Quelque temps après, on recevait l'avis de décès.

— Ces deux garçons avaient des personnes de qui ils étaient proches dans le village ?

— Armand était un solitaire. La seule compagnie que je lui ai connue était celle de son petit frère. Julien était plus apprécié, mais il n'avait guère le loisir de traîner avec des jeunes de son âge. Je ne crois pas qu'ils aient eu d'amis dans le village.

Les grésillements se firent plus intenses dans l'appareil. Martial avait encore beaucoup à demander mais il avait l'impression qu'on pouvait le couper à tout instant.

— Si vous le souhaitez, j'ai gardé toutes ces lettres, reprit l'ancien instituteur. Y compris celles qui sont arrivées après. Je les ai gardées pour le jour où Armand reviendrait. Ensuite, je n'ai pas pu me résoudre à m'en débarrasser.

— Vous pourriez me les faire parvenir ?

— Mais je ne les ai plus avec moi. Je les ai laissées à l'école de La Vitarelle, dans une boîte en cerisier, dans le grenier, avec quelques autres affaires que j'ai abandonnées derrière moi. Si personne n'y a touché, elles y sont encore. Et il y a aussi autre chose, une autre boîte que Julien avait cachée. Si vous voulez savoir à quoi ressemblait Armand, elle contient une photo de lui, quelques années après sa fugue. Ils avaient une cachette secrète, une grotte qu'Armand avait fini par trouver du côté du Pas-du-Diable. Ils en parlaient dans les lettres qui sont passées entre mes mains et Julien m'avait donné quelques indications pour la trouver. Quand il a disparu, j'ai cru qu'il était caché là-bas ou pire, qu'il s'y était fait piéger par un éboulement. J'ai trouvé la grotte et j'ai trouvé la cachette dans laquelle il rangeait leur boîte. Mais il n'y avait pas Julien. Je ne crois pas que quelqu'un d'autre ait eu connaissance de cette caverne. J'ai laissé chaque chose à sa place et je n'y suis plus jamais revenu. Surtout après ce que j'ai suspecté ensuite.

— J'ai trouvé cette grotte, monsieur. Mais il n'y avait pas de boîte.

— Leur cachette était au pied de l'infiltration d'eau. Cherchez bien ! Je ne sais pas si c'est une bonne chose que vous souleviez à nouveau cette histoire, mais cela me soulage un peu d'en parler avec vous. Il n'y a pas un jour qui passe sans que la mort de Julien ne me hante. Si vous pouvez faire quelque chose pour lui, n'hésitez pas. Les coupables doivent payer. Si vous les amenez devant un tribunal, je viendrai témoigner, malgré mon handicap, je viendrai partager un peu de mon fardeau. Trouvez ma boîte, monsieur. Lisez ces lettres et vous comprendrez l'histoire des frères Pujol. Il est tard maintenant. Nous devons rentrer. Donnez-moi des nouvelles si vous trouvez quelque chose.

Avant que Martial n'ait eu le temps de répondre, la communication fut coupée. Louis Boutonnier avait sans doute raccroché. Il en fit donc autant, surprenant le receveur en train de le dévisager, les gestes en suspens. Il le remercia de son concours et sortit à grandes enjambées.

Il trouva Étienne Germain assis à son bureau, dans sa salle de classe, la plume à la main, un tas de cahiers d'élèves ouverts devant lui. Il cogna à la vitre pour attirer son attention. L'instituteur leva lentement les yeux vers la fenêtre, sans sursauter, et mit quelques secondes avant de remettre Martial. Quand ce fut le cas, son visage austère prit une autre apparence, abandonnant sa rugosité. Il lui fit signe d'entrer. Martial lui demanda s'il avait trouvé des affaires appartenant à son prédécesseur, notamment une boîte en cerisier. Étienne

Germain n'en avait pas le moindre souvenir. Louis Boutonnier ne lui avait jamais rien dit là-dessus et il n'avait jamais vraiment fouillé le grenier avant qu'ils ne soient installés, avec sa sœur, dans les nouveaux locaux. Martial n'en dit rien, mais il eut un peu honte de lui à ce moment précis. Il était beau l'enquêteur vedette ! Il se trompait d'école. Il ne pouvait rien y avoir dans le grenier de celle-ci.

Il s'excusa auprès de l'instituteur, lui donna rendez-vous pour la réunion prévue pour le soir, et monta le plus vite qu'il put vers l'école de Camille. En chemin, il se remémora ce que Charles lui avait dit, sur sa propension à se laisser aveugler par son impatience et à ne pas garder l'esprit clair au bon moment. S'il n'avait pas retrouvé sa lucidité à temps, il serait en train de fouiller sous les toits des nouveaux bâtiments de la mairie, en quête d'une boîte que personne n'avait pu ranger là. Pour le père de Camille, il s'agissait là d'un défaut dont il avait du mal à se débarrasser. Ils en avaient parlé ensemble, au sujet de son échec dans cette petite auberge des Alpes, sur les traces de son criminel croate. S'il avait gardé sa lucidité ce jour-là, plutôt que de se précipiter avec sa petite troupe vers le col fermé, il aurait sans doute mieux observé l'homme qui attendait le train sur le quai de la gare du dernier village qu'ils avaient traversé. Il aurait coincé Danko Dobelic dans cette gare car il aurait remarqué les portes et les fenêtres condamnées, vu que le train ne passait plus par là depuis 1915…

Camille lui ouvrit rapidement, robe mauve et cheveux remontés en chignon, ravissante. Elle l'embrassa sur les deux joues, se dressant sur la pointe des pieds pour passer ses bras autour de son cou.

— Édouard m'a raconté pour la vipère dans ton lit... Je suis désolée de t'avoir attiré dans toute cette histoire. S'il t'arrivait quelque chose, je ne pourrais jamais me le pardonner.

— Je m'en tire avec une belle frousse, rien d'autre. Prenons cela comme une vilaine farce qui doit bien faire rire son auteur maintenant.

Édouard était passé la voir à la fin de sa classe avant de repartir vers le moulin. Il avait besoin de paille et d'avoine pour le cheval. Il lui avait dit pour la veste de Michel trouvée dans la porcherie et pour la croix plantée dans la clairière. Martial compléta tout cela avec le coup de téléphone de Louis Boutonnier. Et évoqua rapidement la boîte cachée dans le grenier.

— Il y a longtemps que je ne suis pas montée là-haut, dit Camille. L'endroit n'est pas très accessible.

Elle le devança sans plus attendre dans l'escalier. À l'étage, sur le palier, elle lui montra une lourde échelle de bois rangée entre le mur et une armoire massive, trop lourde pour que Camille puisse la manier seule. Martial s'en occupa donc et la dressa sous la trappe qui s'ouvrait dans le plafond. Dans le petit salon, Camille alla chercher sa lanterne. Martial était déjà en haut avant qu'elle ait réussi à l'allumer. Il avait fait basculer la trappe et s'engouffrait déjà sous les toits.

Il y avait peu d'endroits où se tenir debout, tant la pente des charpentes était prononcée. Avec Camille, ils se frayèrent, courbés, un passage parmi les malles en osier, les restes de l'ancien mobilier de fonction couverts de draps gris de poussière et tout un fatras d'objets abîmés ou vétustes.

— Les malles, ce sont les affaires de papa. C'est Édouard qui les a montées ici. Le reste n'est pas à nous. Tu imagines : toute sa vie là-dedans ! Quatre malles, voilà tout...

Dans le halo tremblotant de la lampe, tout n'était que gris, informe, autour d'elle, lumineuse et émue, prête à pleurer, vivante au milieu d'un monde endormi ou oublié. C'est également le rôle qu'elle tenait en bas, aux yeux de Martial.

Ils firent le tour des combles, les planches grinçaient lugubrement sous leurs pas. Plusieurs vieux pupitres d'écoliers, des cartes jaunies, une demi-douzaine de chaises à la paille fuyante, deux coffres en bois remplis d'un amoncellement de papiers qui s'échappaient des liens qui étaient censés les relier, quand ils n'avaient pas été mis en confettis par les souris ou les loirs, un miroir sur pied, brisé sur toute la longueur de sa glace mouchetée, un cheval à bascule aux pattes brisées... On avançait dans les restes d'un temps pas si lointain mais déjà révolu.

Ils finirent par tomber sur ce qu'ils cherchaient, derrière une commode sans tiroir. Il y avait là un coffre plutôt large et assez haut. Le couvercle se souleva sans grincer. Un linge avait été posé sur le dessus, pour protéger un maximum le contenu. Ils s'accroupirent tous les deux en même temps. Martial regarda Camille qui lui renvoya son regard avec un hochement de tête. Il souleva alors le linge.

Il y avait plusieurs cahiers, tous identiques, sur les pages desquels, d'une écriture soignée et harmonieuse, étaient consignés les relevés sur la faune et la flore du plateau, sur son climat, sur ses coutumes et ses gens, sur son école. Dix-huit années d'histoire pour une copieuse monographie sur La Vitarelle. Quelques photos, protégées par du papier de lin, montraient l'école, le village, la place principale le jour de la foire, les gorges vues du parapet du cimetière, mais aucune montrant des élèves. Il y avait en dessous un tablier couleur de cendres qui ne semblait jamais avoir été porté. Il y avait deux journaux, deux exemplaires de *L'Éveil du Tarn* : le premier annonçait la guerre, le deuxième l'armistice, deux parenthèses enfermant des temps maudits. Il y avait un dictionnaire Larousse, tout neuf ; sur la page de garde on pouvait lire qu'il s'agissait d'un prix réservé à l'élève inscrit premier au tableau d'honneur de l'année scolaire 1913-1914 : Julien Pujol. Il y avait un classeur à soufflets qui ne contenait que deux documents : la confirmation de l'inscription de Julien à l'examen du certificat d'études et le dossier de son inscription au lycée de Castres. Il y avait un exemplaire presque intact du *Tableau de la France* de Jules Michelet. Un quart de page de journal était plié, coincé au tout début. Une réclame pour les cures thermales de Cauterets. Et enfin, juste en dessous, il y avait la boîte en cerisier.

Martial la souleva comme s'il s'agissait d'un objet d'une grande fragilité. Il souleva son couvercle, révélant deux paquets d'enveloppes, liées entre elles par une lanière de tissu. Il referma la boîte, rangea correctement les autres affaires dans le coffre, avec soin. Puis, emportant la boîte en cerisier, ils descendirent tous les deux, là où tout objet avait encore une fonction.

18

La salle de réunion était assez vaste et jouxtait la salle de classe de l'école des garçons. Martial était assis à une longue table juchée sur une estrade en bois. Antoine Guiraud, grand ordonnateur de la soirée, avait pris place à ses côtés. Puis venaient le maire et, à gauche de Martial, en tant que secrétaire de mairie, Étienne Germain et enfin, le docteur Delcros. Les autres chaises restaient vides. Ce qui ne fut pas le cas de celles de la salle qui était archi-comble.

Camille et Édouard étaient là, dans le fond. La présence de la jeune institutrice détonnait car elle était une des rares femmes, en plus de l'épouse du médecin et de Marthe Cousinié, à s'être présentée à la réunion. Le reste de l'assemblée était masculin avec quelques têtes connues de Martial et d'autres avec lesquelles il essayait de se familiariser.

Antoine Guiraud, oubliant la réserve où l'avait cantonné sa démission de la mairie, ouvrit la réunion avec une dizaine de minutes de retard et le brouhaha général cessa immédiatement. Il leva bien haut un exemplaire de *L'Éveil du Tarn*. À la une, on lisait en gras : « *Meurtre sauvage à La Vitarelle-du-Théron* » et, en dessous, en plus petit : « *La victime a été dépecée. La terreur pour tout un village.* »

— Voilà ce qu'on nous a donné à feuilleter dans le journal du jour. Je sais que vous êtes nombreux à avoir lu l'article et le portrait que l'on dresse de notre petite communauté. Nous sommes, paraît-il, à peine civilisés, sauvages, isolés du monde qui nous entoure. On nous décrit comme des gens apeurés et superstitieux, qui n'ont vu dans le meurtre de Michel Gresse qu'un acte inexplicable venu tout droit des enfers par on ne sait quel sortilège ou quelle malédiction… Personnellement, je n'ai pas rencontré le journaliste qui a rédigé cet article, et, j'ai beau m'être renseigné parmi vous, personne ne l'a vu chez nous. Jean Guillard, ici présent, a appris que deux journalistes étaient à Brassac vendredi et samedi. Le deuxième écrit pour *La Dépêche*. Ils ne sont même pas montés jusqu'ici pour faire leur travail. Ils se sont renseignés de loin, et c'est l'opinion de nos voisins que l'on trouve dans cet article. A priori, nous ne méritons même pas le peu d'attention que l'on nous prête en ces heures difficiles.

Il jeta le journal plié sur la table tandis que des murmures outrés montaient en chœur de l'assemblée.

— Les seules lumières que l'on nous consent sont celles de la médisance et de la raillerie. Nous sommes des arriérés, d'après eux. Qui ne vivraient même pas sous la même République. Elle s'est pourtant souvenue de nous cette République quand il a fallu la défendre. Au moment de la conscription, nous étions du même pays et notre sang à verser valait bien celui des autres. Les deux policiers qu'on nous a envoyés de Toulouse n'ont pas dérogé à la règle. Ils sont repartis aussi vite qu'ils étaient arrivés. À ce qu'il paraît, ils doivent revenir sous peu pour boucler l'enquête, et faire ce qu'on attend d'eux : classer l'affaire.

Il fit une grimace qui suffisait à montrer ce qu'il en pensait.

— Nous avons déjà beaucoup souffert : nos trente braves garçons qui sont tombés à la guerre, nos autres jeunes qui partent les uns après les autres, nos maisons qui ferment, nos terres abandonnées… Et voilà qu'une nouvelle épreuve s'abat sur nous. Mais, au lieu de nous tendre la main, au lieu de nous aider, on nous fait comprendre que nous n'en valons pas la peine, que nous sommes des citoyens de second rang, que le meurtre de Michel ne mérite pas une enquête correctement diligentée !

Le vieil homme se tenait debout, un poing appuyé sur la table. Ses épaules tremblaient un peu, peut-être par colère, peut-être par lassitude, la lassitude d'un homme qui repart dans un combat en sachant qu'il n'a plus ni la force, ni l'envie de le mener. Il leva la main et le calme revint. Il gardait tout de même sa stature de général.

— Voilà pourquoi j'ai pris l'initiative de faire venir monsieur de la Boissière. L'autre soir, quand je vous en ai informés, j'ai bien compris que vous étiez nombreux à me désapprouver. Mais, aujourd'hui, seul monsieur de la Boissière est là, et je le vois tous les jours, toutes les heures depuis son arrivée, travailler pour nous, à la recherche de la vérité. Monsieur de la Boissière est déjà allé là où la peur régnait et il l'a, à chaque fois, combattue par des faits. Il a une certaine expérience des affaires criminelles. Aussi, avec l'accord du Conseil municipal et de monsieur le maire, je lui ai demandé de vous parler ce soir, pour vous livrer des faits, et rien que des faits !

Il se tourna vers Martial en se rasseyant.

— La parole est à vous, Martial. Ne cherchez pas à nous ménager. Seule la vérité nous intéresse.

Martial voyait tous ces visages tournés vers lui. Il y avait de l'attente mais aussi de la distance envers l'étranger qu'il était. Il allait avancer sur un fil.

— Bonsoir à toutes et à tous, commença-t-il après s'être levé à son tour. J'en ai déjà rencontré certains parmi vous. Mais je n'ai pas eu vraiment le temps de me présenter à tous. Je m'appelle Martial de la Boissière, j'habite dans un petit village proche de Limoges où j'élève des chevaux. Il y a quelques années, j'ai suivi des études de criminologie. Mais j'ai choisi de ne pas en faire ma profession. En revanche, j'ai gardé quelques contacts avec ce milieu et j'ai été amené à participer à quelques enquêtes. J'appartiens à un groupe d'enquêteurs amateurs qui se nomme Cercle Cardan. Cardan était un scientifique italien qui a permis de résoudre des équations du troisième degré, les énigmes à trois inconnues. Une enquête policière ressemble un peu à cela. Il y a plusieurs inconnues. La première, la plus importante aussi, est de savoir qui est coupablc. La deuxième est de savoir pourquoi on s'est rendu coupable d'un forfait. La deuxième inconnue livre souvent la clé de la première. Dans la plupart des affaires criminelles, la solution émerge au bout de quelques jours, grand maximum. Mais il y a parfois une troisième inconnue : comment a-t-on procédé ? C'est quand cette question reste sans réponse que le Cercle Cardan intervient. Il y a, de temps en temps, des mystères qui semblent si épais que l'on renonce à les résoudre. Nous avons choisi de consacrer une partie de notre temps à ces énigmes. Je suis donc ici à titre gracieux. Je ne suis ni un détective privé engagé par un client, ni un enquêteur mandaté par la police. Mais, il est vrai que j'ai une certaine expérience. Je vais être tout à fait honnête avec vous : je n'aurais jamais entendu parler de votre village et des deux drames qui l'ont endeuillé si une de mes amies les plus chères ne vivait ici. Mademoiselle Purseau est, pour ainsi dire, la seule famille qui me reste. Et, à ce titre, je ne suis pas disposé à renoncer à grand-chose si c'est pour assurer sa sécurité et son bien-être.

Tous les regards s'étaient tournés vers Camille qui en semblait gênée.

— Beaucoup d'entre vous ont peur. Peur pour eux, pour leurs enfants, peur que ce qui est arrivé ne recommence un jour. Peur également, car ils ne comprennent pas ce qui est arrivé. Je vais essayer de vous expliquer ce qui s'est réellement passé d'après moi. Nous avons deux meurtres. Le premier a eu lieu en décembre dernier. La victime, Louis Bascoul, travaillait comme valet de ferme chez la famille Gresse et n'avait pas le sou. Il a disparu après avoir quitté le café du Progrès le samedi soir. On l'a retrouvé quelques jours plus tard au fond du ravin du Pas-du-Diable. Il ne s'est pas suicidé. Il n'est pas mort accidentellement. On l'a bien tué. Je crois que cet homme a été abordé sur le chemin de sa maison, par quelqu'un qui a réussi à le convaincre, ou à le forcer, à le suivre jusqu'au Pas-du-Diable, à l'abri. Là, on lui a fait vivre un enfer durant de longues heures, sans doute jusqu'au lundi matin. L'absence de traces de liens sur les poignets ou les chevilles montre qu'il n'a pas été attaché. Or, l'assassin ne pouvait pas le laisser libre d'aller et venir, l'endroit où il l'a conduit ne pouvant être verrouillé. C'est pourquoi il lui a brisé les deux chevilles, pour l'empêcher de se mouvoir. Puis, comme si la souffrance n'était pas assez vive, on lui a écrasé les doigts, un par un. La douleur ici franchit le seuil du supportable. Mais il a fallu néanmoins écraser quatre doigts pour que ce pauvre Louis Bascoul finisse par craquer. Pourquoi ? Son agresseur avait besoin de savoir quelque chose et il l'a fait parler. Pendant de longues heures, Louis Bascoul a été ainsi torturé avant qu'on ne l'achève. On n'a pas cherché à faire de mise en scène, on s'est contenté de jeter son corps dans le ravin alors qu'il était sans doute déjà mort. Ce sont les mauvaises interprétations faites par la suite, malgré le rapport de votre docteur, qui ont jeté un voile sur cette histoire. Le temps a passé. Puis, la semaine dernière, c'est Michel Gresse qui a été assassiné, sauvagement, horriblement. Au-delà de la façon dont il a été tué, on a surtout retenu l'absence de traces de pas dans la neige et des rumeurs sont nées de cela : on parle de fantômes, de malédiction, en tout cas rien qui ne soit humain. Je dis à ceux qui croient cela : vous vous trompez ! Michel Gresse a été tué par une main humaine, bien réelle. Et les empreintes dans la neige sont un détail secondaire, sans doute que leur absence a été improvisée. L'assassin de Michel Gresse était certainement caché sous la paille, dans sa charrette. Il était tapi là depuis un bon moment, attendant son heure. Il a plus ou moins assommé sa victime, en tout cas a réussi à la surprendre et à la jeter à terre. Puis il lui a déchiré une partie de ses vêtements pour lui couper les tendons des bras et des jambes. Michel Gresse était ainsi incapable du moindre mouvement. L'assassin voulait qu'il voie sa mort en face, qu'il sache aussi pourquoi il allait mourir. Il s'en est délecté. Il a donc attendu que sa victime reprenne confiance puis il l'a éventrée et laissé agoniser dans la neige. Ensuite, en passant peut-être par le talus et la bordure du champ du dessus, qui est pleine de pierres jetées là au moment des labours et qui formaient une sorte de gué sur la neige, il s'est rendu jusqu'à la route et s'est caché. Il a emporté la veste de Michel Gresse ainsi que son fusil de chasse. Serge Cals est ensuite revenu de sa tournée. Il a vu la lanterne allumée et la charrette de Michel : cela ne pouvait être autrement. Si l'assassin avait voulu que le laitier passe sans remarquer la scène du meurtre, il aurait soufflé la lanterne suspendue à la charrette. À cette distance de la route, monsieur Cals serait passé sans s'apercevoir de rien. Pourquoi donc a-t-il fait cela ? Nous avons deux solutions : la première est qu'il a été surpris par le retour du laitier. Je n'y crois pas trop. L'assassin a agi avec méthode et une longue préparation. Il connaissait tout des horaires du ramassage du lait et ceux-ci ont même été légèrement retardés par la neige. La deuxième solution est qu'il avait besoin que Serge Cals s'arrête là. Cela faisait partie de son plan. Pendant que notre ami s'approchait de la charrette de Michel Gresse, l'assassin s'est glissé sous son propre attelage. Et c'est ainsi qu'il a été ramené, peut-être jusqu'au village, à moins qu'il ne se soit laissé choir avant. J'ai vérifié lorsque monsieur Palousi nous a fait visiter sa laiterie l'autre jour, il existe des prises suffisantes sous le plateau de la charrette pour s'accrocher sans trop fatiguer. L'assassin pouvait ainsi par la suite se montrer et vaquer à ses habitudes écartant ainsi tout soupçon.

On s'agita dans la salle, les murmures reprirent.

— Oui, je vous le dis, je crois que celui qui a tué Michel Gresse et Louis Bascoul est dans ce village.

Cette fois-ci, les murmures se transformèrent en grognements.

— Si je ne me trompe pas, je crois avoir répondu au « comment » reprit Martial, obligé d'élever la voix. Il nous reste maintenant les deux autres questions. J'ai trouvé l'endroit où Louis Bascoul a été retenu prisonnier. Je ne peux vous le révéler ce soir avant d'en avoir parlé à la police, mais il y a laissé un peu du sang qu'il a versé pendant ses heures de souffrance. Ce matin, on a retrouvé la veste de Michel Gresse. Quelqu'un est venu la déposer dans la porcherie de la ferme de sa famille, comme si on voulait que les cochons la dévorent. Celui qui a fait cela n'a pas froid aux yeux et semble particulièrement déterminé. C'est à partir de là que nous nous rejoignons. Vous évoquez des fantômes, je vous dis que ce n'est pas ce qui s'est passé. Mais il y a malgré tout des revenants derrière tout cela. Deux revenants que sont les frères Pujol. La veste de Michel donnée aux porcs est une référence directe aux rumeurs qui sont nées peu avant l'été 1914, après que Julien Pujol eut disparu, quand on a raconté que son corps avait été dévoré dans cette même porcherie. Avec monsieur Alexandre, qui m'aide dans cette enquête, nous avons très récemment trouvé un autre élément, cet après-midi pour être exact, qui prouve bien que l'on veut faire ressortir cette histoire et la lier aux deux meurtres. D'où votre peur, bien légitime, puisqu'il est de notoriété publique que les deux frères sont morts. S'il s'agit d'une histoire de vengeance, qui aurait intérêt à s'y compromettre à part eux deux ? Mais ils ne sont pas revenus d'entre les morts pour autant. En fait, il n'y a que trois possibilités. La première est que nous nous trompons sur un point : un des deux frères n'est pas mort. Il est revenu et se venge. Si c'est le cas, il est inutile de tergiverser, il s'agit d'Armand.

Ce furent des cris qui s'échappèrent de l'assemblée, cette fois-ci. On disait que c'était impossible, qu'on l'aurait su, qu'on ne pourrait pas gruger tout un village comme cela.

— La deuxième possibilité…

Martial attendit que le calme retombe, ce qui fut le cas assez rapidement quand on comprit qu'il offrait une autre solution.

— La deuxième possibilité, c'est que quelqu'un se venge en leur nom : peut-être avait-il une autre famille quelque part, ou des amis ici même.

Nouveau brouhaha. Nouvelle attente de Martial.

On vociférait, en patois, en français. Certains s'étaient levés. Mais on ne savait pas vraiment sur qui tous ces gens criaient. Il y en avait même qui se montraient le poing et Martial crut un instant que la réunion allait tourner à la bagarre générale. Christophe Maraval s'était levé et appelait au calme. Personne ne semblait l'entendre. Antoine Guiraud ne bougeait pas, la moustache en berne, le regard noir et les épaules basses. Un grand gaillard bedonnant, au deuxième rang, criait plus fort que les autres. C'est lui qui fit renaître le silence, par une simple remarque :

— C'est parmi les nouveaux qu'il faut chercher !

— Voilà, on y est ! murmura Antoine Guiraud à Martial. Vous jouez avec le feu, mon garçon.

Le grand gaillard en question était Jules, le patron du café du Théron, membre du clan Gresse. Martial l'interrompit avant qu'il n'aille plus loin.

— Vous oubliez la troisième possibilité. On veut peut-être nous faire croire que l'histoire des frères Pujol est au centre de l'énigme alors qu'il n'en est rien. Elle sert à cacher un mobile bien différent, et peut-être plus facile à détecter. Toujours est-il que nous avons affaire à quelqu'un de très habile, qui prend des risques mais qui a calculé son plan au détail près. Quelqu'un qui sait parfaitement cacher son jeu. Il a sans doute prévu le genre de réflexion que vous venez d'émettre, monsieur. Peut-être a-t-il justement envie que vous vous suspectiez les uns les autres, pendant qu'il reste bien tranquille, à l'écart des regards. Tout acte qui irait dans ce sens le servirait assurément. Car, il y a une chose que je ne vous ai pas encore dite : il se pourrait que le tueur n'en ait pas encore terminé…

On vociféra de plus belle. Alors, sachant qu'il y en avait pour un petit moment, Martial se rassit. Il fallut près de cinq minutes pour que le maire parvienne à ramener le calme. Et, quand ce fut fait, c'est l'abbé Goussier, toujours aussi rougeaud, qui interrogea Martial :

— Votre première possibilité laisse entendre, je crois, qu'Armand Pujol ne serait pas mort au combat, n'est-ce pas ? Il y a tout de même moyen de vérifier.

— Je m'en suis occupé, répondit Martial, étonnamment calme. Un ami à moi est en train de fouiller les archives du ministère de la Guerre pour connaître le parcours militaire d'Armand Pujol, jusqu'à cette mort qui n'est même pas gravée sur votre monument.

— Il n'avait pas à y être ! hurla Jules. Il n'était plus des nôtres depuis longtemps !

Martial continua, comme s'il ne l'avait pas entendu.

— Certains d'entre vous le savent, malheureusement : en 1917, on identifiait les soldats à l'aide de plaques fixées au poignet, quand l'identification visuelle n'y suffisait pas ou était impossible. Selon les rapports de 1919, qui ont été rapportés devant le Parlement, un million quatre cent mille soldats français sont morts pendant cette guerre, mais près de deux cent soixante mille n'ont pu être identifiés. C'est un drame pour bon nombre de familles. Alors, quand l'identification a été possible, on n'est pas allé chercher plus loin. Il est facile, me semble-t-il, d'échanger deux bracelets…

— Mais cet homme aurait été reconnu !

— Une chose est sûre, celui qui est responsable de ces deux drames connaît bien le village et la vie de ses habitants. Il semble même les connaître trop bien… C'est pourquoi je pense qu'il ne se terre pas dans les bois comme un vagabond mais qu'il est au sein de votre communauté. Armand Pujol est parti d'ici en 1909. C'était encore un tout jeune homme et les hommes changent, monsieur le curé. Surtout quand ils traversent l'enfer. Avec mon ami Édouard, nous nous sommes livrés aujourd'hui à une petite expérience : qui pouvait nous dire à quoi ressemblait Armand quand il vivait encore ici ? Nous nous retrouvons, au bas mot, avec autant de descriptions différentes que d'interlocuteurs. Sa taille, sa corpulence, la couleur de ses yeux, de ses cheveux… Rien ne semble fixé dans les souvenirs de chacun, à l'exception peut-être de monsieur Boutonnier que j'ai eu tout à l'heure au téléphone.

— Et s'il advenait qu'il soit réellement mort, demanda à nouveau l'abbé, il ne resterait plus que deux possibilités ? En fait, si je vous suis bien, votre enquête est destinée à éliminer les pistes potentielles pour n'en garder qu'une ?

— Si j'ai raison et que d'autres meurtres sont prévus, alors le temps me manque pour procéder de la sorte. Mais je reviens un instant sur ce que vous venez de nous dire : Armand est peut-être mort, mais pourquoi en est-on aussi certain pour son frère ?

Silence radical dans la salle.

— Certains d'entre vous l'ont-ils vu mort ? Ou bien, seraient au courant de certaines choses ?

Toujours un silence étourdissant.

— Quoi qu'il en soit, c'est la famille Gresse qui est visée, reprit Martial. J'ai averti ces gens du danger qu'ils courent. Si l'assassin doit encore frapper, c'est là qu'il le fera. Ou bien j'ai fait fausse route depuis le départ.

— Il faut en parler à la gendarmerie, dit Antoine Guiraud. Il faut que vous leur montriez vos preuves.

— Faites prévenir les gendarmes, messieurs. Je me tiendrai à leur disposition dès demain matin.

— Si je vous suis toujours, jeune homme, vous êtes en train de nous dire que quelle que soit la raison, le meurtrier de Michel et de Bascoul peut se trouver ici même, dans cette salle ?

— Il se pourrait que ce soit effectivement le cas, mon père, répondit Martial sans se démonter.

— Mais si c'est votre troisième possibilité, gronda Jules, alors, ça veut dire que quelqu'un aurait un intérêt particulier de s'en prendre à mes cousins, n'est-ce pas ? Quelqu'un qui serait bien content qu'ils débarrassent le plancher, laissant leurs terres libres…

— C'est à moi que tu fais allusion, espèce de salopard ?

La voix tonitruante de Joseph Cassagne venait du fond, dans l'ombre. Martial ne l'avait pas vu entrer. Le fermier s'avança, profitant de la surprise générale, un lourd bâton levé au-dessus de sa tête.

— Combien y en a ici qui pensent que c'est moi qui ai tué le fils Gresse ? Combien ? Dites-le-moi en face, qu'on règle ça tout de suite !

L'agitation qui s'ensuivit fut telle qu'elle sonna la fin prématurée de la réunion. Joseph Cassagne voulait en découdre avec Jules, qui n'était pas en reste. On parvint à maîtriser les deux mais il fallut forcer Jules à quitter la salle pour éviter que cela dégénère pour de bon. Les choses se passèrent finalement dans la dispersion de l'assemblée. Quand on fut dehors, dans la nuit sans lune, on mit inconsciemment les débats en sourdine. Par grappes, les villageois rentrèrent chez eux.

Antoine Guiraud remercia Martial de son intervention mais le cœur semblait ne pas y être. Il lui en voulait en fait d'avoir mis le feu aux poudres de la sorte. Il resta assis face au désordre de la salle qui se vidait à petites doses. Martial réussit ensuite à utiliser l'agitation générale pour esquiver ceux qui voulaient s'entretenir avec lui et sortit le plus vite possible. Le hasard, ou la chance, voulut qu'il se retrouve sur les talons de Lucien Guiraud. Sans s'en cacher, il le suivit au-delà du perron de l'école, s'approchant de plus en plus, jusqu'à ce que l'autre se retourne en sursautant.

Pendant un instant, Lucien ressembla à un petit animal pris au piège, qui cherche désespérément une échappatoire possible et qui, ne la trouvant pas, se recroqueville pour trouver les forces de se battre. Puis, passé cet instant de panique, ses yeux retrouvèrent leur aspect vide et absent.

— Je sais que c'est vous, Lucien, qui traînez devant l'école de mademoiselle Purseau quand il fait nuit.

Martial l'attaqua de front, ne lui laissant pas la possibilité de se dérober. Lucien ne répondit pas mais sa bouche se contracta en une grimace épaisse, ses épaules furent agitées de soubresauts qu'il ne parvenait pas à contrôler.

— Vous ne lui voulez pas de mal, n'est-ce pas ?

Lucien fit « non » de la tête. Il ressemblait désormais à un enfant pris en faute.

— Je ne voudrais pas que vous représentiez un danger pour mon amie, vous comprenez ? Pour l'instant, cela peut rester entre nous. Vous voulez juste la voir, c'est cela ?

Autour d'eux, par petits groupes, des hommes s'enfonçaient dans la nuit, lanternes à la main. Mais il restait encore du monde dans la salle d'où des cris s'échappaient encore.

— C'est vous qui avez ramassé la vipère pour me faire peur ?

Le « non » qu'il fit de la tête fut plus net, plus long aussi.

— J'ai rien fait, finit-il par dire, l'effort semblant si important que son visage se déforma en une nouvelle grimace. J'ai rien fait…

— Mademoiselle Purseau n'est pas très rassurée que quelqu'un vienne rôder la nuit autour de sa maison. Si on vous reconnaissait, vous pourriez avoir des ennuis, surtout avec les récents événements.

— Je lui veux pas de mal ! gémit Lucien.

— Qu'est-ce que vous lui voulez alors ? Vous voulez juste la voir ? Ou bien la surveiller ? La protéger ?

— Il y a pas que moi ! se défendit-il. Il y vient lui aussi. Je l'ai vu. J'ai vu son ombre dans le noir. Il est après elle, lui aussi. Il la veut pour lui !

— De qui parlez-vous ?

— Du diable ! Du diable qui a tué ces gens, comme vous avez dit !

Martial sentit un souffle glacé descendre le long de son dos. La peur se lisait maintenant sur le visage de Lucien Guiraud. Il paraissait ainsi totalement inoffensif.

— Racontez-moi ce que vous avez vu, Lucien.

Mais le fils de l'ancien maire changea à nouveau de figure. Il retrouva son regard mauvais tandis que la peur semblait se transformer en terreur. Ses lèvres restèrent closes. Il ne dit plus un mot. Soudain, il fit volte-face et laissa Martial planté là, disparaissant dans le noir, sans être accompagné de la moindre lumière.

Camille et Édouard avaient fini par s'extirper de la salle et rejoignirent Martial.

— Il y a un problème avec Lucien Guiraud ? demanda Camille.

— Je ne crois pas, non. J'essayais d'entamer la conversation. Peine perdue, semble-t-il.

Martial fouillait malgré tout la nuit du regard. Les dernières paroles de Lucien résonnaient encore dans sa tête. Il sentit à nouveau le danger rôder autour de lui, autour d'eux.

— Je vous ai trouvé très bon, dit Édouard. Un excellent exposé.

— Vous êtes gentil. Je ne crois pas être fait pour ce genre de mise en scène, mais j'ai fait ce qu'on attendait de moi : j'ai expliqué ce que je cherchais.

— Tu as tout de même mis le feu aux poudres. Tout ce petit monde va s'épier désormais.

— Tu n'es pas obligée de me croire, mais c'est un peu ce que je cherchais. Si tout le monde surveille tout le monde, peut-être que notre tueur va être obligé de faire encore plus attention. Je ne sais pas comment faire pour protéger les Gresse, par exemple. Je n'ai trouvé que cette solution. Mais, comme l'a fait remarquer Édouard aujourd'hui, le ver est peut-être déjà dans le fruit…

— Elle est tout de même risquée, ta solution. Il pourrait y avoir des dérapages. Je crois que tu leur as fait encore plus peur. Ils préféraient tous la piste de l'inexplicable.

— Je le sais. Mais ils voulaient la vérité, maintenant, ils l'ont !

— Tu n'as cependant pas tout dit.

— La grotte doit rester ignorée tant que je ne l'aurai pas montrée aux gendarmes. Quant à la soi-disant tombe de Julien Pujol, je crois qu'il vaut mieux également attendre.

— C'est une preuve !

— Elle ne nous donnera pas le nom de l'assassin pour autant.

— Et il y a les lettres conservées par l'ancien instituteur.

— On va voir ce qu'elles peuvent nous apprendre.

— Il y a quelque chose que tu ne me dis pas, s'inquiéta la jeune femme. Je connais bien cet air que tu fais.

— Non, c'est que je suis juste pressé d'ouvrir cette fameuse petite boîte. Cette réunion tombait très mal, ce soir.

— Alors, ramenez-moi à l'école et mettez-vous-y sans plus tarder.

— J'ai cependant une faveur à vous demander, Édouard. Voilà : je voudrais pouvoir être seul pour les lire. Je sais que ce n'est pas très élégant de ma part, j'espère que vous m'excuserez, mais c'est important pour moi de pouvoir vraiment m'immerger dans leur histoire.

Martial craignit que son mensonge ne soit rapidement éventé par Camille, qui avait déjà compris qu'il ne voulait pas la savoir seule. Mais, malgré son regard étonné, elle ne releva pas, laissant Édouard répondre.

— Je comprends, ne vous inquiétez pas. J'en suis même plutôt soulagé. Je me sentais un peu mal à l'aise à faire cela. C'est comme violer leur intimité… Je vais rester avec Camille cette nuit.

Ils remontèrent tous les trois vers l'école dans le cabriolet d'Antoine Guiraud. Martial récupéra la boîte en cerisier et repartit ensuite tout seul vers le moulin, au pas tranquille du cheval. Il ne parvenait pas à oublier ce que Lucien Guiraud avait dit, parce qu'il savait qu'il ne lui avait pas menti. Qu'il y avait bien quelqu'un d'autre, quelqu'un de beaucoup plus dangereux que ce pauvre bougre revenu diminué de la guerre. Alors que, sur le banc, à côté de lui, l'histoire des frères Pujol attendait d'être exhumée, il sentit pour la première fois la peur. La véritable peur, celle qui vous étreint quand vous vous sentez vulnérable, quand il y a une faille, un point faible, dans votre muraille. Et ce point faible, c'était Camille, si facile à deviner…

19

« Le 20 octobre 1909,

Mon petit Julien,

Je souhaite de tout mon cœur que tu ailles bien. Tu ne peux pas savoir le plaisir que m'a fait ta lettre. Ta première lettre ! Si je m'attendais ! Dis au maître combien je lui en suis reconnaissant, comme pour tout ce qu'il a fait pour nous. Dis-lui bien.

Certains jours, c'est difficile ici, mais je m'accroche. Je sais ce qu'il me reste à faire et, quand je me sens découragé, je pense à toi, je pense à notre avenir, et le courage me revient. Le travail est dur mais il ne me fait pas peur, même si j'ai les mains qui s'abîment très vite. Je vais cependant partir plus loin. D'ici, on entend passer le Petit Train et parfois on entend parler de Brassac. Je sais alors que je suis trop près d'eux. Je sens leur présence, leur odeur. Je n'ai pas envie qu'ils me retrouvent. Je ne sais même pas s'ils me cherchent ou s'ils ont droit d'alerter les gendarmes. Mais, au cas où, je vais aller plus loin. Ne m'écris donc plus ici. Quand tu recevras cette lettre, je n'y serai sans doute plus. Je te donnerai rapidement de mes nouvelles, mais ne te fais pas trop de souci pour moi. Je vais trouver une meilleure place et je tiendrai ma promesse : dès que je le peux, je viens te chercher. Je garde le morceau de ruban que tu m'as donné ce soir-là, au bord du chemin. Il est comme un trésor pour moi. Je garde aussi cette image de toi, m'implorant de rester ou de t'emmener. Cela a été le moment le plus difficile de ma petite vie, bien plus difficile que tout le reste. Notre souffrance à tous les deux est un aiguillon qui me tient éveillé, pour aller au bout de ce grand projet que je veux bâtir pour toi et pour moi. Il n'y a pas une seconde où tu n'es pas présent dans mes pensées, même quand je dors. Tiens bon, mon Julien ! Travaille du mieux possible à l'école, c'est important. Un jour, je reviendrai par ce même chemin par lequel je suis parti, et je viendrai pour t'emmener vers une vie bien meilleure. Je me régale à l'avance de ce beau jour, qui sera, je n'en doute pas, le plus beau de ma vie.

Je t'embrasse, mon Julien. Fais attention à toi.

Ton grand frère. »

Martial était assis à la grande table, la boîte en cerisier ouverte devant lui, les paquets de lettres déliés. Il avait allumé un bon feu et s'était servi un petit verre d'eau-de-vie qui lui brûlait le ventre. Deux lampes à pétrole encadraient sa lecture, son voyage dans la vie interrompue des frères Pujol.

« Le 26 novembre 1909,

Mon petit Julien,

Je suis heureux de m'être installé à Bédarieux. Je craignais un peu la ville, mais en fait, je m'y sens plutôt à mon aise. Il y a toujours du mouvement, toujours du bruit, chaque journée apporte son lot de nouveautés. Je pense que ça pourrait te plaire. Comme je te l'ai rapidement écrit dans ma précédente lettre, me voilà apprenti pâtissier. Je suis passé du granit aux gâteaux en franchissant simplement une montagne ! J'ai eu surtout de la chance : avec les fêtes qui approchent, il y a beaucoup de travail, donc le patron n'a pas hésité longtemps pour me prendre.

J'espère que tout va bien pour toi. J'ai reçu ta lettre mardi dernier avec toujours autant de bonheur. Mais tu ne me dis pas grand-chose sur ta vie à la ferme. J'ai peur que tu me caches des choses. Yvonne ne te protégera plus maintenant, mais peut-être que mon départ les a calmés : après tout, l'essentiel de leur rage m'était destiné. Je ne peux pas t'obliger à me raconter. Peut-être que c'est mieux comme ça...

Il faut que je te dise, cher petit frère, que tu es la personne la plus courageuse que je connaisse. Tu te dis peureux et faible. Tu n'es ni l'un, ni l'autre. Un peureux m'aurait empêché de partir par tous les moyens et n'aurait pas voulu entendre mes excuses. Un faible aurait craqué depuis longtemps avec les autres brutes sur le dos. J'ai souri quand tu m'as dit que tu étais monté sur le dos de l'ours à la foire de l'automne. Je sais ce qu'on raconte à ce sujet : monter sur le dos d'un ours donne du courage aux garçons. Je ne sais pas comment tu t'es débrouillé pour aller à la foire et trouver les sous que demandent les montreurs d'ours. Peu importe, je te le redis : tu n'as pas besoin de ça pour avoir du courage. Tu veux une preuve ? Tu as tellement de courage en toi que tu parviens à m'en transmettre. C'est toi qui me donnes le courage d'avancer. Tu imagines cela !

Sois patient, mon grand. Les années que tu as devant toi seront belles, je t'en fais le serment. C'est mon but dans la vie : te les rendre belles. Tu sais que j'ai déjà un peu d'argent de côté. Comme j'apprends vite, je crois que je pourrai monter un jour ma propre affaire. Elle portera notre nom, celui de nos pauvres parents.

Écris-moi dès que tu peux. Tes lettres sont des trésors. Elles te ressemblent. En attendant de te lire, je t'embrasse bien fort.

Ton grand frère. »

L'écriture d'Armand résultait d'une main hésitante, mais il n'y avait ni faute, ni rature. Il avait sans doute rédigé un brouillon avant. Martial le suivait, quasiment pas à pas. Certaines lettres attiraient davantage son attention que d'autres, qui se répétaient souvent.

« Le 8 juin 1910,

Mon cher petit Julien,

Quel bonheur de recevoir tes lettres ! Ton écriture est si élégante, si assurée, qu'on croirait avoir à lire un adulte, et un bien placé encore ! Mais plus que cela, c'est ce que tu me racontes qui me comble de joie. J'ai l'impression de partager un peu de ta vie ainsi. J'ai été très touché que tu m'envoies l'image que tu as gagnée à l'école. Ce phare sur son morceau de terre, la mer si belle tout autour, les nuages qui menacent dans le fond, annonçant peut-être la tempête... Ce phare s'apprête sans doute à sauver des vies dans les heures déchaînées qui vont suivre... J'ai accroché l'image au-dessus de ma table de chevet, dans la petite chambre que me loue mon patron. Pendant que je t'écris, je la vois. C'était très gentil à toi, mais tu dois garder tes récompenses. Conserve-les toutes, tu sais, comme un trésor de pirate. Pourquoi n'utilises-tu pas notre boîte en fer, notre propre trésor ? Il est à toi maintenant.

Mon plus beau cadeau est que tu travailles bien à l'école. Remercie encore le maître : tu apprends bien avec lui et c'est grâce à sa gentillesse que nous pouvons rester en contact. Je me doute que c'est lui qui paye les timbres de tes lettres. Dis-y que je vais envoyer de quoi le rembourser. Et s'il ne veut pas, l'argent sera pour toi, mais il ne faut pas que les autres le sachent.

Je sais que s'ils te battent encore, s'ils te font du mal, tu ne me diras rien pour ne pas m'inquiéter. C'est eux qui devraient s'inquiéter pourtant. Je vais sur mon âge d'homme. Je suis déjà plus grand et plus fort ; je peux le devenir encore plus. Quand je reviendrai, s'ils t'ont fait du mal, gare à eux ! Je sais que dormir dans le petit grenier te fait peur depuis que tu y dors seul. Il n'y a aucune honte à avoir. Moi-même, je n'étais pas rassuré dans le temps. Dis-toi qu'au moins, tu es tranquille. Tu n'as pas à dormir avec eux, dans la puanteur de leur maison. Le froid, les rats, les bruits bizarres, ne sont rien à côté d'eux.

N'écoute pas ces histoires au sujet de la petite fille. Ils parleront mal de moi d'une manière ou d'une autre, jusqu'à essayer de te retourner. Que Michel t'ait dit ces choses, ça ne m'étonne pas. Je n'ai rien fait de mal, crois-moi. C'est cette femme qui est mauvaise à l'intérieur. Et lui, ça le mange, petit à petit, parce qu'il le sait qu'elle va voir ailleurs et qu'il en a honte, mais il ne peut rien dire, sinon tout le monde va savoir qu'il n'a rien dans le pantalon. Ce n'est pas plus mal après tout qu'elle ait eu ce bébé, comme ça, elle ne te veut plus dans ses jupes. Va savoir ce qu'elle aurait essayé de faire de toi...

Je sais que tu trouves le temps long, déjà presque un an. Mais je suis encore trop jeune pour faire valoir mes droits et je n'ai pas encore les moyens de t'offrir la vie que je t'ai promise. Il y a un gars, à la pâtisserie, qui m'a parlé de quelque chose qui m'a donné une idée : les fruits confits. Je ne sais pas si tu connais, je n'en ai jamais vu chez le père Sabatié. Mais c'est un délice. Je prends tous les renseignements que je peux et je note tout sur un cahier. C'est dans cette branche que je veux lancer mon affaire. Il me faut seulement aller là où les fruits poussent en pagaille. Pas trop loin, ne t'inquiète pas. En tout cas, pas tant que tu n'es pas avec moi. Je t'en parlerai plus une prochaine fois. Là, il faut que je dorme parce que je commence tôt.

Je t'embrasse, mon cher Julien. Je t'aime de toutes mes forces.

Ton grand frère. »

Amélie était-elle réellement la fille d'Armand Pujol ? Ou était-ce juste ce qu'on avait voulu laisser croire à Michel ? Après tout, ce jeune père envolé était déjà bien pratique pour masquer la culpabilité d'un autre homme du village...

« Le 21 mars 1911,

Mon cher Julien,

J'espère que cette lettre arrivera à temps pour ton anniversaire. Huit ans ! Comme le temps passe et comme je me languis de te voir ! Je me retiens de remonter vers le col quelquefois. Mais je sais que cela n'arrangerait rien, au contraire. La souffrance n'en serait que plus forte après.

Je te félicite pour le courage qu'il t'a fallu pour remonter tout le tunnel depuis notre grotte, et sans lumière encore ! Je sais à quel point cela te faisait peur autrefois, même quand je te tenais la main. Alors, tout seul et dans le noir, chapeau, mon grand ! C'est bien que tu continues à remplir notre trésor avec ce que te rapportent tes bons points. C'est pourquoi, pour ton anniversaire, je t'en envoie deux autres. La photo a été prise devant la pâtisserie. Celui qui est le plus à gauche, c'est mon patron. À côté de lui, c'est sa femme, qui est plus commode dans la vie que sur cette image. Et, le troisième en partant de la droite, c'est moi ! Tu m'avais reconnu ? Ne rigole pas trop de ma moustache, on m'a dit que ça me faisait plus vieux, et quand tu es plus vieux, on te prend davantage au sérieux. Tu vois que je me porte bien, et que j'ai plutôt bonne figure avec ma blouse et le tablier par-dessus. L'autre image, je l'ai découpée dans une revue. C'est une photo de vergers. Rien que des cerisiers et des abricotiers à perte de vue. Au fond, la montagne que l'on voit, ce sont les Pyrénées. Ce village s'appelle Céret. Demande au maître de te montrer où c'est sur la carte. C'est là que je vais bâtir mon affaire, et, si tu le veux bien, c'est là que nous vivrons. Je me suis renseigné, il y a une bonne école et il y a même un lycée pas loin. Les notes que tu obtiens en classe doivent te permettre d'être ambitieux. Mais ne t'inquiète pas, tu ne seras pas mis en pension. Je te veux avec moi le plus souvent possible. C'est pourquoi je me suis mis en tête d'apprendre à conduire. J'aurai une voiture avec mon affaire, et je viendrai t'emmener et te rechercher tous les jours.

Les choses bougent enfin, mon Julien. Elles bougent dans le bon sens, crois-moi. Je te souhaite encore un très bon anniversaire. Le billet est pour toi. Tu peux le dépenser si tu veux. Fais-toi un grand plaisir avec. Et continue d'être fort comme tu sais l'être.

Ton grand frère. »

L'inscription gravée au bout du tunnel avait désormais un sens puisqu'elle immortalisait l'exploit d'un gamin. La boîte en fer, « leur trésor de pirate », renfermait bien une photo d'Armand Pujol à seize ans et demi. Sa disparition prenait, là aussi, un sens.

Les autres lettres montraient Armand en train de se battre pour parvenir à monter son projet. Les déceptions et les désillusions s'enchaînaient à des périodes d'espoir. Mais il était toujours à Bédarieux quand il lui écrivit en 1914.

« Le 28 avril 1914,

Mon cher Julien, mon grand Julien,

Quelle fierté ! Quelle fierté ! Je l'ai dit à tout le monde au travail, en ville, à tout le monde ! Mon frère va passer son certificat d'études à onze ans, recommandé par son instituteur. Et ensuite, il va entrer au lycée ! J'en ai les larmes aux yeux rien que de l'écrire. Je suis si fier de toi ! Tu as été si courageux, mon frère ! Encore quelques semaines, et tu partiras de chez eux. Je n'aurais pu rêver mieux pour toi, et, si tu m'en veux de ne pas être à l'heure pour nos retrouvailles, sache que je n'aurais jamais pu t'offrir la chance qui est la tienne aujourd'hui.

Je ne me fais pas de bile. Je sais que tu vas réussir. Tu n'as jamais flanché depuis que tu es né. Jamais ! Je ne t'ai jamais raconté comment tu étais né. Il y a eu des complications, et quand tu es sorti, tu étais mort. Tout le monde t'a cru mort. Tu ne criais pas, tu ne respirais pas, tu étais tout bleu. Et puis, tu t'es accroché et tu es revenu à la vie. Tu vois la force qui est en toi !

Tu vas devenir quelqu'un maintenant, un Monsieur ! J'espère que tu n'auras pas trop honte de moi qui n'ai jamais été un très bon élève. Mais ta réussite me comble davantage que si elle était mienne.

À moi de réussir maintenant. Je vais fabriquer des fruits confits, des fruits du soleil, qui poussent dans un vrai paradis. Il faut que j'attende encore un peu pour l'argent. Celui que j'ai envoyé à monsieur Boutonnier mérite largement ce à quoi il est destiné. Il ne faut pas en faire toute une histoire ! Je l'ai gagné une fois, je peux le gagner encore, et deux fois plus vite.

Fonce, mon Julien ! Fonce droit devant toi, ta route est ouverte. Je te rejoins au prochain croisement.

Ton grand frère qui t'aime
et qui est si fier de toi. »

C'était la dernière lettre de la première liasse. La dernière reçue avant la disparition de Julien. Ainsi, Armand avait sacrifié son projet pour aider à financer l'entrée au lycée de son frère. Encore une chose que Louis Boutonnier et Antoine Guiraud avaient oublié de lui dire.

Martial s'attaqua aux lettres de la deuxième liasse, celles que Julien n'avait jamais pu lire. Il ne put s'empêcher de ressentir une certaine émotion quand il les ouvrit.

« Le 12 septembre 1914,

Mon cher Julien,

Je vais bien, pour commencer. Ne te fais pas de souci pour moi. Pour l'instant, on ne va pas trop au charbon. Je n'ai même pas encore aperçu le moindre Boche. Je m'entends bien avec les gars de mon régiment et le commandant Moriceau, qui dirige mon bataillon, est un chic type, un de ceux qu'on peut suivre sans crainte. Je ne peux pas te dire où on est parce qu'il paraît que nos lettres sont ouvertes et que, si elles contiennent des informations trop précises, elles ne sont pas distribuées. Alors je préfère que celle-ci arrive jusqu'à toi.

Cette guerre, je ne l'ai pas vue venir et, je ne vais pas te mentir, j'y suis pas allé de gaieté de cœur. Mais, maintenant qu'elle est là, il faut la faire, et surtout la terminer. Les choses auront changé après notre victoire. Je veux être de ce train-là, celui du changement. Voilà pourquoi j'ai devancé l'appel. Il en est encore qui croient qu'on en aura vite fini. J'en suis pas si sûr. D'après moi, il faudrait bien attendre l'été prochain pour qu'on les achève. Après, je serai libre, débarrassé de mes obligations militaires, et la pension que je toucherai suffira pour combler ce qui me manque pour financer ma fabrique.

Je n'ai pas eu de tes nouvelles depuis longtemps. Les résultats de tes examens doivent être connus, mais c'est vrai que ça ne doit pas être facile pour tes lettres de me trouver, vu qu'on bouge tout le temps et que c'est un peu la pagaille. Si j'ai bien compté, dans trois semaines, tu vas entrer au lycée de Castres. Je suis certain que tu y feras bonne figure. En tout cas, je suis content d'une chose : c'est que tu sois trop jeune pour venir grossir les rangs de nos soldats. C'est pas parce que je ne te crois pas assez brave, mais j'aime mieux te savoir à l'abri. S'il t'arrivait quelque chose, que me resterait-il ?

Je te donnerai d'autres nouvelles en passant toujours par monsieur Boutonnier, tant que tu ne m'auras pas donné ta nouvelle adresse. Je sais qu'il trouvera un moyen de te les faire parvenir.

On en finit ici, et je redescends chez nous. Il ne se passera pas très longtemps avant que nous soyons réunis. Fais-moi confiance !

Ton grand frère. »

Armand avait continué d'écrire à son frère, à un rythme moins régulier néanmoins. Il parlait peu de sa vie de soldat. Plus on avançait dans le temps, moins il y avait de détails. À peine disait-il qu'il avait été blessé et qu'il était resté quelque temps à l'hôpital du Creusot, en septembre 1915, sans que l'on sache vraiment avec quelle gravité. On sentait l'homme en train de s'endurcir face à l'horreur des combats, encerclé par la mort. Les mots n'étaient plus les mêmes, les phrases étaient plus sèches, laissant peu de place aux sentiments. Si ce n'est l'inquiétude de ne pas avoir de nouvelles. « *Je comprends que tu ne puisses pas m'écrire, tu dois être débordé de travail. J'espère, en tout cas, que c'est pas parce que tu m'en veux...* » écrivait-il à plusieurs reprises. D'autres fois, il craignait que ses lettres n'arrivent pas, que l'instituteur ait changé et que Julien se retrouve comme lui, sans nouvelles. Il avait peur que le fil qui les reliait soit brisé.

À la fin de l'été 1916, il avait écrit directement à Louis Boutonnier. On sentait qu'il était revenu à l'habitude des brouillons tant l'écriture était plus appliquée.

« *Maître,*

Cela fait maintenant plus de deux ans que je suis sans nouvelles de Julien. Je me suis posé mille questions et, aujourd'hui, je n'y tiens plus. Je n'arrive pas à avoir de permission pour revenir voir ce qui se passe. Alors, en attendant, pouvez-vous me dire s'il va bien, s'il s'en sort au lycée, et aussi pourquoi il ne m'écrit plus. Dites-moi la vérité sur la raison de ce silence. Et dites-lui, si vous pouvez le contacter, qu'on m'a nommé caporal après que je fus sorti sain et sauf de l'enfer de Verdun, avec deux décorations pour bravoure. Expliquez-lui, je sais qu'il vous écoutera, que tout cela est arrivé parce que je n'avais pas le choix. Puisque j'ai failli à ma promesse, j'implore son pardon.

Merci de votre aide. J'espère que cette lettre vous trouvera en bonne santé, ainsi que votre femme.

Armand Pujol,
124e Division d'infanterie,
53e Régiment, 10e Compagnie. »

Deux autres lettres suivaient pour Julien, très courtes. Puis une dernière, à nouveau adressée à l'instituteur. Elle était datée du 9 décembre 1916.

« Maître,

Je ne peux pas décrire ce qui vient de s'abattre sur moi. Voilà deux jours, on me dit qu'il y a à l'ambulance un gars qui est en train de casser sa pipe, et qui réclame quelqu'un de chez lui. Chez lui, c'est La Vitarelle-du-Théron, ce village maudit. J'y suis allé parce que, comme vous ne m'avez jamais répondu, je me suis dit que j'aurai peut-être des nouvelles de mon frère. Franchement, lui tenir la main pendant qu'il canait, j'en avais rien à faire. Je connaissais ce type. On était de la même année je crois, et j'ai jamais rien eu contre lui. C'était l'un des fils du maire, le plus jeune, mais j'ai oublié son prénom. Il était salement amoché. Au début, il m'a pas reconnu. Quand je lui ai dit qui j'étais, il m'a dit que j'avais sacrément changé, mais que ça faisait rien, que ça lui faisait plaisir de voir quelqu'un qu'il avait connu. Il voulait que je fasse passer un message à son père et à sa fiancée quand je reviendrai au pays. Je m'en fichais du message, ce qui m'importait, c'était Julien. Je lui pose la question, et là, il me raconte que mon frère a disparu depuis le mois de juin 1914. Deux ans et demi, et moi, j'en savais rien ! Et puis, voilà qu'il m'attrape le bras, et moi, je crois qu'il va mourir tout de suite, mais non, il me dit qu'il sait que Julien a été tué. Ces salauds de Gresse l'auraient enfermé dans leur porcherie et les cochons, ils l'ont bouffé, morceau par morceau. Il me dit qu'il y a eu des recherches, que c'est vous qui avez remué ciel et terre pour que la vérité éclate, mais que personne n'a rien trouvé. Il est pas mort de suite mais il est tombé dans les pommes. Moi, j'étais pas mieux que lui. Je suis sorti de là et on m'a pas revu pendant trois heures. Je sais même pas ce que j'ai fait pendant tout ce temps. Quand j'ai retrouvé mes esprits, j'étais devant la tente de l'ambulance. Je suis entré à nouveau, mais le gars-là, il était mort.

Dites-moi la vérité, s'il vous reste un peu de fierté, dites-moi si tout ce qu'il m'a raconté est vrai ! Je vois pas pourquoi il m'aurait raconté des mensonges, ce pauvre gars, alors qu'il en avait fini. Je voudrais que vous trouviez le courage de m'écrire. Si vous le faites pas, je saurai de toute manière, même s'il faut que je me traîne jusque dans ce foutu village de merde. Je sais que Julien est mort. J'ai senti une partie de moi s'éteindre. Je n'arrive même plus à voir son visage, il est devenu flou dans mes souvenirs, même dans mes rêves. S'ils ont fait ça, je vais les crever, les crever tous ! Vous pouvez le dire à qui vous voudrez. Dites-leur, à tous, que je vais revenir et que ce que je vais leur faire sera pire que tout, pire même que l'enfer où ils étaient déjà sûrs de finir. Et il se pourrait bien aussi que je me décide à transformer le village en un champ de ruines. Depuis plus de deux ans que je suis ici, croyez bien que je commence à m'y connaître en destruction. Les ruines, y a plus que ça autour de moi.

Armand Pujol. »

Trois mois plus tard, Armand Pujol mourait.

— Il avait peut-être l'intention de se venger, mais il ne s'en est pas sorti. À moins, comme l'a dit Marthe, qu'il ait préféré en finir ?

Le jour se levait à peine. Édouard était revenu de l'école de Camille et avait trouvé Martial déjà levé, malgré sa nuit très écourtée. Ils parlèrent, bien entendu des lettres, qu'Édouard refusait toujours de lire ou même de toucher.

— Vous avez été blessé pendant la guerre. Quand on vous a évacué vers l'arrière, qui était là pour vous identifier ? À part votre plaque, qu'est-ce qui prouvait que vous étiez bien vous ?

— J'avais des papiers sur moi. Et il y avait aussi les camarades de ma compagnie qui m'ont descendu et sont venus prendre de mes nouvelles.

— Mais quand on vous a envoyé un peu plus loin, qui pouvait vous identifier ? Quand je me suis retrouvé à l'hôpital, on s'est juste fié aux papiers qui m'accompagnaient et à ma plaque. Si j'avais eu la force de les échanger avant mon transfert, voire même pendant, qui s'en serait rendu compte ?

— Mais celui avec qui vous auriez échangé votre identité avait aussi des camarades.

Martial fit une moue ressemblant à une désapprobation. Cependant, il ne chercha pas à contredire davantage Édouard.

— Ces lettres confirment qu'Armand avait un mobile, un mobile en acier. Qu'il avait la volonté de passer à l'acte, sans rien avoir à perdre. Tout correspond depuis le début…

Édouard semblait à cours de réfutation. Il vida son bol de café d'un trait.

— Où avez-vous été soigné ? demanda-t-il ensuite, d'une voix posée qui tranchait avec l'excitation de Martial.

— À l'hôpital de Rennes… Disques écrasés et canal lombaire pincé par une calcification osseuse… Et vous ?

— Paris.

— Que vous est-il arrivé ?

— Une grenade. Tout le côté droit, du tibia à la hanche. S'il n'y avait pas eu ce chirurgien, on me coupait la jambe. Mais il était persuadé de pouvoir me rafistoler.

— C'est remarquablement réussi. Vous ne boitez même pas.

— Il a fallu du temps, beaucoup de temps. Mais je triche un peu : ma jambe droite est désormais plus courte de quatre centimètres et j'ai une talonnette dans ma chaussure pour compenser. Pieds nus, je marche comme Jean Guillard ! Mais bon, on se sent plus vivant malgré tout, non ? Et cette blessure est devenue pour moi une chance quand on m'a envoyé à Luchon… Voyez-vous, je me sens moins bancal aujourd'hui qu'avant la guerre. Je ne me suis jamais trouvé aussi agile.

— Je comprends ce que vous voulez dire.

Édouard semblait soudain mélancolique, presque ému.

— Je crains que Camille ne veuille plus de cette vie en Argentine, finit-il par avouer, laissant les frères Pujol de côté pour quelques minutes. Le projet lui paraissait lumineux mais, à l'heure de le concrétiser, elle le trouve soudain plus obscur. Nous en avons encore parlé hier soir, après votre départ. Mais elle a du mal à me dire les choses. Peut-être s'est-elle confiée à vous ?

— Je crois qu'elle est juste un peu effrayée. La mort de Charles a laissé plus de traces qu'elle veut bien le montrer et la vie ici, dans ce village, la ronge. Elle se sent un peu perdue. Mais, le moment venu, elle ne vous décevra pas. Soyez patient, laissez-lui retrouver sa route et vous verrez qu'ensuite, c'est vous qui devrez forcer le pas pour parvenir à la suivre.

— J'apprécie votre sincérité, Martial. Merci.

— Je vous en prie. Votre aide m'est également précieuse. Et je vais avoir encore besoin de vos services, aujourd'hui.

— Je vous écoute.

— Il nous faut la lettre reçue par Mathilde Gresse le plus tôt possible. Nous comparerons les écritures. Il faudrait également trouver dans quelle pâtisserie Armand Pujol a travaillé avant la guerre. S'il a eu un tirage de sa photo, il doit exister d'autres exemplaires qui nous permettraient de l'identifier, s'il est encore en vie. Sans oublier que je dois tenir mes engagements et me tenir à la disposition de la gendarmerie pour leur montrer ce que j'ai découvert. J'aimerais bien, également, que mon ami me donne des nouvelles de ses recherches dans les archives militaires. Sans compter que j'ai encore une ou deux choses à demander à Antoine Guiraud. Le temps nous presse, mon ami, et il va falloir nous séparer si nous voulons être présents sur tous les fronts. Il nous faut maintenant en arriver à des certitudes. C'est le seul moyen de rattraper notre retard.

— Vous avez parlé de trois possibilités hier soir pouvant justifier ces assassinats. Cela veut-il dire que vous n'en retenez qu'une ?

— Non, hélas ! C'est pour cela que le temps nous presse. Nous devons pour l'instant chercher dans les trois directions, et comme l'a fait remarquer ce curé bien joufflu, procéder par élimination. À moins que l'homme que nous poursuivons commette une erreur qui puisse le trahir.

20

Martial avait commencé par passer au bureau des Postes. Il crédita un compte pour les coups de fil qu'Édouard devait passer pour trouver la pâtisserie de Bédarieux et essayer de se faire envoyer un exemplaire de la photo prise au début de l'année 1911. Il fut agréablement surpris lorsque Maurice Daures lui annonça qu'il avait reçu un message, dès l'ouverture. Un coup de téléphone de Paris. On lui avait dicté un numéro valable pour la journée.

— J'ai trouvé ton gars, lui annonça son ami parisien, cinq minutes plus tard. Né le 15 septembre 1895, versé dans le 53e Régiment d'infanterie, matricule 13768, classe 1914, enregistré à Carcassonne. Blessé au combat le 25 septembre 1915, lors de la bataille de Champagne, rapatrié à l'hôpital du Creusot. Il revient ensuite, recommandé à trois reprises par son sergent et finalement nommé caporal en mai 1916 en pleine bataille de Verdun. Blessé une deuxième fois, le 26 février 1917 aux Éparges, décédé des suites de ses blessures à l'ambulance de Verdun le 3 mars 1917. Le décès a été attesté par le médecin. L'avis a été expédié à La Vitarelle-du-Théron, dans le Tarn.

Il a été enterré dans le cimetière militaire de Verdun. Et il y est toujours. J'ai fouiné dans les registres de l'hôpital de campagne de ce bled, entre le 26 février et le 3 mars : tous les soldats évacués ou décédés ont été identifiés. Il n'y a pas de faille de ce côté-là. S'il a grugé le toubib, il a eu une sacrée veine. Je peux difficilement aller plus loin.

— Tu vas sans doute te mettre en colère, mais si je te demandais les noms de ceux qui étaient avec lui dans cette ambulance, tu crois que tu pourrais faire quelque chose ?

— Tu sais combien ils étaient ? On morflait de partout dans le coin, et tous les blessés graves étaient redescendus à Verdun !

— Mais ce serait possible ?

— Bien sûr que ce serait possible, si tu as un ou deux mois devant toi.

— Je crois que je ne peux pas aller au-delà de deux ou trois jours.

— Je ne te promets rien. Je mets un de mes hommes sur le coup mais si tu pouvais nous donner une ou deux pistes…

— J'ai une liste de noms pour l'instant. Tu pourrais, dans un premier temps, vérifier où ils étaient au moment où Armand Pujol agonisait.

Martial essaya de dicter les noms fournis par Antoine Guiraud le plus bas possible, les oreilles du receveur restant aux aguets, d'autant plus que son propre nom faisait partie de la liste des nouveaux habitants.

— Avec ça, je vais pouvoir avancer plus vite. Si je trouve quelque chose, je te laisse un message. Sinon, c'est qu'il n'y a rien de suspect.

— Je te rappelle de toute façon avant la fin de

la semaine, d'accord. On voit où on en est à ce moment-là.

Martial se rendit ensuite à la scierie. Il monta une nouvelle fois dans le bureau et trouva Antoine Guiraud dans ses papiers.

— Vous pouvez vous vanter d'avoir mis les pieds dans le plat, hier soir. Toujours est-il que le maire a contacté la gendarmerie de Brassac ce matin et qu'ils vont nous envoyer quelqu'un dans la journée.

— J'ai une nouvelle question à vous poser, monsieur Guiraud. Pour financer l'entrée au lycée de Julien Pujol, combien Armand a-t-il versé ?

Le vieil homme soupira. Il enleva ses lunettes en demi-lune et se frotta les yeux du pouce et de l'index.

— J'ai détourné de l'argent pour ce dossier, mon ami. J'en ai même mis de ma poche. Mais cela ne suffisait pas. Le petit en a informé son frère quand il lui a écrit. Peu de temps après, Louis a reçu sept cents francs…

— Qu'est devenu cet argent par la suite ?

— Chacun a récupéré son écot. J'ai falsifié les comptes une deuxième fois pour réinjecter ce que j'avais mis de côté. Quant à l'argent d'Armand, on n'a pas su comment lui rendre, vu qu'il s'est engagé dès la mobilisation générale. Louis l'a mis de côté. Je peux vous promettre que personne n'y a touché.

— Je vous crois. J'ai une deuxième chose à vous demander. Cela va vous paraître bizarre, mais je vous jure que j'ai une bonne raison de faire cela. Pourriez-vous me donner la date exacte du décès de votre fils cadet ?

Charles Guiraud était mort le 2 décembre 1917. À la question qui suivit forcément, Martial répondit sans ambages : Armand Pujol était au chevet de Charles Guiraud lorsque celui-ci était mort. Et c'est de sa bouche qu'il avait appris les rumeurs qui couraient sur la disparition de son jeune frère. La date correspondait bien à ce qu'il racontait dans sa lettre.

Antoine Guiraud fut marqué par cette nouvelle. Ses yeux s'embuèrent et il serra les mâchoires un peu plus fort que d'habitude.

— Cette histoire a décidément poursuivi mon fils jusqu'au bout, finit-il par dire, la voix un peu éraillée. Il semblerait qu'elle nous poursuive tous…

En repartant du bureau de l'ancien maire, Martial fit le tour des ateliers pour essayer de trouver Lucien. Il finit par le dénicher au bord de la rivière, en train de superviser la réparation du système d'entraînement de l'une des scies mécaniques, les mains dans les poches, la pipe au bec. S'il avait eu une possibilité de s'enfuir en courant quand il aperçut Martial, il l'aurait fait. Mais il était coincé contre le cours d'eau. Agité, paniqué même, il fit les cent pas sur place, n'écoutant même pas la question qu'on lui posait : qui était donc ce diable dont il avait parlé la veille ? Il refusa de répondre, ne prononçant pas le moindre mot. Il n'en fallait pas beaucoup plus pour qu'il fasse n'importe quoi et Martial craignit même qu'il ait un accès de violence. Les deux ouvriers qui réparaient la machine s'étaient interrompus. Martial renonça, à contrecœur.

Il continua son périple de la matinée en montant jusqu'à l'école de Camille. Il rangea l'attelage le long du chemin, passa le portail et ouvrit la porte d'entrée sans frapper. Il entendit la voix de la jeune femme, derrière la porte de la salle de classe. Il attendit deux minutes dans le hall, ne sachant pas trop s'il allait interrompre sa leçon ou attendre patiemment qu'elle se rende compte de sa présence. Finalement, il opta pour une troisième solution. Il monta au premier étage, attrapa la lanterne dans le buffet du petit salon et manœuvra à nouveau la lourde échelle pour la caler sous la trappe du grenier. Il fit sans doute trop de bruit et Camille se précipita au pied de l'escalier pour demander qui était là, d'une voix peu rassurée. Martial se montra par-dessus la rampe. Il essaya de garder la voix basse pour lui dire de ne pas se déranger mais qu'il lui fallait à nouveau monter sous les toits. D'un geste des deux mains et en écarquillant les yeux, Camille lui envoya un « pourquoi ? » muet.

— Je t'expliquerai après, répondit-il.

Alors qu'elle repartait à son travail, grondant un peu les élèves qui avaient profité de l'interruption pour bavarder, Martial montait à l'échelle et ouvrait à nouveau la trappe. Il retrouva le coffre laissé là par le couple Boutonnier. Il le vida entièrement, s'arrêtant sur chaque objet, sur chaque détail. Il finit par découvrir ce qu'il cherchait, dans le classeur contenant les deux dossiers scolaires de Julien Pujol. Dans celui qui concernait son inscription au lycée de Castres, il trouva, glissé entre deux pages, une enveloppe marron intacte. Il en souleva le rabat pour voir ce qu'elle contenait et ne trouva qu'un morceau de papier plié en deux : « *Je certifie que cet argent appartient à M. Armand Pujol, Louis Boutonnier.* » Il n'y avait pas le moindre billet, pas la moindre trace des sept cents francs. Il passa même en revue toutes les pages du dictionnaire ainsi que celles du livre d'histoire. Il ne trouva rien. Ou plutôt si, il obtint une certitude : la certitude que quelqu'un avait ouvert ce coffre avant lui. Le morceau de journal, soigneusement découpé et plié entre la couverture et la page de garde du livre de Michelet, gardait, au verso de la réclame pour Cauterets, un morceau d'article. Il était question d'une foire à Puylaurens : « *Le concours agricole se tiendra le samedi 7 avril prochain. On compte déjà dix inscrits de plus que lors de l'édition de l'an passé qui avait déjà marqué les esprits. Nul doute que l'édition 1923 fera mieux encore…* »

Un article de 1923 ! Soit longtemps après le départ des époux Boutonnier. Martial en fut tout retourné. Il rangea à nouveau les affaires dans le coffre mais garda le livre de Michelet, avec son marque-page de fortune. Pourquoi ce livre était dans ce coffre ? S'il appartenait à Julien, rien ne l'indiquait, contrairement au dictionnaire.

Il redescendit et rangea échelle et lanterne bouillante. Il quitta ensuite l'école sans dire un mot à Camille, tout occupée à parler de Louis XIV et du château de Versailles. Il ne savait plus trop quoi penser. Les choses se bousculaient dans sa tête, et il avait même la désagréable impression de n'être que spectateur de toute cette enquête. Avant de retourner au moulin pour se poser et réfléchir à ces nouveaux éléments, il prit le temps d'aller jusqu'à l'atelier du maréchal-ferrant. À la fourche de la statuette de la Vierge, il suffisait de prendre à droite et d'aller au bout du chemin, là où un ruisseau prenait de la vitesse pour dévaler vers le bas du village puis la gorge. Il fut d'abord reçu par l'ouvrier qui s'échinait auprès d'une grande forge. Puis ce dernier appela son patron. Aimé Ramond était un homme grand et épais. Une grosse barbe grise mangeait son visage percé de deux grands yeux clairs. Il avait une voix haut perchée, des gestes amples et secs à la fois : c'était le genre de personnage qu'on ne pouvait ne pas remarquer. Martial se rappela l'avoir aperçu au cimetière, pour l'enterrement de Michel Gresse. En revanche, il n'était pas dans l'assemblée lors de la réunion de la veille. Si le premier contact fut des plus méfiants, voire carrément hostile, l'attitude du maréchal-ferrant changea quand Martial expliqua la raison de sa venue. Aimé Ramond l'interrompit alors d'un grand geste de la main et l'invita à le suivre vers l'arrière de l'atelier. Ils passèrent par une cour intérieure tout en herbe où une chèvre broutait tranquillement, attachée à un piquet fiché en terre, puis entrèrent dans une pièce plus sombre, où l'unique fenêtre était quasiment occultée par ses carreaux sales. Une cheminée y distillait une chaleur à peine suffisante pour la saison. Le reste des murs était couvert d'étagères sur lesquelles s'entassaient des fioles, des bouteilles, des pots… La photo de Ramond, assis avec son costume du dimanche, une vipère bien vivante négligemment tenue à la main, trônait au-dessus du foyer.

— C'est ici que je conserve mes remèdes miracles, montra le gros homme. Voilà ma potion d'aspic.

Il attrapa deux bouteilles en verre sur une des étagères. Un serpent entier y était immergé dans un liquide peu définissable.

— Avec ça, vous guérissez tout ce que vous voulez. Il suffit de frictionner vigoureusement ou de faire des cataplasmes. C'est pas fait pour être bu. Bien que je connaisse un gars de Brassac qui en avale pour soulager le feu dans ses tripes. Et il se porte plutôt pas mal.

— C'est vous qui attrapez ces vipères ?

— Oui, c'est moi. Bien vivantes. Le meilleur moment, c'est avant qu'elles frayent, aux premières chaleurs du printemps. Si vous êtes encore des nôtres, je veux bien vous emmener voir.

— Il y en a beaucoup dans les parages ?

— On en trouve oui. Dans les ruines des anciennes fermes par exemple, au bord des fossés plus rarement.

— Il y en a au Pas-du-Diable ?

Le maréchal-ferrant se durcit un instant. Il finit par répondre après une hésitation de quelques secondes. Évoquer un tel lieu avec celui qui enquêtait sur la mort de Louis Bascoul lui paraissait suspect.

— Oui, il y en a dans certains coins. Faut les connaître. Mais c'est pas là que je vais les débusquer.

Les serpents, même morts, mettaient Martial mal à l'aise. Il ne cessait d'épier les bouteilles posées devant lui, sur une table si encombrée qu'on pouvait craindre qu'elle ne s'effondre sous le poids qu'elle devait supporter. Il guettait un éventuel mouvement.

— Qu'est-ce qui vous intéresse donc dans ces serpents ?

— En fait, je voudrais savoir s'il est facile d'en trouver en ce moment.

— Avec le temps qu'il fait, c'est un peu tôt. Ils se réveillent à peine. Notez qu'on peut voir des aspics rouges sur la glace de décembre, ça m'est arrivé. Mais ces bêtes-là, ça aime pas l'hiver. Et elles sont mauvaises comme la gale quand elles sont pas encore bien fraîches. Mais, si vous voulez, je peux essayer de vous en trouver une ou deux. Je sais détecter les nids, à l'odeur.

— J'en ai trouvé une dans mon lit avant-hier.

Aimé Ramond n'eut pas la surprise silencieuse.

— Dans votre lit ! Ça par exemple ! Qu'est-ce qu'elle a donc pu venir foutre là ?

— Vous serez d'accord avec moi pour dire qu'elle n'y est pas venue seule.

— Vous croyez que c'est moi qui vous ai fait le coup, c'est ça ? On vous a dit, comme ça, que les serpents, c'était mon truc, et vous vous êtes dit : c'est le vieux Ramond qui m'a fourré ça dans le lit !

— Non, je n'ai pas pensé à vous. Je voulais juste savoir si n'importe qui d'un peu habitué, et qui ne serait pas effrayé, pouvait trouver un tel serpent.

Le maréchal-ferrant resta sur son ton à faire trembler les murs.

— Oui, on peut trouver ! Mais il faut bien chercher ! Vous en avez fait quoi du vôtre ?

— Je l'ai mis dehors.

— Vous auriez dû me le donner, je vous aurais filé une bouteille gratis pour la peine. Ceci dit, le coup qu'on vous a fait est plutôt vache. Elle aurait pu vous mordre.

— Elle aurait pu.

— Faut pas croire tout ce qu'on dit. Ça enfle et ça devient tout rouge. On peut avoir de la fièvre, mais on meurt pas si facilement que ça.

— Je vois sur la photo qu'effectivement, vous ne craignez pas les morsures.

— Moi, elles me font rien. J'ai jamais été mordu. Je connais la prière des serpents, celle qui les rend doux comme des agneaux. Ils se laissent faire. S'ils savaient ce que je leur réserve après !

— Vous connaissez les sorts ?

— Je connais les prières contre les brûlures, contre le feu du soleil. Plusieurs choses de ce type qui m'ont été apprises par mon père. Mais n'allez pas croire que je jette des sorts. On m'appelle plutôt pour les enlever.

— C'est vous le désenvoûteur qui avez été appelé chez les Gresse ?

Nouvelle hésitation d'Aimé Ramond, plus longue cette fois, alors qu'il paraissait soudain moins orgueilleux.

— Oui, c'est moi, finit-il par dire. Y a que moi pour faire ça dans le village.

— Avez-vous trouvé quelque chose ?

Le maréchal-ferrant dévisagea à nouveau Martial, se demandant s'il attendait vraiment une réponse ou s'il était en train de l'interroger comme un suspect potentiel.

— Les sorts, on les fait porter à des objets. Et, s'il y a un tel objet caché dans une maison où je suis appelé, je le trouve à chaque fois. J'arrive à le sentir, comme un nid de serpents. Mais j'ai rien trouvé chez les Gresse, et pourtant j'ai cherché dans tous les bâtiments.

— Vous n'avez donc pas pu pratiquer le désenvoûtement ?

— J'ai fait ce qu'il fallait pour qu'ils soient protégés désormais.

— Contre quoi les avez-vous protégés ?

— Contre les âmes égarées, celles qui errent entre le monde des morts et celui des vivants. J'ai senti une présence de ce genre lorsque je suis allé chez eux. Il y a quelque chose qui rôdait là-bas. Certaines ne cherchent à faire aucun mal. Mais d'autres ont choisi le diable pour guide et s'en prennent aux vivants. C'est une de celles-là qui en avait après les Gresse, une âme malfaisante.

— Et vous l'avez chassée ?

— Je sais ce qu'il faut faire pour qu'elle trouve son chemin et ne soit plus perdue.

— Cette âme égarée que vous avez devinée, à qui appartenait-elle ?

— Vous le savez bien. C'est comme vous avez dit hier soir, à ce qu'on m'a raconté. C'est l'aîné des frères Pujol.

— Je ne pense pas avoir laissé entendre cela.

— Il est mort mais il est revenu. C'est bien ça que vous avez dit. C'est la même chose.

Martial ne chercha pas à le contredire. Il s'apprêta à prendre congé.

— Prenez donc une bouteille de ma potion, on sait jamais. C'est radical contre les morsures de serpent : le poison tue le poison. Des fois que vous trouveriez à nouveau des habitants dans votre lit.

Martial acheta une bouteille mais la tint du bout des doigts, par le goulot. Il laissa ensuite Aimé Ramond à son atelier et repartit vers le moulin, gardant toujours un œil sur le cadavre de vipère noyé dans son liquide et prêt à jeter la bouteille par-dessus bord au moindre mouvement suspect.

21

Édouard, après avoir tenté sa chance chez les Gresse, devait être pendu au téléphone. Martial allait avoir un peu de temps pour tenter de remettre ses idées dans l'ordre, avant qu'il ne le rejoigne au moulin. Mais, il était dit qu'il ne serait pas au bout de ses surprises. Alors qu'il arrivait, il aperçut Mathilde Gresse, debout sous le porche, robe noire usée et cheveux attachés par un ruban de la même couleur. Elle semblait inquiète d'être découverte là, mais se rassura vite quand elle reconnut Martial.

— J'ai aperçu votre ami tout à l'heure, à la ferme. Mais je n'ai pas réussi à lui parler. J'ai tout de même pu me libérer mais je n'étais pas sûre de vous trouver chez vous… Je vous ai amené la lettre, dit-elle en exhibant l'enveloppe.

Martial rangea l'attelage au bord du chemin et l'invita à entrer au chaud. « Pas longtemps ! » accepta-t-elle, parce qu'elle devait rentrer pour préparer le déjeuner.

— Ils sont allés déterrer les restes cette nuit, au bosquet de Mont-Vert, Pierre et Yvonne.

— Ils sont allés là-bas en pleine nuit ? Bon sang ! Ils veulent se jeter dans la gueule du loup ou quoi !

— C'est la vieille qui leur a ordonné de déterrer ce qu'il y avait pour le mettre ailleurs. Elle a dit que ça allait attirer l'attention tôt ou tard. C'est Pierre qui devait creuser pendant qu'Yvonne tenait le fusil. Le pire, c'est qu'ils n'ont rien trouvé. Ce qu'ils avaient enterré là n'y était plus. Quand ils sont revenus, ils sont montés dans la chambre de la mère et, comme je dors dans celle d'à côté, j'ai tout entendu. Ils ont de plus en plus peur. Et je commence à avoir peur également. Il faut faire quelque chose, monsieur. Je sens qu'un malheur va encore arriver.

— Je vais rencontrer les gendarmes aujourd'hui. Nous évoquerons votre protection.

— Pierre veut partir. Il veut quitter la ferme et le village. Il est même prêt à renoncer à sa part.

— Cela ne réglera en aucune façon toute cette histoire.

— Il m'a demandé de le suivre. Notre mariage n'est pas… Comment dire ? Je ne crois pas que notre mariage soit très heureux, pour moi comme pour lui. Il dit que ce sera un nouveau départ, loin de sa famille. Que les choses ne pourront aller que mieux. Mais je ne l'aime pas. Je ne l'ai jamais aimé. Je me suis mariée avec lui par désespoir et sous la pression des miens. D'un autre côté, je ne supporte plus de vivre ici. Je ne sais pas que faire… Et puis, il y a cette lettre qui a remué pas mal de choses. Promettez-moi encore de me la rendre. Elle m'est précieuse.

— Je vous le promets.

— Il faut que j'y aille. Ils vont tous se demander où je suis passée.

Elle se dirigea vers la porte, gracieuse dans sa démarche, dans son port de tête. Elle respirait la beauté.

— Vous le ferez, n'est-ce pas, ce que vous avez dit ? Vous nous protégerez ?

Martial répondit d'un simple hochement de tête contraint. Il ne savait plus d'où venait le danger. Comment protéger quiconque dans ces conditions ?

La lettre avait été postée à Castres, le 26 novembre 1923, adressée à Mathilde Gresse. Il s'agissait d'un simple feuillet ordinaire et de quelques lignes tracées à l'encre mauve.

« Le 25 novembre 1923,

Mathilde,

Je voulais vous écrire depuis longtemps mais le courage et la volonté m'ont manqué. Je me décide enfin. Voilà : j'étais là le jour où votre fiancé, Charles Guiraud, est mort. Il avait reçu un éclat d'obus dans la poitrine et le médecin n'arrivait pas à stopper l'hémorragie. C'était sans espoir. On m'a appelé à son chevet parce qu'on savait qu'on était tous les deux du même coin. Il m'a demandé, ce jour-là, de vous faire passer un message. Le voici, avec du retard. Il vous aimait et vous l'avez rendu heureux pendant ces quelques années. Il tenait à ce que vous le sachiez.

Veuillez m'excuser d'avoir tant tardé à vous transmettre ses dernières paroles, mais les choses ont été également difficiles pour moi ces dernières années.

Portez-vous bien malgré tout. »

Il n'y avait aucune signature.

L'évidence sautait aux yeux jusqu'à vous en éborgner : l'écriture était la même que sur les lettres conservées par l'ancien instituteur. Même en y regardant de très près.

Ce fut la première réflexion que fit Édouard, quand il rentra.

— Vous aviez raison ! Il est bel et bien vivant !

— Ou on veut faire croire qu'il est vivant.

— Mais l'écriture ne trompe pas.

— Quelqu'un d'autre a trouvé ces lettres avant nous, ainsi que l'argent mis de côté par Louis Boutonnier. Quelqu'un qui aurait eu tout le loisir d'imiter l'écriture d'Armand Pujol... Qu'avez-vous trouvé à Bédarieux ?

— J'ai réussi à trouver la pâtisserie. Chez monsieur et madame Caminade. Ils ont bien eu un ouvrier qui se faisait appeler Armand Pujol jusqu'au mois d'août 1914. Il les a quittés pour se porter volontaire. Ils n'ont plus eu de nouvelles depuis. J'ai posé la question concernant la photo. Ils s'en rappelaient et il leur reste un exemplaire qu'ils ont fait encadrer dans leur boutique. Si on veut la voir, il faudra aller jusque là-bas.

— Il y a quelque chose qui cloche dans tout ça. Le morceau de journal dans le livre d'histoire nous révèle que le coffre a bien été ouvert bien après le départ des époux Boutonnier. Vous voulez que je vous dise ? Je crois de plus en plus qu'on nous promène, que tout ceci n'est que de la poudre aux yeux. Les Gresse paniquent, et c'est voulu. Il faut qu'ils croient Armand vivant. Pierre et Yvonne sont allés déterrer les restes du petit Pujol cette nuit, selon Mathilde, et ils n'ont rien trouvé. Pourquoi l'assassin se donne-t-il autant de mal ? Il n'a pas besoin de tout cela pour cacher son mobile après tout ! Il multiplie les messages faisant référence à Julien… Et il se trompe en rédigeant l'adresse de Mathilde.

— Comment cela ?

— La lettre est adressée à Mathilde Gresse. Pour Armand Pujol, Mathilde Gresse n'existe pas, elle s'appelle Mathilde Béziat… Nous avons la preuve, légère, je vous l'accorde, mais preuve tout de même, que celui qui est la cause de tout ceci est bien du village.

— Vous pensez qu'il va se passer quelque chose, n'est-ce pas ? Que c'est imminent ?

— J'en ai peur. Je sens venir la tempête et ne suis pas certain que nous soyons prêts pour l'affronter.

Il était un peu plus de treize heures lorsque les gendarmes vinrent frapper à la porte du moulin. Le brigadier-chef avait fait le déplacement en personne, accompagné de deux de ses hommes. Ils avaient garé leur véhicule au village, et c'est donc à pied qu'ils suivirent Martial jusqu'au Pas-du-Diable.

Il leur montra la grotte, passa rapidement sur les inscriptions gravées dans la roche, insistant davantage sur les traces de sang. À partir de là, il leur exposa sa théorie sur l'assassinat de Louis Bascoul. Ils écoutèrent attentivement, sans poser de question. Puis ils allèrent sur les lieux du meurtre de Michel Gresse. À nouveau, Martial leur exposa sa théorie, expliquant l'absence d'empreintes dans la neige et l'utilisation, bien malgré lui, de la charrette du laitier pour quitter l'endroit. Enfin, ils retournèrent tous ensemble au moulin. Martial leur montra les lettres, y compris celle reçue par Mathilde. Il parla de la veste retrouvée dans la bauge des cochons mais n'évoqua pas la croix blanche du bosquet, sa révélation trahissant immédiatement Mathilde aux yeux de sa famille.

Les gendarmes restèrent tout du long méticuleux dans leurs observations et attentifs aux propos de Martial.

— Tout cela nous mène où, monsieur de la Boissière ? demanda le brigadier-chef quand ils arrivèrent au bout des arguments exposés.

— À la famille Gresse, encore et toujours !

— Qu'attendez-vous de moi au juste ? Que j'assure la protection de cette famille ?

— Sa protection mais aussi sa surveillance.

— Je n'ai pas les moyens en hommes pour cela, mon cher monsieur. Nous sommes une petite brigade. Comment voulez-vous que je justifie le fait de bloquer plusieurs de mes hommes autour de cette ferme ? En évoquant de vieilles rumeurs qui n'ont jamais été prouvées ? En expliquant qu'il se pourrait bien qu'il y ait encore un danger, mais qu'on ne sait pas d'où il vient, parce que c'est peut-être un revenant ? Et pendant combien de temps faudrait-il assurer cette surveillance ?

— Au moins jusqu'à samedi.

— Pourquoi samedi ?

— S'il y a une logique dans ce que fait l'assassin, et il y en a une, s'il doit agir, il agira d'ici là. Samedi, nous serons le 29 mars, jour de l'anniversaire de Julien Pujol. Puisqu'on veut relier ce qui se passe à son histoire, quelle que soit la raison, autant garder le lien jusqu'au bout.

Au moins Martial avait-il pu défendre sa thèse, mais il ne parvint pas à les convaincre. Le brigadier-chef acceptait de consigner tout cela dans son rapport qu'il transmettrait aux inspecteurs de la Brigade judiciaire dans les meilleurs délais. Si un nouvel élément incontestable se présentait, il tenait à être prévenu le plus vite possible. Il ne pouvait rien faire d'autre sans faits tangibles. Lui et ses deux hommes étaient donc repartis avant la fin de l'après-midi, non sans être passés chez les Gresse pour les inviter à la prudence…

Martial se replongea dans les lettres, remua ses doutes, feuilleta le livre de Michelet jusqu'à trouver un passage souligné au crayon à papier, un passage sur la description de la Bretagne, sur le littoral des environs de Brest pour être exact : « *La nature est atroce, l'homme est atroce, et ils semblent s'entendre. Dès que la mer leur jette un pauvre vaisseau, ils courent à la côte, hommes, femmes et enfants ; ils tombent sur cette curée. N'espérez pas arrêter ces loups, ils pilleraient tranquillement sous le feu de la gendarmerie. Encore s'ils attendaient toujours le naufrage, mais on assure qu'ils l'ont souvent préparé. Souvent, dit-on, une vache, promenant à ses cornes un fanal mouvant, a mené les vaisseaux sur les écueils.* »

« *La nature est atroce, l'homme est atroce, et ils semblent s'entendre…* » Cette seule phrase résumait à elle seule beaucoup de choses.

Il sursauta dans l'obscurité du soir naissant, quand la porte s'ouvrit. Il n'avait pas entendu les pas de Camille et d'Édouard sur le chemin puis sous le porche. Il ne s'était pas rendu compte de l'heure avancée.

— Il paraît que tu as trouvé un nouveau compagnon

de voyage ? s'amusa Camille en voyant la bouteille au serpent que Martial avait laissée sous le porche.

Le contenu de la boîte en cerisier était étalé sur la table tout comme le livre de Jules Michelet, avec son morceau de journal plié, et la lettre reçue par Mathilde. Camille se contenta de regarder tout cela sans oser le toucher. Elle aussi semblait avoir des réticences, comme si ces objets étaient des reliques sacrées, qui ne pouvaient qu'apporter le malheur à ceux qui les manipulaient après les avoir exhumées de leurs écrins. Elle écouta Martial lui faire le récit de ses dernières trouvailles, et surtout de ses derniers doutes.

— Quelqu'un a non seulement eu accès aux lettres d'Armand avant nous, mais en plus, il nous a laissé un message le prouvant. Ce qui veut dire que cette personne a pénétré dans ton école au moins une fois, en début d'année dernière.

Camille ne disait rien, le visage soudain assombri.

— Le but était peut-être simplement d'imiter l'écriture d'Armand Pujol ou bien de faire disparaître certaines lettres compromettantes. Il peut aussi s'agir de faire ce que nous faisons là : reconstituer l'histoire de ces deux frères, apprendre à mieux les connaître, pour les faire ressurgir du passé. C'est comme ça qu'il était possible d'apprendre l'existence de la grotte du Pas-du-Diable et de la boîte au trésor qui y était cachée. Boîte qui a ensuite disparu, ainsi que la photo permettant d'identifier Armand… Tout est fait pour faire croire que cet homme est en vie et qu'il s'est glissé dans le village. Et ce qui pourrait prouver le contraire a disparu.

— Tu as bien une piste ? demanda Camille en s'asseyant enfin.

— Si on garde le mobile de la vengeance, qui expliquerait pourquoi on ne cesse d'envoyer des messages aux Gresse rappelant ce qu'ils ont fait, et qui justifierait également le meurtre de Louis Bascoul, et si on considère qu'Armand Pujol est bel et bien mort, je n'ai, pour l'heure, que trois pistes possibles.

Martial marqua une pause, regardant tour à tour Camille et Édouard.

— La première nous conduit aux époux Boutonnier. Ils sont loin certes, mais ils ont les facultés pour monter un plan aussi tordu. Je pencherais davantage pour le mari, à condition qu'il ait un bras armé au village. Il en est d'ailleurs de même pour la deuxième piste, celle qui nous mène à Mathilde Gresse. L'ex-fiancée de Charles Guiraud aurait pu avoir envie de reprendre la croisade de son amour défunt, y trouvant un double intérêt, elle qui est prisonnière dans cette famille et dans cette vie qu'elle déteste. Elle est suffisamment intelligente pour imaginer tout cela, elle sait beaucoup de choses sur sa belle-famille et répond très facilement à nos questions, peut-être trop facilement. Mais il lui a fallu un complice. Pourquoi pas Lucien Guiraud ? Il passe ses nuits dehors, il connaît bien la région, son esprit est peut-être assez dérangé pour ignorer la pitié et il a pu garder des liens avec Mathilde… Je la crois assez forte pour parvenir à le manipuler, peut-être même lui faire peur. Lucien m'a dit avoir vu l'assassin qu'il appelle le diable. Ce diable pourrait-il être l'ancienne fiancée de son frère ? La troisième piste serait la plus solide. Amélie Gresse, qui n'ignore sans doute rien des secrets qui ont entouré sa naissance et qui, au nom de son vrai père, pourrait avoir envie de faire payer sa famille qu'elle semble mépriser. Il lui faut également un complice : elle est déjà capable de faire tourner les têtes, pourquoi ne serait-elle pas capable de manipuler suffisamment un de ses prétendants jusqu'au pire ? Ce ne sont que des suppositions mais cela signifie que ce n'est pas après une mais plusieurs personnes que nous courons.

— Et si le mobile n'est pas celui de la vengeance ?

— On utilise le drame des frères Pujol pour créer un rideau de fumée. Je conserve ici la possibilité que Mathilde Gresse soit dans le coup : cette lettre qu'elle nous a apportée ce matin arrive trop à point nommé. Et puis, elle peut se déplacer dans et autour de la ferme sans alerter personne, surtout pas le chien qui semble l'adorer. Son mariage est une catastrophe, sa vie est une catastrophe : elle n'aspire qu'à s'en extirper. Que dire également de Pierre : si sa mère meurt, il touche le pactole et gagne lui aussi sa liberté. Riche et libre, deux raisons qui peuvent pousser à tuer… Mais, à moins qu'il cache bien son jeu, je ne le vois pas fomenter tout ce plan. Lui aussi a dû avoir besoin d'une complicité quelque part. Pourquoi pas sa femme ? Enfin, il y a Yvonne. La voilà déliée d'un mariage également peu glorieux. Si elle était plus que cette catin qu'on nous décrit partout ? Si elle était réellement amoureuse d'un de ses amants ? Rien ne l'empêche désormais de refaire sa vie, peut-être touchera-t-elle une part de l'héritage…

— Un classique meurtre passionnel ! Tout ça pour en arriver là ! Ce serait un plan bigrement tordu.

— Je te l'accorde. Mais peut-on en exclure la possibilité pour l'instant ?

Camille resta songeuse, tout comme Édouard qui, comme à son habitude, ne disait pas grand-chose.

— Cela fait beaucoup de pistes, finit par reconnaître la jeune femme.

— Beaucoup trop, en effet. Mais on a réduit le périmètre de nos recherches. Je crois, pour reprendre ce que m'a dit le brigadier-chef tout à l'heure, que le loup est effectivement dans la bergerie, qu'il y est depuis le début. Chez les Gresse. Et, si nous voulons l'attraper, il nous faut également entrer dans cette bergerie. Et je ne sais pas comment m'y prendre…

Martial se résolut finalement à ranger pour libérer la table. À force, il ne parvenait plus à garder l'esprit clair. Une bonne pause allait lui faire du bien. Ils dînèrent tous les trois, simplement et sans beaucoup d'appétit. Camille semblait préoccupée et Édouard semblait ailleurs. Martial crut qu'il y avait encore le sujet de leur voyage en Argentine qui pesait sur leur relation mais ce n'était pas cela. Camille finit par lui avouer l'objet de son tourment.

— J'ai reçu un télégramme aujourd'hui. Signé de monsieur Claverie, un des anciens amis de papa. Il me prévient que l'inspecteur d'académie débarque demain matin pour une visite surprise. A priori, il a fini par réagir aux diverses plaintes dont j'ai fait l'objet. Il veut me piéger. Apparemment, Étienne Germain n'est pas au courant. Lui aussi serait visé par cette inspection. Son nom a été cité dans les courriers envoyés et on lui reproche de ne pas avoir assez de poigne pour me ramener dans le droit chemin. Ils ne me lâcheront décidément pas !

Elle semblait hésiter entre la colère et la résignation. Et elle ne cachait pas que cette inspection lui faisait peur. Tout comme le fait de devoir dormir seule. Il était en effet hors de question qu'Édouard se fasse surprendre à vivre sous son toit de manière totalement illégitime. Et cela tombait fort mal. Martial n'avait toujours rien dit de ce qu'il avait appris de la bouche de Lucien Guiraud. Il lui fallait assurer la protection de Camille sans l'affoler davantage.

Elle se décida à rentrer chez elle vers neuf heures et demie, la mine triste, blanche comme un linge. Martial monta alors dans sa chambre et redescendit son revolver.

— Je serai incapable de m'en servir, protesta la jeune femme.

— Ouvre ta fenêtre et tire en l'air s'il y a le moindre problème. Tu flanqueras la frousse à un éventuel rôdeur et il y aura bien quelqu'un pour entendre la détonation.

Elle accepta l'arme et la glissa dans la poche de son manteau, toujours enroulée dans le grand mouchoir de Martial.

— Je sais qu'Édouard n'y verra pas d'inconvénient, dit-elle, alors j'aimerais que tu me raccompagnes.

Martial accepta, encouragé par un hochement de tête d'Édouard.

— À moins qu'il y ait un risque que tu circules seul pour revenir.

— Ne t'inquiète pas pour moi. Je vais préparer le cabriolet.

— Si tu es d'accord, j'aimerais mieux marcher…

Quelques instants plus tard, ils se retrouvaient seuls sur le chemin du retour. La nuit était particulièrement noire et la lampe tempête n'en était que plus éblouissante. Ils marchaient en silence, d'un bon pas. Camille avait la tête baissée, les bras recroquevillés contre sa poitrine. Elle assurait qu'elle n'avait pas froid.

Arrivés à l'école, Martial vérifia toutes les pièces, une par une. Il inspecta le moindre recoin, la moindre cachette, ouvrit même en grand le lit de la jeune femme. Il alla jusqu'à faire le tour du grenier poussiéreux. Quand il redescendit, sans avoir rien trouvé, il vit Camille, son manteau encore sur le dos, adossée à la porte d'entrée. Elle semblait à la fois perdue et exténuée par un fardeau invisible qui pesait sur ses épaules. Martial s'approcha, lui disant qu'il n'y avait personne d'autre dans l'école, qu'elle devait ensuite s'enfermer à double tour, que tout irait bien. Elle ne paraissait pas l'écouter. En guise de réponse, elle saisit sa main et la serra entre les deux siennes. Puis, au bout d'un long moment, elle leva les yeux vers lui, qui étaient pétrifiés, et des larmes s'en échappèrent.

Martial sentit son cœur s'arrêter de battre. Il allait mourir s'il ne l'embrassait pas tout de suite. Il s'approcha plus près, si près de son visage. Il n'alla pas plus loin. Elle baissa à nouveau la tête et lui embrassa la main.

— Camille…

— Pourquoi as-tu mis autant de temps ? l'interrompit-elle. Je t'attendais et tu n'es pas revenu.

Si tu étais venu, plutôt que d'aller je ne sais où, en Serbie ou ailleurs…

— Je suis revenu.

— Trop tard. Tu es revenu trop tard. Ma vie serait si différente aujourd'hui… Il n'y aurait jamais eu ni cette école glaciale, ni ce fichu village, ni toute cette histoire. On serait heureux, quelque part. Je n'aurais plus jamais peur… Et je n'aurais fait souffrir personne.

Elle attira sa main contre sa joue humide.

— Tu n'avais pas le droit de me laisser m'échapper. Tu aurais dû être là…

Martial ne savait que dire, toujours tétanisé et le cœur en suspens.

— Je me retrouve piégée maintenant. Si je ne pars pas avec Édouard, je me retrouve coincée ici, si on ne me suspend pas de mes fonctions. Si je pars… Si je pars, je crains que la prison ne soit encore pire.

Elle finit par lâcher la main de Martial, mais il la laissa contre sa joue.

— Je suis désolée. Excuse-moi. Vas-y maintenant, il faut que tu rentres, et fais attention à toi.

Elle avait attrapé le revers du manteau de Martial des deux mains et sa tête venait maintenant appuyer sur son épaule.

— Je ne peux pas me résoudre à te laisser seule cette nuit, parvint-il à dire.

— J'ai besoin de rester seule. Je ne risque rien. Je vais me préparer une bonne tisane et je vais me coucher, et dormir autant que je peux. J'ai besoin de ne plus penser à rien. Sois gentil, laisse-moi maintenant.

Il s'écarta sans un mot, et ouvrit la porte. Il frissonna dans le courant d'air.

— Enferme-toi bien. À la moindre chose, au moindre doute, cours jusque chez Marthe.

— Tout ira bien, ne te fais pas de souci. Excuse-moi encore. Je passe à nouveau pour une bécasse.

— Non, pas du tout.

— À demain alors.

Il s'avança dans la nuit, augmentant la lueur de la lanterne.

— Martial ? l'appela-t-elle à voix basse.

Il se retourna.

— Je t'aime toujours.

Elle avait ses grands yeux tristes, striés de rouge. Ses cheveux étaient défaits. Son visage était toujours aussi pâle. Et la porte se referma sur elle, suivie du cliquetis du verrou que l'on tourne, deux fois.

Martial sentait ses jambes se dérober sous lui. Il passa le portail, fit quelques pas sur le chemin, avant de s'arrêter. Il hésita à revenir frapper à la porte de l'école, mais il n'en fit rien. Il resta donc là, au bord de ce chemin, adossé à la haie. Il essaya de la deviner derrière les fenêtres du premier étage. Les derniers mots qu'elle lui avait adressés étaient des compagnons des plus agréables. Quand toutes les lumières furent éteintes dans la grande bâtisse, il se décida à rentrer.

Il était plus de onze heures quand il revint au moulin. Il avait marché droit devant lui, ne croisant personne. Édouard l'attendait, assis dans un des deux fauteuils près de la cheminée. Il s'était servi un verre d'eau-de-vie et avait également préparé celui de Martial. Ils sirotèrent ainsi, calmement, regardant les flammes danser devant eux. Ni l'un, ni l'autre n'avaient en fait envie de parler. Ce fut finalement Édouard qui brisa ce silence, juste avant d'aller se coucher.

— Je payerais cher pour être déjà demain matin.

C'est exactement ce que pensait Martial. La nuit était devenue leur ennemi. Quand il fut couché dans son grand lit froid, il était persuadé de voir passer toutes les heures sans réussir à fermer l'œil. Aussi, quand un bruit le fit sursauter, il fut surpris de s'être endormi, sans l'avoir vu venir. Il s'apprêtait à se laisser à nouveau aller quand il comprit ce qui venait de le réveiller. On refrappa à la porte, en bas, violemment.

Cette fois, il sauta de son lit, tâtonna pour allumer la lampe et renonça quand il entendit Édouard sortir de sa chambre et s'élancer dans l'escalier. Il le suivit. On tambourinait de plus belle, on appelait aussi. Il reconnut la voix de Jean Guillard. Quand Édouard ouvrit la porte, ils se trouvèrent effectivement face au chauffeur de car, visiblement habillé à la hâte et hors d'haleine.

— Il faut venir, vite ! Elle est morte ! Elle est morte !

22

La fin du monde devait ressembler à cela, se dit Martial, qui se sentait chavirer vers les enfers. Juste un instant et tout s'arrête, la vie n'a plus de sens, n'a plus de goût. C'est fini.

Édouard était au contraire resté étonnamment lucide.

— De qui parlez-vous, bon sang ?

— D'Yvonne. D'Yvonne Gresse. Elle a été tuée !

Ce fut comme si deux bras robustes venaient attraper Martial par le col pour le sortir des sables mouvants dans lesquels il était en train de s'enfoncer. Il retrouva l'air, il retrouva la vie. Tout eut soudain plus de saveur.

Ce fut le premier sentiment qu'il ressentit quand on lui annonça la mort d'Yvonne Gresse : le soulagement.

Édouard avait fait entrer Jean Guillard et lui demandait plus de détails.

— On l'a trouvée à la cabane du Cassaïre, pas très loin de chez moi. Monsieur Guiraud et le toubib sont sur place et ils m'ont envoyé venir vous chercher. Ils vous attendent.

— Qui est-ce qui l'a trouvée ?

— C'est Amélie qui a donné l'alerte. La pauvre

petite ! À l'heure qu'il est, le maire est en train de la ramener chez elle et d'apprendre la triste nouvelle à sa famille.

— Les gendarmes sont prévenus ? demanda Martial.

— Monsieur Guiraud a téléphoné de chez lui.

Édouard et Martial remontèrent s'habiller. Dans l'escalier, Martial remarqua la claudication avancée d'Édouard pour la première fois depuis leur rencontre. En haut, ce dernier s'interrompit pour se tourner vers son invité.

— Vous aviez raison. Ce n'était pas fini.

— Je le regrette, croyez-le bien.

— Pendant un instant, j'ai cru que… Enfin, j'ai pensé à Camille.

— J'ai eu très peur moi aussi, je l'avoue.

— C'est horrible à dire, mais du coup, la mort de cette pauvre femme me laisse un peu froid.

— Je ressens la même chose, mais je ne crois pas que cela va durer. Malheureusement, dans quelques instants, la réalité va nous sauter à la figure. Et elle ne nous laissera pas indifférents.

La cabane du Cassaïre portait le surnom de son ancien propriétaire, mort depuis longtemps. Elle était la dernière trace d'une petite ferme aujourd'hui disparue. Dans le temps, c'était une sorte de hangar, bâti à l'extrémité de ses terres. Aujourd'hui, la cabane tenait toujours debout mais elle était cernée par la forêt. Personne n'avait songé à la détruire, ni à la vider des vieux outils qu'elle contenait. Elle était plantée là, robuste, comme un monument en mémoire du passé, du temps d'avant l'exode.

Édouard et Martial avaient suivi Jean Guillard. Ils étaient passés par le hameau des Buissonniers et avaient pris la piste qui remontait en lisière de la forêt. Puis, au bout de quelques dizaines de mètres, ils avaient quitté le chemin pour pénétrer dans une jeune plantation de hêtres, qui descendait en pente douce. En bas, il y avait la cabane.

De loin, ils avaient aperçu la lumière des lanternes qui étirait les ombres des troncs minces et rectilignes. Devant le double portail à peine entrouvert, ils avaient rejoint le docteur Delcros et Antoine Guiraud, qui semblaient monter la garde malgré tout le poids du monde sur leurs épaules. Quand ils les avaient vus arriver, les deux hommes avaient paru soulagés.

— Elle est là-dedans, lança l'ancien maire, les mâchoires serrées. Vous en avez pour une bonne demi-heure avant que la gendarmerie arrive. On a tous pensé qu'il valait mieux que vous fassiez les constatations en premier. Personne n'a rien touché.

— On l'a saignée à mort, rajouta le médecin. Je suis juste entré pour confirmer le décès. À première vue, je dirais que cela remonte à deux ou trois heures, peut-être quatre, maximum.

— C'est sa fille qui l'a trouvée, continua Antoine Guiraud. Elle a ensuite couru jusque chez Jean et ils sont allés tous les deux réveiller le maire.

— Que faisait-elle ici ? demanda Martial.

— On disait qu'elle avait ses habitudes dans cette cabane, vous voyez, répondit Jean Guillard sans s'embarrasser de formes. C'était là qu'elle retrouvait d'autres hommes, même du temps où son mari était en vie.

— Je parlais d'Amélie…

— Je crains fort que cette jeune personne connût les habitudes de sa mère, étant donné qu'elle a les mêmes, reprit le docteur Delcros. Quand elle a vu qu'Yvonne n'était pas rentrée, elle savait où venir la chercher en premier…

— Quelle heure était-il quand elle est venue frapper chez vous, Jean ?

— Minuit et demi, à peu près. Un peu avant même.

— Bien, nous allons entrer là-dedans. Édouard, si vous le voulez bien, vous m'accompagnerez. Et j'aurais aussi besoin de vous, docteur. À la fois pour votre science mais aussi comme témoin, histoire que la gendarmerie ne vienne pas ensuite nous accuser d'avoir manipulé des indices essentiels. Monsieur Guiraud et monsieur Guillard vont rester dehors pour empêcher quiconque de s'approcher de trop. Êtes-vous d'accord ?

Ils acquiescèrent tous les quatre.

La cabane était une bâtisse rectangulaire, six mètres de long, à peu près, sur quatre de large. Les murs étaient faits d'épaisses planches de sapin aux jointures mal ajustées. Le sol était en terre battue. Divers objets pendaient un peu partout ou bien étaient coincés entre les poutres et le toit : lames de faux et fil de fer rouillés, deux poulies mangées par la corrosion, une longueur de corde usée de bout en bout, plusieurs longues verges de noisetier, un manche de pelle, une pince à feu, les restes d'une herse aux montants dessoudés. Dans le fond, à gauche, une charrette à deux roues était basculée, plateau vers l'arrière, les bras, dont l'un était cassé, face à l'entrée. Pas très loin, dans un angle, une lampe brûlait, posée sur une caisse en bois retournée. Martial ne vit pas le cadavre tout de suite. Il ausculta le sol, dans la lumière de sa lanterne. Il repéra plusieurs traces de pas. Il put rapidement les identifier comme étant celles du docteur. Il n'y en avait pas d'autres.

— On a balayé le sol. Regardez ces traces et les petits monticules de terre sur les côtés. Il a encore effacé ses empreintes.

— Il veut jouer au fantôme...

— Si c'est le cas, c'est raté, docteur. En effaçant ses empreintes de pas, il a aussi effacé celles de la victime, semble-t-il. Et il nous manque également celles d'Amélie...

Martial avança, lentement, observant tout ce qu'il pouvait. Finalement, il vit Yvonne Gresse. Elle était étendue sur le plateau de la charrette, qui reposait sur deux billots de bois afin que son inclinaison ne soit pas trop prononcée. Elle gisait là, dans une flaque de sang qui commençait à coaguler et semblait figée. Elle avait les yeux révulsés, la bouche ouverte par un cri silencieux mais déchirant, celui de la douleur et de la mort. Sa main droite, couverte de sang, était encore crispée sur un pan de sa robe, celle-ci étant remontée jusqu'en haut des cuisses et laissant apparaître une toison souillée d'urine. L'autre bras semblait être retombé, inerte, perpendiculaire au corps. L'intérieur de sa cuisse droite était tailladé, assez profondément et en travers, une seule coupure, large et nette. Il y avait une autre coupure, celle-ci ayant été fatale, sur le côté gauche de sa gorge. C'est par là qu'elle s'était vidée.

— Combien de temps a-t-elle mis pour mourir ?

— Assez vite sans doute. La carotide a été sectionnée. Je dirais cinq minutes, au plus, répondit le médecin.

— Et que pensez-vous de la blessure à la cuisse ?

— Elle a dû être très douloureuse et l'a immobilisée. Toujours la même technique, semble-t-il.

— Vous pensez à un couteau ?

— Ou un rasoir. En tout cas, une lame parfaitement aiguisée. Les coupures sont franches, sans hésitation, a priori.

Édouard se tenait un peu en retrait, lanterne à la main, visiblement impressionné. Il gardait les yeux fixés sur le visage tordu de douleur et d'effroi d'Yvonne Gresse.

— Je vais essayer de voir ce que l'assassin nous a laissé, annonça Martial.

— A laissé ? s'étonna le docteur Delcros.

— On appelle ceci l'échange de Locard. Edmond Locard est un de vos collègues qui a créé un laboratoire de police à Lyon, où j'ai eu la chance de travailler quelques semaines avant la guerre. Il a été le premier à prouver cette théorie selon laquelle un assassin dépose et emmène avec lui, à son insu, des traces et des indices : cheveux, poils, sang, poussière... J'aurais besoin d'un peu plus de lumière par ici, Édouard...

Tandis que le fiancé de Camille s'approchait à regret, Martial se désarticulait pour se pencher au-dessus du cadavre sans le toucher et poser sa main dans le sang.

— Plusieurs des cheveux d'Yvonne ont été arrachés. Il y en a une bonne poignée, juste à côté de sa tête. Il l'a sans doute agrippée par là pour qu'elle découvre sa gorge. Il l'a tenue par les cheveux et, de l'autre main, il a entaillé la partie gauche de son cou. Il est donc vraisemblablement droitier. La main droite de cette pauvre femme est pleine de sang et serre très fort sa robe, en direction de sa blessure à la cuisse. Elle l'a peut-être attrapé avec la gauche… Les ongles sont abîmés et ras. Je ne vois rien qu'elle ait pu arracher à son insu.

Il examina les jambes, les sabots qui étaient tous les deux au sol.

— Nous avons la certitude que les empreintes de cette femme ne sont pas sur ce sol, dit-il en montrant le dessin de la semelle et la taille, qui ne pouvait souffrir aucune comparaison avec les empreintes laissées par le docteur. Il faudra vérifier s'il y a eu relation sexuelle. Elle est venue retrouver quelqu'un ici. Il faut savoir si le meurtre a eu lieu avant ou après le coït.

Il se recula, toujours très lentement.

— Il n'y a pas de trace de lutte. Je crois que la personne qui est entrée ici n'a nullement effrayé cette femme. Il devait être tout près d'elle pour lui blesser la cuisse… Il devrait avoir du sang sur lui, n'est-ce pas ?

— C'est fort probable. Sur ses mains et sur une partie de ses vêtements.

— D'après moi, elle était déjà allongée sur le plateau quand il l'a blessée. Ensuite, il lui a tailladé le cou et a reculé pour la regarder mourir. Il est allé plus vite cette fois-ci. Le temps lui a manqué. Il avait peut-être peur d'être surpris. Docteur, en toute franchise, auriez-vous une idée sur la personne qu'Yvonne aurait pu rejoindre ici ?

— Je connais les rumeurs, monsieur. Et elles citent plusieurs noms.

— Rien ne nous dit que l'homme qu'elle est venue rejoindre est le tueur. Celui-ci a pu agir avant ou après le rendez-vous…

— Peut-être, mais le jeu de la délation m'est insupportable. Cependant, ne vous inquiétez pas trop, vous trouverez beaucoup de joueurs dans le village…

Martial n'insista pas. Il refit le tour de la cabane, auscultant le moindre détail. Puis il revint se planter devant le cadavre.

— Je vais monter chez les Gresse, annonça-t-il sans quitter Yvonne des yeux. Si les gendarmes me cherchent, je serai là-bas.

— Je vous y rejoindrai le plus tôt possible, enchaîna le docteur. La petite a été fortement choquée. Elle va sans doute avoir besoin de quelque chose.

— Venez, sortons d'ici.

Ils retrouvèrent Jean Guillard et Antoine Guiraud.

— Alors ? demanda le vieil homme.

— J'avais raison en annonçant qu'il y aurait d'autres meurtres et qu'ils toucheraient une nouvelle fois la famille Gresse.

Mais Martial ne s'arrêta pas là. Il récupéra une lanterne et se mit à chercher, le regard collé au sol.

— Que cherchez-vous donc ?

— Les empreintes de pas ont été effacées à l'intérieur. Il n'a pu le faire qu'en repartant et ce qu'il a utilisé pour balayer le sol doit être dans le coin… Comme ceci par exemple.

Derrière un buisson un peu décharné, entre deux arbres, il récupéra une branche de houe, assez bien garnie. La coupure dans le bois était blanche donc récente et plusieurs feuilles étaient recouvertes de poussière. Il revint vers les quatre autres hommes, son trophée à la main.

— Je vous confie ceci, docteur. Je sais que vous saurez expliquer tout cela aux gendarmes.

Puis, suivi par Édouard, il s'élança dans la pente pour aller récupérer le chemin du haut. Quand ils furent sur celui-ci, ils croisèrent quelques habitants qui commençaient à se regrouper. Gaston Fabre, Émile-le-facteur, Rémi Fieu, le colosse contremaître qu'Édouard lui permit d'identifier, et même le boucher, pas encore aviné. On lui demanda si la nouvelle qui était parvenue jusqu'au village était vraie, mais rien que sa présence à cette heure avancée de la nuit fournissait la réponse.

— Yvonne Gresse a été assassinée, là-bas, dans la petite cabane. Les gendarmes ne vont pas tarder, merci de leur faciliter la tâche.

Sans un mot de plus, Martial traversa le petit attroupement et s'éloigna.

— Vous pensez que Camille a eu vent de ce qui vient de se passer ?

— Peut-être pas encore, répondit Édouard.

— Je comprendrais tout à fait que vous alliez vous assurer qu'elle va bien. Les circonstances sont exceptionnelles après tout.

— Je vous accompagne chez les Gresse. Si elle a réussi à s'endormir, mieux vaut la laisser en paix quelques heures. Il sera bien assez tôt pour lui apprendre la nouvelle.

Revenus au moulin, ils s'occupèrent ensemble d'atteler le vieux cheval. Puis ils reprirent la route pour rejoindre la ferme endeuillée.

— Il n'a pas commis la moindre erreur, dit Martial, comme s'il pensait à haute voix. Il n'a pas laissé le moindre indice, la moindre trace... Il est méthodique et très lucide. Mais il semble plus pressé désormais. La mort d'Yvonne intervient peu de temps après celle de son mari. Il n'a même pas attendu que l'attention retombe après le deuxième assassinat... Il veut vraiment en finir avant cette fameuse date anniversaire.

— Ou alors il sent l'étau se refermer sur lui. Il sait que s'il attend trop, l'avance qu'il a sur nous va se réduire.

Dans la cour de la ferme Gresse, auprès de sa propre charrette, ils trouvèrent le maire, visage fermé, les yeux fatigués.

— Alors ? demanda Christophe Maraval.

— Pour l'instant, on sait juste que nous avons affaire à un troisième assassinat. Comment vont-ils là-dedans ?

— Pierre est fou de rage. À l'écouter, il veut tuer la terre entière.

— Et Amélie ?

— Elle est couchée, Mathilde est restée avec elle.

— Où est passé le chien ?

— Il est dans l'étable. Il n'arrêtait pas d'aboyer, c'était insupportable et Pierre voulait l'abattre.

— Cette famille doit être placée sous protection, monsieur le maire.

— Vous pensez que ce n'est toujours pas fini ?

— C'est envisageable. Il faut que vous m'aidiez à convaincre la gendarmerie pour qu'elle place des hommes ici, le plus vite possible.

— Je ferai de mon mieux.

Martial et Édouard se dirigèrent vers la porte d'entrée.

— Vous restez dehors ?

— Oui, j'ai besoin de prendre un peu l'air.

Sans hésiter et sans frapper, Martial ouvrit la porte. Pierre Gresse était assis à la grande table, son fusil posé à plat devant lui. Il leva vers les deux arrivants un regard d'une noirceur totale. Sans se démonter, Martial tira le banc face à lui et s'assit.

— La gendarmerie va rapidement monter jusqu'ici et voudra vous interroger. Mais, si vous le voulez bien, je voudrais vous poser également quelques questions.

Le fils cadet de la famille Gresse ne pipa mot.

— Je voudrais juste comprendre ce qui s'est passé cette nuit... Est-ce que vous savez à quelle heure votre belle-sœur a quitté la ferme ?

Pendant un bref instant, Martial crut que Pierre Gresse n'allait pas lui répondre. Il le dévisageait, de manière hostile. Finalement, il sembla rendre les armes.

— Je sais pas quelle heure il était exactement. C'était après manger, quand elle a fini le travail.

— Vous l'avez vue partir ?

— Oui, je l'ai vue.

— Et à quel moment avez-vous commencé à vous inquiéter de son absence ?

— Moi, je me suis pas inquiété. C'est ma nièce qui a vu qu'elle était pas rentrée. Elle est venue nous réveiller.

— Quelle heure était-il alors ?

— Il était pas loin de minuit. L'horloge a sonné les douze coups, juste après que je me fus relevé.

— Et ensuite ?

— Ensuite rien. Amélie est partie la chercher. Nous autres, on a pas bougé d'ici. Et puis on l'a vue revenir, avec le maire, et ils nous ont dit qu'Yvonne, elle était morte, dans la cabane du Cassaïre.

— Vous n'avez pas eu envie d'aller la voir ?

— Non, j'ai pas eu envie. Tout le monde sait ce qu'elle est allée faire ce soir dans cette foutue cabane. Même la mort de mon pauvre frère l'a pas calmée longtemps, il faut croire. Mais ça veut pas dire que le salopard qui a fait ça va s'en tirer. Je jure devant Dieu que je vais y faire la peau.

— Saviez-vous qui Yvonne allait rejoindre ?

— Nom de Dieu ! La liste est longue comme mon bras ! Elle a toujours fait ça, se faire sauter par n'importe qui, n'importe quand. Vous voulez que je vous dise la meilleure ? Même moi, j'y suis passé. C'était avant que je sois marié. Elle savait ce qu'il fallait faire pour allumer un gars.

— Sortait-elle comme cela tous les soirs ?

— À ma connaissance, c'était la première fois depuis la mort de Michel. C'est pour ça que j'ai cru que ça lui avait éteint le feu qu'elle avait au cul.

— Me permettez-vous de voir votre nièce, monsieur Gresse ?

— Allez-y. Elle est là-haut, avec ma femme. Le docteur, il paraît qu'il a dit de pas la laisser seule tant qu'il serait pas venu.
— Et où se trouve votre mère ?
— Elle est dans son lit. Elle peut rien faire d'autre qu'attendre de toute manière. Le curé doit monter la voir. Mon cousin, Jules, il va le conduire jusqu'ici. Allez pas l'emmerder par contre.
— Une dernière chose : il va falloir que nous organisions la protection de votre famille.
— Elle est là ma protection, sur cette table.
— Nous ne savons toujours pas qui a fait le coup. Vous n'êtes pas tout seul dans cette maison. Pensez à votre mère, à votre femme et à votre nièce. Vous ne pourrez pas tout surveiller à la fois.

Pour toute réponse, il sortit sa blague à tabac.
— Je dois me mettre au boulot. J'ai une ferme à faire tourner.
— Soyez prudent, monsieur Gresse.

Pierre, une fois sa cigarette roulée à la va-vite, se leva et attrapa son fusil. Puis il poussa la porte de l'étable et y disparut.
— Vous préférez que j'attende en bas ? demanda Édouard qui était resté debout, en retrait.
— Absolument pas. Je tiens à ce que vous soyez à mes côtés, et n'hésitez pas à intervenir si vous avez une question en tête.

Ils montèrent l'escalier, raide et étroit, l'un derrière l'autre. Les marches grinçaient sous leur poids. Ils arrivèrent sur un mince palier. Deux portes, pour deux pièces, l'étage était sommaire. Derrière celle qui faisait face à l'escalier, on devinait un trait de lumière. Celle de gauche était ouverte sur une chambre carrée, ouverte par une petite fenêtre qui donnait sur l'arrière. Le plafond était bas, le plancher gondolé par les ans. Deux grands lits, assez hauts, se faisaient face, tandis que, dans l'angle du fond, un lit plus petit accueillait Amélie. Mathilde, coiffée et habillée, était assise à ses côtés. Une petite lampe à pétrole distillait une lumière discrète depuis la table de chevet la plus proche.

— Comment va-t-elle ? demanda doucement Martial en s'approchant.

— Elle s'endort par intermittence, lui répondit la jeune femme, son beau visage creusé par les ombres et la fatigue. Elle a eu très peur.

— A-t-elle dit quelque chose ?

— Pas un mot depuis qu'on l'a ramenée.

Depuis l'autre chambre, une voix gronda :

— Qui est-ce, Mathilde ?

Mathilde se leva pour ne pas avoir à crier. Elle alla jusqu'à la porte.

— Ce sont les deux messieurs qui s'occupent de l'enquête.

Il sembla n'y avoir aucune réponse et Mathilde revint s'asseoir.

— Il faudrait que nous lui posions quelques questions…

Mathilde n'avait pas l'intention de s'y opposer. Elle semblait ne plus s'opposer à rien depuis des années.

— Vous pouvez y aller, je ne dors pas.

Amélie se retourna dans son lit pour leur faire face. Puis elle se redressa un peu, se recroquevillant contre son oreiller.

— Qu'est-ce que vous voulez savoir ?

Martial hésita quelques secondes.

— Comment t'es-tu aperçue que ta mère n'était pas rentrée ?

— Quand je suis montée, j'ai vu que le lit était vide.

— Quelle heure était-il ?

— Minuit moins le quart.

— Elle était partie depuis quand ?

— Ça, je ne sais pas. Je suis sortie avant elle.

— Elle est partie vers neuf heures et demie, répondit à sa place Mathilde.

— Et, sans vouloir être trop indiscret, où étais-tu ?

— J'étais dehors. J'avais des choses à faire…

— Des choses comme quoi ?

— Des choses comme un rendez-vous…

— Avec ton amoureux ?

— Non, juste avec un homme, lança-t-elle en toute franchise. J'ai, moi aussi, ma petite cabane, celle des Calabrais qui sont venus pour les coupes l'an dernier. C'est du côté de la carrière.

— Et qui était cet homme ?

— Bernard Cousinié.

Elle répondait du tac au tac, sans embarras.

— Donc, quand tu es rentrée, tu as donné l'alerte.

— Oui, j'ai réveillé tout le monde, même la vieille bique d'à-côté.

— Comment savais-tu qu'elle serait à la cabane du Cassaïre ?

— C'est là qu'elle va habituellement. Je l'ai suivie plusieurs fois…

— Et qu'as-tu vu en arrivant à cette cabane ce soir ?

— Il y avait de la lumière. Je me suis approchée, sans faire de bruit, et j'ai fait le tour pour regarder par un des trous entre les planches. J'ai vu ma mère allongée, il y avait du sang partout. Alors j'ai couru en coupant à travers champs, jusqu'à la première maison que j'ai trouvée. C'était chez le boiteux.

— Tu avais une lampe avec toi ?

— Pas besoin. Je connais tous les chemins comme ma poche. Je pourrais aller n'importe où les yeux fermés.

— Tu n'as vu personne ?

— Non.

— Savais-tu avec qui ta mère avait rendez-vous ?

— C'était le même que les dernières fois. Il faut croire qu'elle s'était entichée de lui.

— C'est-à-dire ?

— Le grand type de la scierie, celui qui ressemble à un gladiateur.

— Rémi Fieu ? demanda Édouard.

— Oui, c'est lui.

— Comment le sais-tu ? interrogea Martial.

— Je le sais parce que je suis allée voir ce qu'ils faisaient, une ou deux fois.

Malgré tout ce qu'elle avait eu à subir depuis quelques heures, elle ne se dérobait à aucune question.

— Vous étiez au courant ? demanda Martial à Mathilde.

leur proposa un café. Au passage, elle eut droit aux jérémiades de sa belle-mère :

— Il faut te mettre au travail ! Mon fils va pas tout faire tout seul !

— Je dois veiller sur Amélie jusqu'à l'arrivée du docteur, dit-elle au travers de la porte. Je vous monte votre café dès qu'il sera prêt.

Un peu plus tard, alors qu'ils étaient tous les trois assis autour de la table, elle voulut justifier le fait qu'elle ne paraissait pas trop affectée.

— Je ne me rends pas encore compte. Je n'arrive pas à l'imaginer morte.

— Vous ne vous entendiez pas trop bien ?

— Je suis le dernier élément rapporté de la famille. Disons qu'on me le fait régulièrement comprendre, Yvonne en premier. Amélie a raison : on ne s'aimait pas beaucoup.

— Votre nièce a un sacré tempérament.

— Elle n'a pas eu un très bon exemple sous les yeux… Mais il ne faut pas se fier à ses grands airs. Ce n'est pas une aussi mauvaise fille qu'elle veut bien le montrer. Il lui a fallu toujours se battre, comme la bâtarde de la famille. Elle a utilisé les seules armes qu'elle pouvait avoir.

Son café manquait de goût, mais sa chaleur faisait un bien fou.

— A priori, le désenvoûtement n'a pas bien fonctionné, lança-t-elle les deux mains serrées autour du bol bouillant.

— C'est la peur qui fait que votre mari dort dans l'étable ? demanda Martial, sans prendre de gants.

— Je savais qu'elle voyait quelqu'un, mais je n'ai jamais su qui.

— Votre mari affirme que votre belle-sœur n'était pas sortie depuis une semaine.

— C'est vrai. Depuis le dimanche qui a précédé la mort de Michel.

— Et, quand elle sortait, elle rentrait vers quelle heure ?

— Jamais très tard, peut-être onze heures. En tout cas, pour les fois où je ne dormais pas.

— Et ce soir, vous dormiez ?

— Oui. Il y a beaucoup de travail et je n'en pouvais plus.

— Et votre mari dormait lui aussi pour ne pas se rendre compte de son absence ?

— Je ne sais pas. Mon mari ne dort plus dans cette chambre. Il s'est arrangé un petit coin, en bas, dans l'étable.

Martial ne releva pas et revint à Amélie.

— Tu n'as pas peur de sortir la nuit avec tout ce qui s'est passé dernièrement ?

— Pourquoi que j'aurais peur ? Ils savent tous pourquoi ils doivent avoir peur, non ? Moi, j'étais trop petite. C'est comme Mathilde. On n'a rien fait. C'est pas comme le Pierre, ou la vieille qui se confesse deux fois par jour à son curé depuis une semaine… Ils le savaient qu'ils devaient avoir peur, avant même que vous débarquiez et que vous leur disiez toutes ces choses. Dès qu'on a retrouvé Michel les tripes à l'air, ils ont su. Ils ont su qu'il était revenu. Franchement, pourquoi aurais-je peur de mon père ?

Martial fut un peu décontenancé par la réponse.

— Si ta mère avait peur, pourquoi est-elle sortie alors ?

— Parce qu'elle en avait besoin. Je savais qu'elle allait sortir ce soir, parce que je l'ai vue préparer son mot.

— Son mot ?

— Oui, avec l'autre grande chose, ils ont une sorte de code quand ils veulent se retrouver. Elle lui glisse un mot avec l'heure du rendez-vous le matin même, sous l'une des pierres de son muret. Ce matin, il paraît qu'elle allait fleurir la tombe de son mari… Je l'ai suivie de loin. Et je l'ai vue s'arrêter au hameau des Buissonniers.

— Et ce soir, tu ne l'as pas suivie ?

— Je savais que c'était avec l'autre. Rien de bien nouveau à voir… Ils le font depuis des mois. Avant c'était le boucher, le maréchal-ferrant. Y a même eu le directeur de la laiterie l'été dernier. Et puis, de toute manière, j'avais pas le temps, j'étais attendue. Le Bernard, il doit filer droit à cause de sa mère qui ne veut pas qu'il me voie. Mais lui, il est raide dingue de moi…

— Il est le seul à être raide dingue de toi ?

— Peut-être pas. J'y peux rien moi si j'affole les messieurs…

— Tu devrais te reposer, Amélie, tenta d'interrompre sa tante.

— Mais je n'ai pas honte ! Personne ne me force, et c'est plutôt agréable. Enfin, la plupart du temps. Tenez, vous savez comment je sais qu'ils ont tué Julien Pujol ? Elles l'ont dit à confesse, ma mère et la vieille bique. Et le gros curé, il m'a tout raconté. Il m'aurait raconté tous les secrets de toutes les bigotes du village si j'avais voulu, tant il était content de ce que je pouvais lui faire.

— Bon, Amélie, je crois que ces messieurs ont eu les réponses qu'ils attendaient. On va peut-être s'arrêter là. Tu ne devrais pas parler comme ça. Bon sang ! On vient de tuer ta mère !

— Parce que tu l'aimais, toi ? Elle t'a toujours traitée comme un chien, comme le font les autres d'ailleurs. Ne va pas me raconter que tu vas la pleurer !

Mathilde ne sut quoi répondre.

— Ta tante a néanmoins raison, Amélie. Tu dois te reposer. Les gendarmes voudront t'interroger aussi. Essaye de dormir un peu.

— Je dois leur répondre comme je vous ai répondu ?

— Tu nous as dit la vérité ?

— La vérité toute crue.

— Alors, réponds comme tu l'as fait… Tu peux peut-être éviter l'épisode de l'abbé Goussier…

Martial se relevait du bord du lit où il s'était assis, quand la jeune fille lui agrippa le bras et le força à se pencher vers elle.

— Je ne dirai rien non plus au sujet de vous et de mademoiselle Purseau, ne vous inquiétez pas, lui murmura-t-elle à l'oreille. Pour votre promenade romantique de dimanche comme pour ce qu'elle vous a dit ce soir, depuis la porte de son école…

Puis, sans contempler l'embarras de Martial, elle s'enfouit sous ses couvertures et se tourna vers le mur.

Mathilde, considérant qu'elle pouvait rester seule, accompagna Martial et Édouard jusqu'en bas où elle

Elle fut surprise par la question, relevant la tête brusquement. Mais elle ne se révolta pas et se soumit à répondre :

— Il a eu des gestes envers la petite, avoua-t-elle, très gênée. Je l'ai surpris dans la grange de derrière... Amélie s'est suffisamment débattue pour s'enfuir toute seule mais j'ai eu le temps de voir l'essentiel. C'était en novembre. Il s'était encore accroché avec son frère et il avait bu plus que d'habitude. Mais il n'avait pas d'excuses... Je lui ai dit que je ne dormirais plus avec lui, que je m'installerais une paillasse dans la cuisine. Mais, ensuite, Amélie a tout déballé. Ils n'ont rien dit, sinon qu'elle le cherchait bien. Et ils ont convenu que, pour quelque temps, il valait mieux que Pierre aille dormir ailleurs que dans la chambre commune. Il s'est installé dans l'étable et je n'ai pas eu à descendre à la cuisine.

Il y avait un peu de bruit dehors. Martial se leva jusqu'à la fenêtre. Il vit le laitier en train de charger les bidons. Un fusil de chasse était posé, debout, contre la roue de sa carriole.

— C'est elle qui s'est occupée de la traite hier soir, dit Mathilde, dans son dos. C'est son dernier lait qu'il emmène...

En même temps, ils aperçurent Antoine Guiraud qui s'était assis sur une des marches du perron, tandis que le maire et son attelage avaient disparu.

Mathilde se dirigea vers le buffet et sortit une tasse supplémentaire.

— Ce serait pas un mauvais bougre, continua-t-elle,

comme s'il n'y avait pas eu d'interruption. S'il n'y avait pas sa mère, s'il n'y avait pas eu son frère, ni cette ferme qu'il déteste…

Elle revint vers la fenêtre et l'ouvrit.

— Entrez donc. Vous n'allez pas rester là à vous geler. J'ai fait du café.

Sans attendre de réponse, elle referma et revint s'asseoir.

La porte d'entrée finit par s'ouvrir en frottant le pavé, gonflée par l'humidité. Antoine Guiraud entra lentement dans la pièce, perpétuellement appuyé sur sa canne.

— Toujours sans sucre ? demanda Mathilde en versant le café dans la tasse propre.

— Toujours.

Il vint s'asseoir, posa son chapeau sur la table.

— Christophe a dû repartir, expliqua-t-il d'une voix qui semblait avoir perdu en volume. Les gendarmes sont arrivés. J'ai profité de la charrette de Serge pour venir le prévenir… Vous avez pu parler à la petite ?

— Elle a répondu à quelques questions. Il nous reste à vérifier mais il se peut que nous sachions avec qui Yvonne avait rendez-vous ce soir.

— Vous ne me direz pas son nom ?

— Il s'agirait de votre contremaître.

— Rémi ? Parbleu ! Vous m'étonnez !

— Nous lui demanderons de confirmer.

— Il est suspect du coup.

— Cela dépend de la manière dont il répondra à nos questions.

— Mon Dieu ! Comment a-t-on pu en arriver là ?

— Peut-être que certains silences ont fini par peser trop lourd, rétorqua Martial.

— Je vous le répète, mon ami. Nous n'avions aucune preuve. Seulement des racontars…

— Charles et Lucien avaient raison de ne pas être de votre avis, intervint Mathilde. Ils l'ont bien tué. Ils l'ont enfermé dans la porcherie parce qu'il rechignait à la nettoyer tout seul, parce qu'il avait peur des cochons. Ils ont voulu le dresser en lui faisant passer la nuit avec les porcs, attaché à une longe, comme un chien. Ils étaient là tous les cinq : la mère, les deux fils, Yvonne et Bascoul. Aucun n'a bougé pendant qu'il se faisait dévorer. Et ensuite, ils ont enterré les restes dans le bosquet de Mont-Vert.

— Tu serais prête à témoigner ?

— Témoigner ? Ils nieront tout. Les ossements ne sont même plus enterrés là-bas. Pourquoi m'écouterait-on aujourd'hui quand on n'a voulu entendre personne il y a dix ans ?

— C'était différent… Et puis, il y a eu la guerre. Nous avons tous eu d'autres soucis.

— La belle excuse ! Personne n'a eu le cran de se dresser contre les Gresse et leur clan, voilà tout !

Les joues de Mathilde rougissaient de plus en plus, sous l'effet de la colère.

— Depuis quand sais-tu ?

— Depuis toujours. Depuis que Charles m'en avait parlé. Et puis, petit à petit, après mon mariage, j'ai réussi à obtenir quelques aveux de la part de Pierre, au compte-gouttes.

— Pourquoi n'es-tu pas venue me trouver pour m'en parler ?

— Vous en parler ? Vous m'avez rayée de votre vie du jour au lendemain !

— Mais, nom de nom, tu t'es mariée ! Avec le pire que tu puisses trouver en plus !

— Qu'est-ce que vous croyez ? Que j'avais le choix ? Que mes parents allaient me garder à la maison encore longtemps ? Vous auriez préféré quoi ? Que j'aille avec Lucien ? Avouez que vous y avez pensé…

— C'était mon fils ! Tu comprends ça ?

— Et c'était l'homme que j'aimais… Et que j'aime toujours.

Mathilde avait un regard dur. Elle ne ressemblait plus du tout à la femme soumise, égarée dans cette famille et dans cette ferme. Elle respirait la force.

Face à elle, Antoine Guiraud paraissait maintenant plus petit, plus âgé. Il se tut.

Édouard et Martial le redescendirent jusque chez lui, dans son cabriolet, et il resta muré tout du long dans son silence. Comme le chêne dans la tempête, il menaçait de ne plus être capable de faire face très longtemps.

23

Habillé et rasé de frais, Rémi Fieu était en train de boire son café quand Édouard et Martial frappèrent chez lui. Il vint leur ouvrir tout de suite, les ayant sans doute aperçus par la fenêtre. Il habitait une maison assez petite, qui se résumait à une pièce et à une soupente dont il avait fait sa chambre. Bien que vivant seul, il semblait assez soigné, comme en témoignaient la grande propreté de l'ensemble et l'ordre qui y régnait. Il accepta sans hésitation que les deux hommes entrent chez lui. Il s'attendait à leur visite de toute manière, mais il pensait qu'elle aurait eu lieu un peu plus tard.

Grand et carré, Rémi Fieu avait les mains longues et épaisses. Le visage allait avec le reste, taillé à la serpe, les mâchoires en angle droit, les yeux d'un bleu acier.

— Était-ce vous qui aviez rendez-vous avec Yvonne Gresse hier soir ? demanda Martial sans ambages.

— Non. Pas hier soir. On se voyait de temps en temps, je ne le nie pas. Mais je ne l'ai pas vue depuis une bonne semaine.

— Vous vous fréquentiez depuis longtemps ?

— Trois ou quatre mois, dit-il en haussant les épaules.

— Il s'agissait d'une histoire sérieuse ?

— Sérieuse ? Vous me demandez si je l'aimais, c'est ça ? Non, ce n'était pas une histoire sérieuse. Ce qu'on faisait dans cette cabane, c'était juste… Enfin, vous voyez, pour répondre à certaines envies.

— Vous étiez sa seule liaison ?

— Je ne vais pas médire sur elle parce qu'elle est morte, mais je ne crois pas qu'elle était de celles qui se contentent d'une seule liaison.

— Les autres aussi venaient dans cette cabane ?

— Je ne sais pas. On ne parlait pas des autres. On ne se disait pas grand-chose en fait.

— Comment faisiez-vous pour fixer vos rendez-vous ?

— C'était elle qui s'en occupait. Elle me laissait un message sous une des pierres du muret, devant la maison.

— Et pourquoi n'êtes-vous pas allé au rendez-vous d'hier soir ?

— Je n'y suis pas allé parce que je n'ai pas eu de message. J'ignorais qu'elle était dans la cabane. Si elle avait rendez-vous avec quelqu'un, ce n'était pas avec moi.

— Un témoin l'a vue déposer son mot dans votre cachette habituelle hier matin. Les gendarmes ne vont pas tarder à l'apprendre.

— Je leur ferai la même réponse qu'à vous. Il n'y avait pas de mot quand je suis rentré du travail. Allez vérifier par vous-mêmes si vous ne me croyez pas.

— Vous pourriez nous dire où vous étiez hier soir, entre neuf heures et demie et minuit ?

— J'étais d'abord au café du Progrès. J'avais une partie de cartes qui a duré jusqu'à plus de dix heures. Ensuite, je suis rentré me coucher.

— Se pourrait-il que vous vous soyez mal compris avec Yvonne, que ce soit vraiment vous qu'elle attendait ?

— Je vous le redis : je n'ai pas eu de ses nouvelles depuis la mort de son mari.

— Elle n'est jamais venue vous voir, frapper à votre porte ?

— Elle n'aurait jamais fait ça et je n'aurais pas accepté qu'elle le fasse. Elle ne pouvait pas venir chez moi. Pas une femme comme ça.

— C'est-à-dire ?

— Ce n'était pas le genre de femme dont il fallait s'enticher, à mon avis. Passer un peu de bon temps d'accord, vu qu'elle adorait ça et qu'elle ne semblait jamais être rassasiée. Mais pas plus.

— Sa mort vous a-t-elle peiné ?

— J'ai de la peine pour elle, oui. En plus, on raconte qu'il lui en a fait baver. Je penserai à elle de temps à autre. Mais rien qui ne m'empêchera de dormir.

— Quand elle venait à la cabane, elle était pourtant obligée de passer devant chez vous…

— Pas du tout. Elle coupait par les bois, elle ne passait jamais par les chemins.

— Depuis quand êtes-vous installé au village, monsieur Fieu ?

— Je suis arrivé à l'automne 1920 ; ça fera bientôt quatre ans.

— D'où veniez-vous ?

— Saint-Gervais-sur-Mare. Un patelin à peu près aussi perdu que celui-ci, de l'autre côté de la montagne.

— Vous avez encore du monde là-bas ?

— J'ai un frère aîné qui doit toujours y vivre avec sa femme et ses enfants. Un vieil oncle aussi. Mais je n'ai plus vraiment de contact avec eux.

— Vous avez toujours travaillé dans le bois ?

— Chez moi, on était mineur ou maçon. Le bois, je l'ai appris ici, avec monsieur Guiraud.

— Il vous a nommé contremaître assez vite pour quelqu'un qui n'était pas de la partie…

— Il faut croire qu'il était content de moi. J'ai travaillé à Bédarieux avant de venir ici, dans les vignes. Je dirigeai déjà une équipe avant la guerre. Et puis les prix ont flanché, l'avenir n'était plus assuré. J'ai su qu'on embauchait ici…

— Monsieur Guiraud compte beaucoup sur vous, d'après ce qu'il nous a dit.

— C'est un grand homme. Quelqu'un de vraiment bien. C'est pour lui que je reste, parce qu'on m'a proposé quelque chose à la scierie de Brassac, avec une meilleure paye.

— Vous n'avez aucune autre attache dans le village ?

— Une attache ? Déjà, des femmes, il n'y en a pas de trop. La plupart sont trop vieilles ou déjà prises. De toute façon, ces trucs-là, ce n'est pas trop pour moi. J'aime mieux être seul. J'ai mon travail, je vais à la pêche, à la chasse, j'ai quelques types avec qui je peux jouer aux cartes ou au billard. Je ne suis pas malheureux. Mais pas lié à vie à ce village non plus.

— Quel âge avez-vous ?

— J'ai trente-cinq ans. Vous voyez, il est un peu tard pour fonder une famille…

Avant de le laisser partir à son travail, Martial lui demanda de lui montrer la fameuse pierre du muret. L'orifice qu'elle libérait était assez profond. Et il était vide.

— Que pensez-vous de lui ? demanda Édouard, alors qu'ils se dirigeaient vers l'école de Camille dans les premières lueurs de l'aube.

— Il m'a paru sincère. Et vous ?

— Je le trouve franc du collier. Je ne le vois pas dans la peau d'un assassin. Amélie s'est trompée ou nous a baratinés.

— Elle possède l'art de la manipulation, sans aucun doute. Elle joue les scandaleuses, mais j'ignore jusqu'où peut aller son jeu. Pour l'heure, elle semble avoir obtenu un régime de faveur à la ferme : elle ne travaille pas, elle rentre et sort comme elle veut. C'est sa langue bien pendue et la peur du scandale qu'elle peut provoquer n'importe quand qui lui ont sans doute permis cela. Mathilde a raison quand elle dit qu'elle a su utiliser ses armes.

— Pendant que nous étions avec Mathilde, justement, je repensais à ce que vous disiez hier soir. Je ne la vois pas non plus dans la peau d'une meurtrière.

— Elle a beaucoup plus de caractère que ce qu'elle laisse paraître mais elle a peur des Gresse. J'ai également du mal à la voir dans ce rôle. Mais nous devons nous méfier : la principale force de notre tueur est de s'être bien dissimulé derrière un masque.

Le corps d'Yvonne Gresse avait été enlevé sur ordre des gendarmes. On l'avait transféré chez le docteur Delcros. Il y avait un petit attroupement devant chez lui, autour de la voiture de la gendarmerie. Édouard et Martial passèrent sans s'arrêter.

Camille avait appris la nouvelle par Marthe, qui était encore avec elle quand les deux hommes arrivèrent à l'école. Elle embrassa sagement Édouard sur sa joue piquante et se contenta d'un sourire timide et gêné envers Martial. Ils racontèrent ce qu'ils avaient vu, évitant les détails sordides, et ce qu'ils avaient entendu.

— Nous ne pouvons plus prendre le risque qu'il y ait un autre mort, dit Martial. Si j'avais été plus rapide, cette pauvre femme serait encore vivante.

— Tu as plus avancé que n'importe qui, répliqua Camille.

— Oui, mais peut-être pas dans la bonne direction. Plus je pensais me rapprocher de l'assassin, plus je lui laissais le champ libre. J'espère que les gendarmes vont trouver quelque chose. Sinon, nous continuerons de tourner en rond.

Ils ne pouvaient guère s'attarder. L'heure de la classe approchait et Camille était toujours sous pression à cause de l'éventuelle visite de l'inspecteur.

— Il vaut mieux que tout soit en ordre s'il débarque. Je ne sais même pas si mes élèves viendront ce matin…

Avant qu'ils ne la laissent à sa tâche, elle glissa discrètement le paquet enveloppé du mouchoir blanc dans la main de Martial.

— Je crois que tu peux le reprendre, lui dit-elle doucement, tout en évitant de croiser son regard. Je ne suis pas tranquille d'avoir ce genre de chose sous mon toit.

Martial fit glisser le revolver dans sa poche.

Avec Édouard, ils firent quelques pas avec Marthe. Le soleil perçait entre de fins nuages. Le vent semblait hésiter à se lever.

— On aura de l'eau avant ce soir, remarqua Marthe en levant la tête.

Puis, sans transition :

— Je n'arrive pas à croire qu'il y en ait eu un autre… Combien en faudra-t-il pour que ça s'arrête ?

— Je ne sais pas, madame. Mais tout le monde doit rester sur ses gardes, tant que nous n'aurons pas saisi le sens de tout ce qui se passe.

— On l'avait le sens, si Armand était toujours en vie. On savait pourquoi il s'en serait pris à eux. Je ne pense pas être sotte, mais je me demande si ces histoires de revenants ne pourraient pas tout expliquer.

— Un revenant n'a pas besoin de balayer le sol pour effacer ses traces de pas. Il n'y a aucun fantôme là-dessous.

— Alors, ça veut dire que c'est pire que tout !

Martial se décida à poser la question qui lui brûlait les lèvres depuis un moment :

— Savez-vous à quelle heure est rentré votre fils hier soir ?

Marthe s'arrêta de marcher.

— Que se passe-t-il, monsieur Martial ? Pourquoi me demandez-vous ça ?

— Son nom a été cité par un témoin. Je regrette…

— Il m'a dit qu'il jouait aux cartes chez Gaston

Fabre. Il est rentré vers onze heures et demie. Qui est-ce qui a cité son nom ? Et pourquoi ?

— Êtes-vous certaine qu'il était au café ?

Marthe inspira profondément, mais les épaules se firent soudain plus basses.

— Je suis descendue voir. Et il n'était pas au café.

— Il était avec Amélie Gresse…

— C'est ce qu'il a fini par m'avouer quand il est rentré. Je ne sais plus comment faire pour qu'il arrête de voir cette petite. Elle n'a que quinze ans et tout le monde sait qu'elle va à droite et à gauche ! Il m'en veut de lui chercher des ennuis avec ça, mais je pense d'abord à lui. Qu'est-ce qu'il veut ? Une vie de cocu ?

— C'est Amélie qui a découvert le corps de sa mère. On voudra savoir pourquoi elle est sortie si tard hier soir, et avec qui elle était. Bernard devra répondre aux questions des gendarmes. Il faut l'encourager à dire la vérité. Il ne faisait pas bon être dehors hier soir, tout en ayant menti sur ses activités.

— Vous ne pouvez pas aller le voir, mon gars ? Si c'est vous qui les lui posez ces questions, j'aimerais bien mieux. Il a menti pour ne pas me faire de peine.

— Nous allons aller le voir tout de suite. Mais je ne pourrai pas empêcher les gendarmes de l'interroger assez vite. Son histoire avec Amélie risque de ne pas rester secrète bien longtemps.

— Je crois, malheureusement, qu'on se la raconte dans beaucoup d'endroits depuis quelque temps. Comment peut-il être aveugle à ce point ?

Bernard Cousinié n'était pas aveugle, mais amoureux. Il ne chercha nullement à biaiser quand Édouard et Martial vinrent le trouver à la scierie. Il avoua avoir passé sa soirée avec Amélie, dans l'ancienne cabane des bûcherons. Puis, il était rentré chez lui parce qu'elle ne voulait jamais qu'il la raccompagne, même qu'il n'était pas tranquille avec tout ce qui s'était passé ces derniers temps. Il confirma l'heure donnée par sa mère quelques minutes plus tôt.

C'était un jeune homme un peu triste, qui paraissait plus que son âge.

— Vous avez vu Amélie ? s'inquiéta-t-il.

— Elle est choquée, mais elle tient le coup.

— Elle dit qu'elle ne risque rien, mais c'était sans doute ce que pensait aussi sa mère. Il faut plus qu'elle sorte comme elle fait tout le temps. Elle dit que celui qui est responsable de tout cela est le fantôme de son père, qui doit venger la mort de Julien pour trouver enfin la paix. Et qu'elle y est pour rien dans la mort de Julien. Mais, moi, je ne crois pas aux fantômes. À force de rôder comme elle le fait, elle va tomber sur ce type et… Il faut la protéger. Je peux vous aider si vous en avez besoin…

— Pour l'heure, c'est l'affaire de la gendarmerie. Retournez à votre travail, Bernard, et ne vous tourmentez pas trop.

— De toute manière, on va partir d'ici. Et après, elle risquera plus rien.

— Vous ne pourrez pas quitter le village avant la fin de l'enquête.

— Et si elle finit jamais cette enquête ?

L'autopsie pratiquée par le docteur Delcros révéla qu'Yvonne Gresse n'avait pas eu de rapport sexuel dans les vingt-quatre heures précédant son décès. Ce fut le brigadier-chef en personne qui l'apprit à Martial et à Édouard quand il vint, accompagné de deux de ses hommes, pour les interroger, dans un premier temps, puis pour échanger des informations dans un deuxième. On n'avait pas retrouvé le moindre indice sur les lieux du meurtre, pas plus que sur le corps. La seule chose que le meurtrier avait laissée derrière lui était cette branche de houx, sans doute coupée avec le même objet qui avait servi à taillader la victime. Une protection de la famille Gresse avait été mise en place, en attendant le retour des inspecteurs de la Brigade judiciaire, mais les hommes manquaient. Des renforts avaient été demandés auprès des brigades de Castres et de Mazamet. Au mieux, ils seraient sur place le lendemain matin. Enfin, Rémi Fieu avait été à nouveau interrogé. On avait fouillé sa maison sans rien trouver.

— Nous savons que madame Gresse a été tuée entre dix heures et minuit. Le docteur a confirmé. Un des voisins de monsieur Fieu est sorti vers vingt-deux heures trente pour satisfaire des besoins naturels. Il affirme avoir vu de la lumière chez son voisin. Mais rien ne nous dit qu'il était réellement là ou qu'il n'a pas agi plus tard. Nous pensons tous que la victime connaissait son agresseur, et que sa présence dans cette cabane ne l'a ni surprise, ni effrayée. Sachant qu'elle entretenait depuis plusieurs semaines une liaison avec monsieur Fieu, il reste notre principal suspect. Nous avons cependant décidé de le laisser en liberté avec interdiction de quitter le village. Dès demain, les policiers de Toulouse reprendront le dossier et décideront ce qu'il advient de cet homme.

Le brigadier semblait soulagé de passer le relais à ses collègues. Il ne se sentait pas les épaules pour gérer ce genre d'affaire. Et, tranquillement installé à Brassac, il ne débordait pas d'ambition au point de vouloir jouer les héros.

— Monsieur Fieu n'est pas le seul suspect, reprit-il. Plusieurs témoignages font état d'autres liaisons qu'aurait eues madame Gresse. Nous sommes en train d'en constituer la liste. Il se pourrait que l'un d'entre eux soit venu au rendez-vous d'hier soir, peut-être même sans y être invité. Il nous faudra ensuite passer au peigne fin les emplois du temps. La seule manière d'éviter de faire trop de vagues serait que ces messieurs se présentent d'eux-mêmes pour les interrogatoires. Nous y gagnerions en discrétion. Nous avons fait passer le message par l'intermédiaire des membres du Conseil municipal…

Le brigadier affirmait avoir consigné dans son rapport les pistes établies par Martial. Mais, sans témoin et sans indice, il était difficile d'aller plus loin. À défaut de pouvoir désigner le coupable, il était encore temps de l'empêcher de continuer.

— Dès ce soir, nous décréterons un couvre-feu sur le village. Nous ne voulons plus personne dehors passé vingt heures. J'ai mis en place deux patrouilles qui circuleront à tour de rôle toute la nuit. Toute personne ne respectant pas les règles établies sera appréhendée et devra s'expliquer. Concernant la surveillance de la ferme, il ne me reste que deux hommes. Je crains que cela ne soit pas suffisant même si je doute que le meurtrier refrappe aussi vite…

— Je n'en suis pas si sûr, interrompit Martial. Si

vous avez vos renforts, il lui sera plus difficile d'agir dans les prochains jours. Soit il attend, patiemment, mais il prend deux risques : que ses victimes potentielles quittent le village et qu'on finisse par le repérer. Soit il agit vite, avant que le filet que nous allons tendre soit trop difficile à passer. Pour l'heure, tout ce qu'il a fait n'a pas de sens, parce qu'il n'a pas terminé. Quel que soit le mobile éventuel, l'assassinat de ces trois personnes ne lui apporte rien : ni l'argent, ni la vengeance. La nuit prochaine est notre point faible. C'est là qu'il peut encore nous prendre de court. Si vous acceptez, je me porte volontaire pour aider vos hommes à surveiller la ferme.

— Je suis également volontaire, enchaîna Édouard.

— Je comptais déjà sur vous deux, je ne vous le cache pas. Mais, je crains que cela ne soit pas suffisant.

— Vos deux hommes devront être à l'intérieur, dit Martial. Aucun des membres de la famille Gresse ne devra sortir et personne d'autre ne devra entrer dans la maison. Nous ne pouvons être sûrs de qui que ce soit. Avec Édouard, nous nous chargerons du dehors.

— Cela ne me semble pas très raisonnable.

— Faisons une belle réclame à cette surveillance, en en exagérant même les effectifs. Que notre tueur n'ose pas agir s'il l'avait prévu ainsi, qu'il ne puisse pas utiliser notre faille.

Édouard et Martial étaient revenus au moulin en milieu de matinée. Ils avaient pu redormir un peu avant que les gendarmes ne viennent. Puis, ce fut au tour de Camille. Elle avait eu peu d'élèves et les avait laissées partir plus tôt. L'inspecteur ne s'était pas montré. Elle était allée se renseigner auprès d'Étienne Germain.

— Il est encore en colère, raconta-t-elle. Il m'a

reproché de l'avoir mis dans de beaux draps. Il est terrifié à l'idée de se faire blâmer. Je ne l'avais jamais vu aussi remonté. Je n'ai pas su quoi dire… Mais, franchement, je ne peux plus rester seule la nuit. Je n'ai pas fermé l'œil.

— Il le faudra bien encore une fois, lui répondit Édouard. Avec Martial, nous allons surveiller la ferme Gresse toute la nuit prochaine.

— Je suis désolée, mais je ne reste plus seule à l'école. Je ne me sens pas en sécurité. J'entends des bruits en permanence. Cette nuit, j'étais persuadée d'avoir entendu marcher dans le grenier… Je vais finir par devenir folle.

— Tu pourrais dormir ici, proposa Édouard.

— Je ne reste plus là-haut de toute manière !

— Demain, c'est jeudi. Tu n'as pas classe. Tu peux rester ici. C'est moins grand et, si nous nous y prenons bien, personne ne s'en rendra compte.

— De toute manière, jeudi ou pas, je n'ai plus classe jusqu'à lundi prochain. Ordre du maire.

— Alors, l'inspecteur n'a plus aucune raison de débarquer.

— Je m'en fiche de l'inspecteur. Il peut me faire subir ce qu'il veut. Rien ne sera aussi dur que la nuit que j'ai passée.

Martial ne disait rien. La présence de Camille le mettait soudain mal à l'aise. Ce qui s'était passé la veille au soir restait chevillé dans ses entrailles. La fatigue et les émotions des dernières heures aidant, il se sentait bouleversé et à fleur de peau. Il ne voyait cependant aucun inconvénient à ce qu'elle dorme au moulin.

Les informations distillées par la gendarmerie circulaient vite dans le village. Mais la principale caisse de résonance fut la messe improvisée par l'abbé Goussier. Il s'agissait d'implorer la protection de Dieu et son fils, Jésus, contre les forces du mal à l'œuvre dans le village. Il s'agissait aussi d'encourager chacun à confesser au plus vite ses fautes, à prier pour le salut de l'âme d'Yvonne Gresse et pour la sauvegarde de tous les villageois. Enfin, il s'agissait de bénir l'assemblée, si nombreuse qu'il y avait des fidèles debout dans les allées. À la fin de la cérémonie, celle-ci n'étant pas trop longue pour permettre à chacun de rentrer tôt, le curé accepta d'annoncer les consignes fixées par la gendarmerie, et notamment celles concernant le couvre-feu.

Pendant la messe à laquelle il n'assista pas, Martial était passé au bureau des Postes au cas où il aurait eu un message, ce qui n'était pas le cas. Puis, il avait été intercepté sur le chemin du retour par Bernard Cousinié. Le jeune homme était fermement décidé à participer à la protection d'Amélie. Il avait entendu dire, à la scierie, que Martial et Édouard avaient été réquisitionnés pour la nuit et il comptait bien les rejoindre. Martial eut toutes les peines du monde à le persuader qu'il était préférable qu'il reste chez lui, auprès de ses parents. Et que, de toute manière, il n'avait pas le sauf-conduit délivré par le brigadier-chef pour éviter le couvre-feu.

Le fils de Marthe sembla se résigner après de longues palabres et Martial put rentrer au moulin. Ils dînèrent tôt, tous les trois. Camille ne cessait de dire son inquiétude de les savoir ainsi en première ligne. Après tout, c'était le travail de la police et pas leur rôle de prendre ainsi le risque de se retrouver face à un assassin.

— Vous aurez au moins de quoi vous défendre j'espère !

— Pas d'arme à feu, le brigadier a été clair et je suis d'accord avec lui. Cela évitera les accidents malheureux… En pleine nuit, avec toute cette tension, il vaut mieux ne pas être tenté… Par contre, nous prendrons de quoi faire en cas de contact rapproché.

— J'ai trouvé deux manches de pioche dans la remise, continua Édouard. Un seul coup de ces machins peut vous fendre un crâne.

— Bon sang ! Je ne crois pas que vous allez faire ça ! Et, en plus, vous avez l'air tous les deux contents de vous.

Ni Édouard, ni Martial ne répondirent. Car, sur ce dernier point, Camille avait raison. Aussi indécent que ce fût en de pareilles circonstances, ils ressentaient tous les deux la même excitation.

Après leur dîner, Édouard raccompagna Camille à l'école en cabriolet. Quelques gouttes commençaient à tomber et l'heure du couvre-feu approchait. La jeune femme ferma tous les volets, à l'exception de ceux du petit salon. Elle laissa allumée sa lampe de chevet, et la lumière se voyait ainsi du dehors. Puis, en se tapissant dans l'obscurité, elle revint vers l'attelage et se laissa enfermer dans le coffre de l'arrière, le temps qu'on revienne au moulin. Là, une nouvelle fois en se dissimulant le mieux possible, elle rejoignit Martial.

Elle lui avait ramené la capote de pluie de son père. Édouard avait la sienne et elles leur seraient bien utiles cette nuit. Martial avait ressorti son revolver et lui donna les mêmes consignes que la veille en cas de problème. L'heure était venue pour les deux hommes d'y aller. Édouard avait récupéré la deuxième clé du moulin. Il la garderait dans sa poche. Camille devait s'enfermer à double tour et ne pas se montrer. La petite maison était censée être vide.

Encore plus pâle, les lèvres blanches tant elles paraissaient exsangues, elle passa ses bras autour du cou de Martial et se tint serrée contre lui un petit moment. Il ne savait que faire, pataud et gêné. Quand elle se recula, sans un mot, il sortit attendre dehors, la laissant seule avec son fiancé. Une pluie fine tombait maintenant et avait déjà tout détrempé en un rien de temps. Il enfila la cape de Charles, avec sa capuche qui avançait loin devant le visage, puis monta sur le siège du cabriolet. Édouard avait préparé deux lampes tempêtes, remplies de pétrole à ras bord. Il les avait glissées sous le banc avec les deux manches de pioche. Il ne tarda pas à venir s'asseoir à côté de Martial et prit les rênes. Ils partirent au pas sur le chemin. Les sabots ferrés du cheval résonnaient jusqu'à très loin. Le moulin disparut dans leurs dos dès le premier virage. Rien ne laissait suspecter que Camille y était enfermée, fébrile et peureuse, mais bien plus à l'aise que lors de ses nuits cauchemardesques dans ses appartements de fonction. Partout ailleurs, les gens s'étaient barricadés chez eux. On devait se raconter tout ce qu'on savait, tout ce qu'on voulait deviner ou suspecter au sujet de l'assassinat d'Yvonne Gresse. On devait se rassembler pour le grand retour de la veillée en famille, mais une veillée noire et poisseuse, à l'image de cette nuit qui s'annonçait très longue.

24

Lorsqu'ils arrivèrent chez les Gresse, un des gendarmes encore présent dans la cour leur fit signe de contourner la grande étable pour aller ranger leur attelage à l'abri de la pluie, sous la grange où s'empilaient les balles de paille depuis la fin de l'été et où était déjà rangée la charrette des Gresse. Ils furent rejoints par le brigadier-chef.

— Je laisse deux de mes hommes à l'intérieur, comme convenu. Les trois femmes dormiront dans leurs lits respectifs, à l'étage. Les deux fenêtres donnent sur l'arrière et, vu leur hauteur, elles sont inaccessibles depuis l'extérieur. Pierre Gresse dormira dans l'étable dont le grand portail ferme de l'intérieur. La lucarne du grenier est également bloquée. Mes hommes seront dans la pièce principale. Je vous confie ces deux sifflets. À la moindre alerte, vous les prévenez et ils s'en occuperont. Pas de risques inutiles, nous sommes bien d'accord ? Je suis en train de violer une grande partie de mes prérogatives cette nuit, alors, s'il vous plaît, faites en sorte que je n'aie pas à le regretter. Évitez de vous faire tuer, par exemple.

— Nous nous tiendrons sur le devant de la cour,

expliqua à son tour Martial. L'un de nous couvrira ce coin, l'autre se tiendra où se trouve votre homme. Régulièrement, nous ferons le tour des bâtiments, pour être sûrs. Est-ce que cela vous convient ?

— Tout à fait. Je crains que vous ne soyez sous la pluie toute la nuit. Il y aura sûrement moyen que vous rentriez quelques minutes pour vous réchauffer et boire un café ou deux. Je vais vous laisser, messieurs. Je vous remercie de votre concours et espérons que nous passerons tous une nuit tranquille. Demain, les renforts seront là. Nous aurons plus de latitude pour passer à l'action. Je retourne au village. C'est à la mairie que j'ai installé notre quartier général. Les patrouilles ont déjà dû commencer. Si c'est possible, ils monteront une fois ou deux jusqu'ici, voir si tout va bien. À partir de maintenant, nous sommes en état de siège. Bonne chance !

Le brigadier-chef leur serra la main à tous les deux, une poignée de main un peu démesurée. Lui aussi paraissait soudain excité. Il était sorti de sa réserve. Il n'était plus l'officier tranquille qui regardait les jours couler en douceur dans un coin retiré et sans trop de problèmes. Il avait rajeuni de quelques années à cause d'une série de meurtres.

Quand il fut parti, Martial et Édouard prirent la liberté d'inspecter les bâtiments de la ferme. Ils commencèrent par la grange. Largement ouverte, très haute de plafond, elle était le territoire de prédilection de plusieurs chats dont on voyait parfois les yeux luire dans la lueur des lampes au-dessus d'eux, tout en haut de l'amoncellement de paille, avant qu'ils ne disparaissent d'un bond. Dans le fond, les balles de paille dessinaient un couloir qui venait s'appuyer sur le mur du poulailler. Il y avait une double porte en bois au bout. On pénétrait ainsi dans une étable plus petite. C'était ici l'antre isolé du taureau, un animal massif, solidement attaché mais qui avait assez de mou pour pouvoir tourner la tête vers les arrivants et leur jeter un regard furieux.

Face à la porte, dans le coin, une échelle en bois montait jusqu'à une trappe. Martial avait compris ce qu'il y avait au-dessus : l'ancienne chambre des frères Pujol. Il monta et fit basculer l'ouverture, tandis qu'Édouard restait en bas, surveillant du coin de l'œil le taureau qui ne lui inspirait aucune confiance. Le petit grenier était vide, entièrement vide, pas même une vieillerie, du grain ou des outils. Rien que du vide et de la poussière.

Martial redescendit. Ils firent ensuite le tour du poulailler, grand et solide, suivi de la toute petite écurie où se tenait un grand cheval à la robe qui n'avait pas été brossée depuis des lustres. Puis ils revinrent vers la cour. Face à la porte de l'étable, ils pénétrèrent dans les dépendances basses et fraîches où l'on stockait le lait, entre autres. Un petit pigeonnier venait faire l'angle avec le chemin rectiligne. De l'autre côté de la cour, ils remontèrent le long de la porcherie. Il fallut bien y entrer, toujours dans les grognements insupportables d'animaux qui semblaient ne pas être rassasiés et qui ne cessaient d'exprimer leur colère. Puis, il y avait une remise à outils avec, contre le mur du fond, deux gros tonneaux allongés, remplis de la piquette maison.

Enfin, appuyé contre la maison, le bûcher était plein à ras bord de longues bûches de chêne et de charme.

Ils avaient tout fouillé, tout inspecté. Ils pénétrèrent alors dans la maison, après avoir frappé pour ne pas risquer d'effrayer qui que ce soit. Les deux gendarmes étaient attablés, tous les deux aux alentours de la quarantaine, moustaches hautes, regards déterminés. Mathilde, les yeux gris et cernés, vint les saluer. Les corvées du soir n'étaient pas terminées. Elle devait encore aller aux cochons, finir la vaisselle, s'occuper de donner ses médicaments à Amélie que le docteur Delcros avait placée sous calmants. Le chien était couché dans la cuisine et ne la quittait pas de ses yeux bizarres mais désormais dénués de toute agressivité. Il ne grogna même pas à l'entrée des deux hommes.

— On l'a rentré parce que sinon il ne vous aurait pas supporté dans la cour. Et, comme mon mari ne veut pas de lui dans l'étable, je le garde avec moi. Du moins, tant que ma belle-mère reste dans sa chambre.

Son mari se démenait dans l'étable pour terminer la traite assez tôt et disposer ainsi de quelques heures pour dormir. Ils allèrent le voir. Il avait toujours son fusil armé à côté de lui. Ses yeux exprimaient à la fois l'humiliation qu'il devait ressentir à constater que tout le monde le jugeait inapte à défendre les siens, mais aussi la peur, la vraie peur.

— J'ai pas le droit de sortir seul, à ce qu'il paraît. Il faudra bien que je sorte les bidons tout à l'heure. Alors je vous ferai signe pour que vous me teniez la main.

Il n'était pas difficile de voir, ni de sentir, qu'il avait bu plus que de raison.

— Il faudra aussi que j'aille voir mon taureau. J'ai pas encore eu le temps de lui donner à manger.

— Nous vous aiderons du mieux possible, répondit Martial. Vous et votre épouse.

— Ouais, c'est ça. Vous avez qu'à nous aider…

Sans un mot de plus, il se remit à sa vache.

Ils repassèrent par la pièce principale pour ressortir. Il était inutile de monter à l'étage. Amélie et sa grand-mère étaient couchées. La jeune fille dormait à poings fermés depuis le matin. Elle ne s'était levée qu'une petite heure pour manger un morceau. Ils échangèrent quelques mots avec les deux gendarmes qui répétèrent les consignes de leur supérieur. Puis, ils se retrouvèrent dans la cour, au pavé suintant, sous la pluie, toujours fine mais régulière.

— On se met en place, proposa Martial. On économise les lampes du mieux possible. S'il y a quelque chose qui ne va pas, on lève la lanterne deux fois, de cette manière, d'accord ? Pour être sûr que nous ne nous endormions pas, on s'envoie un signal tous les quarts d'heure.

— Je vais me poster au pied de la grange, proposa Édouard. Je peux avoir une bonne vue sur les toits de là-bas. J'imagine que s'il veut passer, il ne lui reste que ce choix. Appelez-moi quand Mathilde ou Pierre seront prêts à sortir.

— Je ne peux m'empêcher de repenser à une histoire qui m'avait beaucoup marqué quand j'étais lycéen, dans un livre d'Edgar Poe. C'étaient des gens qui étaient terrifiés par la peste et qui s'enfermaient dans leur demeure, coupés de l'extérieur, pour échapper à la maladie. Mais, sans le savoir, ils s'étaient enfermés avec elle…

— Les gendarmes sont en place. Personne ne pourra bouger le petit doigt à l'intérieur sans qu'ils ne s'en rendent compte.

— J'espère qu'on peut vraiment compter sur eux.

Peu de temps après, il fallut accompagner Mathilde dans la porcherie. Martial se dévoua tandis qu'Édouard reprenait une position plus centrale, son manche de pioche bien serré dans sa main. Il n'y avait pas l'électricité dans ce bâtiment, et il fallait travailler à la lanterne. Martial se sentait mal à l'aise. Il lui semblait entendre les cris du jeune Pujol en train de se faire dévorer vivant quand ce n'étaient que quelques porcs qui se jetaient avec sauvagerie sur les épluchures et quelques restes qu'on leur accordait. Il fut soulagé quand il put refaire glisser le portail.

— Je ne sais pas si je vais réussir à dormir, avoua Mathilde avant de rentrer chez elle. Je vais refaire du café, tout à l'heure. Peut-être aimeriez-vous quelque chose à manger ?

Elle semblait si harassée que Martial pouvait jurer qu'elle était au bord des larmes, des larmes d'épuisement. Il l'avait rangée dans la colonne des possibles instigatrices de tout ce plan, mais, là, il ne voyait qu'une femme lasse de tout, dont la beauté même était en train de se faner.

Puis, alors qu'il était plus de onze heures, il fallut s'occuper des bidons de lait. Pierre ouvrit en grand le portail de l'étable. À trois, ils firent une petite chaîne qui évitait au fils Gresse de sortir tandis qu'Édouard, tout en force, fermait le circuit en alignant les bidons de lait dans la petite dépendance au plafond bas.

— J'ai pas d'autre choix que d'aller au taureau moi-même, dit Pierre. Vous pouvez pas le faire à ma place, sinon, il va vous massacrer.

Il se mit à rire, un rire presque forcé, à moins qu'il ne soit simplement idiot.

— Oh, putain ! Vous imaginez ! Vous êtes censés nous protéger et vous vous faites amocher par le taureau !

Il en pleurait, tellement il riait. Il fallut du temps avant qu'il ne se calme, sous le regard désolé des deux autres. Édouard l'accompagna jusqu'à l'autre bâtiment, l'éclairant de sa lanterne. Pierre marchait le dos courbé, le pas mal assuré, une vieille casquette vissée sur la tête. Il tenait son fusil par le milieu. Martial resta en place, face à la double porte de la grande étable qu'on avait juste tirée. De là, il voyait la cour sur sa droite, la grange sur sa gauche. La pluie dégoulinait sur sa capote. Seuls le bas de son pantalon et ses chaussures commençaient à prendre l'eau.

C'est au bout d'un moment qu'il vit la lumière, là-bas, loin après la grange, au bout du pré, dans le bosquet que Mathilde avait appelé Mont Vert. Il crut d'abord que son imagination lui jouait des tours, bien aidée par la fatigue qui commençait à peser après plusieurs mauvaises nuits. Mais, en se concentrant davantage, il en fut certain. Il y avait une lumière qui se déplaçait dans le petit bois où on avait enterré ce qui restait de Julien Pujol. Une lanterne sans doute. Son sang se glaça. Il faillit porter son sifflet à la bouche mais se ravisa. Il fallait d'abord mettre Pierre en sûreté.

Il s'approcha de la grange. Édouard patientait, debout dans le tunnel de paille. La porte de la petite étable était fermée dans son dos et on apercevait de la lumière au travers de ses pans. Martial leva la lanterne deux fois pour l'alerter. Édouard vint le rejoindre.

— Il y a quelque chose là-bas, une lueur. Regardez ! Je crois qu'il y a quelqu'un près de la tombe.

Édouard dépassa la grange pour regarder à son tour. Il baissa même sa capuche comme si elle l'empêchait de scruter l'obscurité, droit devant lui.

— Vous ne croyez pas qu'il faudrait prévenir les gendarmes ?

— Et si c'est juste une diversion, justement destinée à leur faire quitter leur poste ? À nous deux, nous ne pourrons être partout… Il faut que Pierre aille s'enfermer. Ensuite, nous aviserons. Il a bientôt fini là-dedans ?

— Je vais voir.

Édouard se précipita dans le tunnel et ouvrit la porte. Deux secondes passèrent avant qu'il n'appelle Martial. Ce dernier le rejoignit.

Pierre Gresse était allongé de tout son long par terre, à plat ventre, la tête à moitié enfouie dans la paille. Édouard s'était agenouillé à ses côtés.

— Pas de panique, dit-il de suite. Il n'a rien. Cet abruti est ivre mort.

D'un geste, il montra une bouteille d'eau-de-vie déjà bien entamée qui était également couchée dans la paille.

— Il avait dû planquer ça, ici. Il faut croire qu'il a du mal à résister à la pression. Je vais le porter jusqu'à l'étable. Vous ne devriez pas rester trop longtemps ici, le portail de l'étable n'est pas fermé…

Martial ressortit en vitesse, prenant au passage le fusil de chasse qui était appuyé contre le mur. Il revint vers la grande étable, ouvrit un pan de la double porte et passa rapidement en revue la pièce, simplement éclairée par une lampe à pétrole. Il regrettait maintenant d'avoir refusé l'aide de Bernard.

Il ressortit pour aller jeter un nouveau coup d'œil. La lumière semblait s'être stabilisée dans le petit morceau de forêt. Mais elle luisait toujours. Édouard finit par arriver, Pierre Gresse renversé sur son épaule comme un sac de pommes de terre. Il n'avait pas pu prendre la lampe qui était restée près du taureau.

— Je le couche et je fais le tour pour vous rejoindre. Vous gardez son fusil ?

— Dans l'état où il est, je préfère. Et puis, il va bien falloir aller voir là-bas…

— J'en parle aux gendarmes ?

— Pas encore.

Dès qu'il fut entré dans la grande étable, Édouard ferma la porte du pied. Quelques instants plus tard, Martial entendit le verrou être tiré. Il attendit encore, sur le qui-vive. Puis Édouard finit par le rejoindre. Par acquit de conscience, il demanda à Martial de vérifier que la double porte était bien fermée, ce qui était bien le cas.

— Je ne suis pas sûr que ce soit très prudent d'y aller. Il nous faut nous aussi abandonner notre poste…

— Un seul d'entre nous ira voir. Restez ici.

— Je veux bien y aller, Martial.

— Ne vous inquiétez pas pour moi. Je vais voir de quoi il s'agit. J'ai le fusil, j'ai mon sifflet. Si vous m'entendez utiliser l'un ou l'autre, déclenchez l'alerte.

— On peut laisser cette lumière là-bas après tout. En quoi elle nous dérange ?

— Je veux savoir ce que c'est.

— Vous avez sans doute raison quand vous parlez de diversion…

— Alors, restez attentif, Édouard. Restez très attentif !

Le fusil de Pierre Gresse dans une main, la lampe tempête dans l'autre, Martial marcha tout droit vers la lumière qui se remettait à bouger à droite puis à gauche. Il dépassa une grande mare puis dut ouvrir une barrière, faite de quelques planches sommairement assemblées, pour traverser le grand champ qui venait buter contre le bosquet. Le sol était imbibé d'eau et ses chaussures s'enfonçaient parfois dans la boue. Devant lui, la lueur persistait tandis que la pluie semblait redoubler. Martial essayait de marcher à un bon rythme. La capuche relevée sur sa tête semblait donner un écho particulier à sa respiration qu'il entendait résonner dans ses oreilles. Il arriva au bout de la clôture, sans barrière cette fois-ci. Il écarta les deux fils de fer barbelés des canons juxtaposés du fusil et se faufila entre les deux en faisant attention de ne pas accrocher sa capote. Avant de pénétrer parmi les arbres, il se retourna vers la ferme. Il apercevait la silhouette d'Édouard dans la lueur de sa lanterne, juste au coin de la grande grange, dont l'ombre se découpait assez nettement, plus noire que la nuit.

Il n'était plus qu'à une cinquantaine de mètres de la petite clairière où quelqu'un s'amusait à planter des croix blanches, là où la lampe s'agitait toujours entre les arbres. Il pénétra dans le morceau de forêt, le souffle court, le cœur battant. Quand il eut fait la moitié de la distance, faisant craquer les branches mortes sous ses pieds, annonçant ainsi de loin son arrivée, il appela :

— Qui est là ?

Il essaya d'avoir une voix sûre, sévère.

— Qui est là ? répéta-t-il, sans obtenir la moindre réponse, si ce n'est la lumière dansante.

Alors, il reprit sa marche en avant, le doigt tout près de la détente du fusil. Encore quelques pas, la lueur qui ne s'estompait pas était toujours en mouvement. La clairière devant lui, tout arrondie, un tapis d'herbe grasse au sol, la pluie tombait droit dans le halo lumineux… Il voyait maintenant la croix fichée en terre. Accrochée à celle-ci, par une longe de deux bons mètres, une mule tentait de trouver un moyen de se délivrer en tournant en rond. Suspendue à son harnais, sur son flanc gauche, une lampe tempête balançait au gré de ses allers-retours.

Martial s'approcha prudemment, toujours sur ses gardes. La mule se laissa caresser docilement. Il retira la lanterne et souffla la mèche. Puis, il délivra l'animal qui resta néanmoins sur place, son pelage rêche dégoulinant de pluie. Martial, fusil menaçant, ne s'attarda pas plus. Il se mit à courir vers la ferme, vers le point lumineux qu'il distinguait, au travers des minces troncs des hêtres. Il courut aussi vite qu'il put, menaçant de chuter à plusieurs reprises, glissant sur le sol boueux. Le passage des barbelés fut plus difficile. Il s'accrocha et déchira un pan de la cape en essayant de se délivrer. Il n'avait qu'une image en tête, celle des naufrageurs qui faisaient s'échouer les bateaux perdus avec leurs fausses lumières, celle décrite dans le livre de Michelet.

Capuche relevée sur la tête, adossé au mur de la laiterie, tentant de s'abriter un peu sous l'avancée du toit, Édouard s'était placé de telle sorte qu'il pouvait voir et la cour et les abords de la grange. Il ne se déplaça que lorsque Martial eut franchi la barrière, hors d'haleine. Rien n'avait bougé dans la cour, ni dans les dépendances. Il avait gardé sa lumière au plus fort pour s'en assurer.

— Il faudrait refaire une ronde, proposa-t-il une fois que Martial lui eut raconté la diversion mise en place. S'il voulait nous faire quitter notre poste, c'est qu'il a trouvé un endroit pour se faufiler… Je peux m'en occuper pendant que vous prévenez les gendarmes et jetez un œil à l'intérieur.

Martial acquiesça. Il se dépêcha d'aller frapper à la porte d'entrée, pendant qu'Édouard, qui avait récupéré le fusil chargé, entamait le tour complet des bâtiments en commençant du côté de la grange. Le plus âgé des deux gendarmes vint lui ouvrir.

— Vous auriez dû donner l'alerte, dit ce dernier quand il fut au courant de l'histoire de la mule. C'était ce qu'on vous avait demandé.

— C'est sans doute ce que celui qui a préparé cette mise en scène attendait. Pour l'heure, il n'y a rien de grave. Mais nous devons resserrer notre surveillance. Pourriez-vous faire un tour des pièces ?

Le deuxième gendarme se tenait au coin de la cheminée, en train de fumer sa pipe. Mathilde, malgré sa fatigue de plus en plus pesante à en juger par ses yeux, était assise sur l'un des bancs et reprisait plusieurs paires de chaussettes. Elle avait tout entendu.

— Nous avons une mule, dit-elle. Dans l'enclos derrière le bois de Mont-Vert. Avec un abri construit en pierres sèches, du temps de mon beau-père…

— François, va jeter un œil dans l'étable ! Moi, je monte voir ! lança le vieux gendarme.

Martial resta debout, dans l'entrée. Sa cape de pluie goûtait abondamment sur le pavé. Le gendarme à la pipe ralluma une des lanternes posées sur le manteau de la cheminée et ouvrit la porte de l'étable, libérant encore plus les odeurs de fumier. Il n'eut pas le temps d'y pénétrer qu'on entendit un hurlement de son collègue à l'étage. Martial grimpa les marches quatre à quatre.

Le gendarme était presque couché en travers d'un lit massif et haut, écrasant de son poids une Henriette Gresse inconsciente et dont les deux poignets, largement ouverts, saignaient abondamment. Il tentait de comprimer les plaies avec le drap qu'il avait quasiment arraché. Il semblait y avoir du sang partout.

— Bon Dieu, elle pisse le sang ! On lui a ouvert les veines ! tempêta le gros homme.

Martial se précipita pour constater, les deux doigts posés sur la carotide, que le cœur battait encore. Il remarqua également une forte odeur de chloroforme qu'il ne connaissait malheureusement que trop bien.

Le deuxième gendarme, suivi de Mathilde, arrivait maintenant dans la chambre, tandis que, réveillée par tous ces cris, la jeune Amélie se montrait à son tour dans l'embrasure.

— Il faut donner l'alerte ! ordonna son aîné. Et faire venir au plus vite ce vieux docteur.

Mathilde semblait sur le point de défaillir, les deux mains jointes devant son visage, les yeux horrifiés.

Puis, il y eut le coup de sifflet, strident, déchirant la nuit par le milieu. Et, juste après, un coup de fusil retentit puis un deuxième.

— Bon sang ! Édouard !

Martial redescendit l'escalier au pas de course, au risque de se rompre le cou. Il n'était pas parvenu à la porte qu'il entendit résonner les sabots d'un cheval et les roues ferrées d'un attelage sur le pavé mouillé de la cour. Il ouvrit la porte pour voir l'ombre du cabriolet d'Antoine Guiraud disparaître dans le long chemin. Il courut, appelant Édouard, sans obtenir de réponse. Passé le coin de l'étable, il vit la lampe tempête au sol, renversée, éclairant de son halo déformé une masse sombre, enveloppée dans une capote de pluie trop grande, couchée à ses côtés. Martial le crut mort. Il se précipita vers Édouard dont le visage était en sang. Le fiancé de Camille remua au moment même où Martial se penchait sur lui. Il retrouva assez vite ses esprits. L'arcade sourcilière droite était ouverte.

— Je l'ai raté, s'excusa-t-il. Nom de Dieu ! Je l'ai raté !

— Vous avez vu qui c'était ?

— Non. J'ai cru apercevoir une ombre le long du mur de l'étable qui essayait de se glisser vers la grange. C'était trop rapide pour que le faisceau de la lanterne ne l'attrape. Tout s'est passé très vite ensuite. J'ai voulu donner l'alerte mais j'ai vu ce diable foncer sur moi. J'ai tiré à l'aveuglette et il m'est tombé dessus. Il a eu quelqu'un là-dedans ?

— Il s'en est pris à la mère. Mais elle vit encore.

Martial aida Édouard à se relever. Ce dernier sortit un mouchoir de la poche de son pantalon et le pressa contre sa blessure qui saignait toujours.

— Il faut le poursuivre, dit-il, chancelant un peu, tandis que Martial le soutenait.

— Il a volé notre attelage, nous sommes à pied.

— Il ne pourra pas descendre vers le village. Il ne lui reste que le col. On pourrait atteler la charrette.

— Essayez de trouver de quoi soigner ça, répondit Martial. Je m'occupe du cheval. Vous êtes sûr que ça ira ?

Édouard était robuste. Il se redressa.

— Dépêchons-nous, nous avons encore une chance de retrouver sa trace.

Il fallut dix bonnes minutes pour que Martial sorte le cheval de l'écurie, qu'il lui pose son harnais et qu'il l'attelle à la lourde charrette rangée dans un coin de la grange. Édouard était venu le rejoindre, le visage nettoyé et le mouchoir imbibé de rouge collé à son arcade par un bandeau de fortune fait d'un torchon de cuisine.

— Le plus jeune des gendarmes est parti vers le village, dit-il. Les renforts ne vont pas tarder. J'ai dit qu'on se dirigerait vers le col, à la poursuite du cabriolet noir.

Il ramassa le fusil de Pierre qui était resté au sol. Ils n'avaient ni l'un ni l'autre de quoi le recharger alors il le posa contre une balle de paille. Ils se contenteraient de leurs manches de pioches.

Leurs deux lanternes suffisaient à peine à éclairer la route devant eux. Ils poussèrent néanmoins le cheval au trot. La pluie cinglait leurs visages, la vitesse ayant rabattu leurs capuches respectives. Ils commencèrent ainsi à remonter vers le col mais Martial stoppa subitement la charrette au beau milieu de la route.

— Il n'aura aucune intention de basculer de l'autre côté du col. Il peut juste chercher à abandonner le cabriolet le plus près possible du village et finir ensuite à pied.

— Il va utiliser les chemins forestiers.

— Il faut retrouver l'endroit où il va abandonner l'attelage. Il a trop d'avance sur nous pour qu'on puisse espérer le rattraper sauf en ayant beaucoup de chance. Mais il aura peut-être laissé des indices dans le cabriolet. Et avec cette pluie, les chemins de terre vont forcément porter la marque de son passage.

Martial relança la charrette sur la route avant de bifurquer vers le chemin qui partait vers le village, celui qui passait devant l'ancien moulin puis par le hameau des Buissonniers, et auxquelles la plupart des autres chemins venaient greffer leur ramification, comme des branches à un tronc d'arbre. La première de ces branches s'avéra être la bonne. La piste qui longeait les terres de Cassagne et qui montait au Pas-du-Diable démarrait juste avant le premier pont, sur leur gauche. La lueur de leurs lanternes fut cette fois suffisante pour leur permettre de distinguer, fraîchement gravés dans la boue, les deux traits rectilignes des roues et les empreintes du cheval.

— Il est passé par là ! On peut encore l'avoir Martial !

Martial manœuvra pour suivre les traces. Leur cheval peinait de plus en plus dans la piste boueuse dans laquelle s'enfonçait la lourde charrette. D'autant plus que la pente se faisait plus marquée. À leur droite, ils entendaient la rivière qui dévalait bruyamment, gonflée par la pluie qui n'en finissait plus. Dans la lueur des lanternes, on pouvait toujours suivre les marques laissées par le cabriolet. L'avance qu'il avait prise devait être maintenant relativement conséquente.

Mais, alors qu'ils parvenaient au pont de bois situé au pied du Pas-du-Diable, ils virent tous les deux en même temps l'attelage. Celui qu'ils poursuivaient avait voulu passer par le pont pour emprunter ensuite la piste qui redescendait droit sur le hameau des Buissonniers. La pente après le pont était sévère, ornée de pierres saillantes et de racines découvertes. Mais ce n'était pas cela qui avait stoppé sa marche, c'était le pont lui-même. Il n'avait pas résisté au poids et une des planches s'était cassée, emprisonnant une des roues dans un trou béant, au-dessus de la rivière en colère.

Édouard et Martial mirent pied à terre. Le vieux cheval de l'ancien maire patientait sous la pluie, placide. La lanterne habituellement fixée au montant du banc avait été enlevée. Ils firent le tour de l'attelage. Puis Martial s'avança de quelques pas dans la pente, jusqu'à l'endroit où l'on pouvait accéder au Pas-du-Diable.

— Il est là-dedans ? demanda Édouard.

— Ou bien il est en train de courir vers le village et nous n'avons plus qu'à espérer qu'il se fasse ainsi repérer. On va rester ici pour vérifier la première option. Il se pourrait qu'il en profite pour nous filer entre les doigts. Si on s'avance là-dedans, il peut être caché quelque part et attendre pour récupérer la charrette.

— Vous avez raison. Je vais suivre la sente. Vous, vous suivrez le ruisseau au fond du ravin. Sans trop vous éloigner du pont. S'il veut revenir par là, barrez-lui le passage.

Édouard montra le manche de pioche.

— Il ne me surprendra pas deux fois de suite, je vous le promets.

— J'ai toujours mon sifflet. Si je l'utilise, c'est qu'il vient vers vous. Ne le ratez pas ! Ça va aller ?

Instinctivement, Édouard porta la main à son front.

— Je crois que je ne saigne plus, dit-il, et il retira son bandeau et le mouchoir entièrement maculé de rouge. Faites attention à vous, Martial. Il ne se laissera pas prendre sans opposer de résistance.

Martial hocha la tête. Puis, il attrapa sa lanterne, son manche de pioche et s'élança dans la piste qui montait au Pas-du-Diable.

25

Martial tenta de se faufiler le plus vite et le plus discrètement possible entre les pierres détrempées. Il ne tarda pas à arriver au gros rocher qui surplombait le ravin, là où on avait sans doute jeté le corps de Louis Bascoul. Plus bas, il apercevait la lueur de la lanterne d'Édouard qui avançait plus lentement le long du cours d'eau. Il eut beau scruter la nuit vers l'amont, il ne vit pas d'autre lumière. Il remonta alors par la forêt, pour retrouver la clairière plantée de jonquilles, et l'ouverture vers la grotte des frères Pujol. Il voulait juste vérifier, par acquit de conscience.

Il s'allongea par terre et rampa sous le premier rocher. Quand il fut tout près de la brèche dans le sol, il réduisit l'intensité de sa lampe. Il continua de ramper jusqu'à pouvoir passer la tête et les épaules. Un nouveau frisson glacé parcourut son corps. Il y avait de la lumière dans la caverne.

L'amas rocheux lui masquait le bas, mais il le sentait là, tout près de lui, à quelques mètres à peine. Il se laissa alors glisser jusqu'au premier palier dessiné par l'escalier de granit. Dire qu'il ne fit aucun bruit serait faux, mais il fit du mieux qu'il put. Ce ne fut hélas pas assez. En bas, il entendit soudain un remue-ménage paniqué, des pas, l'anse métallique de la lanterne et la lumière qui se mit à danser sur les parois avant de s'estomper. Il se redressa, sauta sur le deuxième palier et vit la lueur qui s'enfuyait par le tunnel.

Il remit sa lampe au maximum et descendit le plus rapidement possible. L'eau semblait dégouliner de partout, et la roche en était glissante. Il finit par déraper et se retrouva à dévaler les quelques mètres qui lui restaient sur le dos. Par chance, il ne se blessa pas et put courir jusqu'à l'entrée du tunnel. Sans hésiter, il s'y engouffra.

Tout bruit semblait étouffé. Le faisceau de sa lanterne se cognait dans les parois et renvoyait une blancheur éblouissante. Il progressait à longues enjambées, le corps un peu en travers pour ne pas être gêné par l'étroitesse de la galerie. Il fut bientôt au niveau du virage en angle droit, quand le tunnel redevenait parallèle au ruisseau. À ce moment, il entendit à la fois la détonation et sentit les éclats de pierre lui cingler les jambes et les mains, tandis qu'ils rebondissaient sur la toile épaisse de sa capote. La lanterne sauta de sa main et vint se briser contre la pierre. Il y eut une deuxième détonation sur sa droite, mais il avait déjà fait un pas en arrière et il entendit les plombs venir s'écraser contre le granit.

Allongé au sol, Martial rampa pour tâcher de voir ce qui se passait à l'autre bout du tunnel. Il vit juste la lueur de la lampe s'estomper dans la petite caverne qui en marquait la deuxième entrée. Le fuyard était en train de sortir par le puits. Dans le noir, les mains en avant, Martial s'élança dans la galerie rectiligne. Il alla le plus vite possible, espérant qu'aucun obstacle ne viendrait le faire choir. Il ne fut pas loin de tomber quand, juste avant la caverne de l'entrée, il buta dans quelque chose qu'on avait laissé au sol. Il se rattrapa de justesse. À tâtons, il devina un fusil abandonné là. Il s'en saisit et tenta de trouver la sortie.

Heureusement, ses souvenirs des lieux étaient intacts. Il ne tarda donc pas à repérer l'ouverture au ras du sol et se glissa jusqu'au puits. Il sentit à nouveau la pluie sur sa tête et son visage et, bien que la nuit fût noire, elle était moins obscure que la galerie qu'il venait de traverser. Il parvenait à distinguer les formes des arbres et des rochers, même la ligne du sol devant lui quand il s'extirpa du trou.

Avant même de se relever, agenouillé dans la boue et les feuilles mortes depuis longtemps, il aperçut l'éclat de la lanterne qui courait entre les rochers, vers le haut. Il porta son sifflet à la bouche et souffla aussi fort qu'il put. Sur l'autre rive du ruisseau naissant, on distinguait maintenant le halo de la lanterne d'Édouard qui rebroussait chemin vers le pont. Il le bénit d'être si prompt à réagir.

Martial se mit debout et avança un peu. Il distingua plus nettement la silhouette encapuchonnée de son ami qui courait, la lampe tempête virevoltant au bout de son bras, et qui allait empêcher toute sortie du Pas-du-Diable. Il devait s'élancer à son tour, guidé par la lueur de celui qu'il poursuivait. Il savait le terrain troué de partout, il savait pour les pièges mortels qui l'attendaient à chacune de ses foulées. Mais il n'avait pas le droit d'échouer. Il devait pousser le fuyard à se jeter dans la gueule du loup.

Dans la mesure du possible, il se lança dans sa poursuite en passant par les rochers, sautant de l'un à l'autre, essayant de ne pas déraper à nouveau. C'était le seul moyen d'éviter de se retrouver au fond d'un des gouffres. Devant lui, la lumière apparaissait puis disparaissait. Il aperçut la silhouette qui zigzaguait entre les blocs de granit, une silhouette longue, effilée, quelque chose sur la tête, peut-être une casquette ou un bonnet. Bizarrement, leur homme n'avait pas tant d'avance que cela sur lui et, malgré la progression très hésitante de Martial, il ne parvenait pas à creuser l'écart.

La lumière était maintenant passée derrière un amas rocheux. Elle se reflétait sur les troncs des sapins et des chênes tordus en lisière de la forêt. Puis, la silhouette noire ressurgit, perchée sur un rocher, lanterne à la main. De là où il se trouvait, Martial la vit sauter vers un autre rocher sur sa droite, puis un autre devant elle. Il la vit glisser, perdre ses appuis. La lanterne fut secouée dans tous les sens. Les deux bras s'agitèrent et elle se décrocha pour tomber devant. Juste assez pour éclairer la chute de la silhouette qui sembla happée par ce qui se trouvait au milieu de ces trois rochers. Il n'y eut pas le moindre cri mais l'écho d'un choc, puis de deux, trois, quatre, contre une paroi. Il y eut un dernier bruit sourd, venant des profondeurs de la terre. Puis à nouveau le silence martelé par la pluie fine.

Avec prudence, Martial serpenta pour s'approcher. La lanterne brûlait toujours malgré sa chute et lui donnait un point de mire. Il passa par la gauche, au ras des arbres. Dans son souvenir, il n'y avait pas de puisard par là. Il finit par parvenir sans encombre à l'endroit où il avait vu chuter celui qu'il pourchassait.

Trois gros rochers arrondis semblaient se déverser vers la bouche d'un cratère large de deux bons mètres, comme une sorte d'entonnoir. La lanterne décrochée du cabriolet s'était coincée dans une fente en tombant mais ne tenait que par un équilibre précaire. Ses feux venaient rebondir sur chacune des faces, dégoulinantes d'eau. Martial posa le fusil contre un tronc et monta sur le premier rocher. Il essaya de s'avancer au-dessus du trou, mais il ne pouvait rien voir. Alors, il prit son élan et sauta sur le bloc de droite, assez loin pour retomber au-delà de son sommet. Il manqua de glisser de l'autre côté mais parvint à rattraper son équilibre grâce à son manche de pioche. Il se retourna pour faire face au vide. Le trou devenait rapidement noir. Il paraissait très profond.

— Oooh ! cria-t-il en s'accroupissant.

Sa voix sembla se perdre dans la crevasse. Il répéta son appel, sans aucun écho. Il lui fallait de la lumière, plus de lumière. Il lui fallait la lanterne.

Il prit donc à nouveau son élan pour sauter vers le troisième rocher. Au moment où son pied d'appui donnait son impulsion, il dérapa. En l'air, Martial comprit qu'il serait trop court, qu'il retomberait sur la mauvaise face de sa cible. Ses deux pieds n'atteignirent effectivement que le versant du rocher qui coulait vers le puits. Pendant un bref instant, il crut au miracle, il crut qu'il ne glisserait pas. Mais il sentit rapidement ses semelles perdre leur adhérence, son corps attiré vers le vide. Il lâcha le manche de pioche qui tomba dans le trou et se jeta la face contre la roche au moment où ses deux pieds se dérobaient en même temps. Tout son corps glissait maintenant, ses pieds patinaient et trouvèrent bientôt le vide sous eux. De ses doigts crispés, il essaya de s'agripper au rocher, mais rien n'y fit. Il allait tomber. Il allait rejoindre l'assassin qu'il tentait de cerner depuis près d'une semaine au fond de ce trou. Combien y avait-il sous lui ? Dix mètres ? Peut-être plus !

Quand ses jambes furent tout à fait dans le vide, il trouva une aspérité sous sa main droite. Sa lente chute s'arrêta. De la main gauche, il trouva une fente, celle qui prolongeait la cassure dans laquelle s'était coincée la lanterne. Il s'agrippa de toutes ses forces. Il était malheureusement trop avancé dans la bouche béante pour espérer pouvoir remonter. Ses jambes battaient dans le vide sans trouver aucun appui. Son salut ne reposait que dans la force de ses bras et dans ses cris à destination d'Édouard, qui devait être déjà rendu au pont, si loin, peut-être même trop loin pour l'entendre.

Combien de temps pouvait-il tenir comme cela ? Il eut en fait la réponse assez vite. Elle lui vint du bas de son dos. Il commença à sentir le pincement dans le canal lombaire, un pincement hélas familier. Bientôt, la douleur allait se répandre, jusqu'à devenir insupportable. Il serait obligé de lâcher. C'était une question de secondes. Il se demanda si sa chute serait douloureuse, s'il sentirait le fond arriver juste avant de s'écraser. S'il s'en sortait ce coup-ci, il y aurait forcément des séquelles. Il pensa à ses jambes, à sa colonne vertébrale. Il se revit dans cette école transformée en quartier général, quand le sifflement de l'obus s'était rapproché, quand il avait compris que celui-là était pour eux. Il avait levé la tête vers le plafond, comme s'il allait voir surgir la bombe entre les poutres. Il s'était demandé, pendant une fraction de seconde, ce qu'il allait ressentir au moment de l'explosion. Après, il y avait eu le chaos. Il avait senti la maison lui tomber dessus, les murs s'étaient affaissés d'un trait pendant que lui restait, immobile, debout sur le sol remué de soubresauts interminables. Puis ce poids énorme sur les épaules, qui l'avait obligé à se mettre à terre. Et le noir, et la poussière qui rentrait par sa bouche et ses narines qui l'étouffait. La douleur au dos avait ressemblé d'abord à un coup de poignard, un long poignard, à la lame très effilée, qui venait fouiller profond jusque dans sa moelle épinière. Puis, elle s'était transformée en sensation d'écrasement, l'écrasement de cette poutre tombée en travers et qui maintenait une petite cavité précaire entre les débris, cavité dans laquelle il vivait toujours. Le seul à vivre encore. Il avait attendu vingt heures avec cette douleur. Tant qu'il avait mal, il savait qu'il allait vivre. Si elle avait disparu, il se serait vraiment inquiété.

Le destin faisait qu'aujourd'hui, c'est de cette douleur qu'il allait sans doute mourir. Le poignard si fin entre ses reins tuait petit à petit la force de ses bras. Camille dormait dans la chambre d'Édouard, au premier étage de l'ancien moulin. On la réveillerait tout à l'heure pour lui dire… Quand il sentit que sa main droite lâchait prise, que ses doigts engourdis ne répondaient plus, il ne put s'empêcher, il hurla son prénom à la nuit :

— Camille !

Dans la lueur de la lanterne, il vit sa main gauche lâcher à son tour et il sentit son torse glisser sur la paroi humide et froide.

— Camille !

Une deuxième fois, la dernière. Du coin de l'œil, il lui sembla apercevoir quelque chose dévaler sur sa droite. Il entendit une masse glisser rapidement vers lui. Et soudain, on lui attrapa le bras. Une main solide, forte. Il leva la tête. Édouard grimaçait pour le tenir. Son autre main était calée en haut du rocher.

— Accrochez-vous, Martial ! Nom de Dieu, accrochez-vous !

Le poignard planté fut moins fort que sa volonté de vivre. Il parvint à ignorer la douleur et, de sa main gauche, agrippa le bras d'Édouard. Un de ses pieds trouva rapidement la paroi. De la pointe de sa chaussure, il finit par se caler dans une prise. Puis une autre, avec l'autre pied. Son buste toucha à son tour le roc, puis ce furent ses coudes, ses avant-bras.

Édouard l'aida à s'extraire du puits. Ensemble, ils basculèrent de l'autre côté du rocher et restèrent allongés un moment, à bout de souffle.

— Merci, finit par dire Martial. J'ai cru que…

Édouard ne s'embarrassa pas de cérémonial.

— Où est-il ?

— Il est là-dedans. Il est tombé dans ce trou.

La douleur dans le dos de Martial s'estompait rapidement. Il s'entendait encore appeler Camille alors que le fiancé de celle-ci se précipitait, au risque de se faire piéger à son tour, pour le sauver. Il regarda Édouard, encore essoufflé à côté de lui. Ce dernier se contentait de hocher la tête.

— S'il est là-dedans, il n'est pas près d'en sortir. Vous l'avez eu, Martial !

— Je n'ai eu personne. Il était en train de m'échapper. Il est peut-être encore en vie et, s'il y a un réseau de galeries comme là-bas…

— Il faut aller chercher les gendarmes alors. Allez-y. Je reste ici pour monter la garde. Ils réagiront plus vite si c'est vous qui leur dites.

Martial se releva. Il sentit une certaine pression dans le creux de son dos. S'il ne prenait pas garde les prochains jours, il se retrouverait à nouveau bloqué au lit. Il donna sa capote à Édouard qui s'était débarrassé de la sienne à la charrette. C'est là que Martial trouverait également son manche de pioche et sa lanterne.

— Je vous ai entendu crier, alors j'ai paré au plus pressé. J'ai tout posé, surtout cette fichue cape avec laquelle j'avais l'impression de ne rien voir et de ne rien entendre.

— Il y a un fusil là-bas derrière, lui indiqua Martial. Il n'est plus chargé mais on peut l'utiliser autrement. Je reviens le plus vite possible. Ne commettez pas la moindre imprudence. Et surtout, ne laissez personne approcher.

— Ni ressortir, sourit Édouard.

Il ne parvenait pas à se délester de la sensation de son corps suspendu dans le vide, prêt à tomber, ni de l'image de Camille, telle qu'il l'avait vue au moment où il avait pensé que tout était fini. Il sentait ses forces l'abandonner. Ses oreilles bourdonnaient. Il avait de plus en plus de mal à tirer sur les rênes et les soubresauts de la charrette devenaient un supplice. Quand il parvint au bout du chemin, il n'eut pas d'autre choix que de pousser jusqu'au moulin, chercher l'aide de Camille.

Il se rangea comme il put au bord de la maison endormie. Il descendit péniblement du banc et l'effort lui arracha même un cri de douleur. Courbé comme un petit vieux, il alla tambouriner à la porte d'entrée, tout en appelant Camille. Mais, cette fois, elle était là pour l'entendre. La cape gouttait sur la pierre du porche. Ses jambes tremblaient encore. Et rien ne semblait bouger à l'intérieur. Il cogna plus fort, cria plus fort, de plus en plus inquiet :

— Camille ! C'est moi ! Ouvre !

Il sentit un nœud se défaire dans sa poitrine quand il entendit les marches de l'escalier grincer, puis la voix de Camille de l'autre côté de la porte.

— Martial ?

— Oui, c'est moi. Tu peux ouvrir.

— Mon Dieu, il est arrivé quelque chose à Édouard ?

— Non. Édouard va bien.

Il entendit la clé dans la serrure et la porte s'ouvrit. Camille, enroulée dans une couverture de laine, les cheveux attachés, les yeux aussi grands que bleus, ses pieds menus recroquevillés par le froid, si inquiète, si pâle…

— Tu as l'air blessé. Que se passe-t-il ? Et où est Édouard ?

— Édouard est au Pas-du-Diable. Il attend que je lui envoie les gendarmes. Il me faut aller jusqu'à la ferme Gresse mais je n'arrive plus à conduire cette fichue charrette.

— Que fait-il au Pas-du-Diable ?

— Il surveille le trou dans lequel est tombé notre tueur. Je te raconterai plus tard. J'ai besoin de ton aide. Dépêche-toi !

— Mon Dieu ! Tu as vu dans quel état tu es ?

— C'est juste mon dos. Je n'ai pas le temps, Camille.

— Donne-moi juste deux minutes !

Elle s'élança dans l'escalier sans demander son reste. Martial, qui sentait l'humidité gagner tout son corps, s'approcha du poêle encore tiède. La pièce était plongée dans le noir. Au-dessus, il entendait Camille qui semblait déménager la maison. La tête lui tournait un peu. Il ne parvint pas à se rappeler depuis quand il n'avait pas dormi correctement. Il se sentait tout engourdi, quasiment vidé de ses forces.

Fort heureusement, Camille tint parole et fut rapidement prête. Avec elle à ses côtés, il retrouva un peu d'allant. Il lui donna la capote d'Édouard, vu qu'il était déjà mouillé de toute manière. Quelques minutes plus tard, ils pénétraient dans la cour de la ferme Gresse.

Ils y furent accueillis par une agitation sans nom. Le véhicule de la gendarmerie était garé en plein milieu et, juste à côté, il y avait le cabriolet du docteur Delcros. Il semblait y avoir des gendarmes partout. Tous convergèrent vers la charrette dès qu'elle fit son apparition.

— Mais où étiez-vous ? hurla le brigadier-chef depuis la porte d'entrée.

— Nous avons rattrapé l'homme qui s'est enfui par les toits.

Du coup, l'autre se calma immédiatement.

— Vous l'avez eu ? Où est-il ?

— Il est tombé dans un des puits du Pas-du-Diable. Monsieur Alexandre est resté là-bas pour surveiller. Il nous faut le rejoindre avec du matériel pour descendre dans le gouffre. Comment ça se passe ici ?

— La vieille femme est hors de danger. Le docteur est auprès d'elle. Il a réussi à arrêter l'hémorragie. Pour le reste, vous devriez rentrer voir... Excusez-moi de vous poser cette question, mais qui est cette jeune femme ?

— Mademoiselle Purseau, la fiancée de monsieur Alexandre. Je me suis blessé au dos pendant la poursuite et j'ai eu besoin de son concours pour venir jusqu'à vous.

Camille et Martial suivirent le brigadier jusque dans la maison. Ils trouvèrent Mathilde, effondrée sur la table, la tête entre ses bras repliés, les épaules agitées de sanglots. La porte de l'étable était restée ouverte. Sans un mot, le gendarme les devança jusque-là. On avait laissé une lanterne allumée près de la paillasse de Pierre Gresse. Celui-ci était toujours recroquevillé sous ses couvertures.

— C'est pas vrai ! gémit Martial. Il est mort ?

— Pire que ça, répondit le brigadier en s'avançant. Il souleva les couvertures, montrant un mélange de vieilles guenilles et de paille.

— Il n'est plus là ! La porte de l'étable a été déverrouillée. Dans le grenier au-dessus, il y a une trappe qui permet d'accéder au couloir des chambres. Il y a aussi la lucarne qui accède au toit que nous avons trouvée ouverte.

Martial voulut aller voir. Avec mille précautions, il grimpa à l'échelle pour se retrouver dans le grenier. Il y avait beaucoup de paille, de la paille partout, que l'on jetait en bas par des trous rectangulaires qui bordaient les murs avec un espacement régulier. Il trouva la lucarne percée dans le toit, désormais refermée. Le plancher juste en dessous était imbibé d'eau. Il vit la trappe qui se découpait dans le mur du fond, au ras du sol, cerclé par la lumière du couloir de l'autre côté. Il revint alors sur ses pas et redescendit au milieu des vaches.

Le brigadier-chef était en train de donner ses ordres. Puis, accompagné de quatre des hommes, il monta à bord du petit camion. Camille et Martial ouvrirent la voie, juchés sur la charrette des Gresse. Ils allèrent par le chemin de terre avec prudence, essayant d'épargner les essieux du véhicule qui pétaradait d'impatience derrière l'attelage. Ils retrouvèrent bientôt le pont usé, le cabriolet d'Antoine Guiraud bloqué là, et le vieux cheval toujours sous la pluie. Tout le monde mit pied à terre et on termina à pied, en file indienne dans le chaos rocheux du Pas-du-Diable. Il y avait tant de lanternes que la forêt semblait s'éclairer. Même le ravin, sur leur gauche, se révélait jusqu'à assez bas. Et Martial n'avançait plus que lourdement appuyé sur son manche de pioche, Camille le soutenant de l'autre côté.

Ils trouvèrent Édouard sagement assis près de l'entonnoir. Il se leva quand il les aperçut, puis ne put s'empêcher de se précipiter quand il vit Camille pour la prendre dans ses bras.

Martial expliqua comment les choses s'étaient passées, depuis la grotte jusqu'à la chute qui avait failli lui être fatale. Édouard rendit le fusil trouvé dans le tunnel, celui avec lequel on avait tiré sur Martial. D'après le brigadier, il pouvait s'agir du Robust appartenant à Michel Gresse, celui qui avait disparu la semaine précédente.

— Bien, maintenant il nous faut descendre là-dedans !

Sans plus tarder, il s'organisa avec ses hommes. On avait emmené deux longueurs de corde. Le plus jeune des gendarmes fut désigné pour descendre en rappel. On lui noua solidement une des cordes autour des hanches, l'autre bout solidement attaché à un arbre. Il vérifia son arme et on lui suspendit une lanterne autour du cou. Deux de ses collègues lui donnèrent du mou, déroulant petit à petit, au fur et à mesure qu'il s'enfonçait en marche arrière dans le gouffre. On continua à lui donner de la rallonge pendant un moment, un long moment. Puis, la corde perdit de sa tension et devint molle sur les rochers. Du fond du trou, un sifflement retentit.

— Il y est, commenta son supérieur.

On attendit encore. Presque une éternité. Puis, il y eut un nouveau cri.

— C'est bon, on le remonte.

Les deux gendarmes tirèrent sur la corde, coordonnant leurs efforts. Leur jeune collègue finit par revenir à la lumière. On l'écarta du trou avant de lui poser la moindre question.

— Il y a un gars en bas, annonça-t-il froidement. Raide mort. Il ne pouvait pas en réchapper, il y a pas loin de quinze mètres, avec des estocs rocheux tout du long. Il a dû se fracasser le crâne avant même d'arriver en bas.

Mais, ne connaissant aucun habitant du village, le jeune homme était incapable de dire de qui il s'agissait.

Martial était allé s'asseoir un peu à l'écart pendant qu'on s'activait pour remonter le corps. La douleur dans son dos commençait à se faire plus discrète. Il n'avait même pas remarqué qu'il avait cessé de pleuvoir. Camille et Édouard vinrent le rejoindre. Aucun des trois ne parla, les yeux fixés sur le cercle rocheux, illuminé par une demi-douzaine de lanternes, et les cordes qui s'agitaient, pendues dans le cratère. Il était plus de quatre heures. Le maire avait rejoint les gendarmes. Quelques villageois lui avaient emboîté le pas mais on leur ordonna de se tenir à distance, pas plus loin que le pont. Christophe Maraval montra pour l'occasion une bonne dose d'autorité, parvenant à faire reculer tout le monde *manu militari*. Seul le docteur Delcros fut autorisé à passer.

— Ça y est, on le remonte ! lança le brigadier-chef à l'intention de Martial.

Les deux gendarmes tirèrent en même temps sur les deux cordes, ahanant sous le poids mort qu'ils devaient soulever. À plusieurs reprises, le cadavre se coinça contre un des estocs. Les deux autres gendarmes, qui étaient descendus au fond, durent s'employer pour le débloquer. Bientôt, il fut plus aisé de tirer.

— Je le vois, annonça le brigadier, prudemment penché au-dessus de l'entonnoir.

Et, dans la lumière des lanternes posées en cercle, on vit apparaître le crâne ensanglanté et ouvert de Pierre Gresse.

On l'allongea sur le premier replat qu'on avait trouvé. On avait ensuite approché deux lanternes tandis qu'on aidait les deux gendarmes à sortir du puits. Le docteur Delcros fit signe à Martial de le rejoindre.

— Voudriez-vous bien m'assister, s'il vous plaît ? Je crains fort de ne plus avoir les yeux en face des trous.

Le crâne était fracturé sur le côté. Une fracture profonde et sans aucun doute fatale. Les vertèbres semblaient intactes au toucher, au contraire du bras droit cassé en deux endroits. Ses vêtements sentaient le chloroforme qu'il avait utilisé plus tôt.

— Il est encore tiède, annonça lugubrement le vieil homme épuisé.

Il écarta la veste en toile et le gilet de laine. Il mit au jour un poignard militaire dans son étui, enfilé dans la ceinture du pantalon. Il retira le couteau pour faire apparaître une lame encore tachée de sang. En le dénudant davantage, ils virent qu'une des côtes cassées était venue perforer son flanc.

— Vous n'avez rien trouvé d'autre en bas ? demanda-t-il aux deux gendarmes couverts de boue qui venaient de s'extirper du trou.

— Il y avait cette casquette, dit le plus jeune en la sortant de sa poche.

Martial reconnut le couvre-chef de Pierre, gorgé d'eau.

Puis, il s'écarta pour laisser les gendarmes ranger leur matériel. Le docteur Delcros s'approcha de lui.

— Je ferai une autopsie plus détaillée à mon cabinet. Mais là, j'ai besoin de dormir un peu. Je crois, de toute manière, que les conclusions sont claires.

— Comment va la mère Gresse ?

— Elle est hors de danger. Il a raté son coup cette fois-ci. Il l'a endormie avec du chloroforme, ça, j'en suis certain. Il l'a peut-être même volé chez moi ou dans ma trousse. Il voulait la saigner à blanc elle aussi. Je ne comprends pas ce qui a pu le pousser à de telles ignominies.

— J'imagine que les inspecteurs toulousains auront tôt fait de le découvrir.

Martial ne cessait de regarder le mort. Il ne pouvait s'empêcher de se sentir coupable. Camille dut s'en apercevoir car elle s'approcha à son tour, glissant son bras sous le sien.

— Il est peut-être temps de rentrer, tu ne crois pas ?

Il hocha la tête. Lentement, il dégagea son bras.

— Oui, tu as raison. Rentrons.

Ils passèrent devant les villageois qui se tassaient au pont. On avait réussi à extraire le cabriolet du pont. Martial laissa Camille et Édouard monter à bord.

— Partez devant, je vous rejoindrai tout à l'heure. Je vais ramener la charrette chez les Gresse.
— Édouard peut rester avec toi si tu veux.
— Non, rentrez tous les deux, je vous assure. Allez vous coucher. Je ne serai pas très long.

Ils ne protestèrent pas. Juché sur la charrette, Martial les suivit jusqu'au bout du chemin. Il les laissa aller à gauche quand lui tourna à droite.

La cour de la ferme des Gresse était plus calme que plus tôt dans la nuit. Les deux mêmes gendarmes étaient restés dans la maison. Le plus âgé sortit quand il entendit la charrette approcher. Quand il reconnut Martial, il lui fit un geste amical de la main et repartit à l'intérieur.

Martial détela le cheval et l'emmena jusqu'à sa petite écurie. Puis, il entra à son tour dans la maison. Mathilde était toujours au même endroit, prostrée au-dessus de la table. Il s'approcha d'elle et posa sa main sur son épaule frêle.
— Je suis désolé, dit-il doucement.

Elle leva vers lui des yeux striés de rouge et cerclés de noir. Elle tenta un sourire timide et posa sa main sur la sienne, avant de se reperdre dans le vide et de se cacher à nouveau dans le creux de ses bras.

Martial prit une des lanternes pour aller dans l'étable. Il resta un moment à regarder la paillasse de Pierre et le subterfuge grossier censé prendre sa place sous la couverture mitée. Puis, il s'approcha de l'épaisse double porte par laquelle Pierre Gresse s'était enfui. Les deux verrous forçaient quand on les tirait, mais ils le faisaient en silence. En entrouvrant à peine un des panneaux, on pouvait se glisser aisément. À moins d'avoir une lanterne braquée sur ce pignon, Édouard n'avait eu aucune chance de le voir sortir. Ensuite, il remonta au grenier. Au passage, il souleva la lucarne après avoir débloqué la patte de fer qui la maintenait close. Il passa sa tête par l'orifice plutôt étroit. Il ne vit rien d'autre que les tuiles détrempées du toit. Enfin, il ouvrit la trappe qui donnait sur la maison. Oubliant la faiblesse de son dos, il rampa jusque dans le couloir. Dans la première chambre, Amélie était assise sur son lit, le visage plus que pâle. Elle serrait son oreiller contre sa poitrine, comme une petite fille effrayée. Un des gendarmes veillait dans la chambre de sa grand-mère assis dans un coin, à la lumière d'une lampe à pétrole. La vieille femme dormait, les poignets serrés dans deux bandages épais.

Martial redescendit par l'escalier. Il déposa la lanterne et prévint qu'il s'en allait. Mathilde ne réagit pas. Il sortit, remarqua que le laitier n'était pas passé pour ramasser les bidons pleins. Les porcs grognaient derrière le portail à glissière. Il se demanda qui allait bien pouvoir s'occuper de tout ce travail désormais, de tous ces animaux.

Il avait froid maintenant dans ses vêtements humides. Il regarda une nouvelle fois les bâtiments de la ferme Gresse. Puis, il se décida finalement à rentrer.

26

Camille et Édouard étaient sans doute endormis, quand Martial revint au moulin. Il monta faire un brin de toilette et enfiler des vêtements secs. Puis, il prépara du café après avoir rallumé le feu. Il manquait certes de sommeil mais il savait qu'il ne pourrait dormir. Il ne cessait de voir la silhouette de Pierre Gresse basculer dans ce trou, par sa faute. Il ne cessait de sentir le souffle de la mort sur sa nuque, lui qui l'avait côtoyée de si près au-dessus de ce même trou. Quand il fut réchauffé, il ressortit en essayant de faire le moins de bruit possible.

Le jour qui se levait s'annonçait moins gris. Les nuages étaient hauts dans le ciel et on devinait qu'ils allaient se disperser dans la journée, permettant au soleil de refaire une percée. Il lui restait encore un peu de temps avant que les inspecteurs n'arrivent au village. Il lui fallait absolument remonter au Pas-du-Diable. Édouard avait dételé le cabriolet et Martial ne se sentit pas le courage de recommencer l'opération inverse. Il irait à pied.

Il choisit de passer le long de la rivière, ce qui lui

évitait de traverser le hameau des Buissonniers. Tout en marchant, il ressassait les événements de la nuit. Il ne comprenait pas le plan de Pierre. Pourquoi s'était-il enfui quand il lui aurait suffi d'aller se recoucher après avoir attaqué sa nièce ? Et, à ce sujet, alors qu'elle était à sa merci, comment avait-il fait pour lui laisser une chance de s'en sortir ? Enfin, se pouvait-il que le fils Gresse cache à ce point son jeu qu'on ne puisse l'imaginer en cerveau de toute cette sombre histoire ?

Quand il arriva au pont de bois, avec sa planche cassée, il trouva un gendarme laissé là en faction jusqu'à nouvel ordre. C'était un de ceux qui étaient là la nuit dernière et qui avaient tiré les cordes. Il reconnut Martial et le salua comme s'il s'agissait d'un officier.

— On est plusieurs à penser que vous avez fait un boulot terrible cette nuit. Vous avez évité qu'il y ait un autre drame.

Martial lui lança un sourire paresseux en guise de réponse. À ses yeux, la nuit avait été dramatique.

— Je voudrais aller jeter un œil et récupérer ma lanterne, vous croyez que c'est possible ?

— Bien entendu, si vous promettez de ne toucher à rien d'autre. Sinon, je vais avoir des ennuis.

Martial promit.

Il s'engagea donc dans la piste, grimpa à nouveau entre les grosses pierres saillantes jusqu'à se trouver en bordure du ravin. Il suivit celui-ci jusqu'au niveau du gouffre où tant de choses s'étaient passées. Les gendarmes avaient laissé là deux lanternes et les deux cordes, enroulées et posées sur un rocher. Martial prit l'une des lanternes et continua jusqu'au puits qui permettait d'accéder au tunnel. La nature s'éveillait doucement. Après le chaos des heures précédentes, il y avait un silence bienvenu et le site paraissait paisible et innocent.

Quand il se trouva dans la première caverne, il alluma la mèche de la lanterne. Devant lui, il vit au sol les deux cartouches vides tirées par Pierre Gresse. Il se contenta de les regarder mais ne les toucha pas. Puis, il remonta la galerie jusqu'à trouver la lampe tempête cassée. Il la laissa. Il reprit enfin sa marche pour finir dans la grande grotte.

Il cherchait à comprendre pourquoi Pierre était venu se réfugier là. Il y avait bien une raison. Il finit par comprendre en fouillant la caverne. Dans un coin, il trouva un enchevêtrement de plusieurs solides cordes. Plusieurs extrémités étaient faites de nœuds coulants qui étaient restés lâches. La fiole de chloroforme et le mouchoir qui en était imbibé étaient négligemment posés sur un des rochers surgissant du sol. Tout autour, répartis sur le sol, il y avait des ossements. Quelques ossements encore recouverts de terre. Martial recula d'un bond quand il vit les restes de Julien Pujol, horrifié de la mise en scène qui avait été préparée là.

Il choisit de repasser par le tunnel pour retrouver l'air libre. Il revint poser la lanterne près de l'entonnoir de granit, la bouche béante le faisant encore frissonner d'effroi. Mais il ne pouvait en rester là, à cette impression d'être une marionnette de chiffon suspendue par quelques doigts au-dessus du vide noir.

Pour se débarrasser de ce terrifiant épisode, il lui fallait aller voir, voir ce qu'il y avait dans ce vide.

Il noua solidement une des cordes au tronc d'arbre le plus proche. Il la laissa ensuite tomber dans le gouffre. Il ralluma la lanterne et l'accrocha à la ceinture de son pantalon de toile. Son dos était fragile, il le sentait, mais son obsession était la plus forte, et il se laissa glisser dans le trou.

Il descendit prudemment, s'aidant au maximum de ses pieds le long de la paroi torturée par une succession de creux et de bosses. Les prises ne manquaient pas, mais restaient mouillées et donc glissantes. Une odeur de plus en plus forte d'humidité remontait de ces entrailles. On entendait un mince filet d'eau s'écouler en faisant résonner un tintement froid et lisse. Le jeune gendarme n'avait pas exagéré : il y avait bien quinze bons mètres pour retrouver le fond. La cuvette n'était plus très large, peut-être deux pas de diamètre. Un morceau de tronc d'arbre cassé était venu tomber presque droit et semblait planté là. En levant la tête, on ne voyait qu'un rond de lumière pâle tout en haut. Le sol était fait d'un roc dur et poisseux à la fois. La rigole d'eau traversait, arrivant et s'échappant par une faille à chaque fois minuscule. En approchant la lampe, Martial vit les traces de sang sur la paroi, sur le sol, même sur le bas du tronc presque pourri. Quelques traces, pas bien épaisses et très éparpillées. Il avait maintenant mis une image du vide qui avait voulu le happer. Il sut qu'il n'aurait pu réchapper de sa chute.

En remontant, il réveilla sa douleur au dos et dut redoubler de prudence et de patience. Il parvint néanmoins à sortir de là sans embûche. Il remit la corde et la lanterne à leur place et se décida à quitter le Pas-du-Diable, qui n'avait jamais aussi bien porté son nom.

Les inspecteurs Cabanes et Marsan arrivèrent au village au volant de leur voiture au moment même où Martial descendait dans le gouffre. Ils reprirent immédiatement les rênes de l'enquête et commencèrent par assister à l'autopsie pratiquée par le docteur Delcros. Ils montèrent ensuite jusqu'à la ferme Gresse, accompagnés des gendarmes. Ils auscultèrent tous les lieux clés. Quand ils purent interroger la mère Gresse, elle refusa d'abord de leur décrocher le moindre mot, complètement prostrée dans son lit, un regard haineux à jamais gravé au milieu de sa figure. À peine avait-elle fini par grogner qu'elle ne se souvenait de rien, peut-être d'un vague souvenir d'étouffement, mais elle n'en était pas sûre. Mathilde n'avait rien entendu, tout comme les deux gendarmes chargés de la surveillance de la maison. Amélie, sous le coup des calmants, dormait profondément au moment des faits et ne pouvait apporter le moindre témoignage.

Ils montèrent ensuite jusqu'au Pas-du-Diable. Le brigadier-chef les guida jusqu'à la grotte débusquée par Martial. Ils relevèrent la corde à double nœud, le chloroforme et les ossements. Dans le tunnel, ils récupérèrent ensuite la lanterne brisée et les deux cartouches. Le fusil qui avait été utilisé était bien celui de Michel Gresse. Ils ne furent de retour au village qu'en début d'après-midi.

Leur attitude avait changé, beaucoup plus sobre et professionnelle, moins arrogante. Sans montrer la moindre rancune, ils écoutèrent le récit que leur firent Martial et Édouard. Puis, ils demandèrent même à Martial la façon dont il voyait les choses, ainsi que les autres indices qu'il avait pu collecter. Ils s'en aidèrent fortement pour bâtir leurs conclusions.

Enfin efficaces, ils purent livrer celles-ci en fin de journée. Martial fut invité à se joindre à la petite assemblée qui fut convoquée à la mairie. Le cataplasme imbibé de la potion que lui avait vendue Aimé Ramond, et que Camille lui prépara, ne fut pas le remède miracle annoncé, mais la chaleur qu'il dégagea le soulagea des résidus de sa douleur de la veille. La position assise ne lui fut donc pas trop pénible. Pierre Gresse était donc déclaré coupable de trois meurtres et d'une quatrième tentative qui avait échoué. Le mobile avait été simple à trouver, dans le cabinet du seul notaire de Brassac : il aurait pu devenir le seul héritier de toute la ferme mais surtout d'un sacré pactole mis au chaud au Crédit Agricole. Il voulait partir du village, tenter à nouveau sa chance avec cette si belle femme qui ne l'avait épousé que par défaut. Il s'agissait d'argent, tout bonnement d'argent et de liberté. Il avait inventé toute cette histoire de vengeance d'outre-tombe pour masquer le véritable mobile. La mort de Louis Bascoul faisait partie de la mise en scène. Tout le monde était parti du principe que le valet de ferme n'était jamais arrivé jusque chez lui, le soir de sa disparition. Mais ce n'était peut-être pas le cas, sans doute même, vu que les frères Gresse avaient été vus jusqu'à assez tard ce soir-là, en train de jouer. Pierre était venu le chercher dans son lit, en pleine nuit, pour lui ordonner de le suivre jusqu'au Pas-du-Diable.

Les arguments qu'il avait dû utiliser ne pouvaient être connus mais le vieux Bascoul lui avait obéi. Là-haut, dans cette caverne, il lui avait fait passer un sale quart d'heure avant de le tuer, exactement comme Martial avait deviné. Puis, le cadet des Gresse avait attendu son heure, laissant la mort du valet de ferme faire son effet sur tout le monde chez lui. Pour toucher le pactole, il lui fallait se débarrasser de son frère et de sa mère. Il savait déjà que sa nièce était déshéritée, Henriette Gresse ayant présenté au notaire la preuve qu'elle ne pouvait être sa petite-fille. Il a donc commencé par Michel. Il n'a peut-être pas eu besoin de se cacher dans la paille transportée par la charrette ce matin-là. Il a pu juste demander à son frère de faire un bout de chemin avec lui, profitant de l'attelage par exemple pour rejoindre les champs du haut. Le reste du plan était là aussi similaire à ce que Martial avait dit. Simplement, plutôt que de descendre jusqu'au village, caché sous la charrette du laitier, il s'était laissé choir juste avant le grand virage qui dévale ensuite vers le pont de la scierie. Avec la neige, Serge Cals avait dû ralentir, juste là où commence le chemin qui conduit ensuite à la ferme des Gresse. Le meurtre d'Yvonne relevait également de sa mise en scène. Il ne lui était utile qu'à cette fin. Elle était là le soir où le jeune Pujol avait été enfermé dans la porcherie, elle aussi devait être victime de cette vengeance. Libre de ses mouvements, surtout depuis qu'il dormait tout seul, il l'a suivie jusqu'à la cabane du Cassaïre. Dans la matinée, il avait dérobé le mot qu'elle avait laissé pour son amant, qui ne pouvait donc pas venir au rendez-vous. Quand elle l'a vu entrer dans cette fameuse cabane, Yvonne n'a pas été effrayée. Il est venu pour lui dire ce qu'il pensait de son attitude, si peu de temps après la mort de son mari. Mais elle savait comment l'amadouer, c'est comme pour les autres hommes. Elle l'a invité à la rejoindre sur son lit de fortune, pour lui offrir un peu de ce qui lui manquait. Il l'a tuée ainsi offerte à lui. Il a essayé de ne laisser aucun indice jusqu'à effacer les empreintes de pas sur la terre battue. Il est ensuite rentré chez lui sans que personne ne s'aperçoive de sa disparition. Puis est venue cette nuit funeste, qui devait conclure son plan. Sachant que la surveillance allait se renforcer autour de sa famille, il lui a fallu terminer sans plus tarder. Il a simulé une ivresse telle, qu'elle a fini par l'envoyer dans les bras de Morphée. Puis, passant par le grenier puis la trappe, il a rejoint la chambre de sa mère endormie. Il l'a anesthésiée avec du chloroforme et lui a taillé les veines avec son couteau de soldat. Il est ensuite reparti par le même chemin, ouvrant au passage la lucarne du toit. Il pensait peut-être que l'histoire de la mule suffirait pour que l'alerte soit donnée et que, dans la panique, la surveillance se relâche. Mais, cela n'a pas fonctionné comme il le voulait. Il n'a pu se faufiler hors de l'étable que lorsqu'il y a eu tout ce remue-ménage après qu'on a découvert sa mère ainsi blessée. La suite de son plan restait du même tonneau. Il lui fallait être innocenté. Il est donc monté en vitesse au Pas-du-Diable tout en laissant le cabriolet en évidence pour qu'on retrouve vite sa trace. Dans la caverne des frères Pujol, il avait déposé les ossements du petit Julien, qu'il avait lui-même déterrés. Le système de nœuds coulants qu'il avait mis en place lui permettait de s'attacher les bras et les jambes comme s'il était prisonnier. Sans doute avait-il prévu de se mutiler avec le couteau qu'il portait à la ceinture. On l'aurait retrouvé là, blessé, dans les restes du jeune Pujol. Le chloroforme et le couteau laissés là par l'assassin : il aurait parlé d'un enlèvement, de quelqu'un qui, passant par les toits de l'étable, se serait introduit dans celle-ci, aurait tenté de tuer sa mère avant de l'enlever lui, inconscient de son trop-plein d'alcool, et d'achever la vengeance dans la grotte où tout avait commencé. Si monsieur de la Boissière n'était pas arrivé si tôt après lui, c'est la mise en scène sur laquelle il serait tombé. Pierre Gresse avait enrobé son histoire comme il le fallait pour créer l'illusion. Les lettres trouvées dans le grenier de l'école lui avaient bien fourni de quoi en écrire une autre, à sa propre femme, se faisant passer pour un Armand Pujol bien vivant. Les croix blanches plantées dans le bosquet, la veste de son frère jetée aux cochons... Tout concourait à laisser penser que le fameux grand frère s'en était sorti et qu'il était revenu pour leur faire payer à tous. Pouvait-on ensuite l'ennuyer au sujet de la mort de Julien ? Il ne restait plus aucun témoin de cette maudite soirée. Il pouvait dire qu'il n'y était pas. Seule Mathilde pouvait le contredire puisqu'il lui avait avoué la vérité. Mais, devenue riche et libérée de cette ferme, aurait-elle eu intérêt à le contredire ?

L'exposé de l'inspecteur Cabanes fut ainsi construit. Il reconnut l'importance de l'aide de Martial devant les gens présents dans la salle de réunion. Il le remercia même en lui serrant vigoureusement la main. Tout le monde se sépara ensuite, mais la satisfaction de savoir tout ce cauchemar terminé n'eut que peu de place dans les esprits de chacun, encore encombrés par toute l'horreur de la situation. Seuls les deux inspecteurs, qui savouraient à l'avance la célébrité qu'allaient leur accorder les journaux, ne cachaient guère leur contentement.

Après avoir été convié à entendre ce rapport, Martial demanda à accompagner le docteur Delcros jusque chez lui. Il voulait voir le corps de Pierre Gresse, dans la pièce aveugle attenante au cabinet. Sur cette table, il ne parvenait pas à sentir le cadavre d'un assassin. Il ne voyait qu'un homme au visage de cire, aux cheveux collés de sang. Il essaya d'imaginer Michel reconnaissant son frère dans celui qui venait de lui taillader les tendons et qui s'apprêtait à lui ouvrir le ventre. Il essaya d'imaginer Yvonne s'offrant à son beau-frère avant de sentir la lame du couteau pénétrer dans la chair de sa cuisse. Il n'y arriva pas. Il ne voyait qu'un pauvre type, écrasé par une mère tyrannique, détesté de celle qu'il avait réussi à épouser et qui lui refusait son lit, méprisé de tous, son frère aîné en tête. Il revoyait ses cigarettes mal roulées au coin de ses lèvres, ses yeux jaunis par l'alcool et la colère rentrée, le fusil qu'il avait posé sur la table pour se protéger du danger qui semblait le terrifier, alors que le danger, c'était lui.

Martial repartit ensuite vers le moulin, avec un sentiment métissé de culpabilité et de gâchis. Il ne fut pas un bon compagnon de table ce soir-là, et partit se coucher de bonne heure tant la fatigue le faisait ployer sous son poids. Il savait ce que signifiait la fin de l'enquête. Il savait qu'il lui fallait repartir. Il ne reverrait sans doute plus jamais Camille. Le goût dans sa bouche était décidément bien amer…

Pourtant, il s'endormit comme une masse dans ce lit qui l'accueillit comme un havre après la tempête. Si des fantômes tentèrent d'entraver son sommeil, ils vinrent se fracasser sur les murs épais de celui-ci, aussi épais que la somme de toutes ces nuits trop vite interrompues.

Quand il s'était réveillé, il faisait à nouveau jour. Sa petite chambre était baignée d'une lumière blanche et agréable. Il crut avoir dormi plusieurs journées tant son sommeil avait été profond et réparateur. Il n'en était rien. Une seule nuit était passée et il n'était que huit heures du matin. Il retrouva Édouard en bas avec qui il déjeuna copieusement. Camille descendit peu de temps après, encore à moitié endormie.

— Je ne me souviens plus depuis quand je n'avais pas aussi bien dormi, dit-elle en s'asseyant.

— Je me faisais la même réflexion, ajouta Martial.

On ne parla que très peu de l'enquête et pas du tout du départ de Martial. Ce dernier se montra peu bavard, très pensif. Son dos semblait tenir le coup, même s'il ressentait encore un petit pincement au creux des reins. Il devait marcher le plus possible pour écarter tout risque de blocage.

— Dans ce cas, je pensais que nous aurions pu rendre son attelage à monsieur Guiraud, dit Édouard. Je vais le nettoyer et le lui ramener.

Martial acquiesça. C'est à pied qu'il irait régler les deux ou trois choses qui étaient restées en suspens. Et seul.

Il revint donc à la ferme Gresse et ne fut nullement surpris de trouver la voiture des policiers dans la cour.

Il frappa et ce fut Mathilde qui vint lui ouvrir, le visage encore plus défait que la veille. De là où il se tenait, il entendit grogner la mère Gresse :

— Fiche-moi ça dehors ! Tu entends, Mathilde, chasse-moi cet assassin !

Mathilde ne répondit pas. Elle se contenta de sortir et de fermer la porte derrière elle. Puis, elle fit quelques pas aux côtés de Martial.

— Les inspecteurs sont en train d'interroger Amélie. J'y suis passée juste avant. Ils n'ont pas été très délicats.

— Que leur avez-vous dit ?

— Tout ce que je savais, y compris au sujet de la mort de Julien Pujol.

Elle semblait un peu perdue, vulnérable, mais il y avait aussi un brin de dureté dans son regard.

— On va nous rendre le corps d'Yvonne dans la matinée, continua-t-elle comme si ce qu'elle venait de dire n'avait pas d'importance. Les funérailles seront vite expédiées en fin d'après-midi. Le curé ne veut même pas faire les choses comme il faut. C'est tout ce qu'on a pu obtenir.

— Je suis sincèrement désolé pour tout cela. Je n'ai rien pu faire quand il est tombé dans ce trou.

— Ce n'est pas vous qui l'avez tué, c'est elle.

D'un geste de la tête, elle montra la fenêtre du bas.

— C'est à cause d'elle et de son avarice qu'il a fait tout ça.

— Les policiers ne vous ont rien dit d'autre ?

— Non, pas pour l'instant. Ils veulent vérifier certains points. Je ne vais pas inventer des choses pour leur faire plaisir… Je ne sais pas où était Pierre quand Michel et Yvonne ont été tués. Le matin, chacun a à faire dans son coin. On se retrouve uniquement pour prendre le petit déjeuner à sept heures. Quand Michel est parti avec la charrette, je ne sais pas vraiment où était mon mari. Et l'autre soir, quand Yvonne a été tuée, je le croyais couché. On me reproche presque d'avoir fait chambre à part. Ils disent que ça lui a facilité les choses. Ils disent aussi qu'il voulait l'argent pour moi, pour m'emmener loin d'ici. Mais je ne lui ai jamais rien demandé. Ici ou ailleurs, c'était pareil : je ne suis jamais parvenue à l'aimer. Même maintenant qu'il est mort, je ne ressens rien d'autre pour lui que de la pitié.

Mathilde marqua un temps d'arrêt, les bras serrés contre sa poitrine, le vieux gilet ne suffisant pas à la protéger du froid.

— Il y a un moment dans toute cette histoire où je vous ai suspectée, avoua Martial.

Elle le regarda avec stupéfaction.

— Moi ?

— Je ne pensais pas votre mari capable de bâtir un tel plan, ou bien de le bâtir tout seul.

— Nous étions mariés sous le régime de la séparation de biens. Je ne toucherai pas un centime, la vieille bique y a veillé le jour même de notre union.

— Il est normal que les inspecteurs vérifient certaines choses. N'en prenez pas ombrage. Je m'en veux un peu de vous avoir imaginée dans un rôle aussi sombre. Mais je suis content qu'il n'en soit rien.

— Je veux partir loin d'ici, voilà ce qui m'importe. Le plus tôt sera le mieux !

Il lui restait encore un peu de force et de fierté pour se mettre en colère.

— Que va-t-il se passer pour la ferme ?

— Qu'est-ce que j'en sais moi ? Elle n'a pas d'autre solution que de se débarrasser des bêtes, à moins qu'elle n'embauche du monde, mais qui voudra venir ici ? Pour les terres et les bâtiments, elle ne vendra pas. Elle préférera que tout tombe en ruine plutôt que de vendre.

— Et Amélie ?

— Elle va faire comme moi, elle va prendre le large. Cet endroit est maudit. Cette vieille sorcière va y pourrir seule.

— Elle sera châtiée à son tour.

— Pardon ?

— Il me semble qu'ainsi Julien Pujol est vengé !

Les deux inspecteurs sortirent à ce moment-là de la ferme. Apercevant Martial, ils se dirigèrent vers lui. Mathilde préféra prendre congé. Elle rentra en passant par l'étable, histoire de ne pas avoir à les croiser.

— Je crois bien que nous avons tout ce qu'il nous faut. Nous en avons appris de belles, la jeune fille, là-haut, a la langue bien pendue.

Martial semblait ne pas écouter et l'inspecteur Cabanes en prit ombrage.

— Vous allez laisser la ferme sous surveillance ? finit-il par demander.

— Il n'y a pas vraiment de raison que cela se prolonge. On expédie les funérailles tout à l'heure, à la dérobée. Et ensuite, on lève le camp. À voir votre tête, j'imagine que vous allez émettre une objection ! De quelle incompétence allez-vous nous accuser ?

— Je me demandais simplement si Pierre Gresse avait prévu de donner un visage à Armand Pujol, s'il avait prévu de faire porter le chapeau à quelqu'un. Si, par exemple, nous avions réussi à prouver qu'il n'avait pas pu rester caché dans les bois durant tout ce temps, avant de se volatiliser. Qui donc pouvait passer pour un assassin ?

— Peut-être ce fameux voisin détesté, ce type à moitié sauvage.

— Joseph Cassagne, compléta l'inspecteur Marsan d'une voix d'acier toujours dans sa posture figée et les yeux dans les pages de son carnet.

— Oui, c'est ça, Joseph Cassagne. Ou un de ses ouvriers espagnols. Pourquoi pas ce type qui couchait avec sa belle-sœur ? Ou encore le débile qui fait peur à tout le monde, le fils de votre ami…

— Lucien Guiraud.

— Oui, c'est ça, Lucien Guiraud… Ce serait même un plan encore plus ingénieux. L'assassin, pris de remords, et persuadé que Pierre Gresse pourra l'identifier, se suicide, laissant même peut-être une lettre contenant ses aveux. Diabolique !

— Diabolique, effectivement, reconnut Martial. C'est le mot qui semble convenir.

27

Quelque chose chiffonnait Martial. Il y avait dans le plan conçu par le fils Gresse des morceaux qui manquaient. Lui qui avait été si méticuleux lors des premiers meurtres, avait été plus que négligent avec sa mère : une blessure au cou, comme cela avait été le cas pour Yvonne, aurait suffi à la tuer. Mais il avait préféré lui trancher les veines des poignets, comme pour lui laisser une chance d'en réchapper. Ensuite, s'il avait prévu de fuir jusqu'au Pas-du-Diable, pourquoi avait-il pris le risque de ne pas atteler sa propre charrette ? Rien ne lui disait, en effet, qu'Édouard et lui monteraient à la ferme avec le cabriolet, ni même que celui-ci serait facilement accessible. S'ils étaient tombés dans le piège et avaient donné l'alerte à la vue de la lumière s'agitant dans le bosquet, un des deux aurait pu utiliser l'attelage prêté par Antoine Guiraud pour aller prévenir au village. Et cette fameuse mule, attachée à sa croix, pourquoi n'avait-on pas remarqué la lueur de la lanterne qu'elle portait au cou avant ?

Toutes ces questions se heurtaient dans son esprit alors qu'il marchait le long du chemin. Il repassa par le moulin. Camille et Édouard n'étaient pas là. Il constata que l'ancienne écurie était vide et que le cabriolet avait disparu. Le sol suait encore la pluie de l'autre nuit en une boue en train de se solidifier. Ses pas s'y gravaient nettement, comme dans de la neige fraîche. Cette image-là le fit s'interrompre. Il alla jusqu'à la source. Là, il resta debout près de l'eau fraîche qui s'écoulait, immuable, et presque joyeuse. Il finit, au bout d'un moment, par y tremper ses mains qui se glacèrent à son contact. Mais il les laissa dans l'eau jusqu'à ce que le froid devienne douloureux dans ses doigts. Il se releva alors. Il joignit ses mains devant sa bouche et souffla dans le creux qu'elles dessinaient. La chaleur revint, d'abord discrète, puis réconfortante. La douleur dans ses phalanges disparut. Alors, il se remit en marche, ayant trouvé une réponse à un grand nombre des questions qui le taraudaient.

Martial descendit donc à la scierie. Édouard avait bien ramené le cabriolet et le vieux cheval. Les deux avaient repris leur place habituelle dans les anciens bâtiments du fond. La carriole avait été parfaitement nettoyée. Il n'y avait plus aucune trace du rôle qu'elle avait joué dans la poursuite et la mort de Pierre Gresse.

Antoine Guiraud était venu faire quelques pas avec lui. Ils étaient parvenus jusqu'au bord de la rivière, derrière l'atelier principal. Le vieil homme ne cessait de se flageller, portant une partie de la responsabilité de tout ce qui venait d'arriver et qui, il le rappelait, avait sans doute tué pour de bon son village.

— Nous aurions dû réagir plus tôt. Même la semaine dernière, quand vous avez émis l'hypothèse que les meurtres allaient continuer, je ne vous ai pas entendu. Tout est allé si vite ensuite…

— Pour que le plan fonctionne, il lui fallait jouer contre le temps. C'est ma présence ici qui a fait accélérer les choses, de peur que la vérité ne s'évente trop vite. S'il y a un fautif, ce n'est pas vous, c'est moi.

— Vous n'avez commis aucune faute. Bien au contraire. Sans vous, il aurait pu continuer.

Martial ne répondit pas.

— Vous me devez un déjeuner, jeune homme.

— Je ne l'oublie pas. Mais, auparavant, j'aurai encore deux services à vous demander.

L'ancien maire lui lança un regard interrogatif qui, après avoir écouté ce que Martial avait à demander, devint franchement inquiet.

— Il nous manque quelques explications, justifia Martial. Accordez-moi encore un ou deux jours, et je serai ravi de vous inviter à la table de Gaston Fabre.

— Vous pensez qu'il n'a pas agi seul, c'est ça ?

— Je sais désormais où chercher, se contenta de dire Martial en guise de réponse.

Martial se rendit ensuite au bureau des Postes avant qu'il ne soit midi. Il demanda à nouveau son numéro à Paris à Maurice Daures. Par chance, il put l'obtenir assez rapidement.

— J'attendais que tu me rappelles, lui répondit son ami. Mais les recherches que tu m'as demandées n'ont rien donné. Aucun des noms que tu as donnés n'était avec Armand Pujol dans l'ambulance de Verdun au moment de sa mort. Pour le reste, c'est comme chercher une aiguille dans une botte de foin…

— Les choses ont un peu évolué. En fait, je te donne l'aiguille, tu n'as plus qu'à trouver la botte de foin.

En essayant de ne pas se faire entendre du receveur, Martial expliqua la nouvelle orientation qu'il souhaitait faire prendre aux recherches.

— Et il te faut ça pour quand ?

— Avant demain matin.

— Tu n'ignores pas que le vendredi est mon jour de repos.

— Je le sais par cœur. C'est pour cela que j'étais sûr de te trouver chez toi. C'est très important.

— J'utilise le même circuit que l'autre jour pour la réponse ?

— Non. J'ai un nouveau numéro à te donner. Celui d'un ami. Tu peux appeler là à partir de dix-neuf heures. Si je ne suis pas chez lui, tu peux lui confier le message. Il s'appelle Antoine Guiraud. Et tu peux appeler même tard dans la nuit.

— Qu'est-ce qui te préoccupes à ce point ? s'inquiéta Camille, alors qu'ils déjeunaient tous les trois.

— Je crois que Pierre Gresse avait une complice, répondit-il brusquement.

— Une complice ? Tu penses à sa femme ?

— Non. Je pense à sa mère. J'ai insisté auprès des policiers pour qu'ils laissent quelqu'un à la ferme, du moins tant qu'Amélie et Mathilde seront là.

— Qu'est-ce qui te fait penser que cette vieille femme est mêlée à cette histoire ?

— Elle est vivante. C'était elle qui était sans doute

la plus facile à éliminer, mais elle est encore en vie. Il n'a jamais voulu la tuer l'autre soir. Elle n'était pas censée mourir.

— Mais quel était son intérêt à éliminer ainsi son fils et sa belle-fille ?

— C'est la réponse qui me manque mais que je vais bientôt avoir.

Martial regardait droit devant lui, mastiquant un morceau de pain sans s'en rendre compte. Son visage était plus sec. Toute son attitude s'était raidie.

— Je compte repartir lundi matin, par la première diligence, finit-il par rajouter.

Il jura que Camille avait blêmi.

— Il est temps pour moi de rentrer et de vous laisser un peu d'intimité.

— Vous pouvez rester autant que vous voulez, vous ne nous dérangez en rien.

— Vous êtes gentil, Édouard. Mais j'ai aussi une affaire à faire tourner.

Camille restait murée dans son silence.

— J'ai vu monsieur Guiraud tout à l'heure. Il souhaiterait que nous allions dîner chez lui ce soir. J'ai pris la liberté d'accepter.

— Cela ne me pose pas de problème, dit Édouard, tandis que Camille, le regard fixé sur Martial, hochait simplement la tête en guise d'accord.

Martial comptait se rendre à l'enterrement d'Yvonne Gresse mais avait aussi besoin de se retrouver un peu seul pour mettre un point final à l'enquête. Il quitta donc le moulin peu après le repas, abandonnant la compagnie d'Édouard pour le reste de la journée, et laissant Camille à son humeur sombre.

Il marcha un bon moment par les chemins qui encerclaient le village. Il avait besoin de calme pour que tout se remette en place dans son esprit. Tout depuis le début. Quand il en eut assez de marcher, il alla jusqu'à la grand-place et s'assit sur un banc solitaire, non loin de l'église. Une image l'obsédait, celle de l'autre nuit, quand il était revenu, trempé et blessé, sous le porche du moulin, quand il avait frappé à cette porte pour appeler Camille, quand ses jambes peinaient à le porter et que sa tête commençait à tourner. Quand la capote qu'il avait sur le dos gouttait sur les épaisses planches du sol, autour de ses chaussures imbibées d'eau et couvertes de boue. Il la fit défiler à maintes reprises dans son esprit. Il revoyait tout. Il se revoyait lui, faible, abattu, presque pitoyable. Camille qui tardait à venir lui ouvrir, la peur qui s'était insérée en lui et qui écrasait ses entrailles. Et toutes ces choses qui s'effondraient autour de lui, sans qu'il ne puisse rien contrôler.

Il n'y eut pas grand monde à se déplacer pour les funérailles d'Yvonne. L'église était aux trois quarts vide quand le curé commença la cérémonie, avec une mauvaise grâce qu'il n'essayait même pas de cacher. Les inspecteurs s'assirent au fond, non loin de Martial. La vieille Gresse n'avait pas fait le déplacement. Elle était restée à la ferme sous la surveillance des gendarmes. Seules Mathilde et Amélie se tenaient côte à côte au premier rang. Il n'y eut pas de remerciements au cimetière. La petite assemblée se sépara sitôt la bénédiction prononcée.

— On dit que nous vous devons la vie, Mathilde et moi, dit Amélie à Martial, qui était resté un peu plus longtemps.

— Ce n'est pas comme cela que je vois les choses. Disons qu'à cause de mes atermoiements, il y a eu deux morts de plus.

— Je ne sais pas ce que ça veut dire « atermoiements ».

— Cela veut dire que j'ai été aveugle, jeune fille. Que je n'ai pas su quelle piste choisir.

— Je vous remercie malgré tout. Vous ne nous avez jamais abandonnés, contrairement à tous les autres. Ils sont où aujourd'hui ? Même ma tante est devenue une pestiférée. On lui a conseillé de ne pas se montrer, de peur qu'on lui cherche des ennuis. Et ce fichu curé qui a retourné sa veste…

— Il vous reste tout de même quelques soutiens. Bernard Cousinić était là, comme sa mère d'ailleurs.

— Il est gentil, Bernard. Trop gentil pour moi. Il est amoureux, à ce qu'il dit. Le pauvre ! Il dit qu'il veut m'emmener en ville. Je rêve d'y aller. Il le sait et c'est comme ça qu'il croit me tenir.

— Tu es dure avec lui.

— Vous qui êtes si doué pour les énigmes, vous aurez remarqué que je n'ai rien d'un ange.

— Je l'ai remarqué en effet. Mais les choses peuvent changer, Amélie. Tu es jeune et tu as beaucoup de temps devant toi pour espérer que ta colère s'apaise…

— Je ne me sens pas en colère. Je suis juste faite comme ça, c'est tout.

Avec un petit sourire désolé, elle repartit vers la charrette de la ferme.

Mathilde était restée seule, près du caveau familial encore ouvert. Martial s'approcha d'elle.

— Ils vont le mettre là-dedans, dit-elle. Plus tard. Sans une plaque ni la moindre cérémonie... Je n'aurais jamais dû accepter de l'épouser. Il aurait pu en trouver une autre et il aurait été sans doute plus heureux.

Elle avait revêtu sa robe noire ordinaire qui, une fois sur elle, n'avait plus rien d'ordinaire. Elle s'écarta de la tombe finalement et se dirigea vers la charrette, accompagnée par Martial.

— Mes parents ont accepté que je vienne m'installer un ou deux jours chez eux, le temps que je trouve autre chose. Ils disent que ma place est à la ferme, que c'est ma famille... Peu importe, je ne passerai pas une nuit de plus dans cet endroit maudit. Il n'y a que le chien que je regretterai.

Elle s'arrêta au pied de la carriole.

— Merci d'être venu ce soir, vous n'y étiez pas obligé.

Martial esquissa un léger sourire. Elle grimpa à son tour sur le banc et prit les rênes tandis qu'Amélie semblait totalement indifférente, plongée dans ses pensées, ignorant même Bernard Cousinié qui se tenait debout, raide comme un chevalier servant, à quelques mètres de là. La charrette passa devant lui et le laissa meurtri.

Fermé pendant la cérémonie, le café du Théron venait de rouvrir quand Martial y pénétra pour la première fois. Jules Peyre n'avait pas encore eu le temps d'ôter ses chaussures vernies, ni sa cravate quand il vint prendre sa commande. Assis à une des petites tables qui bordaient la vitrine, Martial sirota son cognac, unique client en cette fin d'après-midi. Il repartit fouiller sa mémoire et remettre les choses à leur place, comme on effectue un grand rangement après une période de désordre.

Quelques habitués finirent par venir, mais le cœur semblait ne pas y être. Les conversations étaient mort-nées, rapidement étouffées. Chacun semblait préférer le silence, pour l'instant du moins. On en oublia presque d'être surpris par la présence de Martial dans le café. La table de billard resta désertée et personne ne sortit les cartes. Seuls, Fernand Palousi et Maurice Daures firent une entorse à la morosité ambiante. Ils s'étaient rejoints comme tous les soirs, après le travail, pour leur traditionnelle partie d'échecs. Ils avaient leur table habituelle, juste dans le dos de Martial. L'échiquier y restait à demeure tandis que le premier arrivé y dressait les différentes pièces. On leur servait deux pintes de bière pour accompagner leur duel. Même en ces temps de deuil et de noirceur, ils n'avaient aucune intention de déroger à leur rituel.

Il était ainsi un petit peu plus de sept heures lorsqu'ils commencèrent leur partie. Les conversations semblaient s'être du même coup débridées, plus sonores, plus vives, et plus arrosées. Martial se retourna sur sa chaise. Il avait ainsi une vue dégagée sur l'échiquier, alors qu'on avait déjà joué quatre ou cinq coups. De tête, il fit gagner les noirs en six échanges supplémentaires, puis les blancs pour neuf. Et tout cela, avant que le receveur des Postes ait eu le temps de déplacer son cavalier. Il se leva alors, remit son manteau, resta quelques secondes debout à regarder la partie qui se déroulait, les deux joueurs concentrés mais heureux d'être là. Il les envia. Il avait toujours appréhendé les échecs comme une compétition, comme une épreuve à surmonter. Il n'y avait jamais vraiment joué.

Il salua tout le monde avant de sortir. La nuit était déjà installée. Il traversa la place à peine éclairée et repassa devant la petite église. Le cimetière était plongé dans l'obscurité. Il se guida comme il put le long de l'allée de gravier, puis du muret du fond, pour rejoindre la tombe de Charles. Il ne distinguait que la forme de la croix en granit. Et pourtant ses yeux cherchaient à vaincre l'obscurité, à percer la nuit, à creuser la terre, à passer au travers du couvercle du cercueil. Ce soir, plus que jamais, il aurait voulu voir son ancien professeur.

Le quartier Saint-Cyprien, à Toulouse, semblait composé de trois mondes. Le premier, juste après la traversée de la Garonne par le pont Saint-Pierre, était celui des malades et de l'hôpital. C'était la vocation historique de ce morceau de ville depuis le Moyen-Âge. Puis, plus loin, au niveau des anciens remparts, il y avait le monde des abattoirs et des bouchers. On y vivait tôt le matin, dans les odeurs de chair et de sang, une lourde carcasse de bœuf sur les épaules, le tablier souillé, le verbe haut. Les bistrots ne désemplissaient pas de la matinée. Le troisième monde était situé juste après la place Saint-Cyprien, à gauche des halles. C'était une belle maison d'un étage, à la façade traditionnellement faite de briques roses, mais ouvragée de quelques moulures qui flirtaient avec le baroque. C'était une maison close. C'était le monde du plaisir et de l'interdit.

Martial traversait ces trois mondes quand il venait chez Charles et Camille, ou quand il en repartait. La tentation avait été trop forte pour qu'il résiste à franchir les portes du troisième avec son copieux argent de poche. Charles l'avait appris. Sans doute beaucoup plus tôt que le moment où il lui en avait parlé. C'était un souvenir atroce, un de ceux qui vous hantent et vous glacent les sangs. Le sermon du vieux professeur, le regard sévère, les mots blessants, le visage impassible et froid, et Martial, honteux, humilié, la tête baissée, rougissant jusqu'à la racine des cheveux, debout dans la petite salle à manger… Charles lui avait dit tout son mépris, toute sa déception. Martial lui en avait voulu. Il aurait préféré être mort que d'avoir à subir une pareille épreuve. Il savait que celle-ci le poursuivrait jusqu'à la fin, qu'elle resterait à jamais entre lui et son mentor, jusqu'à ce qu'elle ressurgisse, à l'imprévu, pour le blesser encore plus. Son embarras était tel qu'il en était insupportable. Pendant quelque temps, il avait vécu avec ce sentiment de culpabilité, avec ce fardeau. Quand il avait su qu'il aimait Camille, il avait pensé que Charles n'hésiterait pas à ressortir l'histoire, pour la raconter à sa fille, et écraser à nouveau le jeune homme qu'il était. Pourquoi avait-il pensé cela ? Pourquoi avait-il imaginé Charles sous un jour aussi terrifiant et mauvais ? De la maison close de Saint-Cyprien, il n'avait plus jamais été question.

À Bagnères-de-Luchon, la nouvelle maison de Charles disposait d'un petit jardin en bordure de montagne. Il y avait quelques fleurs en grappes et deux jeunes arbres au ramage déjà épais. Le soleil ne s'y faisait jamais vieux, même en été. Mais il y faisait bon, et la lumière y était fantastique. Avec Charles, ils s'étaient installés au fond de ce jardin. Il y avait de la citronnade bien fraîche et la belle chaleur du mois d'août. C'est là que Martial avait parlé de ses déconvenues avec Danko Dobelic. Charles l'avait d'abord écouté.

— Tu t'es toujours cru plein d'assurance, mon garçon. Mais, en fait, tu en es dénué. Tu ne vois jamais ce que tu as sous les yeux, tu cherches toujours ce qui va briller davantage, ce qui va luire dans le fond. Et, quand tu te rends compte que tu as fait fausse route, il est trop tard, ton heure est passée. Cet homme t'a échappé, cela devrait suffire à te décevoir. Mais non, ce que tu retiens, c'est l'humiliation que tu as ressentie parce qu'il t'a piégé. Tu n'as pas changé en fait. Tu as toujours en toi ce désir d'être plus haut que tout le monde. C'est comme pour Camille. Qu'est-ce qui t'a le plus choqué hier : qu'elle te repousse ou qu'elle en ait préféré un autre ? J'aurais pourtant cru que certaines de mes leçons auraient pu porter leurs fruits. Mais tu ne sembles pas avoir retenu grand-chose.

Avec le recul, Martial lui avait été reconnaissant de lui parler avec cette franchise, pour le secouer, pour le forcer à aller de l'avant. Mais, sur le coup, il avait été cruellement blessé et avait revu le regard plein de haine du professeur, le même regard que celui qu'il avait eu sur son estrade le jour où il l'avait insulté. Pourquoi avait-il imaginé une nouvelle fois cette face si sombre ? Pourquoi ces souvenirs étaient-ils plus marquants à mesure que le temps passait ?

C'étaient ces questions que Martial aurait voulu poser. Mais, pour toute réponse, il n'y avait que du noir et le silence morbide du cimetière. Personne n'était là pour l'entendre, ni pour lui répondre. Personne n'était là pour le tancer ou le secouer. Personne ne pouvait plus lui reprocher d'avoir foncé vers la lueur plus brillante que les autres et d'avoir ainsi oublié son chemin initial. Comme un naufrageur.

Il arriva en retard chez Antoine Guiraud. Camille et Édouard étaient déjà là, la table était mise et la bonne attendait de servir le potage. Il s'excusa sincèrement mais le vieil homme lui fit comprendre qu'il n'y avait rien de grave. Ils s'attablèrent peu de temps après, sans Lucien.

— Mon fils a dû descendre à Castres, expliqua leur hôte. Il y a du matériel à acheter. Il faut bien que je me décide à lui laisser un peu les rênes.

Le dîner fut des plus délicieux, bien que Martial ne mangeât que du bout des lèvres. Il avait à nouveau une boule au creux du ventre. Personne ne sembla le remarquer. On parla de tout sauf des meurtres, des Gresse et du village. Martial fut amené à évoquer sa vie à Beaunac, ses chevaux, sa rencontre avec Raoul. Et il vit Camille s'assombrir à nouveau, les yeux embués. Au bout d'un moment, elle s'excusa et quitta la table.

Édouard ne savait trop que faire. Il s'excusa au nom de sa fiancée, mais on le sentait également tourmenté de l'intérieur. Elle lui échappait et il le sentait. Et il connaissait le visage de celui qui la lui prenait : il était assis en face de lui, il lui avait sauvé la vie alors qu'il criait à la nuit sa trahison…

Camille revint un moment après. Elle s'excusa à son tour en se rasseyant. Antoine Guiraud la couvait d'un regard chaleureux. La conversation reprit, sur un tout autre sujet.

La sonnerie du téléphone retentit peu de temps après. L'ancien maire se leva péniblement et alla jusqu'au poste. Martial prit une profonde inspiration.

— Oui, il est là. Je vous le passe.

Il se leva à son tour, le cœur battant. Il attrapa l'écouteur qu'on lui tendait et le porta à son oreille.

28

Martial se leva de bonne heure le lendemain matin, dès qu'il entendit les pas d'Édouard dans l'escalier. Camille avait regagné son appartement, désirant se retrouver seule, sans crainte cette fois.

Ils prirent leur café ensemble et s'acquittèrent de la corvée d'eau. Ce fut à la source que Martial lui parla. Il devait descendre à Brassac pour une partie de la journée. Rien de bien grave, quelque chose à faire à la gendarmerie.

— Henriette Gresse va être interpellée sans doute ce soir, demain au plus tard. C'est à ce sujet qu'il m'a fallu passer voir les inspecteurs hier soir, après le dîner. Cette vieille folle était prête à tout pour ne pas avoir à partager ses biens entre ses fils, pour que l'œuvre de sa vie reste intacte.

— Mais pourquoi a-t-elle choisi Pierre plutôt que Michel ? C'est son fils aîné qu'elle préférait.

— Pierre était le plus manipulable. Mais je suis certain qu'elle l'aurait sacrifié à son tour, le moment venu. Elle l'a pourtant assez dit autour d'elle : elle ne voulait laisser sa ferme et son argent à personne.

— Pourquoi ont-ils besoin de vous à Brassac ?

— Je dois m'assurer qu'on n'oublie rien cette fois, et qu'on n'omette pas d'ouvrir une enquête au sujet de la disparition de Julien Pujol. Je risque d'en avoir pour une grande partie de la journée. J'aurai cependant besoin une dernière fois de vos services, si vous le voulez bien. La vieille Gresse va se retrouver toute seule aujourd'hui. Je voudrais que vous y passiez de temps en temps pour vous assurer qu'on la trouve bien à sa place quand on viendra la chercher.

— Mais elle est impotente.

— Elle peut encore utiliser ses jambes, surtout si elle sent que l'heure des comptes a sonné. Elle a beaucoup à raconter. Dès ce soir, j'espère. J'ai demandé à monsieur Guiraud de monter chez elle de bonne heure ce matin, avant que les deux gendarmes ne repartent. J'espère que cela ne vous dérange pas trop.

— Pas du tout. Vous allez descendre à Brassac avec les policiers ?

— Non, j'ai droit à une diligence spéciale, rien que pour moi…

Édouard le regarda, les yeux plissés. Martial ne masqua rien.

— Vous ne remonterez pas, n'est-ce pas ? C'est pour cela que je vous ai entendu marcher dans votre chambre tout à l'heure. Vous avez préparé vos bagages… Camille ne vous le pardonnera jamais !

— Elle comprendra. Je vais passer la voir avant de partir.

— Je ne veux pas qu'elle reste avec moi par défaut, lança soudain Édouard.

— Elle vous a déjà choisi, il y a longtemps. Elle

vous a suivi jusqu'à aujourd'hui. Elle continuera de le faire, faites-lui confiance. Gardez-nous la mère Gresse au chaud jusqu'à cet après-midi et, ensuite, vous aurez tout le temps de reparler de vos projets. Et essayez de me défendre un petit peu auprès de Camille…

Édouard accompagna Martial jusqu'à la grande place. La diligence venait à peine de remonter de Brassac et Jean Guillard patientait. Martial posa ses bagages à l'intérieur du car et descendit demander une faveur supplémentaire au chauffeur.

— Oh, vous inquiétez pas ! J'ai tout mon temps. Allez-y donc !

— Je n'en aurai pas pour très longtemps.

Jean Guillard en profita pour se rouler une nouvelle cigarette, toujours d'une seule main, et fit quelques pas pour aller discuter avec le boulanger. Martial se tourna alors vers Édouard.

— Cela ne vous dérange pas si j'y vais seul ?

— Bien sûr que non. Je vous attends ici. Mais je vous le redis, Martial : vous n'avez pas à faire cela.

Martial ne répondit pas et s'en alla, d'un pas rapide, vers l'école de Camille.

La jeune femme était assise à son bureau, dans la salle de classe déserte. Les cours devaient reprendre le lundi et il restait toujours cette inspection à affronter un jour ou l'autre.

— Pourquoi as-tu besoin de descendre ? demanda-t-elle, visiblement mécontente. On a passé si peu de temps ensemble.

— Il y a des choses qu'il faut terminer, Camille.

Il y a un petit garçon de onze ans, dévoré par les cochons, qui mérite que justice soit faite. Au moins, toute cette histoire aura servi à cela. C'est une consolation.

— La mère Gresse ira en prison ?

— Elle va devoir répondre de ses actes. Mais il ne sera pas facile de lui faire tout avouer.

— Tu reviens à quelle heure ?

— Très vite, ne t'inquiète pas. J'ai juste une question à te poser, quelque chose qui me taraude depuis hier : est-ce que ton père m'aimait ?

— Qu'est-ce que tu racontes ? Évidemment qu'il t'aimait !

— Il te l'a dit ?

— Papa ne disait jamais ce genre de choses, tu le sais bien.

— Je l'ai vu t'aimer, te le dire et te le montrer. Il ne m'a jamais rien montré.

— Il t'a pris sous son aile pendant des années. Ce n'est pas un geste assez fort pour toi ?

— Mais c'est toi qui m'as choisi, Camille. C'est toi qui m'as pris par la main dans votre petit appartement, avec ton nez encore tout rouge de rhume. Il n'a fait que te suivre.

— Qu'est-ce que tu veux dire ?

— Rien. Je voulais juste être sûr, c'est tout... Il s'est montré tellement dur avec moi quelquefois. Et il avait à mes yeux tellement d'importance ! Il m'est arrivé de penser que je m'étais trop avancé sur les sentiments qu'il avait pour moi... Bon, je dois y aller. Je voulais juste te donner ceci avant.

Il sortit une enveloppe de sa poche et la lui glissa dans les mains.

— Garde-la pour moi sans l'ouvrir. Promets-moi de ne pas la lire avant le moment venu.

— Martial…

— Promets-moi. Tu sauras quand le moment sera venu.

Elle promit, puis glissa l'enveloppe pliée dans son bureau.

Martial sortit. Elle le suivit des yeux depuis le seuil.

— À tout à l'heure alors.

Il se retourna et lui sourit. Il la regarda. Il aurait voulu pouvoir la regarder comme cela pendant des jours, des années.

— Oui. À tout à l'heure.

Et il franchit le portail, cachant comme il le pouvait sa mine défaite.

Édouard était assis sur un banc de la place quand Martial revint près de la diligence. Quand il le vit arriver, il releva les épaules et la tête et fit une figure moins abattue. C'est comme s'il s'attendait à voir Camille suivre Martial, habillée et prête pour le voyage. Il n'en était rien. Il se leva.

— Je vous remercie pour votre hospitalité et pour votre aide.

— Je vous en prie. Je vous promets de monter à la ferme tout de suite après votre départ. Nous vous écrirons. Enfin, je crois plutôt que c'est Camille qui vous écrira.

— J'y compte bien. Prenez soin d'elle, Édouard. Je vous souhaite bonne chance, à tous les deux.

Martial lui tendit la main. Édouard la serra vigoureusement, longuement. Les deux hommes se regardaient, les yeux dans les yeux. L'étreinte se desserra, les mains retombèrent le long des pantalons ou dans les poches des manteaux. Martial tourna les talons sans un mot de plus et il monta dans le car. Jean Guillard, qui suivait tout cela de loin, arriva en claudiquant. Il s'installa au volant et lança le moteur. Le levier de vitesse grinça quand il enclencha le premier rapport. Le véhicule démarra en toussotant. Derrière la vitre, Martial fit un petit geste à Édouard, qui le lui rendit. Puis, le car dépassa le coin de la place et disparut derrière les maisons de la ruelle. On entendit encore le moteur rugir un moment sur la route de Brassac. Puis, plus rien.

29

Henriette Gresse regardait le monde derrière ses carreaux sales et le monde qu'elle voyait était un monde en ruine. Tout ce qu'elle avait eu un jour était perdu. Elle serait obligée de céder ses bêtes mais elle ne vendrait rien d'autre, surtout pas à Joseph Cassagne. Elle aimait mieux y mettre le feu ou que tout s'effondre avec le temps. Il n'y aurait que des décombres, mais personne ne mettrait la main sur sa ferme.

Mathilde, cette garce, avait plié bagage dès qu'elle était revenue du cimetière, la veille. Ce matin, à l'aube, les deux gendarmes avaient levé le camp. Ils étaient repartis dans la voiture des policiers. Amélie avait disparu Dieu sait où, sans doute à coucher encore à droite et à gauche. Elle espérait qu'elle ne reviendrait jamais, cette petite traînée, cette bâtarde qui passait sa vie à faire honte aux siens. Jules Peyre et son fils étaient venus pour s'occuper des bêtes. Mais il n'y avait plus personne pour s'occuper d'elle. Antoine Guiraud avait débarqué très tôt. Il lui avait dit qu'il trouverait quelqu'un pour venir lui préparer ses repas, la lever, la coucher, lui faire sa toilette. Elle n'en voulait pas. Elle l'avait envoyé se faire voir. Après, il avait attendu dans la cour. Il se faisait vieux lui aussi, il était tordu, sa canne suffisait à peine à le porter. Aussi puissant se pensait-il, il n'en était pas moins comme les autres, vieux et abîmé.

Le grand type tout effacé qui avait accompagné le détective l'avait ensuite rejoint, peu après neuf heures. Elle les avait vus discuter ensemble. Puis Antoine Guiraud était reparti. L'autre ne semblait pas gêné : il avait jeté un coup d'œil à la laiterie, à l'étable, s'était même approché de la fenêtre pour la regarder comme un animal de foire. Elle avait ouvert, lui avait crié dessus, pour qu'il déguerpisse.

— Je suis censé veiller sur vous, madame, avait-il répondu.

— Foutez le camp de chez moi !

Il avait reculé un peu, semblait ne pas trop savoir quoi faire.

— Je repasserai un peu plus tard, avait-il fini par dire. Si vous avez besoin de quelque chose, vous n'aurez qu'à me faire un signe à ce moment-là.

Puis il était reparti.

Elle restait seule. Jules avait rechargé la cheminée. Elle pouvait encore se déplacer avec ses cannes mais elle ne pouvait pas monter l'escalier. Il lui semblait que tous les animaux gueulaient en même temps. Le chien avait disparu. Elle était persuadée qu'il avait suivi Mathilde. Lui aussi la trahissait, tout le monde la trahissait, même le curé. Si elle refusait l'aide qu'on lui proposait, ils étaient capables de l'envoyer à l'hospice, ou peut-être même chez les fous. Elle aurait vraiment dû mettre le feu, avec elle au beau milieu. Mais ils auraient été trop contents. Surtout la fille d'Yvonne, cette putain qui lorgnait sur son magot. Elle n'aurait rien non plus. Elle n'était pas de son sang. Personne n'aurait rien. Il lui restait assez de force pour s'en assurer.

Accaparée par sa haine, elle ne vit pas la silhouette qui traversa la cour, d'un bon pas. Elle ne la remarqua vraiment que lorsqu'elle fut à quelques pas de la porte d'entrée. Elle entendit celle-ci s'ouvrir en frottant le sol de tout son poids. Et elle vit l'homme entrer dans la pièce. Il resta planté là, devant elle.

— Sortez de chez moi ! Je suis peut-être vieille, mais prenez garde à vous si vous ne dégagez pas d'ici !

— Tu n'as pas changé, espèce de vieille merde. Toujours aussi mauvaise. Qu'est-ce que tu vas me faire ? Me courir après avec tes cannes ? C'est toi qui devrais avoir peur. Je suis venu te chercher. Et devine où je vais t'cmmener ?

— Pourquoi me tutoyez-vous ?

— Tu ne me reconnais pas. Regarde bien, si je m'approche encore…

Elle essaya d'attraper l'une de ses cannes, mais il fut plus prompt qu'elle et la saisit en premier.

— Regarde-moi, saloperie ! Regarde-moi dans les yeux et dis-moi que tu me reconnais ! Michel y est arrivé lui, malgré le fait que je l'avais déjà bien amoché. Il en pleurait de trouille. Ils ont tous fini par me reconnaître avant de crever. Tu ne vas pas me décevoir. Alors, tu y es ?

Une grimace de terreur se dessina sur le visage fripé de la vieille femme.

— Mais c'est impossible ! Tu es mort !

— Oui, je suis mort. Je suis un fantôme qui revient pour te faire payer ! Ils y sont tous passés : tes fils, ta bru, cette crapule de Bascoul ! Il ne manque plus que toi.

— Mais tu es mort ! répétait Henriette Gresse, complètement tétanisée par la peur.

— Je suis même mort deux fois, vois-tu. La deuxième, c'était à la guerre, comme on te l'a dit. Mais la première, c'était ici, quand vous avez tué Julien. Imagines-tu le supplice que j'ai dû endurer à vous voir tous dans ce maudit village, vous voir passer, bavarder, travailler, vivre votre vie ? Tout ce temps qu'il m'a fallu attendre pour vous faire payer… Et imagines-tu le plaisir que je ressens maintenant ? Comme lorsque j'ai tué les autres ?

Henriette Gresse ne pouvait plus dire un mot.

— On va aller faire un petit tour, ton dernier voyage, profites-en bien. En passant devant la porcherie, je les ai entendus réclamer. Depuis quand n'ont-ils pas mangé à leur faim ? Et sais-tu quel jour nous sommes ? Le 29 mars. L'anniversaire de mon frère. Tu sais ce qui va se passer ? Tu vas te traîner jusqu'à la porcherie et tu vas te laisser dévorer par tes bêtes, tout cela pour échapper aux questions de la police et à la fin qui t'attend. C'est ce que tout le monde croira, comme tout le monde me croit mort. Quand Édouard Alexandre remontera te voir, tout à l'heure, il ne trouvera que tes restes.

De ses bras robustes, l'homme s'empara de la vieille femme qui n'eut même pas la force de se débattre. Il sortit dans la cour en la portant. Du pied, il fit glisser le portail de la porcherie. Les porcs grognèrent de plus belle, comme s'ils étaient en colère.

— Tu as une dernière chose à dire, espèce de saloperie ?

Elle réussit à lui cracher quelques mots à la face, à peine audibles dans tout ce tintamarre :

— Il est mort à cause de toi !

Alors, Armand Pujol hurla de douleur et de rage. Il la souleva au-dessus du muret. Il la tint là, en l'air. Les porcs étaient juste en dessous. Ils se montaient les uns sur les autres pour essayer d'atteindre la vieille carcasse qu'on leur offrait. Il la laissa retomber. Elle chut d'abord sur la tête des cochons qui se reculèrent d'un bond et la laissèrent finir dans le lisier. Elle cria, avant même qu'ils aient commencé. Elle supplia mais ne pouvait bouger.

Les porcs se regroupaient autour de la vieille femme, d'abord impressionnés par ses hurlements. Il en suffisait un de plus téméraire que les autres pour commencer. La faim serait bientôt plus forte.

Armand Pujol s'apprêtait à tout regarder, jusqu'au bout. Au moment où un premier cochon s'avançait plus que les autres, il entendit un déclic dans son dos. Il reconnut le chien d'un revolver que l'on arme.

— Encore un peu, demanda-t-il sans se retourner. Juste le temps qu'elle sache ce que ça peut faire.

Martial se rapprocha.

— Elle est déjà morte. En détruisant sa famille, vous l'avez déjà tuée. Sortez-la de là-dedans, je vous en prie. Faites preuve d'un peu de pitié.

Les cochons avaient attaqué la chemise de nuit souillée de la vieille femme. Ses hurlements devenaient insupportables.

— Édouard, cette femme ne mourra pas dans cette porcherie. Ne m'obligez pas à abattre ces bêtes. Ou de demander aux gendarmes de nous rejoindre.

— Combien de temps avez-vous obtenu ?

— Ils attendent juste mon signal. Ils sont au bout du chemin.

— Vous savez, j'ai cru que les tuer allait me soulager de cette douleur qui m'écrase depuis toutes ces années. Mais je ne sens aucun soulagement. La douleur est toujours là, tout comme la rage et la haine. Rien n'a disparu.

Édouard ouvrit la porte et s'avança parmi les porcs furieux. Il se pencha au milieu comme s'il ne les voyait pas. Il se fit mordre au sang, bousculer violemment, mais il réussit à extirper Henriette Gresse de la cohue meurtrière. Elle était couverte de lisier, de ses propres excréments et du sang qui coulait de plusieurs plaies.

— Je n'ai jamais vraiment cru que j'allais m'en sortir. Peut-être même que quelque part, j'espérais que l'on me découvre. Il y a une partie de moi qui est morte, et je crois que c'était la meilleure…

La vieille femme était inconsciente lorsqu'ils la ramenèrent dans la maison. Les gendarmes ne tardèrent pas à investir la cour. Martial et Édouard sortirent côte à côte pour aller à leur rencontre.

— Cette femme a besoin de soins. Il faudrait faire venir le docteur assez rapidement.

Le brigadier-chef, écoutant Martial, donna ses ordres.

— Où allons-nous, Édouard ?

— Où vous voulez, mais pas ici.

Et Édouard suivit Martial, sous le regard médusé de tous les autres qui voyaient passer le diable mais ne semblaient pas le reconnaître.

— Vous avez bien manœuvré, reconnut-il, après qu'on les a conduits jusqu'au moulin. J'ai réellement cru que vous partiez.

Édouard paraissait presque apaisé. Il souriait. Ses yeux avaient retrouvé un peu de lumière. Il paraissait plus léger, moins taciturne, différent. Il était soulagé du poids de ce fardeau qu'il s'était lui-même imposé.

— Je me suis imaginé un bon millier de fois en train de m'expliquer, ou de me justifier, je ne sais pas quel mot est le plus approprié. Je suis content que ce soit en face de vous. D'une manière ou d'une autre, si je m'en étais sorti, je crois que je vous aurais mis au courant. Pas pour me moquer de vous, mais par respect. J'ai même commencé à vous écrire une lettre. La première phrase était : « *Je suis un assassin, je suis ce monstre dénué de pitié que vous pourchassez.* » Mais je n'ai pas réussi à la terminer et je l'ai jetée au feu. Je crains de ne pas avoir une très bonne plume. Ce n'est pas que j'aime parler non plus, mais je m'en sors mieux. Et j'ai tant de choses à vous dire…

Ils s'étaient assis chacun d'un côté de la table, sans prendre la peine d'allumer une lampe. À travers la fenêtre de devant, on devinait les deux gendarmes qui patientaient, auprès de leur voiture.

— La première fois que j'ai tué quelqu'un, c'était pendant la guerre, commença Édouard. Je me suis lancé dans cette guerre en pensant qu'elle serait mon tremplin, une passerelle vers ma nouvelle vie que je mettais tant de temps à construire. J'étais persuadé qu'il me fallait en passer par là, pour me punir d'avoir laissé Julien derrière moi et pour trouver la force d'avancer. C'était, à mes yeux, comme le jugement de Dieu : à lui de décider si je méritais de m'en sortir… Ça s'est passé début décembre, on devait inspecter un morceau de bois qui s'appelait Soupir. Il y avait là une vieille étable en pierre et les gars du génie voulaient l'intégrer à notre système de défense. C'est le caporal qui était avec nous qui a vu les Boches en premier. On a eu le temps de s'aplatir par terre et je me souviens encore de l'odeur de ce sol gelé. J'ai su que j'allais devoir livrer mon premier combat de soldat, mais je n'en ai ressenti aucune peur, juste de l'impatience. J'étais là, allongé sur le ventre, le fusil serré entre les mains. J'entendais notre ennemi avancer dans les broussailles durcies par le froid. Le caporal s'est levé d'un coup en poussant un cri terrible. Nous l'avons suivi. Les Boches ont paniqué. Je n'avais pas tiré un seul coup de feu que déjà deux d'entre eux étaient morts. Les autres ont essayé de s'enfuir, tirant à l'aveuglette et balançant des grenades au hasard. Nous les avons pris en chasse. Il y avait des cris, des coups de fusil ; je ne savais pas si c'étaient les leurs ou les nôtres. Je me suis retrouvé isolé mais j'en ai débusqué un. Un jeune gars, solidement charpenté, à vingt pas devant moi. Je n'ai pas eu le temps de le mettre en joue qu'il avait déjà son fusil pointé sur moi. Je me suis demandé si j'allais avoir mal, si j'allais savoir à quel instant précis ce serait terminé pour moi. Il a tiré et je n'ai rien senti. Deux autres coups de feu, et toujours rien. Il paniquait tellement qu'il était incapable de faire mouche. Alors, j'ai visé à mon tour, calmement. Je me sentais tellement calme ! Je n'ai tiré qu'une seule fois et son visage a éclaté en morceaux. Après, j'ai repris mon chemin, comme si de rien n'était. Je me suis découvert un talent pour ça, pour tuer. C'est de cette manière que j'ai vécu la guerre, dans la peau d'un destructeur. On m'a même donné un surnom : le Faucheur. On m'envoyait pour les coups de main, le nettoyage des tranchées adverses. J'ai pris plaisir à me faufiler, attendre le meilleur moment pour les tuer, au fusil, à la baïonnette, au couteau. Je suis incapable de dire combien j'en ai eu. C'est comme si ces hommes-là n'étaient pas réels dans mon esprit, vous comprenez ? Étant donné que j'étais venu là pour régler les comptes avec mon destin, je ne craignais pas de mourir. J'ai été blessé une première fois, en septembre 1915, pendant la bataille de Champagne. Une vraie boucherie ! J'ai été le seul survivant de mon escouade. Un vrai miraculé à en croire ceux qui m'ont ramassé. Alors, j'ai vraiment cru que j'étais indestructible. Que même le diable ne semblait pas vouloir de moi, malgré tous mes péchés, de plus en plus nombreux chaque jour. J'ai pensé que j'avais finalement gagné le droit de vivre. Et c'est là que j'ai vraiment commencé à avoir peur, quand j'ai espéré connaître un après… Jusqu'à ce jour de novembre 1916, quand on est venu me chercher pour que je tienne la main de Charles Guiraud qui était en train d'y rester. Je n'y suis pas allé pour lui, mais pour moi, pour avoir des nouvelles de mon frère. Il ne m'a pas reconnu, même après que je lui ai dit mon nom. J'avais pourtant joué aux billes avec ce gars-là et son frère, dans la cour de l'école. *« Qu'est-ce que tu as changé ! »* qu'il a fini par me dire quand j'ai réussi à le convaincre que c'était bien moi. Puis, il s'est mis à pleurer. Il parlait de son père, de son frère aîné et surtout de sa fiancée, la fille du charbonnier, Mathilde. Il me suppliait d'aller les voir, de leur dire qu'il les aimait, qu'il était désolé de ne pas tenir sa promesse et de ne pas revenir… Je l'ai laissé gémir un bout de temps, avant de lui poser la seule question qui m'intéressait. La réponse qu'il m'a faite a failli me rendre fou. Julien avait disparu à la fin du mois de juin 1914 et on le disait mort. Yvonne Gresse avait même confié à Lucien qu'il avait été dévoré par leurs porcs et qu'ils avaient eux-mêmes enterré les restes. J'aurais été capable de tuer Charles Guiraud pour m'avoir raconté cela. Mais il était déjà à moitié mort. Et j'ai su qu'il disait vrai. J'ai compris pourquoi je n'avais plus de lettre, pas la moindre nouvelle. Il n'y avait pas d'avenir pour moi sans Julien. Quand je l'ai abandonné, je lui ai promis et je me suis promis, que je viendrais le reprendre, avec une belle situation, de l'argent dans les poches, une maison à nous… J'ai quitté cette ferme un soir, juste avant la tombée de la nuit. Il est venu avec moi jusqu'au bout du chemin. Il était si petit ! Il pleurait tellement ! Il me suppliait de rester, jusqu'à en vomir le peu que les autres fumiers nous avaient donné à manger. Je ne pouvais pas le prendre avec moi, il était trop jeune, trop fragile, on nous aurait repris de suite. La seule chance qui lui restait était de m'attendre chez eux. Du moins, je croyais que c'était une chance… Yvonne le protégeait un peu, il avait un toit, une assiette, une école. Les coups, c'est toujours moi qui les prenais. J'ai cru pouvoir tenir assez longtemps pour être capable de me retourner contre eux. Mais ils ont réussi à me briser. C'est surtout Yvonne qui y est parvenue, quand elle a compris que j'avais l'âge de lui faire ce que son mari ne pouvait pas lui faire. Je me suis exécuté, mais elle est tombée enceinte. Cette salope a dit que c'était de moi. Michel et Pierre m'ont tellement cogné dessus que j'ai cru qu'ils allaient me tuer. J'en ai réchappé, mais je savais que la fois suivante serait la bonne. Alors, j'ai décidé de fuir. Vous savez, il se trouve que je ne peux pas avoir d'enfant. On m'a dit ça quand j'étais à l'hôpital. Ce n'est pas moi le père d'Amélie. Notez que ça n'aurait rien changé dans ce qui s'est passé après. J'avais tenu toutes ces années en ne pensant qu'à une chose : offrir à Julien la vie qu'il méritait. Nous avions neuf ans d'écart. Quand nos parents sont morts, je me suis cru assez grand pour assumer tous les rôles auprès de lui. Il était tout pour moi. Quand nous dormions au-dessus de la petite étable, j'étais si heureux de le sentir s'endormir recroquevillé contre moi, de l'entendre respirer doucement. Je le rassurais quand il faisait de mauvais rêves, je lui racontais des histoires, lui fabriquais des objets… Il s'émerveillait de tout. Combien de gens dans une vie vous donnent cette impression permanente, qu'à leurs yeux, vous êtes unique, exceptionnel ? Lui faisait partie de ces gens. Je vais vous montrer quelque chose.

Édouard se leva et monta à l'étage, et Martial n'esquissa pas le moindre geste pour l'en empêcher. Il redescendit aussi vite, une vieille boîte à biscuits dans les mains. Il la posa sur la table avant de l'ouvrir.

— Nous avons réuni plusieurs choses dans cette boîte que j'avais volée dans la cuisine. C'était notre trésor, notre alliance de frères, pour la vie. Je lui ai montré la grotte que j'avais découverte au cours de mes nombreuses escapades dans la forêt, le seul endroit où je pouvais chercher un peu de force. Le pauvre avait tellement peur de ce long tunnel tout noir, des risques d'effondrement… Nous y avons caché notre trésor et c'était comme si ce lieu était à nous.

Un à un, il sortait les objets de la boîte. Des petites cartes mangées par l'humidité qui laissaient encore deviner des photos de paysages, plusieurs billes en terre, un soldat de plomb privé d'une de ses jambes, un morceau de ruban, un petit couteau pliant à la lame usée…

— Voilà la fameuse photo de la pâtisserie de Bédarieux.

Bien qu'étant elle aussi abîmée, Martial reconnut Édouard, jeune commis.

— Il me suffit de regarder tous ces objets pour sentir la rage remonter en moi. Ça et les ossements que je suis allé déterrer après que Bascoul m'a dit où ils les avaient cachés. C'est tout ce qui reste de mon frère. Vous n'imaginez pas ce que ça a été pour moi de les croiser dans ce village, de les voir vivre et brailler comme si de rien n'était. Je n'ai tenu bon que parce que je savais qu'ils allaient tous y passer, que j'allais les avoir jusqu'au dernier. Si vous me laissiez faire maintenant, je remonterais vers cette ferme et je tuerais cette vieille sans la moindre hésitation, en la faisant souffrir le plus longtemps possible. J'ai appris à ignorer la pitié pendant la guerre, comme tous les autres. Mais, avec eux, cela a été encore pire. Quand il fallut leur faire la peau, ma main n'a jamais tremblé, à aucun moment je n'ai songé leur laisser la moindre chance, même quand je me suis rendu compte que ma guérison était impossible. Le fantôme de Julien me hante tous les jours. Ses cris de détresse emplissent mes oreilles. Quand j'ai appris qu'il était mort, il n'y avait plus rien. Il n'y avait que du vide, même au plus profond de mes entrailles. J'ai vécu les semaines qui ont suivi comme un fantôme. Je suis incapable de vous dire ce qui s'est passé, si ce n'est que j'attendais la Mort. J'aurais pu me tuer moi-même, mais je trouvais que c'était trop doux pour moi. Je revois quelques bribes de ces semaines, et c'est toujours la même scène : je me jette dans les combats sans prudence, sans couverture, mais la Mort prend tout le monde autour de moi, sauf moi. C'est aux Éparges, en février 1917, qu'Elle s'est décidée à s'intéresser à moi. Les brancardiers ont cru que j'étais mort quand ils m'ont redescendu. J'étais à moitié inconscient. J'ai essayé de me laisser aller, j'ai utilisé mes dernières forces pour mourir, mais rien n'y a fait. J'ai survécu. Dans le lit à côté de moi, il y avait un gars que je connaissais de vue. Il était lui aussi sacrément amoché. Nous sommes restés trois jours avant qu'on nous transporte plus loin vers l'arrière. Ce gars-là s'est mis à me raconter sa vie et moi, je n'avais rien de mieux à faire que de l'écouter. Il m'a parlé de l'orphelinat de La Rochelle, de la Marine, du naufrage qui avait failli lui coûter la vie, de son nouveau métier de courtier, de ses projets en Argentine… Je lui ai tout pris : son nom, son passé et son futur. Il est mort la troisième nuit, quelques heures avant qu'on nous embarque dans le train. J'ai échangé nos plaques. C'étaient les nouvelles, celles qu'on nous avait données au mois de janvier. J'ai aussi échangé nos quelques affaires et nos lits. Et ensuite, j'ai attendu. À l'hôpital de Paris, j'étais devenu Édouard Alexandre. Armand Pujol était mort dans cet hôpital de Verdun qui suintait le sang par tous les murs. Le destin a mis ce pauvre type sur ma route, il m'a offert un moyen de disparaître aux yeux de tous, tout en me gardant en vie. Tout cela prenait un sens soudain : j'avais la possibilité de me venger. Depuis ce jour, l'idée de cette vengeance ne m'a plus quitté. J'ai retrouvé la hargne que j'avais au combat pour pouvoir guérir et mener ma deuxième guerre, celle qui se termine aujourd'hui. Plusieurs fois, Camille a essayé de me détourner de ce chemin, elle a failli réussir à me faire renoncer. Mais, à chaque fois, il a suffi d'une fraction de seconde pour que tout me revienne en tête et que je replonge dans la haine. L'idée que les Gresse puissent vivre sans que rien ne leur arrive m'était insupportable. C'était trop ancré au fond de moi pour que je puisse y échapper, quitte à tout sacrifier, ce que j'ai fait. Camille a été la première personne à qui j'ai dit la vérité. Le destin s'en est à nouveau mêlé quand elle a trouvé la possibilité de se faire muter dans ce village, grâce aux relations de son père. J'avais une couverture, elle m'a aidé à pénétrer sur le territoire de l'ennemi. Personne ne m'a reconnu, pas même Marthe, bien que j'aie eu parfois quelques doutes. J'ai pu être libre de mes mouvements, j'ai pu observer longuement, étudier les lieux, les habitudes. Il fallait d'abord que je sache ce qui s'était passé avec exactitude. Je m'en suis donc pris à Louis Bascoul. Vous avez deviné comment. Il s'est montré plus têtu que je le pensais mais il a fini par tout me raconter. Ils ont enfermé Julien dans la porcherie pour lui donner une leçon, parce qu'il avait peur des cochons. Ils l'ont attaché pour ne pas qu'il saute par-dessus le muret et qu'il leur échappe. Quand les porcs ont commencé à le dévorer, ils n'ont pas bougé. La mère, les deux fils, Yvonne, Bascoul : aucun n'a levé le petit doigt. Michel a récupéré les restes le lendemain matin et les a enterrés dans la petite clairière du bosquet de Mont-Vert. Ils ont brûlé ses affaires et ont fait croire à une fugue… Quand Bascoul n'a plus rien eu à me dire d'autre que ses suppliques, je lui ai fracassé le crâne, d'un seul coup. Puis, je l'ai balancé dans le ravin. J'ai laissé passer un peu de temps pour construire mon plan. Et, le moment venu, je suis passé à l'attaque. Il me fallait les avoir tous les quatre assez vite. J'étais bien caché dans la charrette de Michel avant de lui sauter dessus. Le voir assis dans la neige, terrifié après m'avoir reconnu, est l'un des plus grands plaisirs que j'ai ressenti de ma vie. Il ne pouvait plus bouger, il était ridicule jusqu'à se chier dessus. Il est mort lentement, en ayant mal. J'ai regardé ses tripes se répandre, sans aucune pitié et sans aucun remords. Vous avez également deviné ce qui s'est passé par la suite. Serge Cals m'a ramené au village sans le savoir et j'ai pu regagner l'école avant que la nouvelle ne se répande et que les gens sortent de chez eux. Puis je me suis montré comme tous les jours. Pour Yvonne, j'ai eu moins de temps pour la voir agoniser. Votre aller-retour à l'école ne me donnait qu'une grosse demi-heure. J'avais intercepté le message qu'elle avait laissé à Rémi Fieu le matin. Après votre départ du moulin, j'ai changé de vêtements et j'ai coupé à travers bois, jusqu'à la cabane du Cassaïre. J'attendais l'occasion depuis plusieurs jours, je savais qu'elle ne pourrait pas se retenir. Quand elle m'a vu arriver, elle était presque contente. Elle est restée allongée, a relevé sa robe. Elle pensait que j'avais envie d'elle. Il lui a fallu du temps pour me reconnaître. Elle m'a ensuite supplié elle aussi. Je lui ai dit que je ne pouvais pas être le père de sa fille, qu'il y en avait bien un autre à ce moment-là. Elle a dit que si ce n'était pas moi, ça ne pouvait être que l'aîné des Guiraud. Juste avant que je lui coupe la gorge. Il ne restait plus que Pierre et sa mère. Je savais qu'il serait difficile de les approcher au bout de trois meurtres. Surtout après la frousse que je lui avais flanquée avec les croix que j'ai plantées dans le bosquet et la veste de Michel que j'ai jetée aux cochons. Il croyait dur comme fer qu'il s'agissait bien d'un fantôme. Mon seul regret est qu'il n'ait pas su que c'était moi qui le tuais dans cette petite étable, ni que j'allais essayer de lui faire porter le chapeau. L'enquête bouclée, j'avais le temps d'aller m'entretenir avec la vieille. Je savais depuis le début comment elle devait y passer, après avoir tout perdu. Voilà ce que je peux vous dire. Je ne cherche nullement à me justifier. J'ai tué ces gens avec plaisir, et, si c'était à refaire, je le referais sans hésiter, même en sachant que chaque jour m'a fait m'enfoncer un peu plus dans mon cauchemar au lieu de m'en extirper.

Martial avait écouté sans mot dire. Il était temps pour lui de prendre la parole.

— Il y a des vides dans vos aveux.

— Ce sont les seuls qu'on obtiendra de moi, jusqu'à ce qu'on me coupe la tête.

— Si vous le voulez bien, je vais vous dire ce qui s'est passé depuis votre hospitalisation à Luchon. J'espère que vous accepterez de combler les quelques lacunes qui restent.

— J'accepte, Martial. Mais, je vous le redis : une fois cette conversation terminée, je nierai tout ce qui déviera de ma version des faits.

— Vous vous retrouvez donc dans cet hôpital de Luchon et vous y rencontrez Charles, qui venait visiter les blessés. Vous discutez ensemble, mais il voit vite clair dans votre jeu, n'est-ce pas ? Combien de temps vos mensonges ont-ils tenu ?

— Pas plus de deux jours.

— Il se prend malgré tout d'affection pour vous, qui essayez de fuir votre passé, bien qu'il ne sache pas encore de quoi il retourne. Il s'engage à vous donner une partie de l'instruction qui vous manque pour que votre fausse identité gagne en crédibilité. Et il y réussit plus que bien. De fil en aiguille, vous rencontrez Camille. Vous tombez amoureux l'un de l'autre. Charles, sachant votre imposture, ne voit pas cela d'un très bon œil. Mais il ne peut pas empêcher ce qui est en train de se produire. Vous finissez un jour par tout dire à Camille. Si elle n'a pas la même rage que vous, elle est révoltée par ce qui est arrivé à votre jeune frère. Elle aussi veut que les coupables soient punis, mais pas forcément de la façon dont vous l'entendez. Néanmoins, elle sait que votre désir de vengeance est plus fort que tout. Alors, par amour, elle décide de vous aider. Et elle trouve un moyen de vous amener à vivre dans ce village : elle sait qu'un poste d'institutrice doit être pourvu, elle demande à son père de faire jouer ses relations pour l'obtenir, ce qui se passe effectivement. Mais Charles a dû commencer à se douter de quelque chose. Il a fini par apprendre à son tour ce que vous cherchiez à faire. Il a essayé de raisonner Camille mais une fois de plus, elle lui a tenu tête. Vous voyant prêt à passer à l'acte et donc à emporter sa fille unique dans votre faillite, il ne lui restait plus qu'à vous préparer un plan vous permettant de ne pas vous faire arrêter. Pendant le temps qu'il lui reste, il vous prépare. Vous ne devrez pas commettre la moindre erreur, penser à tout, vous adapter aux éléments, savoir improviser le moment venu. L'objectif est simple : le plus faible des fils Gresse doit passer pour l'assassin, poussé par la cupidité. Il doit écarter les soupçons qui pourraient peser sur lui en mettant en scène la vengeance d'Armand Pujol. C'est ce que l'enquête doit conclure. La mise en scène doit cependant être grossière : les croix plantées dans le bosquet, la veste de Michel retrouvée dans la porcherie, la lettre reçue par Mathilde, l'argent disparu dans le coffre laissé par l'ancien instituteur dans le grenier de l'école, même ce morceau de journal bêtement oublié là, avec la date… Tout un tas d'éléments maladroits prouvant que celui qui voulait faire revivre Armand Pujol n'était pas si futé que cela. Charles vous a-t-il également aidé à préparer les meurtres ?

— Non. J'ai juste appris tout ce qu'il a bien voulu m'apprendre pour bâtir ma propre tactique.

— Le valet de ferme était la cible la plus aisée à atteindre et, comme vous l'avez reconnu, il pouvait vous fournir les informations qui vous manquaient. Le samedi de sa disparition, c'est vous qui l'avez abordé au bord du chemin surgissant de la brume. Vous l'avez convaincu de vous suivre jusqu'au Pas-du-Diable mais j'ignore comment.

— Je lui ai dit que ma fiancée avait eu un accident, qu'elle était coincée là-haut avec une jambe brisée et que j'avais besoin d'aide pour la descendre jusqu'au village. Il n'était pas d'accord mais je lui ai donné une somme d'argent assez rondelette, lui en promettant autant si on la sortait de là.

— Il vous a donc suivi et vous l'avez attiré jusque dans votre caverne. Il était ivre et pas très costaud, c'était un jeu d'enfant pour vous de le maîtriser avant de lui briser les chevilles pour qu'il ne puisse s'échapper. L'écrasement de ses doigts a fini par lui délier la langue puis vous l'avez tué, avant de reprendre le car pour regagner la vallée, comme presque toutes les semaines. Vous patientez donc ensuite, le temps que tout ce dont vous avez besoin se mette en place. Une fois commencée, votre vengeance devait être rapide car la vitesse était votre meilleure alliée, ne laissant pas le loisir aux enquêteurs de pouvoir respirer et de vérifier toutes les pistes. Ceci est une fois de plus la marque de Charles, n'est-ce pas ?

Édouard confirma d'un geste de la tête.

— Charles savait, qu'assez rapidement, l'histoire des frères Pujol ressortirait au grand jour et que la piste d'un Armand sorti indemne de la guerre serait vite flairée par un enquêteur un peu consciencieux. Et qu'en laissant trop fouiller dans cette direction, vous seriez rapidement repéré et confondu. Il existait peut-être d'autres photos de vous, des traces que vous ne pouviez effacer, comme votre nom, inscrit dans le registre de l'ambulance de Verdun au même moment qu'Armand Pujol… C'est là que son piège doit fonctionner : faire croire que votre vengeance n'est qu'un artifice censé protéger le véritable tueur et ses véritables intentions. Il y a cependant un point qui pose problème : vous ne pouvez pas savoir quels enquêteurs vont s'occuper de l'affaire. Si vous tombez sur quelqu'un qui ne se pose pas trop de questions, la ruse ne fonctionnera pas et vous serez cuit. Alors, autant choisir l'enquêteur que l'on veut manipuler, c'est-à-dire moi. Il faut me faire venir au village, pas trop tôt, mais pas trop tard non plus. Puis, au bon moment, me laisser tomber dans le panneau en repérant les erreurs commises par celui qui voulait se faire passer pour vous. Peu importe que je ne fonce pas tête baissée dans le panneau, il suffisait d'installer le doute, quelques jours à peine, le temps que vous puissiez terminer avant que je ne puisse y voir plus clair. C'est exactement ce qui s'est passé. Ma présence en fait avait de nombreux avantages. Charles me connaissait par cœur, il savait tout de mes défauts, de mes mauvaises habitudes, mais aussi de mes techniques d'enquête. Il savait comment me manœuvrer. L'autre avantage était que j'allais sans doute vous permettre d'approcher de la ferme des Gresse, y compris une fois que la surveillance serait mise en place. Vous n'avez pas d'emploi, vous connaissez bien le coin, j'habite chez vous : tout ce qu'il faut pour que je vous demande de m'assister. Donc, Camille commence à jouer la comédie autour de la mort du valet de ferme qui n'a pas été résolue et qui l'obsède. Elle veut justifier la lettre qui est déjà prête à m'être envoyée.

— Elle n'a pas joué la comédie tout le temps. Elle avait vraiment peur la nuit.

— Oui. J'allais oublier l'histoire de la silhouette sous les fenêtres de l'école. Il y avait bien quelqu'un cette nuit-là, comme d'autres d'ailleurs. Camille s'est sentie épiée et elle a eu peur parce qu'elle ne savait pas par qui. Et que votre manège avait peut-être été repéré. Il l'a été en fait, par Lucien Guiraud. C'est lui qui était là et qui a même fini par surprendre une de vos sorties nocturnes. C'est pour cela qu'il était si effrayé quand vous étiez dans les parages. C'est pour cela que j'ai demandé à son père de l'envoyer ailleurs hier soir, de peur qu'il ne trahisse par sa nervosité le piège que je souhaitais vous tendre à mon tour. Revenons à la lettre de Camille. Il faut être sûr que je vais mordre à l'hameçon. Dès que c'est fait, vous pouvez commencer. Vous tuez donc le plus dangereux du clan Gresse, Michel. Lui mort, vous savez que vous avez décapité sa famille. J'ai compris assez vite la façon dont vous vous y êtes pris, mais il restait deux choses qui m'ont travaillé. La première est ce soin apporté pour ne pas laisser d'empreintes de pas dans la neige. Je ne crois pas que le but était de faire croire à un fantôme. Il y avait une autre raison. Je vais y revenir dans un instant. La deuxième chose troublante était que, pour se cacher dans la charrette des Gresse en plein milieu de la nuit, il nous fallait quelqu'un de relativement mobile, libre d'aller et venir sans attirer l'attention. Quelqu'un dont l'absence nocturne pouvait passer inaperçue. Mais il y avait tellement à faire à ce moment-là que j'ai mis ces deux choses de côté et que je n'ai pas eu le temps d'y revenir assez tôt. Ensuite, vous m'avez tranquillement laissé faire et m'enferrer dans le piège tendu par Charles. L'heure est venue de tuer Yvonne. Si elle n'avait pas donné rendez-vous à Rémi Fieu, vous vous seriez sans doute chargé de l'attirer vous-même dans cette cabane. Mais, par chance, elle n'y tient plus. Elle glisse le mot sous la pierre du hameau des Buissonniers, vous le découvrez, le subtilisez et, avec une nouvelle fois la complicité de Camille, vous la tuez le soir même.

— Camille n'a tué personne ! Il ne faut pas parler d'elle ainsi !

— C'est le terme de complicité qui vous dérange ? Vous inventez cette histoire d'inspection surprise justifiant que Camille dorme seule au moment où elle devrait avoir le plus peur, à condition de réagir comme tous les autres habitants du village. Puis, elle m'attire à l'école, le temps de la raccompagner. Elle cherche même à me retenir sur place plus longtemps que prévu. Elle sait comment faire, n'est-ce pas ?

— Vous vous méprenez mon ami. Elle voulait tout vous dire. Ce soir-là, elle a failli tout vous avouer. Elle me l'a dit le lendemain. Vous n'avez pas su entendre ce qu'elle essayait de vous dire, c'est tout.

Martial montra d'une grimace qu'il n'était pas très convaincu de l'explication. Il ressentait encore une certaine colère en repensant à ce soir-là. Mais il n'insista pas et revint au fil des événements.

— Vous tuez donc Yvonne Gresse, coupant à travers la forêt, et avez le temps de revenir ici, pour vous laver et vous changer à nouveau. J'arrive ensuite et je vous trouve tranquillement assis devant la cheminée. Plus tard, on vient nous chercher pour nous apprendre la mort de cette femme. C'est la première fois que je vais pouvoir voir la victime d'un de vos meurtres. Charles vous a bien prévenu : ne laisser aucun indice. Le fameux échange de Locard dont je lui avais tout dit ! Vous vérifiez bien que rien ne vous trahira et effacez même les traces au sol. Toutes les traces ! Et cet excès de zèle vous fait commettre une erreur qui a fini par vous être fatale, car il s'agit encore d'empreintes de pas dont nous parlons. À ce moment, vous savez que la protection de la famille Gresse va être prise au sérieux. Il ne vous reste peut-être qu'un petit créneau pour agir. Vous bâtissez votre plan en fonction des nouveaux éléments et la chance s'en mêle car, sans le vouloir, je vous viens en aide, ainsi que l'avait présagé Charles. Je vous emmène avec moi pour surveiller la ferme des Gresse. Au plus près de vos ennemis. Ce soir-là, Camille n'est pas restée longtemps enfermée dans le moulin. Juste le temps d'enfiler des vêtements d'homme, puis d'aller jusqu'au bosquet de Mont Vert préparer la mule. À votre signal, et vous étiez bien placé pour cela, ayant vous-même choisi votre poste de surveillance du côté de la grange, elle allume la lanterne et se dépêche de couper à travers champ pour vous rejoindre. Là, elle se cache dans le petit grenier situé au-dessus de l'étable du taureau, là où on vous avait installé avec votre frère. Pierre Gresse finit par venir dans cette étable. Vous lui sautez dessus dès qu'il est entré et vous le chloroformez. Quand je vous rejoins ensuite, je ne vois qu'un ivrogne trop saoul pour être encore conscient. Vous ne me laissez pas approcher et je ne suspecte rien. Puis, je suis obligé de revenir à mon poste. Rapidement, Camille enfile le pantalon et la veste de Pierre, chausse ses souliers et met sa casquette. C'est ensuite elle que vous portez sur votre dos pour aller la coucher sur la paillasse de Pierre. Quand vous ressortez, vous poussez même la précaution jusqu'à me faire vérifier que la double porte de l'étable est bien verrouillée. Elle ne le reste pas longtemps puisque Camille tire vite les deux verrous et se faufile dehors dès que je pars vers le bosquet. Elle prend votre cape de pluie et votre lanterne et se tient à votre place. De loin, je ne peux que m'y laisser prendre. Pendant ce temps, vous chargez Pierre Gresse dans le coffre du cabriolet puis vous entrez dans la ferme, tout simplement par la porte de l'étable. Vous montez au grenier, vous ouvrez la lucarne comme l'aurait fait le fils Gresse pour faire croire qu'un intrus s'était glissé par les toits. Il y a ensuite la trappe, le couloir et la chambre de la mère Gresse. Une nouvelle fois le chloroforme, et vous lui entaillez les poignets. Vous revenez ensuite sur vos pas et reprenez dehors la place de Camille. Tout cela avant que je ne revienne du bosquet. Au passage, Camille se déleste des vêtements de Pierre, qui le rejoignent dans le coffre du cabriolet. Elle ne garde que la casquette. Quand on découvre l'état de la mère Gresse, l'alerte est donnée. Vous simulez une agression et Camille s'enfuit aux rênes du cabriolet. Elle monte jusqu'au Pas-du-Diable où vous avez eu le temps de tout préparer : la planche du pont cassée, la corde dans la caverne, et même les ossements de votre pauvre frère. Camille dépose le chloroforme et le mouchoir qui en est imbibé. Et elle attend que je vienne. Vous savez que, tôt ou tard, je vais pénétrer dans la grotte, y apercevoir de la lumière. Je dois ensuite la poursuivre dans le tunnel. Elle me tire dessus de telle manière qu'elle ne peut m'atteindre mais juste me ralentir. Elle sort ensuite du puits et vous êtes là pour l'attendre. Une nouvelle fois, vous échangez vos rôles : à vous la casquette, à elle la capote. Et elle peut se dépêcher de partir sur l'autre rive, pour que je vous y croie, obéissant sagement à mes directives. Vous devez maintenant jouer le rôle du fuyard. Quand je sors à mon tour du puits, je vous vois, un peu étonné que vous n'ayez pas plus d'avance sur moi. Je dois ensuite croire que vous finissez par tomber dans un des gouffres, celui en travers duquel vous avez coincé un morceau de tronc d'arbre, qui vous permet de vous rattraper quand vous simulez votre chute. Une fois hors de ma vue, vous poussez ce même tronc dans le gouffre et le bruit qu'il fait donne l'illusion du corps qui se fracasse au fond après avoir cogné contre les parois. Il ne vous reste plus qu'à rejoindre le pont. Camille a laissé la cape de pluie et la lanterne et doit se dépêcher de rentrer au moulin. Mais ma maladresse vous oblige à revenir sur vos pas pour me sauver la vie.

— Je ne voulais pas qu'il vous arrive quoi que ce soit.

— Je vous en remercie. Vous avez tout de même glissé une vipère dans mon lit.

— On m'avait parlé de votre peur des serpents. J'ai pensé que cela vous égarerait davantage dans vos déductions. Sa morsure est rarement mortelle.

— J'ai appris cela. Mais vous pouvez vous vanter de m'avoir flanqué une sacrée trouille. Mais c'était là aussi une erreur, comme à chaque fois où vous êtes sorti des consignes laissées par Charles. Pourquoi un serpent, à cette époque de l'année de surcroît ? Il fallait connaître ma phobie…

— C'est qu'en vous voyant avec Camille, si complices, dimanche midi, j'ai vu un peu rouge.

— Mais vous m'avez tout de même sauvé la vie quand j'étais pendu dans le vide. Votre plan a pu ensuite reprendre son cours. Vous avez justifié vous être débarrassé de vos affaires près de la charrette, parce que vous n'avez pas eu le temps d'aller les récupérer. Puis je suis allé chercher les gendarmes. Pendant ce temps, vous récupérez Pierre Gresse dans le coffre, toujours endormi, vous le rhabillez, vous le montez jusqu'au bord du gouffre et là, comme vous l'avez fait avec le valet de ferme, vous lui fendez le crâne. Puis, vous jetez la pierre avec laquelle vous venez de le tuer dans le trou, puis c'est son tour, vite rejoint par sa casquette.

— J'ai juste eu le temps de la coincer dans la ceinture de mon pantalon avant de venir vous aider.

— De mon côté, je ne vais pas à la ferme directement. Je fais un détour par le moulin. Et ce détour a failli vous être fatal. Camille avait eu à peine le temps de rentrer, de se déshabiller et d'essayer de sécher ses cheveux, d'où le poêle que j'ai trouvé bien vif quand je suis entré l'attendre. C'est pour cela qu'elle ne m'a pas répondu tout de suite. Il lui fallait le temps d'attacher ses cheveux pour masquer leur humidité. Il y a eu une autre fois où j'ai également failli vous découvrir. C'est le soir où vous m'avez suivi jusqu'à la ferme des Gresse pour jeter la veste dans la porcherie. Les aboiements du chien m'ont été attribués, comme ils ont été attribués au laitier la nuit où vous vous êtes faufilé jusque dans la charrette de Michel. C'était bien joué mais vous n'aviez pas prévu que je ne rentre pas au moulin et que je monte jusqu'à l'école. C'est vous que j'ai été à deux doigts de surprendre quand j'ai rallumé subitement ma lanterne, ce n'était pas Lucien Guiraud qui a sauté dans ce champ. Si, au lieu de poursuivre mon chemin, j'étais allé frapper à la porte de Camille pour l'avertir, comment aurait-elle pu justifier votre absence ?

— Elle n'aurait rien justifié. Elle vous aurait laissé tout interrompre.

— Mais elle n'a pas eu à le faire… Voilà comment les choses se sont passées. On a ressorti de ce trou Pierre Gresse dans la peau d'un assassin. Et votre plan avait fonctionné à merveille. Au-delà même de vos espérances quand on s'est mis à suspecter la complicité de sa mère.

— Et c'est le piège dans lequel je suis tombé… Vous m'avez offert le moment pour la tuer. Il a suffi que vous attendiez que je passe à l'acte… À quel moment avez-vous su ?

— J'ai tout compris hier. Mais il m'a fallu la journée pour recoller tous les morceaux.

— Et vous avez dîné avec moi hier soir comme si de rien n'était, nous avons dormi sous le même toit, bu notre café ensemble ce matin… Nous nous sommes serré la main avant votre faux départ… Comment avez-vous pu vous contenir à ce point ?

— J'ai fait comme vous. C'est atteindre le but qui m'importait. Ce fut une motivation suffisante pour tenir bon. Et puis, il y a aussi le fait que vous ne me faites pas peur. Même si je sais qui vous êtes et ce que vous avez fait, vous restez tout de même Édouard pour moi. À mes yeux, vous n'êtes pas ce monstre que nous avons pourchassé ensemble.

Édouard sourit à nouveau.

— Si seulement vous pouviez avoir raison ! Vous n'imaginez pas tout ce que je donnerais pour être Édouard Alexandre ! Vous ne m'avez toujours pas dit ce qui vous a mis sur ma piste.

— Vous voulez plutôt dire sur votre piste à tous les deux, ou même à tous les trois en comptant Charles… Il y avait trop de choses qui ne collaient pas dans la version officielle, celle faisant de Pierre un tueur au plan machiavélique. J'ai eu du mal à y croire. Mais il me fallait donner le change avant de comprendre qui était derrière tout cela. La lumière est venue des empreintes de pas, hier matin. J'en étais revenu à cette histoire d'empreintes effacées dans la neige puis dans la cabane. La raison en était toute simple : le tueur devait effacer ses pas parce que ceux-ci l'auraient compromis. Cela m'est venu alors que je marchais dans la boue près du moulin. Vous êtes obligé de porter une chaussure spécialement équipée pour compenser votre jambe trop courte et cela rend vos traces de pas très distinctives : cette chaussure laisse une marque nettement plus profonde au niveau du talon. Vous le saviez et il vous fallait tout effacer si vous marchiez sur un sol pouvant garder en mémoire votre passage, comme sur le sol de cette cabane, sans prendre garde qu'ainsi, vous me mettiez sur la piste. Il y a eu aussi les vêtements de Pierre Gresse. Quand le médecin m'a demandé de l'assister lors des premières constatations, j'ai remarqué que, si sa casquette était trempée de pluie, ses chaussures, son pantalon et sa veste étaient bien peu mouillés pour quelqu'un qui avait passé autant de temps sous la pluie. C'est encore la pluie qui m'a donné le troisième indice, grâce aux gouttes d'eau sous le porche.

— Les gouttes d'eau ?

— Oui. Sous ce porche. Quand je suis descendu du Pas-du-Diable et que, le dos en compote, il m'a fallu venir chercher le secours de Camille, ma cape de pluie a goutté sur les dalles du porche.

— En quoi était-ce un indice ?

— J'ai gardé l'image en mémoire. Celle de ce porche dans la lumière de la lanterne accrochée à la charrette... Et j'ai revu plus tard ce que je n'avais pas su voir sur le moment : il y avait d'autres gouttes d'eau avant que je ne vienne frapper à cette porte. Les gouttes des vêtements détrempés de Camille quand elle est revenue, une fois son rôle terminé. Cela faisait deux éléments, bien minces il faut le reconnaître, mais suffisants pour que le doute s'instaure et que je reconstruise tout, reprenant chaque détail depuis le début. Vous, sur le quai de cette gare à Castres, venant gagner ma sympathie et le droit de m'assister. La façon dont tout le monde a remarqué votre manège pour rejoindre Camille la nuit alors que vous connaissez suffisamment le coin, grâce à vos multiples promenades, pour trouver les chemins détournés permettant d'échapper à la surveillance des villageois : vous sembliez mettre un point d'honneur à ce que tout le monde sache où vous passiez vos nuits. Effectivement, cela était important. Vous teniez là de quoi aller et venir en toute liberté, la nuit venue, quand on vous croyait dans le lit de Camille. Les témoins pouvant l'affirmer rempliraient aisément cette pièce. Je vous ai parlé tout à l'heure de la frayeur que vous avez causée à Lucien après la réunion de l'autre soir. Puis cette inspection surprise qui tombait à point nommé, qui tombait même trop bien. Il y a eu aussi ce moment où Jean Guillard est venu frapper à cette porte, en plein milieu de la nuit, pour nous annoncer la mort d'Yvonne. Il a dit : « *Elle est morte.* » Et, vous n'avez trahi aucune émotion quand, de mon côté, j'ai immédiatement pensé à Camille. Vous avez essayé ensuite de rattraper le coup mais le mal était fait. Puis, j'ai repensé à cette course-poursuite au Pas-du-Diable. L'homme derrière lequel j'ai couru entre les trous et les rochers tenait sa lanterne de la main gauche, main dont Pierre Gresse n'avait quasiment plus l'usage. Il est vrai qu'il aurait pu simuler son handicap. Mais votre lanterne ? Pourquoi l'avoir laissée à la charrette quand vous êtes montés à ma rescousse ? Il est vrai que je vous avais demandé d'éteindre pour surprendre l'assassin et le coincer, mais quand il vous a fallu vous porter à mon secours pourquoi venir sans lumière au risque d'être ainsi fortement ralenti ? Vous comprenez, c'est ce genre de détails qui se sont finalement collés les uns aux autres. Comment expliquer également que Camille ait mis tant de temps à venir m'ouvrir quand je frappais comme un forcené à cette porte, quand le bruit de la charrette aurait dû l'alerter ? Pouvait-elle dormir si profondément que cela en sachant les derniers événements et ce que nous étions en train de faire ? J'ai ensuite appelé mon ami parisien pour lui donner votre nom. Celui que j'avais oublié dans la liste des nouveaux habitants du village, la liste de ceux qui auraient pu usurper une identité. Il vous a vite retrouvé, au même endroit et au même moment qu'Armand. C'est le coup de fil que j'ai reçu hier soir lorsque nous dînions chez Antoine Guiraud. C'était la confirmation qui me manquait.

Édouard hocha la tête.

— J'ai cru un moment que vous vous étiez laissé prendre. Mais, comme je vous l'ai dit, je vous aurais dit la vérité, tôt ou tard.

— Il y a une dernière chose enfin. J'ai mis du temps à comprendre quel avait été le rôle de Charles dans toute cette histoire. Quand je me suis rendu compte qu'il avait choisi de me manipuler, j'ai essayé de saisir pourquoi il m'en voulait à ce point. J'ai fini par penser qu'il me détestait.

— Non, il ne vous détestait pas, bien qu'il vous en voulût pour avoir un jour insulté la mémoire de sa femme. Pour cela, il vous détestait, quand il y repensait. Mais, le reste du temps, je crois qu'il vous aimait.

— Mais rien ne pouvait être comparable à l'amour qu'il vouait à sa fille. Il m'a sacrifié pour la sauver, c'est ce que j'ai compris à force d'y repenser. Voyez-vous, il vous a trahi en fin de compte. Le livre qu'il a glissé dans ce coffre, le livre de Michelet, c'était le sien. C'est lui qui a souligné le passage sur les naufrageurs. Pour me rappeler mes mauvaises habitudes au cas où je les aurais oubliées, et la comparaison qu'il en faisait avec ces bateaux, certes puissants face à la mer démontée, mais complètement dépendants de la lumière que d'autres, à terre, leur envoyaient. Il m'a ainsi prévenu du piège qu'il m'avait tendu : m'obliger à me détourner pour un temps de la vérité que je tenais pourtant, attiré par une autre piste, par un autre phare… Il y a eu également sa lettre, la dernière lettre qu'il m'a adressée. Quand il m'a demandé de protéger Camille, de la sortir de la situation dans laquelle vous l'avez mise.

— Elle a tout fait pour essayer de me dissuader de passer à l'acte, jusqu'au dernier moment, jusqu'à y perdre même sa santé.

— Mais elle a tout de même joué sa partition avec un certain talent.

— Elle a été loyale. Je l'ai rendue prisonnière de cette histoire le jour où je lui en ai parlé. Il me fallait le dire à quelqu'un, vous comprenez ?

— Elle vous aime assez pour avoir sombré avec vous dans cette folie.

— Elle m'a aimé oui. Aujourd'hui, elle est juste loyale. Son père m'a répété plus d'une fois que rien ne pourrait réparer ce qui avait été brisé. Il ne croyait pas à mon avenir, même avec son plan. Que je sois arrêté ou non n'y changeait rien pour lui. Il savait que cette histoire me poursuivrait à vie et qu'elle me ferait perdre l'amour de sa fille. Camille a fini par voir qui j'étais vraiment et tout ce que j'avais en moi de mauvais. Ma rage est vorace, elle engloutit tout. Elle m'a même poussé à corrompre cette jeune femme et à lui faire comprendre que tout l'amour qu'elle a été capable de m'offrir ne pesait rien en comparaison.

— Charles a bien préparé son coup. Une fois de plus, il me met échec et mat. Si je révèle toute l'histoire, je fais condamner Camille en même temps que vous. Un juge ne se laissera jamais prendre à votre version des faits. C'était aussi pour cela qu'il fallait que je m'occupe de l'enquête. Il savait que j'étais incapable de lui faire du mal. Allez-vous-en Édouard, et emmenez Camille avec vous. Faites en sorte d'avoir un avenir, vous lui devez bien ça. Une femme qui vous aime à ce point, on devrait être capable de tout lui sacrifier. Je m'occuperai de donner une sépulture décente à votre frère et on connaîtra tout des conditions dans lesquelles il est mort. Et Armand Pujol restera un jeune soldat de plus tombé au champ d'honneur.

— Comment allez-vous expliquer ce qui s'est passé ce matin ?

— Exactement comme vous l'aviez prévu. Un suicide ! Ce matin, vous avez empêché cette femme de se suicider et de se soustraire à la justice.

Martial se leva et se dirigea vers la porte.

— Partez vite d'ici avant que je ne change d'avis ! Adieu, Édouard !

Il avait dit cela sans se retourner, par-dessus son épaule. Il sortit du moulin et ferma la porte derrière lui sans un rcgard.

Épilogue

Martial passa le reste de la journée chez Antoine Guiraud. Il ne se décida à ressortir que lorsqu'il fit nuit, refusant même d'accompagner son hôte en promenade. Mais, le soir venu, il ne put résister davantage à la tentation de remonter vers l'école de Camille. Son cœur se serra quand il aperçut de la lumière derrière les fenêtres de la salle de classe. Il poussa le portail et s'approcha. Il la vit, assise à son bureau. Contre sa poitrine, elle serrait une feuille de papier froissée. C'était la lettre de Charles, celle que Martial lui avait remise le matin même. Il la savait par cœur désormais et elle résonnait dans sa tête avec une tout autre signification :

« ... *Aussi je me tourne vers toi aujourd'hui pour une dernière faveur : veille sur Camille. Sois sa force quand elle en manquera. Sois sa raison quand elle se laissera emporter par ce caractère que tu connais si bien. Sois l'écho de son rire les jours de joie. Sois les mains dans lesquelles elle enfouira son visage les jours de peine. Sois toi et un peu moi à la fois. J'ai si peur pour elle aujourd'hui... Ne juge pas trop sévère-*

ment Édouard. La vie ne lui a fait aucun cadeau et il mérite de prendre sa revanche. C'est un garçon bien et je souhaite que tu puisses t'en rendre compte par toi-même... Je sais que je peux compter sur toi. Adieu donc... »

Il resta un moment derrière cette fenêtre, à les regarder, elle et sa détresse. Elle finit par l'apercevoir, sursautant en le voyant là. Elle ne bougea pas de sa chaise, le visage défait. Martial avait repensé à tous ces moments où elle avait montré sa peur, son égarement, la route qu'elle avait perdue, ses hésitations à suivre Édouard. Tous ces moments où elle avait peut-être tenté de lui avouer ce qui était en train de se tramer, où, à sa manière, elle lui laissait des indices. Il repensait à sa main dans la sienne en redescendant du Pas-du-Diable. Il repensait à ce soir-là où il avait failli l'embrasser pendant que, non loin de là, Yvonne Gresse se vidait de son sang. Il l'entendait à nouveau lui reprocher de ne pas être revenu à temps et cela aussi résonnait différemment maintenant. Il l'entendait lui dire qu'elle l'aimait. Mais il ne parvenait pas à deviner quelle était la part de sincérité dans tout cela.

Ils restèrent figés ainsi un bon moment, séparés par la haute fenêtre. Puis il trouva la force de la laisser pleurer seule. Il se retourna et alla se fondre dans la nuit.

Comme promis, il invita Antoine Guiraud à déjeuner le lendemain. Mais le repas servi par Gaston Fabre lui fut difficile à avaler. Il avait tout raconté au vieil homme, lui faisant promettre le secret.

— Édouard, ou plutôt Armand, a pris la dernière diligence hier soir.

— Je sais.

— Je comprends ce que vous avez fait, que vous l'ayez laissé libre.

— Il n'est pas libre. La prison dans laquelle il s'est enfermé est bien pire encore que celles qu'on a construites depuis des années.

— Nous avons été terrifiés par un monstre, mais maintenant que vous lui avez donné un visage, je suis comme vous, je ne vois plus rien de monstrueux en lui. C'est terrible à dire, n'est-ce pas ?

— Pour tout le monde, le monstre se nomme Pierre Gresse aujourd'hui. Et je suis complice de cette injustice.

— Si injustice il y a, mon jeune ami, c'est nous tous, dans ce village, qui en sommes responsables. Vous avez agi en homme de bien, quoi que vous en pensiez. N'emportez pas ce fardeau avec vous, laissez-le-nous. C'est à nous tous de le porter.

Martial ne répondit pas, fouillant du bout de sa fourchette son assiette encore pleine.

— Mademoiselle Purseau a annoncé sa démission au maire ce matin, continua Antoine Guiraud. C'est la sœur d'Étienne Germain qui assurera la classe dès demain. Jusqu'à ce que l'école des filles soit fermée…

— Je suis navré pour vous, monsieur Guiraud.

— On va continuer à se battre pour ne pas mourir. Nous sommes tous des durs à cuire. Il y a encore de la vie sur ces plateaux. Et j'entrevois de nouveaux projets.

— Vous allez vous représenter à la mairie ?

— Pas le moins du monde. J'ai une affaire à faire tourner et une petite-fille à apprivoiser. Elle a accepté de venir s'installer chez nous dès ce soir. J'ai fait préparer la chambre de Charles. Je crois bien que c'est le plus grand défi de ma vie qui m'attend.

— Et pour sa grand-mère ?

— Elle n'a toujours pas retrouvé ses esprits. Le docteur dit que quelque chose s'est rompu dans son cerveau et qu'il ne sait pas soigner ce genre de mal. Il va la faire admettre à l'hôpital de Castres mais il y a peu de chance qu'elle retrouve ses esprits un jour. Joseph Cassagne a accepté de prendre les bêtes, avant qu'elles ne crèvent. Si on n'arrive pas à vendre la ferme en l'état, il ne manquera pas de se porter acquéreur des terres et des machines.

Ils finirent leur repas par un café bouillant. Martial devait descendre à Brassac peu de temps après.

— Vous pouvez encore passer une nuit chez moi, vous êtes le bienvenu et vous le serez toujours.

— Je vous remercie, mais il est temps pour moi de repartir. Il y a une chose que je ne regrette aucunement, en tout cas : c'est de vous avoir rencontré. Vous me rappelez mon grand-père. Prenez cela comme un compliment, c'était lui aussi un grand homme.

Avant de prendre le car, Martial alla jusqu'au cimetière. Sur la tombe de Charles, il posa le livre de Jules Michelet. Et, à côté du livre, il posa une lanterne dont il alluma la mèche.

— Pour qu'une lumière puisse vous guider dans la nuit, Charles. Une lumière amie, cette fois, pour vous conduire à bon port…

Il ne parvenait pas à ressentir la moindre rancune envers son ancien professeur. Il ne se rappelait que d'un père aimant, prêt à tout sacrifier pour sa fille, y compris sa droiture et son âme. Pour l'unique chose au monde qui comptait pour lui.

Il ne fut pas seul dans la diligence que Jean Guillard conduisit, une fois n'est pas coutume, en silence. Mathilde Gresse, qui garda son maigre sac de voyage sur ses genoux, vint s'asseoir à côté de lui, suivie comme son ombre par le chien aux dents jaunes. Elle partait tenter sa chance en ville, là où elle ne serait plus la femme d'un assassin aux yeux de tout le monde, où elle pourrait abandonner ce nom qu'il lui avait donné. On embauchait dans les filatures un peu partout et elle avait une amie à Castres qui pouvait l'accueillir le temps pour elle de se retourner.

— Si la chance ne tournait pas en votre faveur, il y a un domaine près de Limoges où vous seriez fort utile. Je connais quelqu'un qui a le même contact que vous avec les animaux et qui serait sans doute ravi de vous transmettre sa science des chevaux.

Martial sortit son carnet noir de la poche de son manteau. Il avait arraché toutes les pages où il avait noté les éléments de son enquête. Il en détacha une de plus pour écrire son adresse.

— Je serais enchanté que vous acceptiez.

— J'y penserai.

Elle lui sourit, sous son regard insistant.

— Je vous promets que j'y penserai sérieusement.

Martial passa la nuit dans la même chambre de la même auberge qui l'avait accueilli lorsqu'il était venu pour les funérailles de Charles. Il avait su qu'Édouard avait pris le train pour Castres. Il savait ce qu'il y aurait ensuite : Saint-Nazaire et la traversée vers l'Argentine.

Le lundi matin, de bonne heure, il se trouva en avance sur le quai de la petite gare. Il reconnut de loin le moteur rauque de la diligence qui revenait au contact du monde. Il ne se montra pas. Mais bientôt, il vit Camille venir sur ce quai, Jean Guillard l'aidant à porter ses bagages. Il resta assis sur sa caisse en bois, sans dire un mot. Quand la jeune femme fut seule, il s'approcha d'elle. Le Petit Train se présentait au bout de la ligne droite, descendant tout droit de Murat.

— Où sont tes autres affaires ? lui demanda-t-il.

— J'ai préféré les laisser.

— Quand doit partir le bateau ?

Elle lui fit « non » de la tête. Le train s'arrêta devant eux dans un grincement strident.

— Tu ne le suis pas cette fois-ci ?

— Il sait depuis longtemps que je ne le suivrai pas.

Elle le regarda. Il ne sut pas ce qu'il fallait lire dans ses yeux mais il sut que la colère dans les siens était déjà morte. Un autre feu le consumait toujours. Rien ne parvenait à l'éteindre. Peu importe qu'elle soit sincère ou pas, sa seule présence lui suffirait.

Il attrapa une de ses valises.

— Allons-y. Nous avons un long voyage à faire…

Ils montèrent tous les deux dans le wagon de queue. Debout sur la plateforme arrière, Martial regarda la gare disparaître, puis le village de Brassac derrière les pentes boisées. Le ciel était noir. De gros nuages menaçaient de venir déchirer leurs ventres gorgés d'eau sur les arêtes de la montagne. La Vitarelle-du-Théron n'était plus qu'un nom jeté par-dessus les montagnes, derrière une forêt touffue et qui gagnait toujours plus de terrain. Un bout du monde qui luttait contre l'oubli. Et dans lequel il avait perdu un peu de son âme et de sa dignité.

Il se demanda si, dans le petit cimetière suspendu au-dessus du vide, la lanterne brûlait toujours sur la tombe de Charles.

Aux premières gouttes de pluie, il rentra s'asseoir aux côtés de Camille.

Composé par Nord Compo
à Villeneuve-d'Ascq (Nord)

Imprimé en France
par la Société TIRAGE - 91941 COURTABŒUF
en janvier 2016

POCKET – 12, avenue d'Italie – 75627 Paris cedex 13

Dépôt légal : juin 2013
Suite du premier tirage : janvier 2016
S23364/08